Knaur

Über den Autor:

Roland Kübler, Jahrgang 1953, lebt als freier Schriftsteller im Remstal bei Stuttgart. Seit seinen heimlichen Bestsellern *Die Mondsteinmärchen* und *Traumfeuer* gilt er als der erfolgreichste moderne Märchenschreiber.

ROLAND KÜBLER

Der Märchenring

Ein
Märchenbuch
nicht
nur für
Erwachsene

Knaur

Besuchen Sie uns im Internet:
www.droemer-weltbild.de

Vollständige Taschenbuchausgabe Mai 2000
Droemersche Verlagsanstalt Th. Knaur Nachf., München

Umschlaggestaltung: Agentur Zero, München
Umschlagillustration: Peter Tannrath
Satz: Ventura Publisher im Verlag
Druck und Bindung: Clausen & Bosse, Leck
Printed in Germany
ISBN 3-426-61669-6

2 4 5 3 1

INHALT

Zu den Geheimen Grotten 12

Die Krone der Lichtalben 15

Der Weg zu den Gnomen 26

Zur Stadt des Dicken Königs 46

Drachenfeuer 63

Im Hain der Alten Buchen 79

Zur Tiefen Quelle 83

Am Stillen See 106

Das Erbe des Großen Kriegers 109

Der Weg zurück 115

Der Schatten des Dicken Königs 133

Abschied 148

ZU DEN GEHEIMEN GROTTEN

Unbeweglich kauerte Aydin am Stillen See. Regen prasselte herab, Blitz und Donner krachten, die Nacht spaltend, nieder. Brausend fuhr der Wind durch den Hain der Alten Buchen. Aydin war naß, allein, und ihr war kalt.

Im zuckenden Schein der Blitze konnte das Mädchen die drei Felsen erkennen, welche inmitten des Stillen Sees aus dem Wasser ragten. Schroffe Kerben hatte die Unendlichkeit in sie geschlagen. Mächtigen, urzeitlichen Ungetümen gleich, schwärzer noch als die sturmdurchtoste Nacht, schienen sie ihre Gestalt zu verändern bei jedem Blitz. Zwischen ihren Schatten lag der Eingang zu den Geheimen Grotten verborgen. Dorthin war Aydin unterwegs.

Doch der Stille See war nicht, wie er ihr beschrieben worden war. So saß sie an der Anlegestelle, dachte nach und fror.

Was war geschehen mit dem Stillen See, dessen Wasser doch hätte klar sein sollen und köstlich frisch? Wie kam es, daß es trüb und schlammig vor ihr lag? Aydin wußte um den Zauber, welcher darin wirkte, und ihr war bekannt, wie der Fährmann zu rufen war, der als einziger das Wasser des Stillen

Sees befahren konnte. Sie schloß die Augen und murmelte leise vor sich hin.

Irgendwann verzog sich das Unwetter, der Wind schlief ein, die Wolken brachen auf.

Als die Nacht über dem See am undurchdringlichsten war und über der atemlosen Stille nur das beständige Wispern der Buchenblätter schwebte, löste sich aus den Schatten der Felsen ein flackerndes Licht, welches langsam näher kam. Mit der Zeit war ein eintöniger, rauher Gesang zu hören. Schließlich konnte Aydin eine Fähre ausmachen. Daran hing, an einem krummen Pfahl, eine verrußte Laterne. Der Fährmann, eine untersetzte, massige Gestalt, stakte gleichmäßig und ohne Mühen aus der Finsternis heran. Scharrend rieb sich die Fähre, die eher wie ein unkundig zusammengebundenes Floß aussah, am kieseligen Grund. »Du hast mich gerufen«, brummte der Fährmann in seinen verfilzten Bart.

Während er sie mißtrauisch musterte, erzählte Aydin von ihrem Wunsch, hinabzusteigen zu den Geheimen Grotten, um dort nach einem Märchenstein zu suchen.

»Laß sehen, was du bei dir führst!« knurrte der Fährmann und musterte sie mißmutig.

Aydin reichte ihm ihr Bündel. Der Fährmann öffnete es, drehte es um und ließ alles, was darin war, auf die Erde fallen. Dann prüfte er Stück um Stück, führte eine Decke an seine Nase, schnüffelte daran

und warf sie ebenso achtlos zur Seite wie das Messer, welches Aydin mitgenommen hatte. Das gleiche Schicksal erlitten all ihre Vorräte, ein langes Seil, Zündsteine, sogar Hammer und Meißel.
Einzig drei Dinge fanden Gnade in den Augen des finsteren Fährmannes: eine kleine Lampe ohne Docht, fünf farbige Stäbe aus dem Holz der Alten Buchen gefertigt, die Aydin in einem Lederbeutel am Hals mit sich führte, und ihre selbstgeschnitzte Weidenflöte.
»Zieh deine schweren Schuhe aus«, forderte der Fährmann, als er sie nochmals gemustert hatte, »und deinen Mantel, laß ihn liegen.«
Er stieg auf sein schwankendes Gefährt und hielt es geschickt mit dem Flößerstab ruhig, bis ihm das Mädchen gefolgt war. »Du kennst die Regeln?« wollte er dann von ihr wissen.
»Was meint Ihr damit?« Aydin sah ihn fragend an.
Ärgerlich verzog der Fährmann seinen Mund. »Eine Geschichte mußt du mir erzählen«, brummte er. »Ohne Geschichte keine Überfahrt. Denn sie wird mir sagen, wohin ich dich zu fahren habe!«
Da lächelte Aydin. »Wenn es weiter nichts ist, was Ihr von mir verlangt, so hört denn zu.«
Und während der Fährmann mit kräftigem Arm das Floß abstieß und zurückstakte auf den Stillen See, hin zu den drei dunklen Felsen, begann Aydin zu erzählen …

DIE KRONE DER LICHTALBEN

Lang vor unserem Sternenhimmel, lang vor unserer Zeit, lebte eine Prinzessin wohlbehütet auf einem Schloß. Der König und die Königin liebten und umsorgten sie wie ihren Augapfel, denn weitere Kinder waren dem Paar nicht vergönnt gewesen. Als die Prinzessin endgültig ihren Kinderkleidern entwachsen war, bekam sie von ihren Eltern eine goldene Krone geschenkt, mit einem durchscheinend glänzenden Blütenkelch daran.

»Achte darauf, daß deine Krone niemals auf die Erde fällt«, sagte der König ernst, als er sie der Prinzessin auf den Kopf setzte, »denn du wirst sie dereinst nochmals benötigen!«

»Sie und dieser Blütenkelch aus reinem Licht wurden von den Lichtalben gefertigt«, erklärte die Königin weiter. »Deren Schöpfungen sind so unbeschreiblich kunstvoll und fein, daß sie zerspringen, wann immer sie die Erde berühren.«

»Seht zu«, befahl das Herrscherpaar den Zofen und Lakaien, »daß unsere Prinzessin sich nur immer vorsichtig und sittsam bewegt, denn sonst könnte ihr wohl noch die Krone vom Kopf fallen!«

So trugen alle am Hofe große Sorge, daß die Prinzessin ihren Kopf immer hoch und gerade trug.

Und auch sie selbst sagte oft, vor allem wenn sie auf irgend etwas keine Lust hatte: »Soll mir etwa die Krone vom Kopf fallen?«
Die Krone der Lichtalben war der Prinzessin bald so lieb und teuer, daß sie sie auch zum Schlafen nicht absetzen wollte. Die Zofen mußten ihr daher jeden Abend die Kopfkissen ordentlich hochschütteln und aufeinanderlegen, damit sie aufrecht sitzend die Nacht verbringen konnte. Eine der Zofen hielt neben dem Bett Wache und achtete auf die Krone, falls die Prinzessin sich doch einmal im Schlaf regen sollte.
Da geschah es, daß der König und die Königin starben, in ein und demselben Jahr. Wie trauerte da die Prinzessin, wie trauerte das ganze Volk. Doch nach der vorgeschriebenen Zeit verlangten die Ratgeber und Minister nach einem neuen Regenten. Da die Prinzessin das einzige Kind des Herrscherpaares war, sollte sie Königin werden. Zuvor aber mußte sie drei Aufgaben erfüllen. So schrieb es ein Gesetz vor, das älter war als Schloß und Stadt zusammen.
Als die Prinzessin hörte, was sie erfüllen sollte, begann sie zu klagen. Denn die erste Aufgabe verlangte, daß sie durch alle Straßen der Stadt zu laufen habe. Keine einzige durfte dabei vergessen werden. Von den Zofen und Lakaien aber wußte die Prinzessin, daß die Wege durch die Stadt beschwerlich und dunkel waren. Sie selbst war noch

nie aus der behüteten Umgebung des Schlosses herausgekommen.
Die zweite Aufgabe dagegen schien ihr leicht. Denn das Gesetz forderte, daß wer immer die Stadt regieren wolle, hinabzusteigen hätte zur Quelle unter dem Schloß, um von dort Wasser zu holen. Doch der Quellstein, aus dem das Wasser sprudelte, barg ein Geheimnis. Nichts, was Menschenhände geformt oder gefertigt hatten, durfte aus ihm schöpfen, sonst würde er auf der Stelle versiegen. Da die Prinzessin jedoch die Krone der Lichtalben auf ihrem Kopf trug, glaubte sie wohl, der zweiten Aufgabe gewachsen zu sein. Denn der Blütenkelch daran war nicht von Menschenhand gefertigt. In ihn würde sie das Wasser füllen können.
Als die Prinzessin jedoch die dritte Aufgabe vernahm, begann sie wieder mit großem Wehklagen. Denn das Wasser aus der Quelle unter dem Schloß mußte noch vor Sonnenaufgang, von den Zinnen des Hohen Turmes, in die Richtung der vier Winde über die Stadt gesprengt werden.
Nun wußte die Prinzessin aus vielen Erzählungen ihrer Kindertage um den Zauber, welcher im Hohen Turm wohnte. Dreihundertfünfundsechzig Stufen waren es bis zu den Zinnen. Nicht eine der Stufen war wie die vorhergegangene oder die nachfolgende. Jede war so einzig wie ein Sonnenaufgang oder Sonnenuntergang. Manche der Ge-

schichten erzählten sogar davon, daß sich die Stufen selbst veränderten, je nachdem, wer auf sie trat. Diejenigen, welche jemals bis zur Spitze des Hohen Turmes gekommen und nicht schon lange zuvor wieder umgekehrt waren, erzählten zwar mit funkelnden Augen von ihrem Aufstieg, doch offenbar hatte jeder einzelne von ihnen eine andere Wendeltreppe erklommen, einen anderen Turm bestiegen. So viele unterschiedliche Geschichten waren der Prinzessin in ihren Kindertagen davon erzählt worden.

Lange überlegte die Prinzessin, ob sie es wagen könnte, die drei Aufgaben in einer Nacht zu erfüllen. Doch sie trug die Krone mit dem Blütenkelch der Lichtalben, welche ihr vom König und der Königin auf das Haupt gedrückt worden war. So erklärte sich die Prinzessin bereit, die genannten Bedingungen zu erfüllen, um danach, im Kronsaal des Schlosses, die Schlüssel der Stadt zu erhalten und zu verwahren.

ALS DER LETZTE STRAHL der Abendsonne nicht mehr über den Horizont fingerte, ging die Prinzessin los. Noch konnte sie im Dämmerlicht die gepflasterte Straße gut erkennen, und sie eilte sich, denn sie wußte, ihr Weg war weit. Doch immer wenn sie schneller ging, fing die Krone auf ihrem Kopf bedenklich an zu wackeln, so daß sie Angst bekam, sie könne herabfallen auf die Erde. So

mußte sie langsam gehen und hatte Zeit genug, sich alles anzuschauen.
Inzwischen war es dunkel geworden, und der Weg der Prinzessin führte weg von den gepflasterten Straßen und festgemauerten Häusern, geradewegs hinein in die dunklen Viertel der Stadt. Nur in wenigen Hütten flackerte spärlich trübes Licht. In den Winkeln und engen Gassen drückten sich Gestalten herum, die der Prinzessin unheimlich waren. Einige kamen näher, liefen neben ihr, schauten sie an und tuschelten dann miteinander. In ihre ausgemergelten Gesichter hatten Not und Elend kantige Spuren gekerbt. Die Prinzessin blickte in Augen, welche das Lachen nur noch als lang vergangene, blasse Erinnerung aus Kindertagen kannten. Und ihr eiliger Schritt wurde langsamer.
Schließlich blieb sie stehen und schaute um sich. Wer auch könnte noch weitergehen bei soviel Not? Niemand am Hof hatte ihr jemals erzählt, daß es all dies in der Stadt gab: weinende, große Kinderaugen, Krankheit, Schmerzen und Tod, Lüge und Hinterlist, Gier und Angst, schwärende Wunden, Elend und Trauer. Wie hätte sie daran achtlos vorübergehen können?
Dichter drängten sich die Menschen um sie, streckten der Prinzessin ihre leeren Hände entgegen und starrten sie aus großen Augen an. Da war es der Prinzessin, als würde sie erwachen. Die Krone der Lichtalben fiel ihr vom Kopf. Klingend

und klirrend schlug sie gegen schmutzigen Stein, kollerte über plattgetretenen Pferdemist. Der Blütenkelch aus reinem Licht und die Krone knirschten und knorckten, dann durchzogen feine Risse ihren makellos lichtglänzenden Schein. Schließlich barst das Werk der Lichtalben in tausendundeinen Teil. Erschrocken sammelte die Prinzessin sie alle wieder ein und barg sie in ihren Händen.

Traurig waren die Menschen zurückgewichen, denn die Krone der Lichtalben hatte ihnen ein Licht gebracht in der Nacht. Nun war es wieder dunkel. Da öffnete die Prinzessin ihre Hände und gab allen, welche um sie standen, einen kleinen Splitter der zersprungenen Krone. Wie freute sie sich, als deren Augen zu leuchten begannen und in neuer Hoffnung glänzten, weil sie nun selbst ein kleines Licht in ihren Händen hielten.

Schneller kam sie jetzt voran auf ihrem Weg durch die Straßen der Stadt, und alle, welche sie auf ihrem weiteren Weg traf, wurden beschenkt.

Als die Prinzessin schließlich alle Wege und Straßen durchschritten hatte und sich wieder dem gewaltigen Tor des Schlosses näherte, waren ihre Hände leer, doch in ihrem Herzen trug sie all das glückliche Lachen der Menschen, die nun einen kleinen Splitter der Krone besaßen.

TIEF UNTER DEM SCHLOSS lag die königliche Gruft. Am Grabmal ihrer Eltern verharrte die Prinzessin. Sie hatte nicht achtgegeben auf die Krone mit dem Blütenkelch aus Licht. Das Werk der Lichtalben war zersprungen. Doch jeder einzelne Splitter war nun ein Hoffnungsschimmer in den Herzen und Augen so vieler, die in dieser Stadt lebten und von denen die Prinzessin bis heute nacht noch nicht gewußt hatte. Sie verneigte sich vor dem Grab und hastete weiter, einen schmalen Gang hinunter zur Quelle, welche Schloß und Stadt mit klarem, reinem Wasser versorgte, schon seit Anbeginn allen Erinnerns.

Dunkel war ihr Weg, nur von wenigen Fackeln beleuchtet. Dichtmaschig wehten alte Spinnweben, weiß schimmernd in seidigem Glanz. Wasser tropfte vom feuchtglänzenden Fels. Fledermäuse huschten durch die Dunkelheit, leise fiepend. Seltsam fremde Ornamente an den Wänden des Ganges begleiteten die Prinzessin auf ihrem Weg.

Schließlich endete der Gang an einer moosgrünen Felswand. Daraus ragte, zwei ineinander verschlungenen Händen gleich, ein glattgewaschener Stein, aus dem Wasser quoll. Doch wie sollte die Prinzessin nun Wasser daraus schöpfen, um es auf den Hohen Turm zu bringen?

Sie ließ sich unter dem Quellstein nieder und dachte verzweifelt nach.

Unermüdlich strömte und sprudelte das Wasser.

Plötzlich begann die Prinzessin zu lachen und richtete sich auf. Mit einem Mal wußte sie, wie einfach es war, Wasser zu schöpfen mit einem Gefäß, welches nicht von Menschenhand gefertigt war. Nur kurz zögerte sie. Dann legte sie ihre Lippen unter die sprudelnde Flut und füllte ihren Mund. Der Quellstein prustete einen großen, prickelnd kalten Schwall hervor, der die Prinzessin über und über durchnäßte. Naß wie ein neugeborenes Fohlen, die gefüllten Wangen prall gespannt, ging die Prinzessin, um sich der dritten Aufgabe zu stellen.

ZUR STILLSTEN STUNDE der Nacht stand die Prinzessin vor dem Hohen Turm. Dies ist die Zeit, wenn die Eulen ihre großen Augen schon wieder geschlossen haben und auch die Nachtigallen zu müde sind, dem allzu fernen Mond ein weiteres Lied zu schenken. Und die Lerchen verschwenden noch keinen Gedanken daran, mit welchem Gesang sie die Sonne begrüßen wollen. Ein wenig war ihr kalt, als sie so alleine vor dem Hohen Turm stand. Keiner durfte hier zugegen sein. So verlangte es das alte Gesetz. Langsam trat die Prinzessin auf die erste Stufe der Wendeltreppe des Hohen Turmes, dann auf die zweite, die dritte. Sorgfältig behauen waren die Stufen, und leichten Schrittes stieg die Prinzessin empor. So einfach ging der Aufstieg vonstatten, daß sie nach einiger Zeit zu rennen begann. Sie war sich gewiß, daß sie die dreihundertfünfundsechzig Stufen bis zu den

Zinnen leicht vor Sonnenaufgang bewältigt haben würde.
Doch dann bemerkte die Prinzessin, daß sie immerzu nur rannte und rannte. Wie lange war es her, daß sie auf eine Stufe gestiegen war? Noch schneller lief da die Prinzessin. Doch es kamen keine Stufen, die sie emporsteigen konnte. Sie hielt erst inne, als ihr das Herz am Halse schlug, sie außer Atem kam und sich beinahe am kostbaren Wasser, welches sie in ihrem Mund trug, verschluckt hätte.
Als sie langsam weiterging, lag plötzlich wieder eine Stufe vor ihr. Vorsichtig und prüfend trat die Prinzessin darauf, denn sie glaubte zunächst, ihren Augen nicht trauen zu können. Doch die Stufe hielt, und gleich darauf kam eine weitere und auch eine dritte. Langsam und bedächtig ging die Prinzessin weiter. Gut zu gehen waren die Stufen wieder, fein gefugt, von Meisterhand aus Fels geschnitten und zur Wendeltreppe vereint.
Nach einiger Zeit kam die Prinzessin ins Grübeln. Wer würde wohl am Morgen unter dem Hohen Turm stehen, um zu sehen, ob sie ihre Aufgaben auch erfüllt hatte? Sicher all die Ratgeber und Bediensteten und, wer weiß, vielleicht auch die Menschen aus der Stadt, unter denen sie die Splitter der Krone verteilt hatte. Doch wieviel Zeit blieb ihr noch? Wie lange war sie nur im Kreis gerannt?
Die Prinzessin begann zu zweifeln. Würde sie die

Zinnen des Hohen Turmes tatsächlich noch vor Sonnenaufgang erreichen? Da schien ihr, als würde jede neue Stufe ein wenig höher als die vorhergegangene. Schon mußte die Prinzessin weit ausschreiten, um auf die nächste Stufe zu gelangen. Niemals, dachte sie, werde ich rechtzeitig auf den Zinnen des Hohen Turmes stehen. Höher wurden die Stufen und immer höher. Inzwischen mußte sich die Prinzessin mit Händen und Knien auf den nächsten Absatz der Wendeltreppe ziehen. Doch sie kletterte weiter ohne Unterlaß.

Manchmal war sie nahe daran, das Wasser aus der tiefen Quelle, die sie noch immer in ihrem Munde trug, zu schlucken. Doch die Prinzessin hatte in die Augen der Menschen gesehen, und das konnte sie nicht vergessen.

So mühte sie sich weiter, Stufe um Stufe, und dachte nicht mehr daran, wieviel Zeit ihr wohl noch verblieb bis zum Aufgang der Sonne. Einzig und allein das Erklimmen der nächsten Stufe war ihr noch wichtig. Und sie ließ nicht nach in ihren Anstrengungen. Irgendwann bemerkte die Prinzessin, daß sie die Kraft ihrer Hände nicht mehr brauchte, um den nächsten Absatz zu erklimmen. Bald waren die Stufen nicht mehr zu hoch und lagen im richtigen Abstand für ihren Schritt. So stieg sie weiter empor, achtete auf jede Stufe und sah endlich vor sich ein wenig gräulichen Himmel, der noch verhangen war von aufsteigenden Nebelfet-

zen und zerfaserten, kleinen Wolken, die der dahinscheidenden Nacht hinterherhuschten.
Als die Prinzessin auf die Zinnen des Hohen Turmes trat, fuhr ihr ein früher, kalter Morgenwind durch die Haare. Noch war die Sonne nicht über den Rand der Welt gestiegen. Aber sie kündigte sich an, mit dünnen Blitzen goldenen Lichtes.
Vom Platz um den Hohen Turm drang vielstimmiges Jubeln herauf. Doch die Prinzessin sah nicht hinunter. Sie ging um die Zinnen des Hohen Turmes und versprühte das Wasser des Quellsteins hin zu den Heimstätten der Winde. So wie es das alte Gesetz vorschrieb.
Als ihr Mund leer war, stieg die Sonne über den Horizont. Ihre ersten wärmenden Strahlen trafen auf die Zinnen des Hohen Turmes. Da begann die Prinzessin vor Freude zu tanzen, und ihre nassen Haare versprühten tausendundeinen Tropfen über die Stadt.
Die jubelnden Menschen auf dem Platz vor dem Hohen Turm sahen, daß die Prinzessin erfüllt hatte, was das alte Gesetz fordert. Danach erlebten sie eine tanzende Königin auf den Zinnen des Hohen Turmes, aus deren wehenden Haaren so viele Tropfen über die Stadt sprühten, wie seit undenklichen Zeiten nicht.

DER WEG ZU DEN GNOMEN

Während Aydin erzählte, war der Fährmann mit ihr über den nächtlichen See gestakt, geradewegs auf die Felsen zu. Mit sicherer Hand hatte er sein Gefährt zwischen die drei Felsen gebracht. Dann waren sie dahingetrieben auf einem dunklen unterirdischen Fluß, der sie weiter und weiter hineinführte in ein verzweigtes Höhlenlabyrinth. Als Aydin still war, steuerte der Fährmann das Floß an ein felsiges Ufer und bedeutete ihr, die Fähre zu verlassen.

»Nun bist du da«, sagte er. »Finde deinen Weg in den Geheimen Grotten, oder nicht. Ich habe meine Aufgabe erfüllt.« Er stieß das Floß zurück ins Wasser und trieb davon, während sich sein eintöniger Gesang nach und nach verlor und das schwankend flackernde Licht langsam verblaßte.

Es war dunkel um Aydin und still. Aus einer Tasche ihres Kleides zog sie die kleine Lampe, welche sie von Aela, der Heilerin, bekommen hatte. Nicht ein Tropfen Öl war darin. Mit den Fingern rieb sie daran, und schon begann diese zu leuchten mit heller Flamme.

»Wenn du die Lampe sorgsam behandelst, wirst du ein Licht und mehr als das haben, wann immer du es brauchst«, erinnerte sich Aydin an die Worte der Heilerin, welche ihr von ihrem Wissen so freigebig gegeben hatte, wie jetzt diese Lampe Licht verströmte. Sie schaute sich um. Ein Gang führte weg vom Wasser hinein in den Berg, ein dunkler Weg, grob hineingeschlagen in schwarzglänzenden Fels. Schon nach wenigen Schritten teilte er sich, und als Aydin prüfend zuerst den einen, dann einen anderen Weg ging, mußte sie feststellen, daß sich immer wieder Abzweigungen dunkel in den Berg schlängelten.

Stunde um Stunde irrte Aydin durch das vielgängige Labyrinth der Geheimen Grotten, ging schmale Wege und sehr breite. Sie bestaunte vielfarbig funkelnde, große und kleine Höhlenhallen, lang herabhängende Tropfsteine, kunstfertig in den Fels gemeißelte Figuren und geheimnisvoll verschlungene Ornamente. Doch sie fand keinen Fingerzeig, welcher ihr weitergeholfen hätte auf ihrem Weg zu den Gnomen. Denn dort hoffte sie auf Auskunft, wo und wie sie einen Märchenstein finden könne.

Wieder einmal kam sie in einen großen Höhlensaal. Das Licht ihrer Lampe reichte nicht aus, um bis zur Decke zu dringen. Hunderte von Gängen führten aus diesem Saal wieder hinaus. Manche davon waren breiter als andere, die Wände sorgfältig behauen, der Boden glattgeschliffen. Aus anderen strömte ein schwacher Lichtschein, der Suchenden ein nahes Ziel zu versprechen schien. Aydin ging umher, schaute in diesen Gang und in jenen. Doch jeder schien ihr, auf eine ihm eigene Weise, gleich verlockend zu sein. Welcher davon würde sie zu den Gnomen führen?

Müde setzte sie sich mitten in der Halle auf den kalten Boden und nestelte an dem Lederbeutel, in welchem sie das Geschenk Oyanos, des alten Märchenerzählers, aufbewahrte. Sie nahm die fünf farbigen Stäbe heraus, die aus dem Holz der Alten Buchen geschnitzt waren. Oyano selbst hatte darauf Ornamente und Zeichen geritzt. Aydin hielt sie an die Stirn, an ihr Herz und den Nabel. Dann ließ sie die Buchenstäbe fallen und schaute, wie sie vor ihr lagen. Oyano hatte sie gelehrt, diese Zeichen zu deuten. »Immer und überall werden sie dir sagen, woher du kommst, wo du bist und wo du deinen weiteren Weg finden wirst, wenn du die Sprache verstehst, in welcher sie zu dir sprechen.«

Lange saß Aydin und starrte auf das eigenartige Muster, welches die Buchenstäbe gebildet hatten. Dann seufzte sie, nahm die Stäbe, erhob sich und ging auf eine Wand der großen Halle zu. Doch hier führte kein Gang weiter. Erst als sie die Lampe höher hielt, konnte sie eine kleine Öffnung in der steinigen Wand entdecken. Ratlos stand sie davor. Einer abgemagerten Beutelratte hätte dieses Loch

vielleicht als Durchschlupf dienen können, aber nicht ihr!
Doch sie vertraute den Buchenstäben, und so griff sie tastend in den Fels. Schnell fühlte sie, daß sie einen Stein lösen konnte und danach noch einen und dann immer schneller und leichter. Schließlich polterte, rumorte und rumpelte es, und hinter den stürzenden Steinen konnte Aydin im aufsteigenden Staub einen schmalen, dunklen Stollen erkennen. Sie zögerte nicht den Flügelschlag einer tanzenden Libelle und ging in den bislang verborgenen Gang hinein.
Oft mußte sich Aydin nun bücken, und manchmal kroch sie auch auf allen vieren, wenn wuchtige Felsen in ihren Weg ragten. Kein Laut war zu hören, außer ihrem Atem und dem Pochen ihres Herzens. Dunkel war es und kühl. Die Lampe jedoch spendete ein tröstliches Licht, und Aydin dachte keinen Augenblick daran umzukehren, obwohl es Schritt um Schritt kalt und immer kälter wurde in diesem Gang.
Schließlich war es so eisig, daß Aydins Atem wie gestoßener Zucker in der Luft hing; so kalt, daß die Tropfen ihrer triefenden Nase zu kleinen Eiskugeln gefroren, noch bevor sie sie abwischen konnte. Der Stollen wurde enger und immer niedriger. Nur noch gebückt kam sie vorwärts.
Mit einem Mal jedoch verharrte Aydin und hielt den Atem an. Ein kunstvoll gesponnenes Netz ver-

sperrte ihren weiteren Weg, dicht und vollkommen gewirkt. In dessen Mitte saß eine dicke, schwarze Spinne, seidenborstig behaart, mit Beinen, mehr als fünf Ellen lang. Als Aydin in ihre Augen sah, zitterte sie vor einem unbestimmten Grauen, welches tief in ihr zum Leben erwachte. Mit zischelnder Stimme begann die Spinne zu flüstern. Es klang, als würde gebrochenes Glas an Stein zu feinem Staub zerrieben. »Komm her, mein Kind, komm her und laß dich wärmen!«
Auf Aydins Armen begannen sich all die kleinen Härchen zitternd aufzurichten. »Wer bist du?« fragte sie, denn sie wußte, daß jede unbekannte Angst, und sei sie noch so groß, kleiner wird, sobald sie einen Namen trägt.
In unermüdlichem Wirken wob die Spinne seidene Fäden, verknüpfte, verzurrte und ordnete sie. »Alt bin ich, so alt wie der Berg. Überall bin ich zu Hause.« Dann krabbelte sie ein wenig aus dem Netz heraus. »Du frierst, mein Kind. Komm her, meine Seide wird dich wärmen.«
Obwohl Aydin schlotterte vor Kälte und sich nichts sehnlicher wünschte als ein wenig Wärme, war sie auf der Hut, denn einen Namen hatte die Spinne nicht genannt.
»Ich bin unterwegs zu den Gnomen«, gab sie zurück. »Kannst du mir sagen, ob mich dieser Gang zu ihnen bringt?«
»Wärme dich, mein Kind, wärme dich«, flüsterte

die Spinne und warf mit durchscheinend klebrigen Fäden nach Aydin. »Dunkel ist der Weg und beschwerlich, voll unbekannter Gefahren und eisig kalt. Richte dich bei mir ein. Was wirst du weitergehen wollen? Hier bist du sicher. Mein Netz wird dich schützend halten und dir Wärme geben.«
Aydin konnte ihre Augen nicht vom vielfunkelnden Blick der Spinne abwenden, und der eigenartige Klang der leisen Worte zog sie in ihren Bann. So wehrte sie sich nicht, als die seidigen Fäden der Spinne um sie wehten und sie umhüllten, dichter und dichter, enger und enger, schneller und schneller, um Beine, Körper, Schultern, Hals und Hände.
So eingesponnen fühlte sich Aydin warm, gehalten und beschützt. Schon wollte sie die Augen schließen, um hinüberzugleiten in einen bchüteten Schlaf, da verließ die Spinne ihr Netz und kam zischelnd näher. Grausige Schauer überliefen Aydin. Sie wollte schreien. Doch kein Ton kam ihr über die Lippen, denn auch ihr Mund war verklebt von den vielen feinen Seidenfäden. Nun stand die Spinne dicht vor Aydin und befingerte sie mit ihren langen, dünnen Beinen, während ihre zuckenden Mandibeln sich wie ein Mahlwerk bewegten.
Da blitzte es grell auf im Dämmerlicht des Stollens. Gleißende Helligkeit strömte aus ihrer Lampe. Vor Schreck hatte Aydin die Augen geschlossen, doch auch durch die schützenden Lider

zuckten blendende Blitze. Sie hörte ein durchdringend schrilles Kreischen. Dann war alles still.

Als Aydin wagte, die Augen wieder zu öffnen, war die Spinne ebenso verschwunden wie das Netz und die Fäden, die Aydin umsponnen hatten. Die Lampe brannte ruhig in Aydins Hand. Keine Spur zeugte mehr von dem, was vorgefallen war. Einzig ein durchscheinend dünner Geruch von angesengter Seide schwebte durch den Stollen, welchen Aydin nun weiterging.

Schon nach wenigen Augenblicken wurde ihr wieder wärmer. Es war, als hätte das dichte Netz die Wärme abgehalten oder gar die Spinne selbst die knochenbeißende Kälte hervorgerufen.

Der Höhlengang wurde breiter, höher und mündete schließlich in ein weites Gewölbe. Weiches, dunkelblau schimmerndes Licht zeichnete geheimnisvolle Muster in den Fels, durchscheinend verschwimmend, wie spätherbstliche Nebelschlieren über dunklen Waldseen, früh im Zwischenlicht von untergehendem Mond und aufgehender Sonne. Überall ragten mannshohe, blaßblaue Steingebilde aus dem Boden. Im fahlen Licht wirkten sie wie Statuen, welche sich abmühen, Bewegung in ihre schweren Glieder zu bekommen.

Über ihr gellte ein Vogelschrei, ein einsamer Ruf. Ein dunkler Vogel kreiste durch die gewölbte Höhlenkuppel. Die Schatten seiner Schwingen wischten, geisterhaft flatternd, über die Wände.

Wieder klagte der Vogel mit einem schnarrend kehligen Krächzen. Tiefer flog er nun, näher kreiste er um Aydin. Und jedesmal, wenn er den Schnabel öffnete zum Schrei, fiel daraus eine blaßblaue Perle. Aydin fing eine davon auf. Kalt lag die Perle in ihrer Hand. Geformt war sie wie eine vollkommene Träne. Nicht die kleinste Unebenheit verunstaltete die weich geschwungene Oberfläche, und aus dem Innern strahlte ein winziges, blaßblaues Feuer.

Noch eine Perle fiel in ihre Hand und auch eine dritte. Schwer wurde da Aydin das Herz, immer schwerer. Sie wollte weitergehen, den Höhlensaal verlassen und dem dunklen Vogel entfliehen, doch keinen Schritt konnte sie mehr vor den anderen setzen. Kristallblau schimmerten ihre Beine in steinernem Licht. Sie waren unbeweglich schwer wic Fels geworden.

Wieder klagte der Vogel gellend, und die Schatten seiner Schwingen huschten über Aydin. Fingerbreit um Fingerbreit wuchs der kalte Kristall in ihr. Da warf sie die Perlen in ihrer Hand zur Erde und wollte sich den dunklen Vogel greifen. Doch der flog gerade so hoch, daß sie ihn nicht fassen konnte. Aydin wurde das Herz so schwer, daß sie glaubte, es nicht länger in sich tragen zu können, und sich wünschte, es würde aufhören zu schlagen, denn jeder Schlag schmerzte sie tief in ihrem Innern.

Auch die mißtönenden Schreie des dunklen Vogels konnte sie nicht mehr ertragen. Sie griff nach ihrer Weidenflöte und spielte eine Melodie, die von Hoffnung und Leben erzählte; die Töne schwebten empor und füllten das weite Rund der Halle. Der dunkle Vogel flatterte auf, wirbelte umher und stieß einen reinen, hohen Ton hervor, der sich schließlich mit den Flötenklängen vereinte.
Da zerflossen die tränenförmigen Perlen zu weichem, warmem Wasser. Aydin merkte, wie ihr Herz leichter wurde und der lähmende Kristall in ihr schmolz. Der Vogel flog auf Aydins Schultern und knabberte an ihrem Ohr. Seine dunklen Federn leuchteten nun wie das tiefe Blau des nächtlichen Meeres.
Dann jedoch keckerte er auf und flatterte davon in einen der Höhlengänge hinein, verharrte und wartete, bis Aydin ihm folgte. So führte sie der blaue Vogel sicher durch das verwirrende Labyrinth, dorthin, wo die Gnome ihr Zuhause haben.
Aydin hörte vielstimmiges, anschwellendes Gemurmel, als sie aus dem Gang trat und staunte. Kundige Hände hatten hier eine Stadt aus den Felsen gemeißelt, mit kleinen Häuschen um einen großen Platz, auf dem überall Feuer brannten. Der flackernde Fackelschein auf den Wegen zwischen den Häusern verstärkte das Blinken und Glimmen der Kristalle in Wänden und Decke. Als Aydin staunend hochschaute, glaubte sie in dem Funkeln

der Edelsteine weit über sich, das Sternenmuster des Nachthimmels zu erkennen. Dann waren sie und der blaue Vogel auf ihrer Schulter auch schon umringt von einer Vielzahl kleiner Gestalten mit faltigen, dunklen Gesichtern, in welchen fröhliche Augen blinzelten. Kleine, kräftige Hände klammerten sich um Aydins Finger, zogen und zerrten unter fröhlichem Gesang. So wurde sie weitergeführt. Wie staunte Aydin über die Pracht, welche sie zu sehen bekam. Gold schimmerte auf Wegen und Plätzen, und silbern glänzten die Wände des Gewölbes. Niemals zuvor hatte sie so viele schimmernde und funkelnde Edelsteine gesehen. Überall leuchteten sie in verwirrender Vielfalt.
Mitten auf dem großen Platz, gleich neben einem gemauerten Brunnen, blieb die Gnomenschar stehen. Einer von ihnen, mit ehrwürdigem Bart, trat vor und sprach: »Seid gegrüßt. Unsere Freude ist groß, denn wir warten schon lange, daß jemand den Weg zu uns findet.«
Höflich erwiderte Aydin den Gruß und erzählte den Gnomen, daß sie hier in den Geheimen Grotten nach ihrem Märchenstein suche und um ihre Hilfe bitte. Dann jedoch fragte sie: »Warum wartet ihr auf jemand, der zu euch kommt?«
Da seufzte der alte Gnom. Seine Nasenflügel blähten sich, und mit zwei Fingern zwirbelte er die langen Barthaare zu kleinen Kringelnestern. »Große Gefahr ist im Verzuge. Die Dunkelalben haben das

Wasser der Tiefen Quelle gestaut. Mehr und mehr verliert der Stille See nun seine Zauberkraft. Schon fanden einige Dunkelalben einen Weg über ihn, und nicht mehr lange, dann werden sie sich sammeln, um die Menschen heimzusuchen.«

»Ich weiß um das Geheimnis der Tiefen Quelle«, sagte Aydin, »und auch die Dunkelalben sind mir bekannt. Doch nun gebt Auskunft, wie ich Euch helfen kann!«

Der Gnom kratzte sich hinter dem Ohr. Dann schob er sein Kinn nach vorne, bis sich der lange, weiße Bart sträubte und alle anderen Gnome ehrfürchtig einen halben Schritt zurücktraten. »Ihr müßt hinab zur Tiefen Quelle und herausfinden, warum ihr Wasser nicht mehr fließen kann«, sagte er mit einer Stimme, welche keinen Widerspruch erwartete. »Uns Gnomen ist es verwehrt, dorthin zu gehen. Nur jemand aus der wirklichen Welt, ein Mensch, kann diesen Weg beschreiten. Deshalb begrüßen wir Euer Kommen so sehr.«

»Genau! So ist es!« riefen all die anderen Gnome aufgeregt durcheinander und schlugen sich mit der geballten Faust in die geöffnete andere Hand. »Wie gut, daß Ihr gekommen seid!«

»Ich wollte doch nur einen Märchenstein finden«, murmelte Aydin vor sich hin.

Der alte Gnom hatte sie dennoch gehört. »Euer Stein wird Euch schon finden«, versicherte er. »Doch nun kommt. Noch vieles müssen wir Euch erzählen, bevor Ihr Euch auf Euren Weg macht. Und gegessen und getrunken habt Ihr auch noch nicht und noch nichts erzählt von Euch. Kommt mit! So kommt doch!«

»Aber, ... was habt Ihr da gesagt? Wie sollte ein Stein mich finden können?« rief Aydin. Der Gnom jedoch ließ sich nicht beirren. Er zerrte sie hinter sich her zum größten Haus der Gnomenstadt. Dabei lief er, so schnell es ihm seine kurzen, krummen Beinchen erlaubten, und all die anderen Gnome folgten ihnen.

Auf das genaueste mußte Aydin beim gemeinsamen Mahl Auskunft geben über ihr Woher und Wohin, während eilfertige Hände neue Platten auf den großen Steintisch stellten und die Gläser mit köstlichem Beerenwein füllten. Dann räusperte sich der alte Gnom, putzte seine Finger sorgfältig an der Tischdecke ab, kramte in einer Tasche neben sich und reichte Aydin eine verschnürte Lederrolle.

»Mit dieser Karte werdet Ihr den Weg zur Tiefen Quelle finden«, sagte er. Aydin löste das farbige Band, welches um die Rolle geknotet war. Mit gnomenhafter Meisterschaft waren bunte Ornamente in das Leder gekerbt, Linien und schraffierte Flächen gezeichnet, feine Striche gezogen, fremdartige Schriftzeichen sorgfältigst getuscht oder eingeätzt und mit Gold und Silber ausgelegt. Der alte Gnom begann mit seinen Erklärungen. Nicht sehr

lange brauchte Aydin, um die Bedeutung aller Zeichen auf der Karte zu wissen.
Als sich nach dem Essen schließlich alle zufrieden über die Bäuche strichen, erhob sich der alte Gnom und sagte zu dem blauen Vogel auf Aydins Schulter: »Auch dir wollen wir danken, denn du hast Aydin sicher hierher geführt. Dir wollen wir deine Sprache wiedergeben. Mehr zu tun für dich steht nicht in unserer Macht.« Während er mit gekrümmtem Zeigefinger dem Vogel über den Schnabel strich, brummten all die versammelten Gnome mit tiefem Baß einen einzigen Ton.
Der blaue Vogel krächzte mißstimmig auf, dann jedoch sprach er mit heller Stimme: »Dank sei Euch und allen Gnomen. Ihr habt einen Fluch von mir genommen, welcher lange Zeit auf mir lag.« Erstaunt horchte Aydin auf.
»Vor vielen, vielen Jahren – so lang ist es her, daß ich meinen Namen vergessen habe«, erklärte der blaue Vogel, »war ich auf Jagd im Nebelwald. Tagelang folgte ich der Fährte eines mächtigen Hirschs. Als ich dem Tier den Fangstoß gab, kam eine Hexe des Wegs. Sie verfluchte mich in diese Vogelgestalt, denn der Hirsch war ihr Reittier und konnte sie in einem Augenblick um die Welt tragen oder an jeden Ort, den sie sich wünschte.
Ich aber flog auf und sagte zu ihr: ›Deine Macht wird mich nicht auf Dauer binden können. Ich

werde den Ort finden, wo sie gebrochen wird, und dann werde ich zurückkommen und dich töten.‹
Da verfluchte mich die Hexe ein zweites Mal und nahm mir auch meine Sprache. Doch sie hatte vergessen, daß sie selbst der Vogelsprache mächtig war, und so verstand sie mich auch weiterhin, obwohl ich für Menschenohren nur noch zwitscherte, tschilpte und tirilierte.
Da verfluchte mich die alte Hexe ein drittes Mal. Sie verbannte mich in die Geheimen Grotten. Mit jedem Schrei sollte eine Perle aus meinem Schnabel tropfen, in welche die alte Hexe all ihr Leid gewirkt hat. Wer sie in die Hand nimmt, wird zu Stein, denn soviel Leid kann kein Mensch ertragen. Ihr habt mit Eurer Melodie diesen Fluch gebrochen.«
Da lächelte Aydin und blies dem blauen Vogel ins Gefieder, daß sich dessen Halskrause sträubte.
Doch der alte Gnom drängte sie loszugehen, denn die Zeit hier in den Geheimen Grotten würde anderen Gesetzen gehorchen als in der wirklichen Welt. So machte sich Aydin mit dem Vogel auf ihren Weg zur Tiefen Quelle, um zu sehen, was die Dunkelalben angerichtet hatten.

ZUR STADT DES DICKEN KÖNIGS

Irgendwo, in den Wäldern ohne Wiederkehr, heulte ein Wolf dem Mond sein Lied.

Weit entfernt, in der Stadt des Dicken Königs, plusterte eine weiße Eule ihr Gefieder, rollte die Augen, kauzte dreimal kurz und heiser. Dann schwang sie sich in lautlosem Flug durch eine der vielen Schattentüren der Nacht und verschwand.

Oyano, der alte Märchenerzähler, schnarchte unruhig auf seinem Lager, wälzte sich hin und her, von einer Seite auf die andere. Seine Hände öffneten und schlossen sich, als wolle er etwas greifen, festhalten, was ihm wie quellklares Wasser immer wieder durch die Finger rann.

Mit einem gedämpften Aufschrei richtete er sich auf. Als er suchend um sich schaute, waren seine Augen klar und wach, keine Spur des ruhelosen Schlafes war in ihnen zu finden. Oyano ging zum Fenster, das wie immer weit geöffnet stand, damit die hilfreichen Mächte der Nacht ungehindert wirken konnten. Tief atmete er den vertrauten Duft seiner Heimat. Er hörte das Harfenspiel des lauen Windes in Masten und Wanten der Schiffe im nahen Hafen und spürte den salzigen Geschmack des Meeres auf der Zunge. Einer Schnittersichel gleich hing der Mond zwischen Wasser, Erde und Himmel.

Wieder stieg weit entfernt das Heulen des Wolfes empor in den Sternenhimmel und endete mit einem auffordernden Blaffen. Die weiße Eule schwebte mit großen Augen am Fenster vorbei, kauzte heiser, flog ohne Flügelschlag einen weiten Bogen und landete lautlos vor Oyano.

Der alte Märchenerzähler nickte. »Ich bin ja schon wach«, murmelte er und blies der Eule sacht ins flaumige Gefieder, »aber ich habe noch nicht verstanden, weshalb. Was ist geschehen? Was geschieht? Welche Macht hat mir diesen Schattentraum gesandt? Welche Gefahr ließ mich zittern im Schlaf und trieb kalten Schweiß auf meine Stirn? Was ist es, was du mir sagen willst, grauer Bruder dort in den Wäldern ohne Wiederkehr? Was willst du mir zeigen, wissende Schwester mit den lautlosen Schwingen?«

An der Tür pochte es leise.

»Komm herein«, sagte Oyano, ohne sich umzuwenden.

Gwen, die Schülerin des alten Märchenerzählers, schien nicht erstaunt, als sie im Fenster die weiße Eule bemerkte.

»Der Mondstein hat mich geweckt«, sagte sie und berührte den Stein, den sie einst von Oyano bekommen hatte und der seitdem an einem geflochtenen Lederband um ihren Hals hing.

Der alte Märchenerzähler nickte kaum merklich und deutete auf einige Teppiche und Kissen auf dem Boden. »Setz dich«, forderte er seine Schülerin auf. »Ich werde uns einen Tee bereiten.«
In Gedanken verloren entfachte er die Glut im Herd, legte Holz auf, füllte den kleinen Teekessel mit Wasser, gab getrocknete Blätter, Beeren und Kräuter hinzu. Grübelnd starrte er dann in das Feuer und murmelte unablässig vor sich hin, bis das Wasser überkochend zischend in der Glut verdampfte.
»Zuletzt habe ich solch eine Nacht erlebt, als ich noch kein einziges graues Haar auf dem Kopf hatte. Und jetzt, schau mich an, kannst du noch ein andersfarbiges entdecken?« Er lächelte, fuhr sich durch seine nebelgrauen Haare und kraulte den eisfarbenen Bart. »Auch damals weckte mich ein Traum, der Wolf heulte, und die weiße Eule Aelas kam an mein Fenster ...«, fuhr er fort, und jede einzelne Falte in seinem Gesicht schien zu lächeln. Doch das Heulen des Wolfes unterbrach ihn, die weiße Eule schüttelte ihr Gefieder und breitete die Flügel aus, als wolle sie Oyano mißmutig rügen. »... doch davon ein andermal! Komm, laß uns zusammensuchen, was wir brauchen.«
Bedächtig begann der alte Märchenerzähler hier in einer Schatulle zu kramen, dort in einer Kiste.
»Aber, aber ...?« Gwen stotterte vor gespannter Erwartung.

»Aela hat die Eule geschickt, und in den Wäldern ohne Wiederkehr ruft mich der Wolf«, erklärte Oyano, und seine Stimme hatte jene eigenartige Kraft, welche Gwen in den letzten Jahren nur noch selten bei dem alten Märchenerzähler vernommen hatte. »Dazu hatte ich noch einen dunklen Traum. Je früher wir aufbrechen, um so besser!«

Da rannte Gwen, um ihr Bündel zu packen. Das versprach ein Abenteuer zu werden, wie sie es gerne mochte.

NACH DREI LANGEN, anstrengenden und wortkargen Tagen war sich Gwen nicht mehr so sicher, ob ihr dieses Abenteuer auch wirklich Spaß machen würde.

Je weiter sich die beiden von der Stadt am Meer entfernt hatten, um so schweigsamer war Oyano geworden. Abends war er vor dem kleinen Feuer gesessen, hatte dem Funkenflug hinterher gegrübelt und Gwens Fragen mit einsilbigen Bemerkungen beantwortet.

Am vierten Abend ihrer Wanderung regnete es, und ein kalter Wind trieb ihnen die Tropfen entgegen. Schließlich fanden sie eine heruntergekommene Spelunke am Weg. Niedrig war die Decke, aus grob behauenen, fleckig schwarz verfärbten Stämmen. Nur wenige trübe Talklichter flackerten und warfen zuckende Schatten. Einige Gäste saßen mit zusammengesteckten Köpfen am Kamin in der

Ecke und musterten Oyano und Gwen mißtrauisch. Den freundlichen Gruß des alten Märchenerzählers erwiderten sie nicht.
Mißgelaunt wollte der Wirt wissen, was sie begehrten. Essen und Trinken sowie das kärgliche Lager auf schmutzigem Stroh und Heu ließ er sich im voraus bezahlen. Die Münzen verschwanden erst in einer Tasche seiner ungewaschenen Hose, als er sie eingehend geprüft hatte.
Die anderen Gäste äugten argwöhnisch und finster zu Oyano und Gwen herüber. Aus Beuteln zogen sie immer wieder grellbunt blitzende Steine, welche sie mit flinken Fingern umherschoben und dann und wann emporhielten, um sie genauer zu betrachten. »Was ist dies für ein Spiel, welches dort gespielt wird?« wollte Gwen leise von Oyano wissen. Der starrte grimmig vor sich hin, als hätte er seine Schülerin nicht gehört. »Sag, Oyano, ist es ähnlich dem Spiel der neun weisen Steine, welches du mir beigebracht hast?«
Der Märchenerzähler schüttelte bedächtig den Kopf, und seine Augenbrauen sträubten sich empor in mißmutigen Wirbeln. »Blendsteine sind es«, sagte er, ohne seine Stimme zu senken. »Arm sind jene, welche sie erwerben, noch ärmer allerdings sind die, die damit handeln.«
Die anderen Gäste warfen böse Blicke herüber und tuschelten hitzig miteinander. Da trat der Wirt zu Oyano und sagte barsch: »Ihr habt gegessen und

getrunken. Nun macht euch auf und geht schlafen.«

Oyano richtete sich langsam auf. Auge in Auge stand er dem Wirt gegenüber und schaute ihn gelassen an, bis dieser den Blick abwandte und verlegen hustend auf den Boden sah. Über den anderen Tischen wisperte unheilvolle Stille.

»Komm, Gwen«, sagte der alte Märchenerzähler ruhig, »ich denke, der Himmel ist für uns heute Nacht zwar ein feuchtes, doch immer noch das beste Bettuch, das wir uns denken können.«

Oyano und Gwen packten ihre wenigen Habseligkeiten und verließen, begleitet von den galligbösen Blicken des Wirtes und seiner Gäste, die Spelunke. Unter den schützenden Ästen einer mächtigen Eiche drückten sie sich wenig später an den warmen Leib des Maultieres.

»Was sind Blendsteine?« wollte Gwen wissen. Der alte Märchenerzähler starrte in das dichte Geäst über sich. Weit oben am nachtschwarzen Himmel sangen die Sterne ihr zeitloses Lied.

»Das Werk der Dunkelalben«, antwortete Oyano nach langer Zeit, so, als zweifle er noch ein wenig an dem, was er gesehen hatte. Nachdenklich schloß er die Augen. »Aber wie sollten die einen Weg aus den Geheimen Grotten gefunden haben?« murmelte er dann vor sich hin.

»Erzähl davon!« forderte Gwen und richtete sich auf.

»Nicht hier«, sagte er leise. »Nicht jetzt!« Oyano zog sie wieder hinunter und legte die Decke über sie. »Versuche zu schlafen. Morgen werden wir mehr erfahren und mehr wissen.«
Kein einziges Wort sprach der alte Märchenerzähler mehr in dieser Nacht und auch nicht am folgenden Tag. In sich versunken, kauerte er auf dem schwankenden Maultier, die Kapuze seines warmen, alten Flickenmantels über den Kopf gezogen. Am späten Nachmittag hatten sie die Wälder ohne Wiederkehr erreicht. Seit Stunden regnete es, als solle die Erde in einen zähen, dunklen Sumpf verwandelt werden. Den alten Märchenerzähler schien dies nicht zu kümmern. Stumm saß er auf dem Maultier und starrte blicklos vor sich hin. Gwen führte es am Zaumzeug und stapfte voran. Sie konnte seit langem weder Weg noch Steg erkennen. Das Unterholz rupfte ihr in den Haaren, schlug ihr ins Gesicht, wucherte ihr verfilzt, verheckt, verdornt entgegen. Die Sonne war untergegangen, und es wurde dunkel. »Hier gibt es keinen Pfad!« rief sie schließlich. »Wie soll ich mich da zurechtfinden?«
»Geh nur zu«, beruhigte sie der Märchenerzähler, ohne auch nur aufzusehen. »In diesen Wäldern ist jeder Weg der richtige, so wie auch jeder Weg der falsche sein kann.«
Gwen ließ mutlos die Schultern hängen und die Zügel locker. Das Maultier knabberte, sichtlich

wohlgemut, an einigen jungen Trieben. »Seit Stunden schon irren wir hier umher«, begehrte sie auf.

»Aber es gab doch einen Weg bisher«, sagte Oyano mit sanfter Stimme, streifte sich die Kapuze vom Kopf und sah sie freundlich an.

»Wo denn? Welchen denn?« rief Gwen zornig und hilflos.

»Den, den wir gegangen sind«, erklärte der Märchenerzähler leise, »unseren Weg. Ist er dir zu dornig geworden?« Er lächelte, stieg vom Maultier und nahm Gwen die Zügel aus der Hand. »Ich werde vorangehen! Steig du auf!«

Oyano schritt aus, und Gwen schien es, als ob das Unterholz zurückweichen würde. Das Gestrüpp löste sich voneinander, und sie konnte einen schmalen Pfad erkennen. Der Regen ließ nach, der wolkendunkle Himmel brach auf, und ein halber Mond kletterte langsam über die wispernden Baumwipfel. Weiches Moos dämpfte die zielstrebigen Schritte Oyanos. Ein lauer Nachtwind umschmeichelte Gwen und trocknete ihre nassen Haare im Nu.

»Wir sind da«, schreckte sie der Märchenerzähler aus ihrem wohlig warmen Dämmerschlaf. »Binde das Maultier an den Baum und warte hier, bis ich dich rufe!«

Oyano wandte sich ab und ging die wenigen Schritte auf eine kleine Waldlichtung hinaus. Auf

seinem Weg sammelte er trockenes Moos, dürre Zweige und aufgesprungene Kiefernzapfen.
Bald flackerte ein kleines Feuer auf der Lichtung.
Oyano hielt die Hände über die tanzenden Flammen.
Irgendwo in der Nacht heulte ein Wolf, kauzte eine Eule.

HINTER GWEN KNACKTE und raschelte es, ein dumpfes Grollen legte sich über das nächtliche Schweigen. Das Mädchen fuhr herum und erstarrte. Ein furchterregender, grauer Wolf stand ihr gegenüber. Das Maultier scheute und verdrehte die Augen in Todesangst. Gwen wollte nach Oyano rufen, zu ihm laufen. Doch da vernahm sie schon seine tiefe Stimme: »Nun hör schon auf, deinen Schabernack mit meiner Schülerin zu treiben, Dalan. Komm und setz dich zu mir!«
Mit einem lautlosen Satz verschwand der Wolf im Unterholz, und vor Gwen stand ein Mann mit braungebranntem Gesicht, in welchem ein abenteuerliches Leben tiefe Furchen hinterlassen hatte. Krähenspuren in frisch gefallenem Schnee. Nachtblau leuchteten seine Augen.
»Ich hoffe, ich habe dich nicht allzu sehr erschreckt?« Lächelnd nahm er Gwens Hand und drückte sie mit festem Griff.
Dann ging er auf Oyano zu. »Ich habe dich schon erwartet«, sagte er, legte dem alten Märchenerzäh-

ler die Hand auf die Schulter und kauerte sich dann ebenfalls an das kleine Feuer. Ernst und still sahen sich die beiden Männer in die Augen. Schließlich zuckte es in Oyanos Augenwinkeln, gerade dort, wo sich all die vielen Fältchen und Linien eines langen Lebens treffen. »Lieber säße ich jetzt an meinem Herd im warmen Zimmer und tränke einen heißen Tee«, sagte er. »Aber wenn Freunde rufen, soll man sich aufmachen und sie nicht warten lassen.«

»Wie recht du hast«, antwortete Dalan. »Ich bin froh, daß du so schnell gekommen bist. Seltsame Dinge geschehen, von denen du erfahren solltest. Dunkelalben sind gesehen worden. Sie wollen das Einhorn fangen, wurde mir berichtet. Wenn ihnen das gelingt, wird in diesen Wäldern kein Märchen mehr ein Zuhause finden, geschweige denn geboren werden!«

Oyano nickte grimmig und stieß mit einem dicken Ast in das glosende Feuer. Glut stob sternengleich in die Nacht. »Sie haben einen Weg aus den Geheimen Grotten gefunden«, sagte er dann. »Wir sind auf Blendsteinhändler getroffen, gestern. So reimt sich eines zum andern!«

»Dann laß uns dorthin gehen, um zu sehen, wie dies geschehen konnte«, forderte Dalan.

Oyano schüttelte abwehrend den Kopf. »Aelas Eule kam in derselben Nacht, in welcher ich den Wolfsruf hörte. Niemals schickte sie diese aus nichtigem Grunde. Bei ihr werden wir wohl mehr erfahren!«

»Aela, die Heilerin«, unterbrach ihn Dalan. »Wollte nicht Aydin, deine erste Schülerin, bei ihr lernen?«

»Ja«, nickte Oyano, »mehr als neun Monate ist es her, daß sie dorthin gegangen ist.«

Ein mächtiger, grauer Wolf schlich herbei, blaffte kurz, beschnüffelte den alten Märchenerzähler und legte dann Dalan die Schnauze aufs Knie. Der kraulte zärtlich die Ohren des Graubartes. Eine weiße Eule huschte wie ein lichter Schatten durch den Schein des Feuers, kauzte ungeduldig und war schon wieder in der Dunkelheit verschwunden.

»Ich denke, wir sollten uns beeilen!« stellte der alte Märchenerzähler fest. Dalan sah der Eule hinterher, dann nickte er, stand auf und pfiff kurz und schrill durch die Zähne. Gerade neben der atemlos beobachtenden Gwen stürmte ein schwarzweiß gefleckter Hengst aus dem Gebüsch und verharrte schnaubend vor Dalan.

»Nun komm schon, Gwen!« rief dieser, als er sich in den Sattel schwang. »Du kannst bei mir mitreiten!« Wieder begann es zu regnen, und es wurde kalt. Oyano, der frierend auf dem Maultier saß, grummelte leise vor sich hin: »Die Gicht wird sich in meine Glieder schleichen bei dieser Kälte, und das Zipperlein wird mich plagen bis an mein Lebensende!«

Gwen lachte und schüttelte sich den Regen aus den Haaren.

SPÄT IN DER NACHT KAMEN sie zur Stadt des Dikken Königs. Still und verstohlen drückten sie sich durch einen verborgenen Eingang am Fluß, der nur wenigen Wissenden bekannt ist und sich nur einigen Eingeweihten öffnet.
Sicher wurden sie von Oyano durch ein Gewirr von Gassen und Hinterhöfen, über Treppen und Brücken, entlang an Kanälen zu einem festgemauerten Haus geführt. Der alte Märchenerzähler klopfte drei Mal, zwei Mal, und noch einmal. Die hohe Tür aus dunklem Holz wurde ihnen aufgetan. Mitsamt den Tieren gelangten sie in einen Innenhof, in welchem ein kunstvoll verzierter Brunnen leise sprudelte. Eine Frau mit schwarzumrandeten, funkelnden Augen trat ihnen entgegen, half Gwen von Dalans Pferd und musterte dann die beiden Männer von oben bis unten. Oyano stieg ächzend vom Maultier. »Ich weiß schon, Aela!« sagte er, zog die Frau an sich und drückte sie. »Wir ziehen die Stiefel aus, bürsten uns das Gestrüpp aus den Bärten und den Schlamm vom Umhang ...«
»... und dann baden wir im Brunnen, schrubben uns ab, bis wir rosa wie ein Säuglingshintern glänzen, und salben uns mit wohlriechenden Ölen.« vollendete Dalan den Satz und vollführte eine an-

mutige Verbeugung. »Auf daß wir Eure ärmliche Hütte nicht verunreinigen!«

»Hör nicht auf die beiden«, sagte die Frau zu Gwen, nahm sie bei der Hand und zog sie mit sich ins Haus. »Und ihr«, lachte sie über die Schulter zurück, »macht genau das, was ihr gerade gesagt habt.«

»Ich hab's gewußt«, stöhnte Oyano. »Und all das vor einer heißen Tasse Tee! Sie hat sich nicht geändert!«

Dalan lachte dröhnend: »Nun komm schon, alter Sprücheklopfer! Hast du dich vielleicht geändert in all den Jahren?«

»Aber ja doch!« Oyanos Stimme klang fest. Dann verzog er das Gesicht und lächelte. »Ich bin älter geworden«, sagte er und ging zum Brunnen, um sich den Staub der Reise abzuwaschen.

ALS SIE KURZ DARAUF alle an Aelas Tisch saßen, vor heißer Milch, dampfendem Tee, Honig, Käse, Kräutersirup, frisch gebackenem Brot, eingelegten Wurzeln und warmen Maronen, erkundigte sich Oyano, noch bevor er das Brot gebrochen oder einen Schluck getrunken hatte, nach Aydin.

»Ich habe sie gelehrt, was ich vermochte«, gab Aela Auskunft. »Und ich kann dir versichern, nie hatte ich eine wißbegierigere Schülerin. Als ich ihr nichts mehr beibringen konnte, entschied sie, sich auf den Weg in die Geheimen Grotten zu machen, um dort nach einem Märchenstein zu suchen.«

»Zu den Geheimen Grotten?« fuhr ihr da Oyano ins Wort.

»Keine Angst!« Beruhigend legte die Heilerin ihre Hand auf den Arm des Märchenerzählers. »Ich weiß genug, um zu entscheiden, ob eine meiner Schülerinnen diesen Weg gehen kann! Und warst nicht auch du ihr Lehrer? Gute Schüler lernen auch bei schlechten Lehrern; war es nicht das, was du immer sagtest?«

Oyano blies nachdenklich in seinen Becher mit Tee, den er in Händen hielt. Der heiße Dampf stieg empor und legte sich vor sein Gesicht. »Ich habe von Schatten geträumt«, murmelte er und nippte von dem Tee. Dann erzählte er von seinem Traum, von den Blendsteinhändlern, auf welche sie getroffen waren, und davon, was ihm Dalan berichtet hatte. »Es scheint, als wäre einiges in Unordnung in den Geheimen Grotten, und Aydin steckt wohl mittendrin!«

Aela nickte beunruhigt: »Nicht nur in den Geheimen Grotten oder in den Wäldern ohne Wiederkehr, auch hier in der Stadt des Dicken Königs geschehen Dinge, welche nichts Gutes verheißen. Deshalb habe ich dir die Eule gesandt. Auf dem Markt gibt es Blendsteine, und die Menschen reißen sie den Händlern aus den Händen. Der Dicke König und seine Ratgeber haben die größten und farbenprächtigsten Blendsteine von den Händlern geschenkt bekommen. Neun an der Zahl sind es. Sie stehen nun im Saal des Großen Rates. Mir ist nicht wohl, wenn ich daran denke, was sie dort anrichten.«

Aela deutete auf eine Schale, in welcher glitzernde Steine lagen. »Ich habe einige kleine davon besorgt. Ein dunkler Zauber wirkt in ihnen.«

Mit einer steilen Unmutsfalte zwischen den Augen griff sich Oyano einen der grellbunten Steine. Gwen sah, daß er von derselben Art war wie jene, mit denen die Gäste in der Spelunke hantiert hatten. Der alte Märchenerzähler lächelte grimmig und schloß die Hand. Als er sie wieder öffnete, war der grellbunte Stein darin zu grauschwarzem, übelriechendem Pulver zerrieben, ohne daß Oyano mehr getan hatte, als einmal tief zu atmen. Gwen sah fragend zu Dalan, doch dieser zuckte mit den Achseln und schob sich eine Marone in den Mund.

»Was hat es mit diesen Steinen auf sich?« verlangte sie mit entschlossener Stimme zu wissen, nahm einen der Blendsteine aus der Schale und wog ihn in der Hand. »Er leuchtet bunt und glitzert«, sagte sie. »Sonst gibt es nichts, was ich noch sehe oder spüre.«

»Jeder, der einen Blendstein bei sich trägt, verliert sich bald in dessen dunkler Macht«, erklärte Oyano. »Nach mehr davon verlangt es ihn und immer mehr, bis er vergessen hat, was Leben wirklich ist. Und darauf warten die Dunkelalben.«

Gwen betrachtete aufmerksam den grell glitzernden Stein in ihrer Hand. Wie strahlend er funkelte, wie leuchtend waren seine Farben! »Was meinst du damit?« wollte sie schließlich wissen, ohne den Blick von dem Blendstein abzuwenden.

Oyano lächelte sie an, doch Gwen beachtete ihn nicht. Weit waren ihre Augen geöffnet, und in ihnen spiegelte sich, geheimnisvoll leuchtend, der Blendstein, den sie in der Hand hielt.

»All das, was jeden Mensch zum Menschen macht«, sprach Oyano weiter, »verliert sich in dem dunklen Zauber dieser Steine.«

»Aber wer sollte solche Steine dann noch bei sich tragen?« Gwen schüttelte den Kopf, ohne aufzusehen.

»Hast nicht auch du einen in der Hand?« lächelte da Oyano zurück. »Sag, wie fühlt er sich an?«

»Warm ist er geworden«, sagte Gwen, und ihr Blick versank im strahlenden Funkeln des Blendsteines. »Und mir ist leicht und wohlig zumute.« Erschrocken zuckte sie zusammen und legte den Stein wieder zurück in die Schale. »Und nun?« fragte sie leise in die Runde.

»Dalan und ich werden zu den Geheimen Grotten gehen. Diese liegen inmitten des Drachengebirges, und nicht ohne Gefahr ist der Weg dorthin. Du aber wirst hier bei Aela bleiben«, bestimmte der alte Märchenerzähler. »Nur wenige Tage bleiben noch, bis der Mond sein Gesicht vollkommen verhüllt hat. Das sind die Nächte, welche die Dunkelalben für ihre Unternehmungen nutzen.«

Gwen nickte betrübt. Sie wußte, sie würde den alten Märchenerzähler nicht umstimmen können. Sie brach das Brot und tauchte es in köstlich duftenden Quark. »Was hat es mit dem Drachengebirge auf sich?«

»Drachen gibt es dort«, gab Oyano zurück und schlürfte heißen Tee. »Dalan war dort vor langer Zeit. Und fast wäre er nicht zurückgekehrt.«

Gwen sah Dalan mit großen Augen an. »Erzähl davon«, forderte sie den alten Märchenerzähler auf. Und Oyano begann …

DRACHENFEUER

Vor vielen, vielen Jahren, die weit versunken sind im Dickicht der Erinnerungen, im Gestrüpp der Zeit, ist dies geschehen. Damals wie heute war Dalan der Abenteurer unterwegs in der bekannten Welt, auf den Bergen, in den Wäldern und Steppen. Er hatte dunklen Magiern widerstanden und nach vielen Abenteuern vom Wasser des Lebens getrunken. Er kannte die wirklichen Namen der vier Winde und konnte mit vielerlei Bäumen, Pflanzen und Geschöpfen sprechen. Das Geheimnis um die Sprache des Feuers jedoch hatte er noch nicht ergründen können. So beschloß er, loszureiten, hin zu jenem sagenumwobenen Feuerland. Die flammenden Gipfel der Berge würden den Himmel selbst entzünden, wurde gemunkelt, und daß dort salziges Wasser und heiße Lava miteinander ringen, auf immer und ewig in ständigem Widerstreit, wie das Antlitz der Erde zu gestalten sei. Dort, so hoffte Dalan, würde er die Sprache des Feuers verstehen lernen. So lenkte er sein Pferd nach Süden und ritt ohne Unterlaß des Tags und auch des Nachts. Am Abend des dritten Tages jedoch, rotglühend stand die Sonne gerade eine Handspanne über den Hügeln und Wäldern, zügelte Dalan den gleichmäßigen Trab seines Pferdes. Ein schriller Schrei gellte empor. Zwischen den mächtigen Wipfeln zweier Eichen raschelte Laub, brachen Zweige, knackten Äste. Als er näher ritt, sah er einen jungen Adler, der sich in einem starken Netz verstrickt hatte. Dalan dauerte es, den Herrscher des Himmels in einem Netz gefangen zu sehen. Mit dem Messer versuchte er, die Maschen zu durchschneiden. Doch die scharfe Klinge konnte den feingesponnenen Schlingen nichts anhaben. Auch dem Schwert des Abenteurers widerstand das geheimnisvolle Netz. Da legte Dalan die Waffen zur Seite. Er suchte den ersten Knoten, von welchem jedes Netz zusammengehalten wird. Als er ihn endlich gelöst hatte, fielen die Schlingen des Netzes leicht und schnell. Lange schüttelte der Adler sein Gefieder.

Dann sprach er: »Deine Tat wird dir nicht vergessen werden«, und flog mit rauschenden Schwingen davon.

Dalan ritt weiter, und wieder vergingen drei Tage und drei Nächte, da hörte er ein wütendes Brummen vor sich. Dalan stieg ab. Mit dem blanken Schwert in der Hand schlich er weiter. Schon nach wenigen Schritten kam er an eine tiefe Fallgrube, in welche ein junger Bär gefallen war.

»Hilf mir heraus«, brummte das kleine schwarze Kerlchen, als es Dalan sah. Was würde dieser Bär einmal für ein gewaltiges Ungetüm werden, wenn er erst ausgewachsen war, dachte dieser. Mit dem Schwert schlug er einen Baum und ließ den Stamm hinunter in die Grube. Schnaubend stieg der Bär daran empor.

Dann schnüffelte er ausgiebig an Dalan. »Das wird dir nicht vergessen werden«, brummte er und trollte sich, die Schnauze dicht an der Erde, eilends davon.

Dalan ritt weiter. Wieder war ihm das warme Flimmern des Südsterns Wegweiser in den Nächten, und der höchste Stand der Sonne wies die Richtung am Tage. Da lag nach drei Tagen und Nächten ein weites Meer vor ihm. Dumpf rollten die Wellen an den Strand und brachen sich an den Felsen. Am Abend sah Dalan, wie der Südstern über den Horizont stieg. Irgendwo dort, weit draußen über dem Meer, mußte Feuerland sein. Wie sollte er nur dorthin kommen?

Ein klagender Ruf weckte Dalan in der Nacht. Eine traurige Melodie schwamm hinaus mit den raunenden Wellen in die Unermeßlichkeit des nächtlichen Meeres. Dalan lief den Strand entlang und fand einen gestrandeten Wal, der erschöpft kleine Fontänen in die Nacht blies.

»Wasser«, sang der Wal, »Wasser.«

Dalan lief ans Meer, warf seine Kleider hinein, tränkte sie und netzte die trockene Haut des Wales. Die ganze Nacht brachte Dalan Wasser zu dem Wal. Endlich graute der Morgen. Mit ihm

kam die Flut, und sie hob den Wal wieder vom Strand.
»Das wird dir nicht vergessen!« blies er in den Himmel, als er sich vergnügt rundum im Meer tummelte. Dann buckelte er davon. Schließlich verschmolz er mit dem wogenden Grau der Wellen und war verschwunden. Nur sein Gesang war noch eine Zeitlang zu hören.
Drei Tage und drei Nächte saß Dalan am Ufer des Meeres und sah hinaus. Nachts schien ihm, als würde er Lichter sehen, weit draußen, dicht unter dem Horizont. Flackernde Feuer, zuckende Lichtfinger am nachtseidenen Himmel, welche den nächtlichen Wanderungen der Planeten und Sterne neues Licht auf alte Wege warfen.
Am Morgen des vierten Tages hatte Dalan seinen Entschluß gefaßt: Er würde hinausschwimmen auf diesen Ozean, hin zu dem Feuerschein am Horizont und auf seine Kraft vertrauen.
So verabschiedete sich Dalan am frühen Morgen von seinem Pferd und hieß es warten, bis er wiederkommen würde. Dann schwamm er los.
Bald jedoch verfinsterte sich der Himmel, und dunkle Wolken donnerten heran wie Stiere, die vor Feuer fliehen. Die Wellen türmten sich auf und spuckten kalte Gischt. Wasserwürgend kämpfte Dalan gegen das Versinken in strudelnden Fluten, als sich ein warmer, fester Körper unter ihn schob.

»Halt dich fest!« sang ein Wal. Und Dalan erkannte diese Stimme. »Halt dich fest!«
Dalan konnte kaum antworten, denn der Sturm zog und zerrte an ihm.
»Wenn du tauchen könntest«, sang der Wal, »würde ich dich mit hinunternehmen in mein Reich. Kein Sturm der Welt kann dort das Schweigen und die Ruhe stören. Doch halte noch ein wenig aus, nicht weit von hier ist eine Insel. Dorthin werde ich dich bringen.«

DER STURM war weitergezogen, und Dalan streifte neugierig durch die fremde Insel. Er kannte weder die Blumen, welche hier blühten, noch die Namen der Bäume, die Schatten spendeten. Er blickte sich um, sah hierhin und dorthin und konnte nirgendwo ein Lebewesen erblicken.
Da bebte die Erde unter harten, schweren Schritten. Aus dem Wald kam ein furchterregender Riese auf Dalan zu. In der einen Hand hielt er einen grob behauenen schweren Knüppel, in der anderen eine zweischneidige Axt. Dalan zog sein Schwert, als ihn der Riese mit erhobener Streitaxt angriff. Krachend fuhr die Streitaxt in einen Felsen. Dort steckte sie so fest, daß selbst der Riese sie nicht mehr herausziehen konnte. Brüllend vor Wut nahm er nun seinen Knüppel in beide Hände und schlug auf Dalan ein, der, rückwärtsstolpernd, Mühe hatte, die gewaltigen Hiebe abzuwehren.

Doch dann brach sein gutes Schwert entzwei wie ein dürres Ästchen. Dalan rannte um sein Leben, schlug Haken wie ein Hase, und doch kam der Riese näher und näher.
Knurrend brach aus dem Unterholz ein mächtiger, schwarzer Bär, der sich dem Riesen entgegenstellte. Ein gewaltiger Prankenhieb zertrümmerte die Keule, und wenig später lag der Riese tot auf der Erde. Immer noch grollend, mit wütend aufgestülpten Lefzen, kam der Bär auf Dalan zu, schnüffelte zufrieden an ihm, dann wandte er sich ab und trabte in den Wald zurück.

VORSICHTIG NÄHERTE sich Dalan dem toten Riesen. Bäume waren geborsten und gesplittert rings um ihn, die Erde zerwühlt. Als Dalan den Griff der Streitaxt im Fels umfaßte und daran zog, löste sich diese aus dem Felsen, als ob nichts sie gehalten hätte im harten Stein außer einigen zarten Flechten oder feuchtes Moos. Hinter sich hörte Dalan Gemurmel und Flüstern: »Er hat den Riesen getötet! Er hat uns von diesem Fluch befreit! Kommt alle her und schaut!«
Als er sich umdrehte, sah er eine Vielzahl grimmig dreinblickender, rauschebärtiger Zwerge, die aus versteckten Erdspalten, hinter Büschen und Farnen hervor die Köpfe reckten und aufgeregt tuschelten. Dann kamen sie auf ihn zu.
»Nein, nein«, wehrte Dalan ihre Dankesbezeu-

gungen ab. »Nicht ich habe diesen Riesen getötet. Es war ein Bär. Habt ihr es nicht gesehen?«

Ein Zwerg trat vor ihn. »Der Bär hat für Euch gekämpft, nachdem Euer Schwert zerbrochen war. Nur Ihr wißt den Grund, weshalb. Kommt mit.«

Die Zwerge führten Dalan auf verschlungenen Wegen zu einer Lichtung. Dabei erzählten sie ihm von den Untaten des Riesen, der regelmäßig über das Zwergenreich hereingebrochen war, wenn der Mond prall und voll am Himmel hing wie eine überreife Milchbaumbeere, um die verborgenen Eingänge ins Zwergenreich zu finden, ihre Schätze zu rauben und ihre Wohnstätten zu verwüsten.

Vor einer Felswand hießen sie Dalan rasten und warten. Dann verschwanden sie, wie von Geisterhand weggewischt, in Erdspalten, hinter Bäumen, Gräsern, Steinen und ließen Dalan allein zurück.

Es war Abend, als sich Dalan ein vielstimmiger Chor näherte. Er hätte nicht sagen können, woher die Zwerge mit einem Mal gekommen waren. Singend und seltsam anmutende Instrumente spielend standen sie um ihn. Mit einem lauten Paukenschlag und dem schrillen Schrei von Zimbeln verstummte alles Lärmen.

Ein Zwerg, in dessen langen Bart kunstvoll Specht- und Finkenfedern geflochten waren, trat vor. »Seid willkommen, Dalan. Ihr habt den Riesen getötet, der unser Reich seit langem bedrohte. Euch zu Ehren feiern wir ein Fest heute nacht.«

Dalan wollte kopfschüttelnd abwehren, doch der Zwerg fuhr unbekümmert fort: »Ihr sollt das Schwert tragen, welches unsere Väter schmiedeten und aufbewahrten im tiefen Berg für den, der kommen wird und sich dessen würdig zeigt.«

Er winkte ungeduldig mit der knorrig kleinen Hand. Zwei andere Zwerge traten hervor. Auf einer samtenen Decke trugen sie ein blauglänzendes Schwert zwischen sich auf den Schultern.

»Dies ist Turasangor«, flüsterte der Zwerg ehrfurchtsvoll, »das Schwert, das Ihr nun Euer nennen werdet. Vertraut ihm, denn das Erz dafür wurde gewonnen vor Tausenden von Jahren. Es wurde geschmiedet von den Weisen unseres Volkes. Seine Schärfe fand es in den tiefsten Tiefen der kalten Welt. Dort hat es geruht und gewartet auf den, der es führen soll. Nehmt nun Turasangor und geht nach Feuerland. Wenn Ihr dort das Schwert in die flammende Erde haltet, wird der Zauber, der in ihm ruht, zu neuem Leben erweckt. Niemals wird es ermüden, in einem Kampf, den Ihr zu bestehen habt.«

»Das trifft sich gut«, antwortete Dalan, »denn nach Feuerland bin ich unterwegs. Ich hoffe dort, die Sprache des Feuers zu erlernen.«

»Ihr irrt, Dalan«, belehrte ihn der Zwerg. »In Feuerland werdet Ihr nicht finden, nach was Ihr sucht.

Die Sprache des Feuers wird nur verstehen, wer

einen Drachenkampf bestanden hat. So erzählen es die alten Lieder unsers Volkes.«

»Dann wird mich mein Weg nun dorthin führen, wo die Drachen hausen«, sagte Dalan. »Mit diesem Schwert in meiner Hand ist mir nicht bang davor.«

»Denkt daran, Dalan, lange lag Turasangor in eisiger Kälte. Es braucht die Kraft der Erde, um Euch eine gute Waffe zu sein«, erinnerte ihn der Zwerg.

Doch Dalan hörte nicht, was ihm der Zwerg so dringend riet. Mit glänzenden Augen starrte er auf das Schwert. Leicht wie das Flüstern fallenden Schnees lag es in seinen Händen und ebenso kalt. Ein eisblaues Flimmern umspann das Schwert, so, als ob die Klinge zu scharf geschmiedet sei für die Augenkraft eines Menschen.

Der Zwerg stapfte auf die Felswand zu. Dalan folgte ihm.

»Hinter dieser Wand verbergen sich zwei Wege«, erklärte der Zwerg. »Der eine führt Euch in einem Augenblick nach Feuerland. Der andere bringt Euch in einem Atemzug dorthin, wo Euer Pferd auf Euch wartet. Nun ist es an Euch zu entscheiden, welchen Weg Ihr gehen wollt!«

Dalan schaute auf Turasangor, das blauschimmernde Schwert in seiner Hand. Feuerland kann warten, dachte er. Welcher Drache würde auch solch einem Schwert widerstehen können?

SEIT TAGEN SCHON galoppierte Dalan durch die karge, trostlose Ebene, welche vor dem Drachengebirge liegt. Nicht ohne Gefahr war diese unwirtliche Gegend, denn hier hausten düstere Gestalten, versteckten sich finstere Gesellen hinter hohen Steinen, lauerte allerlei Gesindel auf den arglosen Wanderer. Doch Dalan mieden sie.
Kein Baum, kein Strauch konnte Wurzeln schlagen hier. So mangelte es Dalan an Brennholz, und erbärmlich frierend suchte er in den kalten Nächten ein wenig Wärme und Schlaf am Leib seines Pferdes. Nach sieben langen, trostlosen Tagen und sieben langen, kalten Nächten war Dalan endlich am Ziel. Schwarz und hoch wuchteten sich die Felsen aus der Erde, klafften tiefe Schluchten unter überhängendem Gestein, schlängelten sich verborgene Wege ins Innere des Gebirges.
Dalan stieg ab und hieß sein Pferd warten. Durch eine enge Schlucht drückte er sich, kletterte über herabgestürzte Felsen, hangelte an schmalen Bändern über aufklaffende Abgründe, tiefer und tiefer hinein in das Gebirge.
Schon bald roch er schwefeligen Atem, und es war leicht, dem durchdringenden Gestank zu folgen. Vorsichtig schlich er weiter, bis er den Drachenhorst vor sich hatte. Doch wie enttäuscht war Dalan, als er ihn dann darin sah. Der Drache dort war kaum größer als ein ausgewachsener Mann. Als er Dalan erblickte, fauchte er und stieß eine übelrie-

chende Rauchwolke aus. Gleichzeitig zuckte er zurück wie ein geprügelter Hund vor der drohenden Hand seines Herrn.

»Vor dir soll ich mich fürchten?« lachte Dalan. »Du bist kein Gegner für mich. Dieser Kampf scheint mir zu einfach!«

»Erlaubt Herr«, begann der kleine Drache und hob ein wenig sein Haupt. »Ihr wollt bestimmt die Sprache des Feuers lernen und glaubt, deshalb mit einem Drachen kämpfen zu müssen. Aber ich versichere Euch, dieses Lügenmärchen ist gänzlich falsch.«

»Was behauptest du da?« verlangte Dalan zu wissen und trat drohend auf den Drachen zu.

»Ihr müßt durch die Feuer des Vulkans fliegen. Dort werdet Ihr in die Geheimnisse der Flammensprache eingeweiht«, antwortete dieser. »Aber das könnt Ihr nur auf meinem Rücken!« setzte er hinzu. Als wolle er zeigen, daß er dazu wohl in der Lage sein würde, entfaltete der kleine Drache zwei gewaltige Schwingen, welche dem Abenteurer zuvor nicht aufgefallen waren.

Dalan schob Turasangor in die Scheide. »Ich will wissen, ob du recht hast«, sagte er. »Aber ich werde dich töten, wenn du mich belügst!«

»Niemals würde ich das wagen, mein Herr.« Untertänig duckte sich der Drache, so daß Dalan mühelos auf den schuppenbewehrten Rücken steigen konnte.

Was war das für ein Flug! Niemals zuvor hatte Dalan etwas Ähnliches erlebt. Gewandt und mühelos stieg der Drache in den Himmel. Kaum schlug er mit den Schwingen, um Höhe zu gewinnen und über das Gebirge emporzusteigen. In Spiralen und waghalsigen Sturzflügen, welche Dalan zunächst den Atem nahmen, ihn dann aber vor Abenteuerlust und Freude aufschreien ließen, flogen sie zum Krater des Vulkans, der wie ein rotglühender, magmaspeiender Rachen inmitten des Gebirges lag. Gierig züngelten die Flammen, brodelte Lava, als der Drache, mit Dalan auf dem Rücken, hinab in den Krater des Vulkans tauchte. Schwarzviolett waberte dort die Glut der flüssigen Steine.
Dalan drohte zu verbrennen. Dunkel färbte sich seine Haut, die Haare ringelten sich verkohlt am Kopf, trocken sprangen seine Lippen auf, rotgerändert mühten sich seine zu Schlitzen verengten Augen, noch ein wenig zu sehen.
Doch Dalan spürte nichts von alledem. Zu sehr genoß er den Ritt auf dem Rücken des Drachen, der durch die Flammen tauchte wie eine Lachmöwe durch die wildesten Böen eines Orkans. Er nahm auch nicht wahr, wie der unscheinbare Drache größer wurde und mächtiger, je öfter er sich in die züngelnden Flammen stürzte.

DALAN WUSSTE NICHT zu sagen, wieviel Zeit vergangen war, als er frierend im stinkenden Drachenhorst erwachte. Die Dunkelheit, welche ihn umfaßte, war vollkommen. Noch immer trunken von dem Gefühl des glühenden Fluges tastete er umher und stieß gegen hornige Haut, scharfkantige Schuppen und spitze Krallen von gewaltiger Größe.

War dies wirklich? Dalan schauderte und suchte sich zu erinnern. Bruchstücke nur trieben empor in sein Bewußtsein, schwer und rotglühend wie Lava und Magma. Er tastete nach seinen Waffen. Langsam kehrte ein wenig Kraft in die verbrannten Augen zurück.

Da erwachte der Drache, und sein Feueratem wischte die Nacht hinweg. Übermächtig richtete er sich vor Dalan auf. Der schuppenbewehrte Schwanz peitschte hin und her. Felsen brachen unter diesen Schlägen. Stinkender Rauch quoll aus den Nüstern des Untiers, als es sprach: »Niemals wirst du die Sprache des Feuers lernen. Denn du bist ihr nicht gewachsen!« Dalan schleuderte die Streitaxt. Doch der Wurf gegen den Drachen war viel zu schwach. Sie prallte gegen die harten Schuppen und fiel in die Tiefe.

Dröhnend prustete da das Untier: »Du glaubst, mich besiegen zu können? Schau dich doch an. Das Feuer des Vulkans hat dir die Kraft aus dem Körper gebrannt und die Haare vom Kopf. Du, der du dich nicht mehr kennst, weil du dich unkenntlich gemacht hast, willst mir mit Waffen drohen?« Der

Drache lachte, daß das ganze Gebirge bebte und schrecklich widerhallte.

Dalan zog Turasangor, das Schwert der zauberkundigen Zwerge, aus der Scheide. Die Klinge begann zu leuchten in eiswindscharfem, blauem Totenglanz. Dalan wußte nicht zu sagen, ob er das Schwert oder das Schwert ihn führte. Stich und Hieb und Streich und Stoß; wie eine tödliche Viper biß sich Turasangor in den riesigen Drachen, doch es schlug ihm keine Wunden. Wieder dröhnte das schreckliche Lachen des Untiers durch das Gebirge.

Dalan packte ein entsetzliches Grauen. Nie und nimmer würde er diesen Kampf bestehen können. Schon riß der Drache sein furchtbares Maul auf, um ihn zu verschlingen, da gellte ein Schrei über ihm. Noch bevor er wußte, wie ihm geschah, wurde er von starken Klauen gefaßt und emporgetragen aus dem Drachenhorst. Ein Adler war es, der ihn in seinen Fängen hielt und mitnahm, weit über das Drachengebirge, weit über die Wolken, hinein in das Blau eines strahlenden Sommertages. Und sosehr sich der Drache auch mühte, dem Flug des Adlers konnte er nicht folgen.

Dalan verkroch sich in den Wäldern ohne Wiederkehr. Lange Zeit brauchte er, bis seine Wunden verheilt waren und er wieder zu seiner Kraft gefunden hatte, die in der Hitze des Vulkans verbrannt war.

DANACH ERFÜLLTE DALAN, was die Zwerge gefordert hatten. Er ging nach Feuerland, und inmitten aufzischenden Wasserdampfes und schwarzrotglühendem Magma stieß Dalan das Schwert Turasangor in das flüssige Urgestein der Erde.
In reinstem Weiß glühte es danach. Nicht der geringste Hauch des eisigen Blaus, das zuvor in dem Schwert geleuchtet hatte, war übriggeblieben.
So gerüstet ritt Dalan abermals ins Drachengebirge, das zu beenden, was er sich vorgenommen. Er fand den Drachen in seinem Nest. Fauchend wälzte er sich ihm entgegen.
Da zog Dalan Turasangor aus der Scheide. Der Drache wich zurück und wand sich, als ob allein das Leuchten des Schwertes ihm unerträgliche Schmerzen bereiten würde. Wie die Strahlen der Morgensonne blitzte Turasangor durch den Drachenhorst, und aus den Wunden, die es schlug, quoll dick und zäh das flammende Blut des Drachen. Kleiner und unscheinbarer wurde das Untier mit jedem Schlag, mit jedem Hieb, mit jedem Stoß. Dalan stand inmitten des Blutes und verbrannte nicht; denn wer in Feuerland gewesen ist, kann jedem Drachenfeuer widerstehen. Schließlich lag vor Dalan wieder jener kleine Drache, der ihn damals aufgefordert hatte, auf seinem Rücken zu reiten.
»Niemals wieder wirst du wachsen«, sagte Dalan und schob Turasangor zurück in die Scheide. »Und

nun sprich. Lehre mich die Sprache des Feuers, denn nun weiß ich, wie du zu bekämpfen bist.«

So lernte Dalan von dem Drachen, und bald schon konnte er das Drachengebirge als Wissender verlassen.

IM HAIN DER ALTEN BUCHEN

Seit dem frühen Morgen stiegen Dalan und Oyano durch das Drachengebirge. Bisher war ihre Reise ohne Zwischenfall verlaufen.

Nur einen Drachen hatten sie gesehen, und der war schnell hinter einigen Wolken verschwunden. Dalan hatte sein Schwert gezogen, doch der alte Märchenerzähler beschwichtigte ihn: »Du hast deinen Drachenkampf bestanden. Es gibt Kämpfe, die muß jeder einmal in seinem Leben bestehen; und zwar ganz für sich und ganz allein!«

Nach einer trostlosen Nacht auf kantigen Felsen überquerten die beiden am nächsten Tag einen Paß und sahen vor sich ein Tal mit einem Buchenhain, welcher einen See umschloß. Darin ragten drei machtvolle Felsen aus dem Wasser.

Nach einem Abstieg auf schmalen Pfaden kamen Dalan und Oyano endlich zum Hain der Alten Buchen. Liebevoll strich der Blick des Märchenerzählers über die alten, ehrwürdig vor sich hin rauschenden Blätter, Zweige und Äste. Dann ging er traurig weiter, betastete hier die Rinde eines Baumes, starrte bei einem anderen angestrengt ins Grün des Blattwerkes, zerrieb da einen Keimling zwischen den Fingern, roch danach an seiner

Hand, eilte weiter und stampfte mit den Füßen auf die vertrocknete Erde rings um einen alten Baum, der sein Laub schon lange vor der Zeit fallen gelassen hatte.

»Die Alten Buchen«, murmelte er betrübt, »es ist, wie ich befürchtete. Sie sind krank und beginnen abzusterben.«

Auch Dalan sah nun die Lücken im Grün der Buchenblätter, die aufgeborstene Rinde, die verdorrten jungen Triebe in dem geheimnisvoll gewirkten Astwerk. Er folgte Oyano, der zu der Anlegestelle gegangen war. Schlammig trüb war das Wasser. Brackiger Gestank lag über dem Stillen See.

»Aydin hat ihren Weg in die Geheimen Grotten gefunden«, sagte Oyano und deutete auf einen Beutel, der an einer Buche lehnte, einen Mantel, der säuberlich danebenlag, sowie ein Paar Schuhe. »Wir werden am Fährplatz bleiben. Hier werden sie die Geheimen Grotten verlassen, denn die Zauberkraft des Wassers wird ihnen nun den Weg nicht mehr versperren. Wir werden sie daran hindern, mein Freund.«

Er warf seinen aus alten, bunten Flicken zusammengenähten Umhang von der Schulter, legte ihn ans Ufer des Sees und setzte sich mit überkreuzten Beinen darauf.

»Du meinst die Dunkelalben, nehme ich an«, wagte Dalan, ihn zu stören.

»Natürlich!« brummte Oyano. »Warte, bis die

Sonne untergegangen ist. Mondlos wird die kommende Nacht. Das werden sie nutzen.«
Dalan lockerte Turasangor in der Scheide. »Weshalb rufen wir nicht den Fährmann, lassen uns in die Geheimen Grotten übersetzen, suchen Aydin und schauen nebenher bei den Dunkelalben vorbei?«
»Wir würden Aydin nicht finden«, gab Oyano Auskunft. »Unermeßlich groß sind die Geheimen Grotten. Wo der Fährmann dich hinbringt, hängt von der Geschichte ab, welche du ihm bei der Überfahrt erzählen mußt. Denn dies ist der Preis, den der Fährmann verlangt. Selbst wenn ich wüßte, welche Geschichte Aydin ihm erzählte, niemals könnte ich sie so erzählen wie sie. Irgendwo würden wir landen in den Geheimen Grotten. Jeder, der sich aufmacht in die Geheimen Grotten«, Oyano nickte leicht mit dem Kopf in Richtung der drei mächtigen Felsen im See, »muß seinen eigenen Weg dort finden und auch gehen.«
Dalan setzte sich neben den alten Märchenerzähler. »Dann erzähl mir von den Geheimen Grotten und was es damit auf sich hat!«
»Ja doch, ja«, sagte Oyano endlich, als Dalan ihn nochmals drängte. Und während sich der Abend langsam über den Mittag legte, um die Nacht vorzubereiten, begann Oyano zu erzählen, von den Geheimen Grotten und vom Anfang der Zeit, von den Alten Buchen, den Dunkelalben und den

Blendsteinen. Seine Augen glänzten in einem ruhigen Feuer, seine Stimme war ungewöhnlich dunkel und warm: »Das alles geschah in den Zeiten, als es noch keine Wenns und Abers gab, welche die Welt nun beherrschen, sogar noch vor den Zeiten des Trotzdem, welches eine Wirklichkeit schafft, die noch schlimmer ist als alle Wenns und Abers zusammen. Dies alles geschah in der Zeit des Und – wo noch das eine möglich war und das andere auch, wo leben und sterben zusammengehörten wie lieben und lachen und alles bis heute noch so ist – zumindest für jene, welche noch um den Zauber der Worte wissen, die Macht der Steine, das Wissen der Buchenstäbe, die Magie der Musik, die Poesie des Feuers und die Reinheit des Eises. Für jene, die darum wissen, wie es ist, immer war und immer wieder sein wird, sei dieses Märchen geboren – und für all die anderen auch …«

»Fang doch endlich an!« sagte Dalan, und Oyano begann …

ZUR TIEFEN QUELLE

Leicht war es für Aydin und den blauen Vogel auf ihrer Schulter, sich im Labyrinth der Gänge, Stollen und Hallen zurechtzufinden. Die beiden hielten sich an die Ratschläge der Gnome, die ihnen den Weg zur Tiefen Quelle wohl beschrieben hatten. Nachdem sie so einige Zeit gegangen waren, bemerkte Aydin an den Wänden krakelige Linien, die sich, grob in den Fels geschlagen, kreuzten oder vieleckige Figuren bildeten.

»Schau nur«, bedeutete sie dem blauen Vogel. »Wer mag diese Zeichen gefertigt haben, und was mögen sie wohl bedeuten?«

»In der Karte der Gnome sind sie nicht vermerkt«, gab dieser zurück und ruckte, aufmerksam um sich schauend, mit dem Kopf. Aydin ging langsam weiter und versank in angestrengter Betrachtung der fremden Ornamente. Sorgfältiger waren die Striche an der felsigen Wand nun ausgearbeitet, feiner gehauen und von kundiger Hand gemeißelt. Hinein in Hallen voll geheimnisvollen Lichtes führten sie die Felsenbilder. Zwischen den Linien und Kerben an den Wänden begann es zu leuchten und zu blitzen in immer wieder neuen Farben und Formen.

»Dieser Weg führt in dunkle Gefilde der Geheimen Grotten«, ermahnte sie der blaue Vogel auf ihrer Schulter. »So sagt es die Gnomenkarte!«

Doch Aydin war gefangen von der blendenden Vielfalt der Felsenbilder. »Komm und schau!« rief sie lachend und ging in die hellen Hallen hinein. »Hier, ist dies wohl ein Einhorn? Oder doch ein Drache?« Aydin wandte sich dem blauen Vogel auf ihrer Schulter zu. »Was meinst du? Kannst du es auch sehen?«

»Ich sehe dunkle Linien in trügerisch hellem Licht«, erwiderte dieser mit belegter Stimme.

»Ich will wissen, wohin uns diese Bilder führen«, sagte Aydin und ließ sich nicht davon abbringen, weiterzugehen.

»Denk an die Worte der Gnome«, versuchte der Vogel sie aufzuhalten. Doch Aydin hörte nicht auf ihn. So plusterte er ungehalten sein Gefieder und krallte sich fester in ihre Schulter. Aydin sah nie beschriebene Fabelwesen, vielerlei Figuren und Gesichter, und manchmal glaubte sie sogar, sich selbst zu erkennen. Doch wenn sie dann innehielt, stellte sie fest, daß sie sich getäuscht hatte.

»Große Gefahren lauern hier, wenn die Gnomenkarte nicht lügt!« gellte der Vogel. »So halt doch ein in deinem Lauf und schau!«

Aydin hörte nicht auf ihn. Da pickte ihr der blaue Vogel heftig ins Ohr.

»Was machst du?« schrie sie aufgebracht. »Du tust mir weh!«
»Geh weiter, wenn du gesehen hast, was die Karte dir zeigt!« bekam sie zur Antwort. »Wenn du es wirklich willst, dann werde ich mit dir gehen, obwohl mir angst und bange ist bei dem Gedanken, was uns wohl erwartet.«
Nur mühsam zwang Aydin ihren Blick von den bunten Bildern an den steinigen Wänden. »Was meinst du?« fragte sie mit großen Augen.
»Sieh in die Karte der Gnome«, wiederholte der Vogel. »Schau hin und erkenne, wohin dich dieser Weg führt!«
Als Aydin endlich die Karte der Gnome nahm und darin las, wurde sie bleich, und Schweißtropfen glänzten auf ihrer Stirn. Geradewegs hinein in einen dunklen Teil der Geheimen Grotten hatte sie sich locken lassen von den bunten Bildern. Die Warnzeichen auf der Karte waren nicht zu übersehen.
Da erlosch das helle Licht, als ob jemand feuchte Asche auf ein Feuer geworfen hätte, und rings um Aydin brachen Felsen staubstinkend herab, bäumte sich die Erde auf, als ob sie unter grausigen Wehen Entsetzliches gebären würde. Das Mädchen wurde zu Boden geworfen. Flatternd stieg der blaue Vogel auf.
Dann war es sehr lange Zeit sehr still.
Schließlich richtete sich Aydin vorsichtig auf und

hustete sich den Staub aus der Kehle. Keines der bunten Bilder konnte sie noch an den Wänden entdecken. Stumpf und farblos häuften sie sich, scharfkantig zerbrochen, auf der Erde. »Eine Falle der Dunkelalben«, krächzte es hoch über ihr. »Das haben wir nun davon!«

Froh sah Aydin empor. Sie hatte schon gefürchtet, der blaue Vogel wäre zu Schaden gekommen durch das mächtige Schlagwetter. Doch dessen Gefieder war nur über und über mit grauem Staub gepudert, und er schüttelte sich ausgiebig, als er wieder auf ihrer Schulter saß. Dort aber reckte er seinen Kopf und wand ihn hin und her.

Aydin stand gleichfalls still. Trippelte da jemand in ihrer Nähe? Huschte dort etwas durch die Dunkelheit? Sie bückte sich und barg einige Steinsplitter in ihrer Hand. Ganz in der Nähe vermeinte sie tonloses Tuscheln zu hören. Doch die Dunkelheit, in welche das Licht nicht drang, war schwärzer als der dunkelste Traum, den Aydin jemals gehabt hatte. Das Tuscheln kam näher. »Sag, was du siehst«, flüsterte sie dem blauen Vogel auf ihrer Schulter zu.

»Nichts«, wisperte dieser. »Zu dicht ist diese Dunkelheit!«

»Gehen wir weiter.« Aydin deutete voraus, nachdem sie nochmals hastig in die Karte geschaut hatte. »Hier entlang!«

»Warum versuchen wir nicht einen Weg zurückzufinden?« wollte der Vogel wissen. »Die Gnome haben uns geraten, diesen Teil der Geheimen Grotten zu meiden!«

»Wenn ich die Karte richtig deute, ist es geradeaus viel kürzer, als wenn wir zurückgingen.«

»Manchmal sind weite Wege kürzer als alle Abkürzungen zusammen!« gab der blaue Vogel zu bedenken. »Und nicht jeder kurze Weg bringt einen schneller ans Ziel!«

Aydin zuckte mit der Schulter und ging los. Hinter ihr zischelte es tonlos, und manchmal schienen Steine zu knirschen unter schleichenden Tritten, die jedoch nicht näher kamen. Aydin ging, so schnell sie konnte, doch der Weg war schwierig. Immer wieder versperrten geborstene Felsen den Weg, mußte sie gefährliche Trümmerfelder überwinden.

Lange Zeit eilte sie an einer Schlucht entlang, die zu steil abfiel, um hinunterzuklettern, und die zu breit war, um darüber hinwegzuspringen. Näher trippelten die heimlichen Schritte hinter ihr, und ein kaltes, nebeliges Lachen ließ sie frösteln. Aydin griff in ihre Tasche und wog einen der scharfkantigen Steine in ihrer Hand. Mit aller Kraft warf sie ihn dorthin, wo das Echo des Lachens noch in der Höhle rumorte. Sie hörte einen gedämpften, dumpfen Schlag. Dann war es still. Noch einen Stein warf sie und einen dritten. Doch diese prallten irgendwo gegen den Fels und zerprangen.

Da näherten sich die schleichenden Schritte wieder, und Aydin wandte sich zu panischer Flucht. Außer Atem entdeckte sie vor sich eine Hängebrücke, die von zerfaserten Tauen gehalten wurde. Ihr Ende verlor sich in der Schwärze über der Schlucht.

Aydin nahm sich keine Zeit nachzudenken. Schon war sie auf der schwankenden Brücke, klammerte sich fest und hangelte sich Schritt um Schritt, Armzug um Armzug über den Abgrund. Nebel waberte empor aus der Schlucht. Nirgendwo fand das Auge einen Halt, und auch das Seil der Hängebrücke spürte Aydins tastende Hand nicht mehr. Nichts gab es, was ihr eine Richtung hätte weisen können. Vor ihr breitete sich ein erschreckend dunkles, gähnendes Nichts aus, in welchem sich dichte Nebel zusammenballten. Erschrocken stand sie still. Eine gefahrvolle Ahnung wehte ihr aus diesen dunklen Schwaden entgegen.

»Was ist das und was verbirgt sich darin?« flüsterte sie.

»Vor uns liegt das Nirgendwo«, gab der Vogel duster zurück, »angefüllt mit den dunklen Nebeln des Irgendwie. Wer hier den rechten Pfad nicht finden kann, ist verloren! Wenn du rechtzeitig in die Karte der Gnome geschaut hättest auf deinem Weg, wüßtest du, wohin wir geraten sind! Geh! Ich werde dir sagen, wo du deinen Weg finden wirst.«

»Du kannst ja auch fliegen!« murmelte Aydin.

Dann schritt sie zögernd weiter. Seltsam weich und nachgiebig fühlte es sich an, keinen festen Tritt schien der Fuß zu finden. Dicht legten sich die Nebelschleier vor ihre Augen. Schon nach wenigen Schritten wußte Aydin nicht mehr zu sagen, woher sie gekommen waren, und noch viel weniger, wohin sie gingen. Der blaue Vogel wies sie einmal in diese, dann wieder in die entgegengesetzte Richtung. Dicker und dichter wurden die dunklen Nebel. Nassen, schweren Tüchern gleich umhüllten sie Aydin und den Vogel.

»Hier herüber, dort scheint es lichter zu sein. Siehst du denn nicht!« rief Aydin.

Doch der blaue Vogel schien sie nicht zu hören. »Nur wer Vertrauen hat, findet hier den richtigen Weg!« sagte er statt dessen.

»Vertrauen in was?« wollte Aydin wissen.

»Auf den nächsten Schritt, immer nur auf den nächsten Schritt«, antwortete der blaue Vogel, »und dann wieder auf den nächsten Schritt.«

Gerade als Aydin sicher war, diese dicken Nebel mit Hilfe des blauen Vogels überwinden zu können, heulten kalte Winde auf und trieben die Nebelschwaden zur Seite. Sie erschrak, denn sie stand weder auf der wackeligen Hängebrücke noch auf festem Fels. Und doch fiel sie nicht. Unter ihr verlor sich ein Abgrund in schwindelerregende Tiefen. Und weit, weit dort unten, sah Aydin Sterne. Keines dieser funkelnden Sternbilder hatte sie schon jemals an einem ihr bekannten Himmel gesehen. Sie zitterte vor Angst. Hier gab es nichts, was Halt bieten konnte, außer der Stimme des blauen Vogels.

»Was ist das?« schrie sie entsetzt. »Wo sind wir?«

»Vertraue auf deinen nächsten Schritt«, antwortete der blaue Vogel, »nur auf deinen nächsten Schritt.«

»Aber wie soll ich ...?« rief Aydin verzweifelt. »Ich werde fallen!«

»Du bist seither nicht gefallen!« bekam sie zur Antwort.

Aydin sah auf ihren Fuß. Nichts gab es, wohin sie ihn setzen konnte. Doch dieses Nichts bot genügend Halt, wenn sie nur daran glaubte, daß sie nicht fallen konnte. So vertraute sie ihrem ersten Tritt ins Nichts, ging einen Schritt und fiel nicht. Dann ging sie noch einen Schritt. Und wieder fiel sie nicht.

Beim dritten Schritt begann Aydin zu zweifeln. Sie zögerte einen winzigen Augenblick, und schon fiel sie. Sie wußte nicht, wie lange sie hinabstürzte, den Schreckensschrei des blauen Vogels in den Ohren. Ohne sich etwas anzutun, klatschte sie in ekligen Schlamm, der seine schmierigen Arme um sie legte.

Als Aydin um sich schlug, um ihren Kopf über dem übelriechenden Schlick zu halten, verlor sie den Lederbeutel mit den Buchenstäben, und auch ihre

Lampe entglitt ihr. Sie versank und erlosch. Dunkel war es nun um sie.
Der Morast zerrte an ihr und drohte sie hinabzuziehen. Tiefer und tiefer versank sie darin.
»Ich kann nicht mehr, ich will nicht mehr!« schrie sie erschöpft. »Noch ein wenig«, rief der blaue Vogel. »Dort drüben ragt ein Stein über den Sumpf!«
Da faßte Aydin wieder Mut, kämpfte weiter und konnte sich schließlich aus dem schmatzenden Schlamm ziehen. Erschöpft hockte sie hin und knetete sich den zähflüssigen Schmutz aus den Haaren und vom Kleid. »Und nun?« fragte sie niedergeschlagen.
»Nicht weit entfernt sah ich einen weiteren Stein aus dem Schlamm ragen«, rief der blaue Vogel, der, die Umgebung erkundend, losgeflogen war, »und auch noch einen dritten. Danach führt ein Weg weiter hinein in den Fels.«
»Aber ich kann nicht mehr«, gab Aydin kopfschüttelnd zurück.
»Warte und ruhe, bis du wieder genügend Kraft gefunden hast. Niemand bedroht uns hier, und keiner kann uns etwas anhaben. Ich werde Wache halten und darauf achten, daß du im Schlaf nicht hineinfällst in den Sumpf!« sagte der Vogel.
So tat Aydin, was ihr der Vogel riet. Sie schloß die Augen und glitt in einen erschöpften Schlaf. Im Traum erschien ihr ein alter Mann. Er zeigte ihr seine offenen Hände und reckte sie ihr entgegen.

Die Worte, welche er sprach, verstand sie nicht. Aber sie begriff, daß die starken Hände sie gehalten hätten, wenn sie nur weitergegangen wäre, in den dunklen Nebeln. Als Aydin erwachte, fühlte sie sich frisch und ausgeruht und voll neuer Kraft. Mit angewidertem Gesicht ließ sie sich vom Felsen hinab in den Sumpf gleiten. Der blaue Vogel flatterte dicht über ihr und wies den Weg.

Wieder war sie dicht davor, sich hinabsinken zu lassen in die dunklen Tiefen, aufzuhören, sich durch den Schlamm zu kämpfen. Doch da hatte der blaue Vogel sie sicher zum nächsten Felsen geführt, und Aydin zog sich aufatmend daran hoch.

Wieder schlief sie, und wieder träumte sie. Dieses Mal jedoch hörte Aydin die Stimme einer alten Frau, welche nach ihr rief. Die Worte konnte sie nicht verstehen, doch die Stimme gab ihr Mut und sprach zu ihr die ganze Nacht. Als sie am Morgen erwachte, fühlte sie sich ausgeruht und stark. Wieder kämpfte sie gegen den Sumpf, sank ein, mühte sich empor und weiter, bis zum nächsten Felsen, den der blaue Vogel entdeckt hatte.

Wieder schlief sie ein, und wieder träumte sie. Dieses Mal sang eine helle Kinderstimme in ihrem Traum ein langes Lied. Wieder konnte Aydin die Worte nicht verstehen, aber ein weiteres Mal erwachte sie und fühlte sich ausgeruht und voll ungestümer Kraft. Nochmals wühlte sie sich durch den Schlamm, kämpfte darum, nicht hinabgezogen zu werden, und endlich hatte sie den zähen Schlick überwunden.

»Die Lampe habe ich verloren und auch die Buchenstäbe«, murmelte sie, als sie auf festem Grund saß. »Nicht viel bleibt mir auf meinem Weg.«

Der Vogel setzte sich flügelschlagend neben Aydin. Lange Zeit zupfte er an einer kleinen Feder, legte dann hier und da flaumiges Blau zurecht, schnäbelte dort etwas Schmutz aus seinem Gefieder und schüttelte sich, bis alles so war, wie es zu sein hatte.

»Du hast etwas verloren. Nun gut!« versuchte er sie zu beruhigen. »Vielleicht kommt jetzt die Zeit, etwas zu finden!« Aydin seufzte. »Einfach nur hier sitzenbleiben ist wohl kein sehr guter Gedanke.«

Sie entrollte die Karte der Gnome und mühte sich im vagen Dämmerlicht, ihre Zeichen zu entziffern.

»Nicht mehr weit scheint es«, sagte sie.

Müde, aber mit frischem Mut machte sie sich auf den Weg, den Vogel auf ihrer Schulter. Wenig später vernahmen sie behäbiges Gemurmel und sahen eine sprudelnde Quelle, an welcher drei verhüllte Gestalten kauerten.

Aydin wußte, sie war bei der Tiefen Quelle angekommen.

Zögernd trat sie näher. Da warfen die drei Gestalten ihre Umhänge zurück und lachten sie freundlich an. Es waren der alte Mann, die alte Frau und das Kind, welche Aydin in ihren Träumen begegnet waren.

»Gib uns deine Kleider, damit wir sie säubern können«, riefen sie ihr zu. »Und du selbst, bade dir den Schlamm vom Körper!«
Das ließ sich Aydin nicht zweimal sagen. Im Nu hatte sie all ihre Kleider abgestreift und stieg in das prickelnd kühle Wasser der Tiefen Quelle. Sie rubbelte und schrubbte sich, bis ihre Haut rot war und das kalte Wasser darauf brannte, als sei es heiß.
Als sie sich später gegenüber saßen, sprach die alte Frau: »Du hast etwas verloren.« Sie griff in den aufschäumenden Strudel der Tiefen Quelle und zog daraus eine Lampe. Mit großen Augen nahm sie Aydin entgegen. Es war ihre Lampe, sie erkannte sie wieder.
»Nun wird dein Licht auch Farben kennen, und dies wird den Dunkelalben nicht gefallen!« sagte die alte Frau, während Aydin staunend die Lampe in den Händen drehte und sie bewunderte. Sie rieb daran, und das Rund um die Tiefe Quelle war in strahlend bunte Farben getaucht.
Da sagte der alte Mann: »Auch ich habe etwas gefunden, das dir verlorenging auf deinem Weg hierher.« Er griff in die Tiefe Quelle, und als er seine Hand zurückzog, reichte er ihr die fünf farbigen Buchenstäbe, welche sie im Sumpf verloren hatte. »Achte die Zeichen, welche in sie geritzt sind. Die meisten davon mißfallen den Dunkelalben sehr.«
Als Aydin die Stäbe nahm, sah sie an jedem Ende eine Zahl eingeritzt.

Verwirrt starrte sie zwischen den beiden hin und her. »Einen Märchenstein wollte ich finden! Aus diesem Grund habe ich mich aufgemacht in die Geheimen Grotten. Und nun reden alle in Rätseln zu mir? Warum gibt es immer wieder mehr Fragen, als Antworten?«
Der alte Mann lächelte. »Weil die richtigen Fragen die besten Antworten sind«, sagte er, »und alles seine Zeit hat, seine bestimmte Stunde.«
Die Frau griff nach Aydins Hand und strich begütigend darüber. In wechselndem Sprechgesang sagten der Mann und die Frau:

»Geboren werden hat seine Zeit, und Sterben hat seine Zeit.
Einreißen hat seine Zeit, und Bauen hat seine Zeit.
Weinen hat seine Zeit, und Lachen hat seine Zeit.
Klagen hat seine Zeit, und Tanzen hat seine Zeit.
Steine wegwerfen hat seine Zeit, und Steine sammeln hat seine Zeit.
Suchen hat seine Zeit, und Verlieren hat seine Zeit.
Schweigen hat seine Zeit, und Reden hat seine Zeit.
Lieben hat seine Zeit, und Hassen hat seine Zeit.
Leben hat seine Zeit, und Sterben hat seine Zeit.«

Das Kind unterbrach die beiden und begann mit heller Stimme zu singen. Aydin erkannte die Melodie. Sie hatte sie in ihrem Traum gehört. Sie nahm ihre Weidenflöte und spielte zum Gesang des Kindes:

»Träumen hat seine Zeit, und Tun hat seine Zeit.
Irren hat seine Zeit, und Entwirren hat seine Zeit.
Suchen hat seine Zeit, und Finden hat seine Zeit.
Sehnsucht hat seine Zeit, und Erfüllung hat seine Zeit.
Hoffnung hat seine Zeit, und Einsicht hat seine Zeit.
Wissen hat seine Zeit, und Fühlen hat seine Zeit.
Wahrheit hat seine Zeit, und Erkenntnis hat seine Zeit.
Demut hat seine Zeit, und Stolz hat seine Zeit.
Die Zeit hat keine Zeit und alle Zeit.
Zeit ist – einzig und allein!«

Das Kind verstummte. Die alte Frau und der alte Mann sagten liebevoll zu Aydin: »Nun ist deine Zeit gekommen. Nutze sie.«
Noch bevor Aydin ihrer Verwirrung Herr werden konnte, waren die beiden aufgestanden und umarmten sie. »Ein kleiner Stein ist es, welcher das Wasser hindert zu fließen, wie es soll. Tief im Damm der Dunkelalben steckt er. Ihn mußt du finden und herausziehen.« Dann gingen sie in den schäumenden Strudel der Tiefen Quelle und verschwanden darin.
»Auch ich will dir etwas mitgeben auf deinen Weg«, sagte das Kind. Es öffnete seine Hände. Darin lagen fünf farbige Körner, ein blaues, ein rotes, ein gelbes, ein weißes und ein schwarzes. Der

blaue Vogel flog auf und pickte mir nichts, dir nichts die fünf Körner auf. Ein Zittern durchzuckte ihn, kaum daß er das letzte gefressen hatte. Seine Augen hefteten sich starr auf Aydin, ein dürres Krächzen kam aus seinem Schnabel. Dann fiel er um und regte sich nicht mehr.

»Du hast ihn getötet!« schrie Aydin entsetzt auf. Doch das Kind nahm den leblosen Körper des Vogels liebevoll auf. »Warte hier!« Dann ging auch das Kind hinein in den Strudel der Tiefen Quelle. Weinend sah ihm Aydin nach. Doch dann rieb sie sich die Augen, denn verschwommen sah sie, wie ihr eine junge Frau aus der Tiefen Quelle entgegenkam, mit Haaren, leuchtend rot wie die Blätter des Blutahorns im späten Herbst. Ein Köcher mit Pfeilen hing über ihrer Schulter, und in der Hand hielt sie einen meisterhaft gearbeiteten Bogen. In ihren Augen lächelte etwas Vertrautes.

»Mein Name ist Lana«, sagte das Mädchen. »Nun ist auch der letzte Teil des Fluches von mir genommen, und ich lebe wieder in meiner wirklichen Gestalt.«

»Ich verstehe nicht«, stotterte Aydin. »Du bist der blaue Vogel?«

»Ich bin Lana«, antwortete das Mädchen. »Nun laß uns sehen, wo die Dunkelalben den Damm errichtet haben.«

Noch ein wenig verwirrt hielt Aydin die buntschimmernde Lampe empor und ging, gefolgt von

Lana, dem Wasser der Tiefen Quelle nach. Niemand störte sie auf ihrem Weg, obschon dunkle Schemen hinter ihnen herhuschten. Doch wenn Aydin in ihre Richtung leuchtete, flüchteten sie. Prachtvolle Hallen durchschritten Aydin und Lana, als sie dem Wasser der Tiefen Quelle folgten, gebadet in gleißendes Licht von geheimnisvollem Ursprung; neben Wasserfällen kletterten sie hinab, überschüttet von Kaskaden prikkelnden Wassers; geheimnisvolle Steine sahen sie im Fels schimmern und glimmen. Wie gerne hätte Aydin einen davon mitgenommen. Doch sie konnte sie nicht aus dem Fels lösen.

Endlich lag der Damm der Dunkelalben vor ihnen.

»Wie groß er ist!« sagte Aydin. »Wie soll ich den einen Stein finden, welcher ihn zum Einsturz bringt?«

»Du wirst es wissen, wenn du ihn in Händen hältst«, antwortete Lana.

Aydin zögerte nicht länger und stürzte sich kopfüber in die dunklen, stillen Fluten des aufgestauten Wassers. Hinab zur tiefsten Stelle tauchte sie. Dunkel war es, und Steine gab es dort wie Sand am Meer. Welchen davon sollte sie nun aus dem Damm ziehen? Unsicher griff sie hierhin und dorthin. Sahen die übereinander geschichteten Steine nicht alle ähnlich aus? Fühlten sie sich nicht alle gleich an unter ihrer tastenden Hand? Prustend tauchte sie auf und schwamm ein zweites Mal hinab. Wieder konnte sie sich nicht entscheiden, und so mußte sie nochmals auftauchen, um Atem zu schöpfen.

Doch dann war sie sicher. Tief unten im Damm, dicht über dem felsigen Grund, drängte sich ein eiförmiger Stein in Aydins suchende Hand. Ohne große Mühe zog sie ihn aus dem Damm. Das aufgestaute Wasser hatte endlich einen Weg gefunden. Schneller und schneller strömte es hindurch.

Als Aydin atemlos auftauchte, hörte sie ein berstendes Krachen und im tosenden und schäumenden Inferno den Ruf Lanas: »Hast du schon jemals etwas so schön zusammenbrechen sehen? Ich komme mit!«

Im selben Augenblick wurde Aydin mitgerissen vom reißenden Strom des Wassers, welches den Damm der Dunkelalben unterspült und zum Einsturz gebracht hatte.

AM STILLEN SEE

»… Als alle Trotzdems, Wenns und Abers wieder da waren, wohin sie in Wirklichkeit gehören«, schloß Oyano sein Märchen, »da freuten sich die Unds, denn wohin sie auch sahen, die Welt war nicht mehr aufgeteilt, sondern vielfältig verbunden und gleichzeitig. Jeder Augenblick barg in sich die Unendlichkeit, und die Unendlichkeit war in jedem Augenblick.«

Dalan lag neben dem alten Märchenerzähler im Gras. Dunkelste Nacht umgab sie, kein Mond stand am Himmel, und dichte Wolken hielten auch das Licht der Sterne ab. Ein kaum spürbarer Windhauch flüsterte über ihnen durch das Laub der Buchen und kräuselte die nachtschimmernde Oberfläche des Stillen Sees.

»Gut und schön«, sagte Dalan nach einiger Zeit und richtete sich auf. »Mir aber wäre wohler, wenn ich wüßte, wo Aydin nun steckt, oder wenn ich wenigstens einige Dunkelalben begrüßen könnte. Zu lange sitzen wir hier schon untätig und warten.« Er klopfte auf sein Schwert, welches blankgezogen neben ihm lag. Oyano lächelte in den mondlosen Himmel. »Immer geschieht etwas, wenn ein Märchen erzählt wird. Manchmal schnell und gewaltig, ein anderes Mal unmerklich langsam, jedoch sehr beständig.« Er sog die Nachtluft ein, die nach modernden Buchenblättern, verzauberten Erinnerungen, alten Träumen und ein wenig Regen roch. »Ist es nicht eine Nacht voll wundersamer Ahnungen?« sagte er und schloß die Augen.

Dalan wollte zustimmend nicken, doch da vernahmen sie ein leises Wispern und Zischeln. Dunkle Schatten stocherten über den See auf die beiden zu. In den gesichtslosen Kutten flimmerten bunte Augen.

»Man soll die Nacht nicht vor dem Morgen loben«, flüsterte Dalan, griff nach Turasangor und drängte sich in den Schatten einer Buche, bis die Dunkelalben dem Ufer näher gekommen waren. Dann stürzte er vor und schwang angriffslustig sein Schwert. Die Dunkelalben kreischten schrill. Hastig stocherten sie zu den drei Felsen zurück, aber sie verschwanden nicht zwischen ihnen. Tonlose Wortfetzen in einer fremden, kargen Sprache blies der Wind über den Stillen See heran.

»Du hättest ihnen dein Schwert nicht vorschnell zeigen sollen«, sagte der alte Märchenerzähler und trat vorsichtig neben Dalan. »Nur einige waren es, und mir scheint, als würden sie auf andere dort warten.«

»Wir werden sie schon empfangen«, brummte Dalan, noch ein wenig enttäuscht von der schnellen Flucht der Dunkelalben. Er ließ die Schemen bei

den Felsen nicht aus den Augen, schob aber sein Schwert in die Scheide.
So standen der alte Märchenerzähler und Dalan einige Zeit schweigend an den Stamm einer Buche gelehnt. Mehr Dunkelalben waren inzwischen bei den drei Felsen versammelt. Doch noch näherten sie sich nicht dem Ufer.
»Ich will dir eine Geschichte erzählen, um die Zeit zu verkürzen, in welcher wir hier warten müssen«, brach Dalan das Schweigen.
»Du?« fragte Oyano erstaunt und wandte sich ihm zu.
»Ein Abenteurer erlebt Geschichten«, antwortete Dalan, ohne seinen Blick von den Felsen im Stillen See zu wenden. »Manchmal sind es Geschichten, welche auch Märchen sein könnten. Doch nun unterbrich mich nicht mehr.«

DAS ERBE DES GROSSEN KRIEGERS

Es war einmal ein großer Krieger. Der hatte zeit seines Lebens seine Kraft verkauft an Könige, Fürsten, Herzöge und andere Heilbringer, solange sie nur gut genug dafür bezahlten und er deren Sache für Rechtens hielt.

Unbezwingbar war er gewesen im Kampf, denn seine Waffen besaßen Zauberkraft. Das Schwert, das er führte, durchschnitt selbst Stein, und niemals wurde es müde in seiner Hand. Seine Streitaxt fraß sich wie von selbst durch einen Kampf, nichts konnte sie aufhalten. Und sein Speer traf sein Ziel, auch wenn dieses so weit entfernt war, daß es das Auge nicht mehr schauen konnte.

Drei Söhne hatte er, und diese strebten danach, zu werden wie ihr Vater: große, unbezwingbare Krieger mit Waffen voller Zauberkraft.

Eines Tages hatte der große Krieger das Kriegen satt. Von seinen Reichtümern kaufte er sich einen Hof und drei große Weinberge. Und diese bewirtschaftete er, solange es ihm Freude bereitete.

An einem lauen Winterabend sah er die Abendsonne hinter den Weinbergen versinken und rief seine Söhne zu sich.

»Nun werde ich dorthin gehen, wo ich noch nie

war«, sprach er. »Dieses letzte Abenteuer wird mein größtes sein, und ich muß es ganz allein bestehen. Euch aber will ich sagen, was euer Erbe sein soll.«
Da bekam jeder der Brüder einen der Weinberge. In jedem aber, so sagte ihnen ihr Vater, habe er eine seiner magischen Waffen vergraben, um sie vor Dieben zu schützen. Noch bevor er mehr sagen konnte, schloß der große Krieger die Augen und ritt lächelnd dorthin, wo seine Sonne untergegangen war.
Seine Söhne trauerten und trugen ihn zu Grabe, wie es der alte Brauch bestimmte.
Schon am nächsten Tag aber nahmen sie Spaten, und ein jeder begann in seinem Weinberg zu graben. Schwer war diese Arbeit, denn in der Erde steckte noch der Winter. Die Aussicht aber, eine der magischen Waffen des Vaters zu finden und damit ein großer Krieger zu werden, trieb die Brüder an. Keiner von ihnen fand jedoch, nach was er gesucht hatte. Da saßen sie enttäuscht zusammen und klagten sich ihr Leid.
Die Rebstöcke allerdings freuten sich, denn der Boden war hart gefroren gewesen und hatte ihre Wurzeln schmerzhaft eingeengt. Nun konnten sie wieder atmen und die Kraft der Erde nutzen.
Inzwischen war es Frühling geworden. Erste zarte Triebe keimten aus den Reben. Da dachten sich die Brüder: »Nun ist die Erde aufgetaut. Wir wollen

nochmals versuchen zu finden, was unser Vater vergraben hat.«
So zogen sie wieder hinaus mit Spaten und Schaufeln und gruben die Weinberge um. Die Reben dankten es ihnen und wuchsen wie nie zuvor.
Erschöpft und enttäuscht saßen die Brüder zusammen, als sie nach Wochen angestrengter Arbeit wieder nichts gefunden hatten in den Weinbergen. Als sie aber sahen, wie prächtig ihre Reben gediehen, lachten sie, aßen und tranken zusammen und ließen sich das Leben gefallen.
Der Sommer kam, und die Erde barst trocken auf unter heißer Sonne. Da sprachen die Brüder zueinander: »Laßt uns noch einmal versuchen, das Erbe unseres Vaters zu finden. Wer weiß, vielleicht haben wir noch nicht tief genug gegraben.«
Sie nahmen Schaufel, Spaten und Piken, gingen in ihre Weinberge, gruben tief und schwitzten sehr. Doch wieder war die Suche nach den magischen Waffen umsonst.
Die Rebstöcke jedoch wuchsen und gediehen, daß es eine Freude war.
Dann kam der Herbst. Prallvoll und süß hingen die Trauben in den Weinbergen der Brüder. Was war das für ein Wein, den sie daraus kelterten. Keiner im ganzen Land kam ihm gleich.
Das hörte auch der König. Er ließ nach den Brüdern schicken und sprach zu ihnen: »Wir hörten, Eure Weinberge seien die besten des Landes. Wir

wünschen sie zu kaufen, denn Wir mögen guten Wein. Laßt Euch vom Schatzmeister auszahlen.«
Da sahen sich die Brüder an und antworteten: »Den Wein verkaufen wir Euch gerne, Hoheit. Die Weinberge jedoch sind das Erbe unseres Vaters. Wir können sie nicht verkaufen.«
Da wurde der König zornig, ließ sie in Ketten legen und bei Wasser und Brot in den Kerker werfen. Doch die Brüder beriefen sich auf die Rechte, welche in einem alten Gesetz niedergeschrieben waren. Denen mußte sich auch der König, zwar murrend, aber dennoch beugen.
Doch er dachte sich: »Ich werde mir den Wein recht billig kaufen, denn die Brüder werden froh sein, wenn ich ihre Ketten löse.« Er nannte ihnen den Preis, welchen er bezahlen wollte.
Die Brüder aber schüttelten die Köpfe und antworteten: »Wasser und Brot und deine Ketten ertragen wir lieber, als daß wir unseren Wein zu diesem Preis verkaufen.«
Da gab der König nach, denn einen Wein wie diesen hatte er noch nicht gekostet. Er kaufte den Brüdern alle Fässer ab und zahlte einen guten Preis.
Der Winter zog ins Land und vertrieb den Herbst mit kalter Faust. Die drei Brüder saßen zusammen und sprachen: »Ein Jahr ist vergangen, in welchem wir nach dem Erbe unseres Vaters in den Weinbergen gruben. Wir haben nicht gefunden, nach was

wir suchten. Doch haben wir verstanden, welches Erbe wir erhalten haben. Laßt uns zu seiner Ruhestätte gehen, Zwiesprache mit ihm halten und ihm dafür danken.«

So gingen sie zu dem Grab ihres Vaters. Zu ihrem Erstaunen war der Hügel darüber eingestürzt, obwohl sie ihn doch mit großer Sorgfalt errichtet hatten. Als die Brüder sich daranmachten, ihn wieder aufzuschichten, glänzte Metall zwischen den dunklen Erdschollen.

Der Älteste grub mit bloßen Händen und hatte bald einen meisterhaft gearbeiteten Pflug aus der Erde gezogen. An der Pflugschar aber sahen die Brüder die Zeichen, welche sie einst auf dem Schwert ihres Vaters bewundert hatten. Da grub auch der jüngere Bruder in der lockeren Erde des eingestürzten Hügels. Er fand einen starken Schmiedehammer. Darauf war gerade jenes Muster, welches die Streitaxt ihres Vaters geschmückt hatte.

Nun schob der jüngste Sohn die Erde zur Seite, und auch er brauchte nicht lange zu suchen. Eine kunstvoll gearbeitete Feder zog er aus der Erde. Sorgsam säuberte er sie. Die Ornamente an ihr waren dieselben, welche einst dem Speer des Vaters Zauberkraft verliehen hatten.

Die Brüder schichteten den Hügel wieder über das Grab und dankten für das, was ihnen gegeben worden war. Einst hatten die Waffen ihres Vaters mächtige Kämpfe bestanden. Nun nutzten sie den Brüdern bei ihrer Arbeit Tag für Tag. Niemand im ganzen Land konnte solch prächtige Weinberge sein eigen nennen. Und die Weine der drei Brüder wurden gerühmt, Jahr für Jahr aufs neue.

DER WEG ZURÜCK

»Eine schöne Geschichte«, nickte der alte Märchenerzähler, »wenn sie nur öfter wahr würde. Doch so lange wird sie wohl als Märchen leben.«
»Manchmal sind Waffen mit magischer Kraft wünschenswert«, gab Dalan zurück. Er zog Turasangor aus der Scheide und ging ans Ufer.
Als ob alle Leuchtkäfer der Wälder ohne Wiederkehr hier am Stillen See ein Fest feiern würden, glimmerte und funkelte es zwischen den drei Felsen. So viele Dunkelalben hatten sich nun dort gesammelt. Es begann zu knarren und zu scharren. Die Dunkelalben stocherten auf ihren Flößen heran.
Oyano begann in der alten Sprache der Märchenerzähler vor sich hin zu murmeln, leise zunächst und ganz bedächtig. Seine Stimme wurde kräftiger und eindringlicher, je näher die Dunkelalben dem Ufer kamen. Dalan stand an der Anlegestelle, das Schwert bereit.
Da rissen die Wolken auseinander, und gerade hinein in diese Lücke schob sich ein voller, runder Mond. Dalan schaute sich verwundert nach Oyano um, doch dieser hatte den Blick erhoben und lächelte in den Himmel. Das sanfte Mondlicht ver-

silberte den Stillen See. Hilflos umherstochernd versuchten die Dunkelalben dem Licht des Mondes zu entfliehen, denn darin sind sie blind. Flöße stießen zusammen, kippten, und dünne, tonlose Schreie stiegen in den Himmel. Noch immer drängten Dunkelalben zwischen den drei Felsen heraus.

Kein Floß gelangte an die Anlegestelle, denn da stand Dalan und schwang sein Schwert. An anderen Stellen aber taumelten die Dunkelalben blind ans Ufer, stolperten in den Hain der Alten Buchen und flohen, so schnell sie konnten.

Bei den drei Felsen im Stillen See begann es unheilvoll zu grummeln. Ein buntes Licht flammte dazwischen auf und näherte sich rasch. Dalan hielt Turasangor in beiden Händen, und seine Augen funkelten vor Kampfeslust. Es toste und schäumte über dem Stillen See. Eine Flutwelle wälzte sich hin zum Hain der Alten Buchen. Auf deren schäumendem Kamm wurde ein Mädchen herangetragen. Es hielt das buntstrahlende Licht in der Hand.

»Aydin!« rief Oyano gegen das Brausen des Wassers. »Hier bin ich!« Doch da hatte die mannshohe Welle sich schon am Ufer überschlagen und dem alten Märchenerzähler die Beine unter dem Leib weggezogen. Keuchend, hustend und in knietiefem Wasser watend richtete er sich auf. Dalan, der die Arme um eine Buche geschlungen hatte, war nicht gefallen. Der eben noch volle Mond war ver-

schwunden. Undurchdringliche Dunkelheit lag wieder über dem See.
»Wo ist nur die Lampe wieder?« schimpfte die vertraute Stimme Aydins in der Dunkelheit. Wenige Atemzüge später glomm ein bunter Funke auf in der Nacht, der rasch größer und heller leuchtete.
»Oyano? Habe ich richtig gehört? Bist du hier?«
Noch bevor dieser antworten konnte, gellte der warnende Ruf einer ihm fremden Stimme durch die Dunkelheit: »Da sind sie! Habt acht!«
Ein Pfeil schwirrte an Oyano vorbei auf den See hinaus. Ein tonloses Wimmern klagte auf. Dicht an dicht drängten sich dunkle Schemen mit flimmernd bunten Augen in der gesichtslosen Kutte am Ufer. Dalan stürzte los und schwang sein Schwert.
Wieder surrte ein Pfeil dicht an Oyano vorbei und traf sein Ziel. Dann war Dalan bei den Dunkelalben, und Turasangors Klinge fuhr leuchtend zwischen sie. Noch bevor Oyano etwas sagen konnte, stürmte Aydin an ihm vorbei, das buntstrahlende Licht vor sich haltend. Vor dem Strahlen dieser Lampe flohen die Dunkelalben. Dabei stimmten sie ein jammervolles Geheule an. Schaurig war es anzuhören, mißtönig schrillte es in den Ohren. Viele von ihnen wollten über den See zurück, um dem bunten Schein aus Aydins Lampe zu entkommen. Doch im Wasser des Stillen Sees wirkte nun wieder die Macht der Tiefen Quelle. Die Flöße der Dunkelalben versanken darin und mit ihnen alle,

welche darauf waren. Andere jedoch hatten einen Weg durch den Hain der Alten Buchen gefunden und waren in der Nacht verschwunden. Wie viele, wußte niemand zu sagen.

Nun lag der See wieder still, nur im Hain der Alten Buchen knackte und knaspelte, knisperte und knarzte es. Das Laub raschelte nicht mehr vertrocknet aneinander, sondern wisperte wieder in sattem Grün. So schnell hatte das zauberkräftige Wasser der Tiefen Quelle die Alten Buchen geheilt.

Aydin und Oyano hielten sich glücklich in den Armen, während Dalan und Lana sich abschätzend musterten.

»Kein schlechter Bogen, den du da mit dir führst«, stellte Dalan schließlich fest und stieß Turasangor in die Scheide.

»Dein Schwert kann sich auch sehen lassen«, gab Lana zurück und entspannte mit schnellem Griff den Bogen.

Später saßen sie gemeinsam am Feuer. Während die Nacht langsam verblich, erzählte Aydin von ihren Wegen in den Geheimen Grotten. Sie reichte Oyano die bunte Lampe, welche sie an der Tiefen Quelle erhalten hatte.

Der musterte sie anerkennend. »Solange diese Lampe Licht verbreitet, muß dir nicht mehr bange sein vor Dunkelheit und all dem, was sich vielleicht darin verbergen mag.«

Dann zeigte Aydin dem alten Märchenerzähler die Buchenstäbe. Oyano saß lange und betrachtete sie versonnen. »Noch mehr Zeichen hast du dir erworben«, sagte er dann strahlend, »und mächtige dazu. Geh sorgsam damit um, solange du noch nicht weißt, was hinter ihrer Gestalt verborgen ist.«

Schließlich zog Aydin einen grauen, eiförmigen Stein aus der Tasche ihres Kleides, der gerade Platz fand in ihrer geschlossenen Hand.

»Ich fürchte, einen Märchenstein habe ich nicht gefunden«, sagte sie betrübt. »Dies ist der einzige Stein, den ich aus den Geheimen Grotten mitgebracht habe. Zu schnell haben mich die Fluten weggerissen, als ich ihn aus dem Damm der Dunkelalben zog.«

Oyano nahm den unscheinbaren Stein und wog ihn in seinen Händen. Ein verstecktes Lächeln stahl sich in seine Augenwinkel, und auch um seine Lippen zuckte es. »Wer kann schon sagen, welche Kraft er in sich trägt«, murmelte er und reichte ihn Aydin zurück.

Die zuckte mit der Schulter und nahm ihn wieder an sich.

»Wie kam es, daß der Mond am Himmel stand?« wollte sie dann von Oyano wissen. »Ist heute nicht die Nacht, in welcher er der Welt nicht scheint?«

Der alte Märchenerzähler lachte: »Die Macht der Blendsteine habe ich genutzt, und davon gab es

viele auf den Flößen. Sie haben den Mond am Himmel gespiegelt, ganz wie ich es ihnen erzählte. Und die Dunkelalben glaubten, er sei wirklich.«
»Du hast die Blendsteine genutzt, obwohl sie das Werk der Dunkelalben sind und einen dunklen Zauber in sich tragen?« fragte Dalan erstaunt.
»Niemand kann ein wirklicher Märchenerzähler sein, der nicht auch um die Macht dunkler Magie weiß«, gab da Oyano zurück. »Vom Licht kann nur erzählen, wer auch die Dunkelheit kennt.« Obwohl der Morgen noch nicht graute, drängte der alte Märchenerzähler zum Aufbruch. Nicht wenige der Dunkelalben waren dem Kampf entkommen und jetzt sicherlich schon unterwegs zu den Menschen. Die nächstgelegene Stadt war die des Dikken Königs.

DALAN FÜHRTE SIE sicher über verborgene Klettersteige durch das Drachengebirge. Er kannte hier manchen Weg und Steg, der anderen unbekannt war. So kamen sie schnell voran und waren am Nachmittag im karstigen Land, wo sie ihre Reittiere zurückgelassen hatten.
Im gestreckten Galopp jagten sie dann zurück zur Stadt des Dicken Königs. Lana saß hinter Dalan. Oyanos Maultier gab sein Bestes, verdrehte aber immer wieder mitleidheischend die Augen und stöhnte fortwährend, als sei ihm das Gewicht von Oyano und Aydin zu schwer.

Kurz vor der Stunde, an welcher die Zeit für den Augenblick eines Augenblicks verweilt, um sich zurückzubesinnen auf den alten Tag und sich vorzubereiten auf den neuen, sahen sie den vertrauten Schattenriß der Stadt des Dicken Königs vor sich. Feuer brannten auf den Stadtmauern, über dem Stadttor hantierten Männer mit Pechkesseln, großen Steinen, Lanzen, Pfeil und Bogen.
»Was geht hier vor?« flüsterte Aydin. »Es scheint, als erwarteten sie den Angriff eines feindlichen Heeres.«
Eine weiße Eule strich über sie hinweg und kauzte drängend.
»Zur verborgenen Pforte«, befahl Oyano. »Was ich sehe, mißfällt mir sehr.« Der alte Märchenerzähler schlug dem Maultier die Fersen in die Flanken, daß dieses erschreckt ausschlug und davongaloppierte, als sei das ewige Feuer hinter ihm her. Dalans Hengst hatte Mühe, ihm zu folgen.

IM TIEFEN SCHATTEN der Stadtmauer lag die verborgene, kleine Pforte. Keinen einzigen Menschen sahen sie auf ihrem Weg zu Aelas Haus.
Dort klopfte Oyano wie gewohnt: drei Mal, zwei Mal, ein Mal. Doch nichts regte sich. Ein wenig lauter schlug der Märchenerzähler nun mit der Faust gegen das geschlossene Tor. Doch wieder wurde ihnen weder geöffnet, noch vernahmen sie irgendein Geräusch.

Da lief Aydin hinter das Haus, stieg auf ein Regenfaß und zwängte sich durch eine Lücke zwischen Dachbalken und Schindeln. Wenig später öffnete sie leise das Tor zum Innenhof. Nirgendwo brannte ein Licht. Aydin rieb an ihrer Lampe. Bunt wie ein heller Tag erstrahlte sie. Weder Gwen noch Aela waren zu finden, aber die noch auf dem Herd stehenden Töpfe, das schmutzige Geschirr, die hingeworfene Arbeit auf dem Tisch deuteten auf einen hastigen Aufbruch.

»Zum Schloß«, drängte der alte Märchenerzähler.

Aydin rannte voraus, denn ihr waren die Schleichwege, die versteckten Winkel, die Hinterhöfe und verborgenen Durchgänge in der Stadt des Dicken Königs bekannt. Sie war all diese Wege schon gegangen. Bald waren sie an dem großen Platz vor dem Schloß. Hier wimmelte und wuselte es von Menschen, welche aufgeregt durcheinanderliefen. Als sie sahen, wer da über den Platz rannte, hielten sie inne.

»Wer ist es, der da mit Aydin läuft?« wurde leise getuschelt und flüsternd umhergefragt. Nicht wenige hatten Oyano, den alten Märchenerzähler, schon einmal gesehen. Der Mann mit dem blitzenden Schwert und die Frau mit Pfeil und Bogen jedoch waren niemandem vertraut.

Vor dem Schloßtor hielt ein Trupp Männer mit gezogenen Schwertern Wache. Aufgeregt berichteten sie: »Dunkelalben sind ins Schloß eingedrungen. Niemand konnte sie aufhalten. Die ganze Stadt bereitet sich auf den Angriff des großen Heeres der Dunkelalben vor, denn dort im Schloß, das sind nur wenige.« Aydin öffnete vorsichtig einen Flügel des großen Tores. Die Umstehenden hielten die Waffen bereit. Doch nichts geschah. Dunkel war der Park vor dem Schloß.

»Dalan und Lana«, hörte Aydin die Stimme des alten Märchenerzählers, »helft die Stadt zu verteidigen. Sagt allen, nur wer seinen Blendstein zerbricht, kann den Kampf mit den Dunkelalben bestehen. Wir sehen nach, was hier im Schloß geschieht!«

Lautlos verschwand Aydin durch das Tor; Oyano folgte ihr, einem huschenden Schatten gleich. Schon leuchtete Aydins Lampe auf wie ein bunter Frühlingsstrauß im Mittagslicht.

Ungehindert gingen sie durch den Park mit seinen mächtigen Eichen und Linden, den sorgsam gestutzten Hecken, den überwucherten Lauben mit den verschwiegenen Bänken darunter. Die Seerosen des kleinen Teiches begannen sich zu öffnen, als das Licht aus Aydins Lampe auf sie fiel, denn sie glaubten, der neue Tag hätte begonnen, und auch den Sonnenblumen erging es nicht anders. Sie wandten ihre prallgelben Köpfe und sahen den zweien nach, wie sie ins Schloß gingen.

Als sie das Portal öffneten, glaubten sie ein Stöhnen zu hören. Sie blieben stehen und lauschten. Doch nur der Wind strich durch die Büsche und Hecken des Parks. Leise gingen die beiden weiter. Auch im Schloß waren alle Fackeln und Kerzen gelöscht. Einzig Aydins Lampe leuchtete bunt und gab ihnen Licht.

Unter ihren Schritten knarzte der Boden. Der alte Märchenerzähler runzelte die Stirn. Auch Aydin stockte, denn die Eingangshalle war aus reinstem Marmor, und doch stöhnte es unter ihren Schritten, als gingen sie auf dünnen, alten Brettern. Oyano winkte Aydin, ihm zu folgen.

Die breite Empfangstreppe begann zu rumpeln, als sie emporgingen, wölbte sich ihnen entgegen. Aydin stürzte. Der alte Märchenerzähler stand, wenn auch ein wenig schief, noch immer sicher auf einer Stufe. Der Rest der Treppe wand sich wie eine Schlange, welche an ihrer Beute würgt.

»Schnell«, rief Oyano, »wer weiß, wieviel Zeit noch bleibt.« Er wartete, bis Aydin bei ihm stand. »Bleib dicht neben mir. Noch erkennt das Schloß mich als einen Freund.«

»Wie meinst du das?« fragte Aydin, während sie nun nebeneinander die Treppe emporstiegen. Jede Stufe, die sie betraten, war auf wundersame Weise ruhig und entzog sich ihrem Schritt nicht. »Das Schloß selbst kämpft in seinen Grundfesten einen Kampf gegen einen mächtigen Feind. Mich kennt es noch aus alten Tagen. Einst habe ich Märchen

erzählt im Saal des Großen Rates«, antwortete Oyano.
»Das Schloß?« fragte Aydin erstaunt.
Oyano nickte, während es um sie ächzte, polterte und stöhnte im Gebälk. »In jedem Haus, in jeder noch so kleinen Hütte, lebt etwas von der Kraft derer, die es bauen, darin arbeiten oder wohnen. Nur in Zeiten großer Gefahr beginnt sie zu wirken.«
Auch der breite Gang, an dessen Ende die zweiflügelige schwere Tür zum Saal des Großen Rates zu sehen war, wand und drehte sich wie ein Wurm am Angelhaken. Dort aber, wo der alte Märchenerzähler mit Aydin ging, lag er ruhig und eben.
Mit Donnerschlägen schienen tief im Gewölbe unter dem Schloß die Fundamente zerspringen zu wollen, als sie vor der Tür zum Saal des Großen Rates standen. Aydins bunte Lampe begann zu flackern, leuchtete schwach und schwächer. Dann erlosch sie, und sosehr sich Aydin auch mühte, die Lampe spendete ihnen kein Licht mehr.
»Es ist hier dunkler als dunkel«, murmelte sie.
»Hier wirkt auch eine Macht, die dunkler ist als jede Dunkelheit«, gab Oyano zurück.
Das Schloß um sie bebte und schien aus allen Fugen geraten zu wollen. Die Mauern schüttelten sich, daß der Mörtel flog. Bilder fielen von der Wand, manch schöner Zierat brach entzwei, und viele Ornamente an den Decken und Wänden bekamen Risse oder zersprangen. Entschlossen stieß

der alte Märchenerzähler die Tür zum Saal des Großen Rates auf.
Im selben Augenblick war es so still, daß der Widerhall des vergangenen Lärmens schmerzhaft in den Ohren sirrte.
Grellbuntes Licht flammte durch den Saal des Großen Rates. Aus neun Blendsteinen kam es. Die waren so groß, daß hinter jedem ein Dunkelalb stehen mußte, um ihn aufrecht zu halten. In einem weiten Kreis umringten sie den Thron des Dicken Königs und seine Ratgeber. Reglos starrten diese mit aufgerissenen Augen in die Blendsteine, als ob darin ihre geheimsten Wünsche und Träume leben würden. In ihrer Mitte lag Gwen mit geschlossenen Augen auf dem Boden. Schützend schien sich Aela über sie zu beugen. Doch weder Gwen noch die Heilerin bewegten sich. Grelle Blitze aus den Blendsteinen zuckten über ihnen und flimmerten um sie.
Oyano grummelte unheilvoll in seinen Bart. Dann rannte er los, hin zu Aela und Gwen. Ein Feuerwerk blendender Blitze prasselte ihm entgegen. Der alte Märchenerzähler versuchte sie abzuwehren mit den Händen. Doch zu viele waren es, welche ihm entgegengeschleudert wurden. Er wankte unter ihren Treffern, sein Schritt stockte. Schließlich fiel er auf die Knie. Schweißnaß war sein Gesicht, die Augen hielt er geschlossen, wie ein Gebet wiederholte er immer wieder einige Sätze in einer

sonderbaren Sprache, während er mühevoll weiterkroch, hin zu Aela und Gwen.
Da erhob sich hinter dem Thron des Dicken Königs ein Dunkelalb, so schwarz, wie ihn die Welt noch nicht gesehen hat. In seiner Hand hielt er ein silbern schimmerndes Dreieck. Oyano stöhnte auf. Doch noch immer kämpfte er sich weiter, Klafter um Klafter, Elle um Elle.
Aydin nahm all ihren Mut zusammen. Sie ordnete die fünf farbigen Buchenstäbe aus dem Lederbeutel zu einem zehnstrahligen Stern. Dann folgte sie entschlossen Oyano und ging hinein in den Kreis der Blendsteine. Auch gegen sie schleuderten diese ihre schmerzhaft grellen Blitze, doch alle verloren sie ihre Kraft an dem Stern aus Buchenstäben, welchen Aydin in der ausgestreckten Hand vor sich trug.
Der Dunkelalb hinter dem Thron des Dicken Königs blähte sich zu riesiger Schwärze. Gesichtlos war die dunkle Kutte, doch die buntflimmernden Augen darin brannten voll kalter Wut.
Als Aydin neben Oyano trat, versuchte sich dieser mühevoll aufzurichten. Der Dunkelalb hielt das scharfkantige, schimmernde Dreieck drohend erhoben.
»Der Stein«, stieß Oyano stöhnend hervor.
Aydin verstand nicht, was der alte Märchenerzähler ihr sagen wollte.
»Wie?« schrie sie verwirrt. Doch was immer auch

Oyano antwortete, es ging unter im Zischen der grellen Blitze rings um sie.

»Der Stein«, murmelte sie schließlich erleichtert.

»Natürlich!« Schon hielt Aydin den unscheinbaren Stein, den sie aus dem Damm der Dunkelalben gezogen hatte, in ihrer Hand.

»Und nun?« wandte sie sich ratlos an Oyano. Doch der alte Märchenerzähler hatte die Augen geschlossen, und sein Gesicht war weiß vor Anstrengung und Schmerz.

Aydin starrte dem schwarzen Dunkelalb entgegen, der langsam näher kam und sich nun zurückbeugte zum Wurf. Das scharfkantige Dreieck surrte blinkend auf Aydin zu.

»Der Stein!« hörte sie die Stimme des alten Märchenerzählers noch einmal. Ob Oyano neben ihr wirklich gerufen hatte oder ob sie sich nur an seinen Ruf erinnerte, wußte Aydin nicht zu sagen. Doch sie hielt den Stein aus den Geheimen Grotten dem Dreieck des Dunkelalben entgegen. Als ob es sich durch etwas Zähes fressen müßte, wurde der Flug des kreisenden Dreiecks langsamer und langsamer. Mit einem kaum hörbaren Knirschen stieß es schließlich gegen den Stein, den Aydin vor sich hielt, glühte auf und zerbarst klirrend.

Mit einem leisen Knacken brach der Stein in Aydins Hand entzwei. Ein nachtblau schimmernder Ring lag darin, der sternengleich goldene Funken versprühte. Mit großen Augen nahm Aydin den

Ring aus Stein und steckte ihn an ihren Finger. Sein goldener Schimmer wurde heller und stärker und umhüllte sie wie eine schützende Haut.
Grausig geifernd kam der schwarze Dunkelalb näher. Zu riesiger Größe war er gewachsen. Aydin reckte ihm ihre Hände entgegen. Der Stern aus Buchenstäben in ihrer Rechten ließ jeden Blitz der Blendsteine rings um sie wirkungslos verpuffen. Und der Ring aus Stein an ihrer Linken überschüttete den riesigen Dunkelalben mit Sternenstaub aus purem Gold. Da begann dieser zu schrumpfen. Er wurde kleiner und immer kleiner. Schließlich verschwand der Dunkelalb in einem winzigen, garstig krachenden, schwarzen Blitz.
Mit einem letzten grellen Tosen brachen die neun großen Blendsteine in sich zusammen und begruben die Dunkelalben unter sich. Eine merkwürdig friedliche Stille ließ Aydin verwirrt um sich blikken. »Was ist geschehen?« Sie starrte auf den Ring aus Stein an ihrer Hand.
»Du hast ihn dorthin gebannt, wo er hingehört«, sagte Oyano mit schwacher Stimme. Aschfahl war sein Gesicht, die Augen glänzten wie bei hohem Fieber. »Das war knapp.« Er beugte sich zu Aela und Gwen, die sich benommen aufrappelten.
Wie aus einem hundertjährigen Traum erwacht, schüttelten sich der Dicke König und all seine Ratgeber. »Die Dunkelalben greifen an!« riefen sie und stürzten aus dem Saal, ohne Aydin, Gwen oder

Oyano zu bemerken. »Weckt die Stadt! Ruft die Wachen! Bereitet Pech und Schwefel vor!«
Als sie jedoch auf die Stadtmauer kamen, waren die Dunkelalben schon lange zurückgeschlagen. Seit dieser Zeit kennt jeder in der Stadt des Dikken Königs Dalan und dessen Schwert Turasangor und auch Lana, deren Pfeile niemals das Ziel verfehlen.

IHR HABT EUCH ziemlich Zeit gelassen. Fast wäre es zu spät gewesen!« sagte Aela, als sie alle zusammen in ihrem Haus saßen, aßen und tranken, daß es eine Freude war.
Oyano schwenkte den Wein im Kelch. »Wir kamen, so schnell wir konnten.« Er nahm einen Schluck und ließ ihn über seine Zunge rollen. »Du hättest auf uns warten sollen«, fügte er hinzu, nachdem er ihn, anerkennend schnalzend, getrunken hatte. »Gemeinsam wäre es sicher leicht gewesen, die Dunkelalben zu bannen und die Blendsteine zu zerstören.«
»Zu mächtig war der schwarze Dunkelalb schon geworden, und in seinem silbernen Dreieck wirkte ein starker Zauber«, gab Aela zurück. Sie schüttelte sich, als ob ihr furchtbar kalt sei. »Nicht mehr lange und der Dicke König wäre mitsamt seinen Ratgebern völlig willenlos gewesen. Niemand kann der Macht solch großer Blendsteine lange widerstehen.«

»Hast du gewußt, welche Macht in diesem Ring verborgen ist, Oyano?« wollte Aydin wissen.
Der lächelte und zuckte mit der Schulter. »Schließlich hast du ihn von deinem Weg in den Geheimen Grotten mitgebracht.«
Da klopfte es an der Tür. Verwundert ging Dalan, um zu öffnen. Als er zurückkam, folgte ihm der Herold des Dicken Königs.
»Eine Botschaft Eurer Hoheit, des Dicken Königs, soll ich überbringen«, begann er. »Seine Hoheit und die Ratgeber bitten Aydin, im Saal des Großen Rates zu ihnen zu sprechen.«
Ein wenig verlegen zog Aydin ein Tuch aus der Tasche und putzte sich die Nase. Dann berührte sie den Ring aus Stein an ihrem Finger und lächelte. »Ich werde mit Euch kommen.«
All die anderen folgten ihr, denn das wollten sie sich nicht entgehen lassen.

HERZLICH WURDEN SIE vom Dicken König begrüßt. Allen Ratgebern mußte Aydin die Hand drücken, denn jeder wollte den Ring bestaunen, den sie an ihrer Hand trug.
»Wir haben gehört«, sagte der Dicke König, »wie Ihr Uns selbst, die Ratgeber und die ganze Stadt gerettet habt. So haben Wir beschlossen, Euch zu danken.«
Aydin stand verlegen und wußte nicht so recht, wo sie hinschauen sollte. Der Dicke Königs räusperte

sich. »Wir wollen Euch ein Haus schenken, hier in unserer Stadt, denn Wir wollen, daß Ihr hier bei Uns lebt und wohnt. Ihr sollt Uns berichten von Eurem Weg durch die Geheimen Grotten und wie Ihr Euren Ring aus Stein gefunden habt.«

Da begann Aydin zu strahlen und freute sich sehr. Als sie aber zu Lana schaute und in deren Augen sah, runzelte sie nachdenklich die Stirn. Dann antwortete sie: »Gerne will ich Euer Geschenk annehmen und mir ein Haus suchen in dieser Stadt. Dort werde ich wohnen, wenn ich hierher komme.« Wieder sah sie zu Lana und lächelte. »Doch es gibt noch vieles, was ich zuvor erfahren muß.« Ein wenig enttäuscht waren da der Dicke König und auch seine Ratgeber, denn sie hatten sich gewünscht, daß Aydin sogleich ein Haus beziehen würde in der Stadt. Jemand mit solch einem Ring an der Hand, wäre sicher nicht zum Schaden aller gewesen, welche hier leben.

»Ich will Euch ein Märchen erzählen, bevor ich mich auf den Weg mache«, sagte Aydin zum Dikken König und den Ratgebern. »Es berichtet von den jungen Tagen dieser Stadt. Auch damals schon regierte hier ein Dicker König, und eine große Gefahr bedrohte ihn und die ganze Stadt.«

Da setzte sich der Dicke König auf seinen Thron, und Aydin begann …

DER SCHATTEN DES DICKEN KÖNIGS

Es war einmal eine Stadt. Die hatte zwar noch keine lange, stolze Geschichte, aus der sie hätte lernen und Erfahrungen schöpfen können, dafür aber einen großen dicken König, der gerne aß und trank und sich mit anderen dicken Männern umgab.

»Männer von Gewicht benötigt meine Stadt mehr als alles andere«, pflegte er zu sagen, »denn nur diese werden von den Fährnissen des Lebens nicht aus der Bahn gebracht und von den Stürmen der Welt nicht umgeworfen!«

Wer von seinen Ratgebern dachte, er sei noch nicht gewichtig genug, das Hemd nicht prall gespannt über dem Wanst, die Hosen nicht zum Platzen ausgefüllt, der versteckte sich bei solchen Worten schnell hinter den Männern mit dem rechten Gewicht.

So polternd fröhlich sich der Dicke König aber oft gab, so unglücklich war er im geheimen, wenn er ganz alleine war. Dann zog er undurchdringliche Stoffe vor die Fenster, sperrte alles Licht aus, löschte die Kerzen, Lampen, Fackeln in seinen königlichen Gemächern. Denn nichts auf dieser Welt ängstigte den großen Dicken König mehr als sein eigener Schatten. Wie oft schon hatte er versucht, diesen mit dem Mantel der Geschichte, der ihm selbst immer noch nicht so recht paßte, obwohl seine Hofschreiber schon jahrelang daran woben und wirkten, zu verdecken. Allein, der Schatten des Dicken Königs ließ sich in diesem Mantel, der ansonsten wundersam und nützlich alles Unliebsame verhüllte, nicht unterbringen.

Da wurde der Dicke König zunächst sehr unglücklich, sodann aber furchtbar zornig.

»Dünnbrettsitzer und Läusegewichte«, beschimpfte er seine Ratgeber. Das waren zu der damaligen Zeit die schlimmsten Schimpfworte im ganzen Reich. »Nimmer kann die Stadt, die mir Anvertrauten und ich glücklich sein und werden, essen, trinken, Bölkquark reden, solange mir dieser unförmige Kloß von Schatten anhängt und mich immer und überallhin verfolgt und bedrängt! Ich werde euch alle auf Nulldiät setzen, bis ihr eine Lösung für dieses Problem gefunden habt!«

Da stöhnten die Ratgeber angstvoll auf, hielten sich den Wanst, als spürten sie darin schon das grimmige Knurren entsagungsreicher Leere, und zermarterten sich die Köpfe, bis ihnen der Schweiß über die Stirn perlte und die Mundwinkel kantig wurden vom angestrengten Denken. Schließlich hatte ein findiges Fliegengewicht unter den Ratgebern eine Idee. Er ließ den Hofmagier kommen, eine finstere Gestalt mit buschigen Augenbrauen. Sein schwarzer Umhang war mit geheimnisvollen

Ornamenten und Mustern bestickt. Als dieser hörte, über was die Ratgeber des Dicken Königs brüteten, lachte er. »Einen Schatten verschwinden lassen?« Der Magier warf sich in die Brust. »Nichts leichter als das! Hier, schaut dieses Messer. Ich habe es einstmals einer gutgläubigen Fee abgeschwatzt. Wenn ich damit einen magischen Kreis um ein Lebewesen ziehe, wird ihm niemals mehr ein Schatten anhaften können.«
Schon früh am nächsten Morgen überbrachten die Ratgeber, deren Magensäfte in Erwartung des üppigen Mahles, das ihrer jetzt hoffentlich harrte, troffen wie undichte Regenrinnen, dem Dicken König die frohe Nachricht. Dieser ließ eilends nach dem Hofmagier schicken, und jener schnitt ihm mit dem Feenmesser den Schatten, mir nichts dir nichts, einfach ab.
Wie freute sich da der Dicke König, als er einige vorsichtige Schritte wagte, um zu sehen, ob ihm sein Schatten noch folgte. Doch der blieb auf dem Boden liegen, wie ein achtlos weggeworfenes, dunkles Tuch. »Schafft dieses Ding hier fort!« Angeekelt schnipste er wurstfingernd. Dann befahl er, alle Vorhänge an den Fenstern zu entfernen.
Fortan warf der Dicke König keinerlei Schatten mehr, wohin er auch ging, wo er auch stand, saß oder lag. So lebte er einige Zeit fröhlich und vergnügt, bis ihm eines Tages auffiel, daß seine Ratgeber und alle Bediensteten des Hofes Schatten war-

fen. Noch in der selben Stunde erließ er ein Gesetz, wonach es bei Todesstrafe untersagt war, in seiner Gegenwart mit einem Schatten behaftet zu sein.

Da bekam der Hofmagier Rückenschmerzen, denn den lieben langen Tag hatte er jetzt damit zu tun, allen Ratgebern und Redeschreibern des Dicken Königs, den Lakaien und Lackaffen, den Zofen und Zauberkünstlern, den Wasserträgern und Weißwäscherinnen, den Köchen und Kaplanen, Hofdichtern und Haushunden, Geschichtsschreibern und Gauklern, Matronen und Mätressen die Schatten abzuschneiden.

Da war's der Dicke König zufrieden. Zumindest für eine kurze Zeit, bis er bei einer seiner seltenen Ausfahrten durch die Stadt in tiefen Schrecken verfiel, als er die vielen Schatten sah, die seinen Untertanen anhafteten. Noch in der selben Stunde verkündete der Dicke König ein Gesetz, nach dem sich alle Menschen in seiner Stadt ihre Schatten abschneiden zu lassen hatten. Mit dem Tode sollten diejenigen bestraft werden, welche dem Gesetz nicht unverzüglich nachkamen.

Was war das für ein Festen im Schloß des Dicken Königs und auch in der Stadt, denn vielen Menschen gefiel, daß sie nun mit einem Mal keinen Schatten mehr hatten, der sie bedrohlich dunkel verfolgte oder gar manchmal ihrem geschäftigen Gang in der Welt voraushuschte, als würden sie selbst hinter ihm hertaumeln müssen, ohne ihn jemals wirklich fassen zu können. Wie wurde da gegessen, getrunken und Bölkquark geredet, bis alle unter die Tische gefallen waren. Und dort dann beschlossen der Dicke König und seine Ratgeber, daß ihnen eine heilige Aufgabe übertragen worden sei. Sie überzeugten sich selbst davon, daß sie nun auch die übrige Welt von den unheimlichen und lästigen Schatten zu befreien hätten.

Und so geschah es. Der Dicke König ließ Heere aufstellen und kaufte sich Söldner, schickte sie in die umliegenden Städte und Reiche, diese von ihren Schatten zu befreien, sie zu befrieden und zu beglücken, mit dem Segen eines schattenlosen Lebens.

Die Stadt des Dicken Königs blutete unter der Last dieser Feldzüge. Doch die Menschen murrten nicht. Als ob sie keine Kraft zum Widerspruch mehr hätten, trugen sie die Bürde der Kriege. Schweigend, ausgezehrt, gebückt und in der Seele krank.

EINIGE WENIGE jedoch dachten nicht daran, dem Gesetz des Dicken Königs Folge zu leisten: diejenigen, die noch darum wußten, was hinter dem eifrigen Weben und Wirken der Hofschreiber und Ratgeber verborgen lag; jene, welche dem Dicken König, all seinen Gesetzen und Verordnungen schon immer mißtraut und heimlich gesagt und ge-

dacht hatten, daß das Gewicht des Königs für sie nicht der Maßstab aller Dinge sein konnte – und alle Märchenerzähler. Denn wirkliche Märchen finden sich nur an jener Grenze, wo die Schatten lebendig sind, jener dünnen Linie, wo sich Tag und Nacht berühren, Himmel und Erde, Feuer und Eis, Wirklichkeit und Traum.
Sie alle mußten sich verbergen oder fliehen, denn der Dicke König ließ sie verfolgen. Bekam er doch schon bei dem Gedanken, irgend jemand in seiner Stadt könnte noch einen Schatten haben, eine Gänsehaut und Schluckauf.

IN DEN WÄLDERN ohne Wiederkehr lebten zu jener Zeit nur Räuber und anderes lichtscheues Gesindel, aber auch Kobolde, Steinwichte, Elfen, silberschuppige Schlangen, zauberkundige Zwerge und, so wurde gemunkelt, sogar ein Einhorn.
Gerade dorthin aber war ein Mädchen geflüchtet, welches gerne Märchenerzählerin geworden wäre in der Stadt des Dicken Königs. Unter einer alten Buche, dicht an einem moosgrünen See, fand sie ein Zuhause. Es dauerte nicht lange und die kleine Hütte wurde zu einem verschwiegenen und friedlichen Treffpunkt für die verschiedensten Bewohner des Waldes. Hier fanden alle Ruhe, bekamen ein einfaches Mahl und wurden oftmals auch von Wunden geheilt, die sie sich im Kampf, im Streit oder bei der Jagd zugezogen hatten. Denn das

Mädchen wußte um das verborgene Wissen des Heilens mit ganz gewöhnlichen Kräutern, seltenen Beeren, verborgenen Wurzeln und edlen Steinen.
Im Laufe der Zeit jedoch geschah Seltsames in den Wäldern ohne Wiederkehr. Immer wieder berichteten Elfen oder Kobolde, Gnome, Zwerge und andere von unheimlichen Wesen, welche im Wald gesehen würden. Dunkle Schattengestalten, die vom Morgengrauen bis in die Nacht heulten und jammerten, daß es nicht zum Aushalten sei, und alle das Weite suchten, wo immer diese Wesen auch auftauchten.
Das Mädchen wußte guten Rat. »Sagt den Schattengestalten, sie sollen hierher kommen. Ich werde ihnen eine Heimstatt geben.«
Schon nach wenigen Tagen bemerkte das Mädchen, wie einige düstere Schatten um ihr Häuschen schlichen und dabei schaurige Klagelieder stöhnten, die in den Ohren schmerzten. Weit öffnete das Mädchen ihre Fenster und auch die Tür. Dann nahm es eine selbstgeschnitzte Weidenflöte und spielte darauf eine glockenhelle Melodie, die sich über ihre Hütte schwang, die Stämme der Bäume umschmeichelte, über Gestrüpp und Blumen strich und in ihrer bittersüßen Wehmut keinen Platz für andere Lieder ließ.
Nach und nach erstarb das Wehgeschrei der Schattengestalten. Stumm drückten sie sich in die kleine Hütte der Märchenerzählerin und lauschten,

selbstvergessen träumend, von besseren Zeiten. Elend sahen sie aus, zerknautscht und zerknittert, gedemütigt, geschlagen und getreten, verflucht, verfolgt und verbannt. Mehr und mehr davon fanden den Weg zu dem Mädchen in den folgenden Tagen. Und als der Mond sich wieder gerundet hatte, waren schließlich alle Schatten der Stadt bei der kleinen Hütte am See versammelt.

Kümmerlich vegetierten viele von ihnen dahin. Wer weiß, was geschehen wäre, wenn sie nicht ein wenig Trost und Hoffnung bei dem Mädchen gefunden hätten. Denn verstoßene Schatten verkümmern, werden klein und gemein. Dann gebären sie Alpträume, eitrigen Beulen gleich bersten sie auf und werfen den Keim des Bösen auf alle und alles, was sie erreichen können.

Eines Tages nun geschah es, daß das Mädchen dem Schatten des Dicken Königs begegnete. Fast hätte sie ihn nicht gesehen, so klein und verschrumpelt stand er vor ihr. Nicht größer als eine halbe Elle hoch und gerade so breit.

»Du schaust aber finster in den Tag«, begrüßte sie ihn.

»Bleib mir vom Leib!« fauchte der, duckte sich noch ein wenig mehr und bleckte dabei seine grauen Schattenzähne.

»Weshalb bist du so klein?« wollte das Mädchen wissen und setzte sich neben den Schrumpelschatten auf den Boden.

»Was glaubst du wohl, wie groß du gewachsen wärest, wenn dir ständig auf dem Kopf herumgetrampelt wird?« Herausfordernd reckte der kleine dicke Schatten des großen Dicken Königs sein Kinn in die Höhe und stellte sich, die Fäuste geballt, auf die Zehenspitzen.
Da entschuldigte sich das Mädchen für ihre Frage, denn sie hatte ihn nicht kränken wollen. Sie erzählte ihm ein Märchen von bösen Riesen und listigen Gnomen, von feuerspeienden Drachen und zauberkundigen Zwergen. Da lachte der kleine dicke Schatten des großen Dicken Königs, denn er mochte Geschichten, in denen Riesen mit List und Tücke in all ihre kleinsten Teile zerlegt und Drachen ohne viel Federlesens der Garaus gemacht wurde. Und so wie dem kleinen Schatten des Dicken Königs, erging es zuerst vielen, dann allen Schattengestalten des Reiches. Sie blieben bei dem Mädchen, und wenn sie zu verkümmern drohten, ließen sie sich ein Märchen erzählen, von der bedrohlichen Macht der Riesen, dem feuerspeienden Schrecken der Drachen und den listenreichen Einfällen der Zwerge, welche den scheinbar ungleichen Kampf immer wieder für sich entscheiden konnten.

DEN MENSCHEN IM REICH des Dicken Königs jedoch verstrichen die Tage seltsam eintönig und trostlos. Kein Wunder, waren ihre Nächte doch vollkommen leblos geworden. Seit die Schatten abgeschnitten waren, sanken die Menschen, sobald die Sonne hinter dem Horizont verschwunden war, unsagbar müde auf ihr Lager. Toten gleich, ganz ohne Träume, verbrachten sie die Nacht. Wenn sie dann am Morgen erwachten, fühlten sie sich gerädert, zerrissen und gevierteilt, noch bevor sie ihr Tagwerk begannen. Sie schoben das Elend ihrer Wirklichkeit auf die große Not in der Stadt, welche durch die Kriege des Dicken Königs verursacht worden war. Doch ganz tief in ihrem Innern ahnten sie, daß es für ihr Leid noch einen anderen Grund geben mußte.

Wie immer bemerkten die Menschen am Hofe und der Dicke König selbst davon erst, als die Generäle berichteten, es gäbe keine Ernte mehr auf den Feldern und daß die Soldaten zum Dienst gepreßt werden müßten und nicht mehr kämpfen wollten für die heilige Aufgabe.

Das gab den Ratgebern und dem Dicken König doch zu denken. Nicht auszudenken, was geschehen würde, wenn die Horden aus den eroberten Gebieten, an welchen zumeist noch Schatten hafteten, die Stadt überfallen würden. Der König würde eine Gänsehaut bekommen und Schluckauf, vielleicht auch Darmgrimmen und Durchfall, bestimmt aber einen fürchterlichen Schrecken.

Doch sosehr sich die Ratgeber auch mühten, sie alle hatten viel zu lange nur Bölkquark geredet,

und so schwatzten sie aneinander vorbei, daß es eine helle Freude war. Keiner hörte dem anderen zu, alle sprachen durcheinander und zugleich und wollten gar nicht mehr aufhören damit.
In der neueren heilkundlichen Lehre wird diese Krankheit treffend auch als Sprechdurchfall bezeichnet.
So würden sie wohl auch noch heute dastehen und in der Flut ihrer sinnlosen Worte und Sätze ertrinken. Doch der Abend brach an, und mit ihm kam jene eigenartige leere Müdigkeit über sie. Und so eilten sie alle, so schnell als möglich, ihr Lager aufzusuchen.
Weder der Dicke König noch seine Ratgeber oder gar das übrige Volk wußten von der Gefahr, welche ihnen drohte.
Schon lange nämlich hatten die Riesen, die hinter den Wäldern ohne Wiederkehr hausen, und die Drachen aus dem Drachengebirge auf eine Gelegenheit gewartet, die Stadt und das Königreich zu zerstören und alle Menschen zu vernichten. Heimlich hatten sie sich verabredet, nachdem ihre Späher von der eigentümlichen Stille berichteten, die sich seit einiger Zeit Nacht für Nacht über die Stadt des Dicken Königs legte. Nun war ihre Stunde gekommen. In dieser Nacht endlich wollten sie angreifen und die Stadt vernichten mit allen, die darin waren und ihren totengleichen Schlaf schliefen.

WIE AN JEDEM ABEND versammelten sich die Schatten auch heute wieder in einem lockeren Rund um das Feuer vor der Hütte am See.

»Die Stunde ist gekommen«, sprach das Mädchen ernst. »Heute nacht müßt ihr zurück zu denen, die euch geboren haben. Heute nacht müßt ihr sie retten und mit ihnen die ganze Stadt!«

Das war mit einem Mal ein großes Durcheinander.

»Wieso? Warum? Was ist geschehen?« fragten alle aufgeregt. Der Lärm wich schnell erwartungsvoller, angespannter Stille. Das Mädchen erzählte den Schatten, was in dieser Nacht mit der Stadt und all ihren Bewohnern geschehen sollte.

»Und aus welchem Grunde sollten wir uns einmischen? Sollen die Riesen und Drachen die Stadt doch dem Erdboden gleichmachen! Ich jedenfalls denke nicht daran, mich wieder an diesen widerlichen dicken König zu hängen! Ich bin froh, daß ich ihn los bin! Es geschieht ihm wohl recht. Er soll nur sehen, wohin er ohne mich kommt!« Aufgeregt wippte der kleine dicke Schatten des großen Dicken Königs von den Zehenspitzen auf die Fersen und wieder zurück.

»Tu lieber, was sie sagt«, meldete sich da ein anderer Schatten zu Wort. »Wenn die Stadt und ihre Bewohner vernichtet werden, wird es auch uns nicht mehr geben. Glaub ihr und mir, ich weiß, wovon ich rede. Bevor er auch mich abtrennen mußte, war ich der Schatten des Hofmagiers.«

Da gab es keinen Widerspruch mehr, und eilends machten sich die Schatten mit dem Mädchen auf, in die Stadt des Dicken Königs zurückzukehren. Gerade noch rechtzeitig trafen sie dort ein. Schon war von fern das mächtige Brausen der Drachenschwingen zu hören, und die Erde erbebte unter den polternden Schritten der heranmarschierenden Riesen. Die Schatten entzündeten alle Fakkeln, Kerzen und Lampen, die sie finden konnten, und kehrten zu denen zurück, die sie dereinst abschneiden ließen, um sie aufzuwecken.

Die ersten Riesen kletterten über die Stadtmauer und polterten vandalierend durch die Gassen und über die Plätze. Doch wie hatten sich die Riesentölpel getäuscht. Sie hatten gedacht, in tiefem Schlaf gefangene Menschen, mir nichts dir nichts, niedermetzeln zu können. Doch alle, alle in der Stadt des Dicken Königs waren wach und munter und begannen plötzlich Dinge zu tun, die sie am hellichten Tage nie und nimmer getan hätten. Auf den Plätzen trafen sie sich, um zu musizieren. Jeder brachte sein Instrument mit, und ganz ohne Dirigent – oder war da irgendwo die nebelhafte Hand eines Schattens gewesen? – ertönte eine vielstimmige Melodie, deren Harmonie manch kleine Dissonanz übertönte. Und zu dieser Musik sangen andere, die niemals in ihrem Leben zuvor ein Lied über ihre Lippen gebracht hatten, und wieder andere tanzten, obwohl sie zuvor jahrzehntelang zu

Hexen, Heilern und Zauberkundigen gegangen waren, die es nicht fertiggebracht hatten, ihnen ihre Gliederschmerzen zu nehmen.
Die Riesen hielten wie vom Donner gerührt inne. Sie haßten und fürchteten Musik, Gesang und Tanz wie Wildschweine Badeschaum, und so kam es, daß sich viele Riesen selbst niederrannten, als sie in panischer Flucht versuchten, aus dieser musizierenden, singenden und tanzenden Stadt zu entkommen.
Andere auf den Straßen spitzten Federkiele, die lange stumpf und staubumhüllt vor sich hin gemodert hatten, putzten Pinsel, welche verklebt in der Ecke gestanden waren, tauchten sie in schwarze Tusche oder bunte Farben und spritzten damit umher, daß es eine Freude war. Kein Drache wagte sie anzugreifen oder auch nur in ihre Nähe zu kommen, denn jeder weiß, daß auch nur der kleinste Spritzer Tinte oder Farbe jeden Drachen sofort in die Flucht schlägt.
Wieder andere kämpften mit Dreschflegeln und Mistgabeln, mit Fischspeeren und Steinwürfen, mit kochendem Wasser und versteckt gespannten Stolperseilen. Von dem fröhlichen Kampfesgetümmel wird noch in fernen Generationen erzählt werden, ebenso von dem ausgelassenen Freudenfest, welches in der Stadt gefeiert wurde, bis die Sonne hoch am Himmel stand. Wie gut, daß das Mädchen den Schatten immer wieder Märchen da-

von erzählt hatte, wie am besten mit Riesen und feuerspeienden Drachen umgegangen werden sollte.
Selbst den Dicken König ängstigte nach dieser Nacht sein Schatten kaum noch. Und das, obwohl er, wenn er's recht bedachte, nicht genau wußte, wie es denn wohl zugegangen sei, daß der abgeschnittene Schatten wieder an ihm haftete. Und immer, wenn er ganz allein war und ihn sein Schatten doch einmal wieder ein Klitzekleineswenigchen ängstigte, erzählte ihm eine sanfte Stimme in seinem Herzen schnell ein Märchen davon, wie man Riesen in ihre allerkleinsten Teile zerlegt und feuerspeienden Drachen ohne viel Federlesens den Garaus macht.

ABSCHIED

Der Dicke König schien nicht ganz zufrieden mit dem Märchen, welches Aydin erzählt hatte, doch er schluckte hinunter, was immer er auch sagen wollte, und verabschiedete sich freundlich von ihr und den anderen.

Am nächsten Morgen standen Dalans Pferd und Oyanos Maultier gesattelt bereit. »Lerne bei Aela, was ich dir nicht beibringen konnte«, sagte Oyano und umarmte Gwen, die hier in der Stadt des Dikken Königs bleiben wollte. Dann wandte er sich Aydin zu. »Ich gehe zurück, in die Stadt am Meer. Dalan werde ich begleiten, bis zu den Wäldern ohne Wiederkehr.«

»Bis dorthin wollen wir gerne mit euch reiten, denn dort wartet eine kleine Hütte unter einer alten Buche, an einem See. In ihr will ich wohnen, bis ich mit Lana die Wälder ohne Wiederkehr erforscht habe, bis an ihre Grenzen und, wer weiß das schon, vielleicht darüber hinaus«, sagte Aydin zu Oyano und Dalan.

WIEDER REGNETE ES, als Oyano mit Aydin auf dem Maultier und Dalan mit Lana auf dem Hengst die Stadt des Dicken Königs verließen. Die Wachen, welche ihnen achtungsvoll das Stadttor öffneten, schlugen die Hacken zusammen, standen stramm und rammten ihre Lanzenschäfte in die Erde. »Ein bißchen weniger hätte es auch getan«, knurrte Oyano mißmutig, als sie an den Soldaten vorbei aus der Stadt ritten. Aber vielleicht rührte seine schlechte Laune auch daher, daß der kalte Nieselregen sie schon bald bis auf die Haut durchnäßt hatte.

»Die Gicht wird mich holen, das Zipperlein ...«, begann Oyano schon nach kurzer Zeit.

»Nicht schon wieder!« wurde er von Dalan unterbrochen. »Los, komm! Wie in alten Zeiten! Ein Wettritt! Wer ist zuerst an der Hütte bei der alten Buche?« Dalan sah Oyano mit funkelnden Augen an. Dann schlug er seinem Hengst die Hacken in die Weichen, klatschte ihm mit der flachen Hand auf die Flanke und brüllte dazu: »Hey ho! Hey ho!«

Während Dalans Hengst davongaloppierte wie ein schwarzweiß gescheckter Blitz, beugte sich Oyano hinab zu den zuckenden Ohren seines Maultieres. Dieses verdrehte die Augen, noch bevor der alte Märchenerzähler begonnen hatte, seltsame Worte in einer seltsamen Sprache zu flüstern.

Nahezu gleichauf berührten Oyano und Dalan die alte Buche, unter welcher die Hütte stand. Das Maultier des alten Märchenerzählers aber lehnte sich an deren Stamm, schloß prustend die Augen

und war auf der Stelle in einen tiefen Schlaf gefallen, noch ehe Aydin sich von seinem Rücken geschwungen hatte.
Vor der Hütte stand ein Einhorn, das nun zufrieden schnaubte und dann gelassen davontrabte.
»Hast du das gesehen?« wandte sich Aydin staunend an Oyano.
»Was?« fragte dieser und sah sich suchend um.
»Das Einhorn vor der Hütte!« rief Aydin mit leuchtenden Augen.
»Ach das«, murmelte Oyano und ging auf die Tür zu. »Ich frage mich, ob in dieser Hütte wohl genug Vorräte zu finden sind, um eine gute Suppe zu kochen?«
Der alte Märchenerzähler schnippelte und säuberte, schickte Lana und Dalan in den Wald, einige ganz bestimmte Kräuter zu holen, passierte, kochte auf und kochte ein, gab hier ein Kräutlein hinzu und steckte sich ein anderes in den Mund. Dabei erzählte er Geschichten – oder waren es Märchen –, die kaum zu glauben waren, trank Wein, und Stunden später, allen knurrte der Magen schon überlaut, schöpfte er freudestahlend aus einem großen Kessel eine Suppe, in welche ein unbeschreiblicher Zauber gewirkt war: Sobald man einen Löffel davon gegessen hatte, wich das Knurren des Magens einem wohligen Seufzen, und alle Last, welche noch auf die Schulter drückte, wurde leicht.

Als sich alle satt, wohlgelaunt und seltsam verzaubert zurücklehnten, sah Oyano zufrieden in die Runde.

Aydin löffelte ihren Teller sauber und fragte: »Warum tragen die Wälder ohne Wiederkehr diesen Namen?«

Oyano blinzelte mit kleinen Augen in den aufkommenden Mond über der kleinen Hütte. »Niemand kehrt aus einem Wald zurück und ist noch der, als der er ihn betreten hat! So sind doch eigentlich alle Wälder, Wälder ohne Wiederkehr«, antwortete er.

Aydin verdrehte die Augen und legte den Teller zur Seite. »Manchmal hat er das«, flüsterte sie Lana zu.

»Vor allem, wenn ein Mond am Himmel steht«, ergänzte Oyano und stand lachend auf. »Es wird Zeit zu gehen für mich. Achte den Ring aus Stein, den du für dich errungen hast. Leicht kann er zerbrechen. Doch das Märchen vom zerbrochenen Ring will ich dir ein anderes Mal erzählen, wenn du mich besuchen kommst oder ich den Weg zu dir finde.«

Er weckte sein Maultier, das immer noch gegen den Stamm der Buche gelehnt stand. Dann umarmte er Aydin und hielt sie lange fest. »Nie zuvor sah ich ein solch schönes Einhorn wie das, welches vor dieser Hütte Wache hielt!« sagte er.

Auch Lana und Dalan umarmte der alte Märchenerzähler. Dann stieg er auf sein Maultier und ritt davon, geradewegs hinein in den vollen Mond. Ohne sich umzuwenden, rief er zurück: »Wo die Unendlichkeit ein Augenblick und der Augenblick unendlich ist, da ist der Ort, wo Träume leben. Doch hütet euch vor falschen Träumen. Schlimmer noch sind sie als falsches Lachen.« Er lachte laut und fröhlich. »Manchmal habe ich das, ihr wißt schon!«

Der alte Märchenerzähler beugte sich über sein Maultier und war im Glanz des aufsteigenden Mondes verschwunden.

»Heute ist nicht die Nacht des runden Mondes«, sagte Aydin verwundert und starrte auf den Vollmond, der durch die Bäume am See schimmerte und in welchem Oyano verschwunden war.

»Nun ja«, sagte Dalan und stieg auf sein Pferd. »Vielleicht ist es die Nacht eines alten Märchenerzählers. Wer weiß schon, was das heißen mag.« Er ritt davon, hinein in den vollen Mond, Oyano hinterher. »Du weißt ja, manchmal kann er das«, rief er über die Schulter zurück, ehe er im weichen Licht des Mondes verschwunden war. Da wischte sich Aydin zwei kleine Tränen aus den Augenwinkeln und drehte sich grinsend um zu Lana: »Auf was warten wir? Du hast Pfeil und Bogen und ich einen Ring, dessen Macht ich erst noch kennenlernen will. Laß uns die Geheimnisse entdecken, die es in den Wäldern ohne Wiederkehr zu erleben gibt!«

»...und bestimmt
werden sie auch noch heute lieben,
denn sterben, sterben wird die
Liebe nie!«

Einfühlsam und meisterhaft erzählt Folke Tegetthoff moderne Märchen in schwereloser Sprache – über einen Olivenbaum, über Merlin, über die Einsamkeit und immer wieder über die Liebe: Geschichten, die zu Herzen gehen, ohne jemals kitschig zu sein, zum Vorlesen, Verschenken und selbst erleben!

Folke Tegetthoff
Liebesmärchen

Knaur

Die faszinierende Geschichte einer abenteuerlichen Suche nach ... sich selbst!

Michael Endes *Momo* und Heinz Körners *Johannes* haben eine würdige Nachfolgerin gefunden: Für die junge Mona öffnet sich eine neue, geheimnisvolle Welt, als sie die Fee Mondlicht kennenlernt und sich mit ihr auf die Suche nach dem fernen Zauberberg macht.

Wolfgang Sewald
Die Reise zum Zauberberg

Knaur

HEYNE BÜCHER

Von Ellis Peters sind
als Heyne-Taschenbücher erschienen:

Im Namen der Heiligen · Band 01/6475
Ein Leichnam zuviel · Band 01/6523
Das Mönchskraut · Band 01/6702
Der Aufstand auf dem Jahrmarkt · Band 01/6820
Der Hochzeitsmord · Band 01/6908
Die Jungfrau im Eis · Band 01/6629
Zuflucht im Kloster · Band 01/7617
Des Teufels Novize · Band 01/7710
Lösegeld für einen Toten · Band 01/7823
Pilger des Hasses · Band 01/8382
Ein ganz besonderer Fall · Band 01/8004
Mörderische Weihnacht · Band 01/8103
Der Rosenmord · Band 01/8188
Der geheimnisvolle Eremit · Band 01/8230
Bruder Cadfael und das fremde Mädchen · Band 01/8669

ELLIS PETERS

EIN GANZ BESONDERER FALL

Ein mittelalterlicher Krimi

Deutsche Erstausgabe

WILHELM HEYNE VERLAG
MÜNCHEN

HEYNE ALLGEMEINE REIHE
Nr. 01/8004

Titel der Originalausgabe
AN EXCELLENT MYSTERY
Aus dem Englischen übersetzt
von Jürgen Langowski

8. Auflage

Redaktion: Friedel Wahren

Printed in Germany 1994
Umschlaggestaltung: Atelier Ingrid Schütz, München
Technische Betreuung: Manfred Spinola
Satz: Schaber, Wels
Druck und Bindung: Elsnerdruck, Berlin

ISBN 3-453-04505-X

1

Der August nahte im Sommer des Jahres 1141 lohfarben wie ein Löwe und schläfrig und schnurrend wie ein Kätzchen am Herd. Nach den reichhaltigen Regenfällen des Frühlings hatte das Wetter zu einer engelhaften Ruhe gefunden. Zum Fest der heiligen Winifred schien die Sonne, und dieses wohlwollende Antlitz behielt während der ganzen Kornernte die Oberhand. Lammas konnte endlich einmal am richtigen Tag, am ersten August, gefeiert werden; die Weizenfelder waren geschoren und leer und bereit für das Vieh und die Schafe, die sich an den Überbleibseln der Ernte gütlich tun sollten. Die Brotmesse war zur allseitigen Zufriedenheit gefeiert worden. Schon färbten sich die ersten Pflaumen im Obstgarten am Fluß dunkel und verkündeten die kommende Reife. Die Scheunen der Abtei waren gefüllt, das gut getrocknete Stroh gebündelt und gestapelt. Zwar gab es immer noch keinen Regen, der auf den abgeernteten Feldern das Futter für die Schafe hätte sprießen lassen sollen, doch wurde dies durch reichlich morgendlichen Tau wettgemacht. Wenn dieses goldene Wetter schließlich umschlagen würde, mußte man mit schweren Stürmen rechnen, doch bisher blieb der Himmel hell und klar und zeigte sich in unglaublich zartem Blau.

»Ein breites Lächeln spielt allen Männern um die Lippen«, sagte Hugh Beringar, der gerade von seiner eigenen Ernte im Norden der Grafschaft zurückgekehrt war, braungebrannt wie eine Haselnuß von der Arbeit in den Feldern. »Nur unter Königen herrscht Chaos. Wenn die ihr Korn selbst anbauen, ihr Mehl selbst mahlen und ihr Brot selbst backen müßten, dann hätten sie keine Zeit mehr zum Streiten und zum Töten. Wir wollen Gott für die Schonung danken und ihn bitten, das Töten von uns hier fernzuhalten. Nur gut, daß wir nicht im Süden sind, denn diese Grafschaft und die Menschen hier sind mir anvertraut. Ich habe damit wahrlich genug zu tun, und wenn ich die Leute sehe, braungebrannt und rosig und feist, die vollen Kuhställe und Scheunen, den schönen Ertrag von guter Wolle, dann bin ich's wohl zufrieden.«

Sie waren sich an der Ecke der Abteimauer über den Weg gelaufen, wo die Häuser der Vorstadt nach rechts in Richtung St. Giles abschwenkten. Auf der anderen Seite lag das weite, grasbewachsene Dreieck des Pferdemarktes bleich und pockennarbig in der Sonne. Der alljährliche dreitägige Jahrmarkt zu St. Peter lag schon mehr als eine Woche zurück; die Buden waren abgebaut, die Händler abgereist. Hugh saß hoch auf seinem grobknochigen, scheckigen Grauen, der groß genug war, um ein Schwergewicht anstelle dieses leichten, schlanken jungen Mannes zu tragen. Doch ließ sich das Pferd von ihm willig lenken, während es für andere Reiter nur wenig Liebe übrig hatte. Es gehörte nicht zu den Pflichten des Sheriffs von Shorpshire, nach dem Ende des Jahrmarktes zu kontrollieren, ob der Platz nach dem dreitägigen Fest auch ordentlich gesäubert und abgeräumt war, doch Hugh wollte sich lieber selbst vergewissern. Seine Offiziere hielten hier die Ordnung und achteten darauf, daß die Verwalter der Abtei nicht um ihre Gebühren betrogen, ausgeraubt oder beim Kassieren der Gebühren angegriffen wurden. Nun war es wieder für ein Jahr vorbei. Die Zeichen waren noch zu sehen: die Löcher von den Pfosten, die bleichen Flecken, wo die Stände gestanden hatten, die grünen Borten und die kahlen Trampelpfade zwischen den Nischen. Sonnengebleichte Stellen, dann üppiges Grün, wieder bleiche Stellen und dazwischen Flecken von zähem, niedrigem Klee, der auf den Pfaden überlebt hatte. All dies fügte sich zu einem Muster zusammen, das an die runden grünen Fußstapfen eines seltsamen Untiers erinnerte.

»Ein anständiger Schauer, und es wäre wieder in Ordnung«, sagte Bruder Cadfael, während er mit geübtem Gärtnerauge das eigenartige Schachbrett aus bleichen und grünen Flecken betrachtete. »Nichts auf der Welt ist so stark wie Gras.«

Er war von der Abtei St. Peter und St. Paul zur Kapelle und zum Hospiz von St. Giles unterwegs, das eine halbe Meile entfernt am Stadtrand lag. Es gehörte zu seinen Pflichten, den Arzneischrank dort mit allen Medikamenten zu füllen, welche die Insassen brauchen mochten. Er begab sich alle paar Wochen auf diese Reise; etwas häufiger, wenn die Zahl der Bewohner und ihre Nöte es verlangten. An diesem frühen Augustmorgen wurde er vom jungen Bruder Oswin begleitet, der ihm seit mehr als einem Jahr bei den Kräutern half und nun bereit war, seine Künste bei den Bedürftigen praktisch anzuwenden. Oswin war ein stämmiger, gutgewachsener Bursche, der vor Begeisterung glühte. Früher hatte er mit zerbrochenen Gläsern, unrettbar verbrannten Töpfen und peinlichen Verwechslungen beim Kräutersammeln beträchtlichen Schaden angerichtet. Diese Zeiten waren vorbei. Er konnte ein Segen für das Hospiz werden, wenn er einen Vorgesetzten mit kühlem Kopf bekam, der ab und zu seinen Übereifer dämpfte. Die Abtei hatte das Recht, den Leiter des Hospizes zu ernennen, und der Laienbruder, der dort eingesetzt war, würde einen gesunden Ausgleich für Bruder Oswins überschäumende Energie schaffen.

»Euer Jahrmarkt ist ganz gut verlaufen«, sagte Hugh.

»Besser, als ich erwartet hatte, nachdem der halbe Süden des Landes durch die Kämpfe in Winchester abgeschnitten ist. Sie sind sogar aus Flandern hergekommen«, sagte Cadfael zufrieden. Der Osten Englands war alles andere als friedlich, doch die Wollhändler waren ein furchtloser Menschenschlag, der sich durch etwas Blutvergießen und Gefahr nicht um einen guten Profit bringen ließ.

»Die Schafschur war recht ergiebig.« Hugh, der auf

seinem Gut in Maesbury im Norden einige Herden hatte, kannte die Qualität der diesjährigen Wolle. Im ganzen Grenzland waren auch Käufer aus Wales gekommen. Viele Menschen in Shrewsbury waren durch Verwandtschaft, Sympathie und ein Interesse am beiderseitigen Gewinn mit den Walisern in Powys und Gwynedd verbunden, auch wenn gelegentliche Ausbrüche von Feindseligkeit den behüteten Frieden störten. In diesem Sommer hatte der Frieden mit Gwynedd unter der starken Hand Owain Gwynedds gehalten, denn beide Seiten hatten großes Interesse daran, den ehrgeizigen Grafen Ranulf von Chester im Zaum zu halten. Powys war weniger berechenbar, doch hatte es in der letzten Zeit die Hörner eingezogen, nachdem diese mehrmals schmerzhaft mit Hughs Vorsichtsmaßnahmen in Berührung gekommen waren.

»Und die beste Kornernte seit Jahren. Und das Obst... es sieht gut aus«, sagte Cadfael vorsichtig, »doch brauchen wir noch etwas Regen, damit es prall wird, und keine Gewitter, bevor es geerntet ist. Nun, das Getreide ist eingeholt und das Stroh gestapelt, und die Heuernte ist die beste, soweit die Erinnerung zurückreicht. Von mir werdet Ihr keine Klagen hören.«

Dennoch, dachte er, während er in leichter Verwunderung zurückblickte, war es ein unruhiges Jahr gewesen. Das Geschick von König und Kaiserin hatte sich nicht nur einmal, sondern zweimal gewendet, während hier in den Midlands die Vorsehung über den Festlichkeiten der Kirche und der Plackerei der einfachen Menschen wohlwollend gelächelt hatte. Im Februar war König Stephen bei der schrecklichen Niederlage von Lincoln gefangengenommen worden. Kaiserin Maud, seine Cousine, Rivalin um den Thron und Erzfeindin, hatte ihn unter strenger Bewachung in der Burg von Bristol eingesperrt. Nach diesem Umschwung hatten sich auch viele Fähnchen hastig gewendet, nicht zuletzt das von Stephens Bruder und Mauds Cousin, dem Bischof von Winchester und päpstlichen Legaten Henry von Blois, der aalglatt das Lager gewechselt und sich auf die Seite der Siegerin geschlagen hatte, nur um festzustellen, daß er besser ein wenig gezögert hätte. Denn die Frau war dumm. In Winchester war die Tafel für sie gedeckt gewesen, die Krone hatte schon fast ihr Haar berührt. Doch hatte sie sich gegenüber den Bürgern Londons so arrogant und überheblich aufgeführt, daß diese sich im Zorn gegen sie erhoben und sie in unwürdiger Flucht davongejagt hatten, worauf König Stephens tapfere Königin in die Stadt einziehen konnte.

Allerdings war König Stephen durch diese letzte Drehung des Schicksalsrades nicht freigekommen. Ganz im Gegenteil – den Gerüchten nach hatte man ihn zusätzlich angekettet und bewachte ihn streng, da er nun das einzige Faustpfand der Kaiserin war. Auf jeden Fall aber war die Krone von Mauds Kopf genommen, höchstwahrscheinlich sogar für immer, und sie hatte sich um die nicht zu unterschätzende Hilfe des Bischofs Henry gebracht, der nicht der Mann war, zweimal im gleichen Jahr allzu hastig die Seiten zu wechseln. Man munkelte, daß die Dame ihren Halbbruder und ihren besten Ritter, den Grafen Robert von Gloucester, nach Winchester gesandt habe, um sich mit dem Bischof zu versöhnen und ihn wieder auf ihre Seite zu locken, doch habe sie keine klare Antwort bekommen. Die Gerüchte besagten weiterhin – und es schien wahr zu sein –, daß Stephens Königin ihr zuvorgekommen und bei einem geheimen Treffen mit Henry in Guildford auf erheblich mehr Sympathie gestoßen sei als die Kaiserin. Und zweifellos hatte Maud davon gehört. Denn die jüngsten Neuigkeiten, die von Nachzüglern aus dem Süden auf dem Jahrmarkt der Abtei feilgeboten wurden, gingen dahin, daß die Kaiserin mit einer eilig ausgehobenen Armee gegen Winchester marschiert sei und im Königsschloß Quartier bezogen habe. Die Spekulationen über ihren nächsten Schachzug mochten dem Bischof, selbst in seiner eigenen Stadt, einige Sorgen bereiten.

Unterdessen schien hier in Shrewsbury die Sonne, die Abtei feierte in gemessener Freude ihre jungfräuliche Heilige, die Herden gediehen, die Ernte reifte und wurde bei prächtigem Wetter eingeholt, der Jahrmarkt nahm in den ersten drei Augusttagen seinen munteren Lauf, von nah und fern kamen Händler und machten gute Geschäfte, kassierten ihre Gewinne, tätigten günstige Einkäufe und gingen friedlich wieder auseinander, um in ihre Heimat zurückzukehren, als existierten weder König noch Kaiserin und als hätten diese beiden nicht die Macht, die Bewegungen der gewöhnlichen, vernünftigen Menschen zu behindern oder gar ihr Leben zu bedrohen.

»Dann habt Ihr nichts Neues gehört, seit die Händler aufbrachen?« fragte Cadfael, während er die gebleichten Spuren musterte, die deren Stände hinterlassen hatten.

»Noch nichts. Es scheint, als beäugten sie sich gegenseitig in der Stadt, und als wartete jeder darauf, daß der andere den ersten Zug macht. Winchester hält den Atem an. Als letztes hörte ich, daß die Kaiserin nach Bischof Henry schickte, um ihn auf ihre Burg einzuladen. Er hätte freundlich antworten lassen, daß er sich auf das Treffen vorbereite. Doch hat er bisher noch keinen Fuß gerührt, um sich dem Treffpunkt zu nähern. Dennoch«, sagte Hugh nachdenklich, »möchte ich wetten, daß er sich darauf vorbereitet. Sie hat ihre Streitkräfte aufgeboten, und er wird die seinen zusammenrufen, ehe er sich ihr nähert – *falls* er das überhaupt tut!«

»Und während sie den Atem anhalten, könnt Ihr um so freier atmen«, erwiderte Cadfael listig.

Hugh lachte. »Solange meine Feinde miteinander zanken, denken sie wenigstens nicht an mich und an mein Land. Selbst wenn sie sich einigen und sie ihn wieder für sich gewinnt, kann die Partei des Königs einen Aufschub von mindestens ein paar Wochen genießen. Wenn nicht – nun, besser, sie zerfleischen sich gegenseitig, als ihre Pfeile für uns aufzusparen.«

»Glaubt Ihr, er könnte sich gegen sie wenden?«

»Sie hat ihn so überheblich behandelt wie alle anderen, obwohl er ihr zu Diensten war. Jetzt hat er sich trotzig von ihr abgewendet, doch mag er darauf kommen, daß sie auf eine Abfuhr sehr unfreundlich reagieren könnte, und daß ein Bischof ebenso leicht in Eisen gelegt werden kann wie ein König, sobald sie ihn in der Hand hat. Nein, ich glaube, der hohe Herr verstärkt seine Burg Wolvesey, um, falls nötig, einer Belagerung zu widerstehen, und er ruft wohl eilig seine Männer zusammen. Wer mit der Kaiserin verhandelt, tut dies am besten mit einer Armee im Rücken.«

»Mit der Armee der Königin im Rücken?« fragte der scharfsinnige Cadfael.

Hugh hatte sein Pferd schon zur Stadt gewendet, doch nun blickte er mit blitzenden Augen über seine nackte braune Schulter zurück. »Das werden wir sehen! Ich möchte wetten, daß der erste Kurier, den er um Hilfe ausschickte, zur Königin Matilda ging.«

»Bruder Cadfael...« begann Oswin, der sorglos neben Cadfael zum Stadtrand trottete, wo sich Hospiz und Kapelle schlicht und grau hinter dem langen Rutenzaun erhoben.

»Ja, mein Sohn?«

»Würde es die Kaiserin denn wirklich wagen, Hand an den Bischof von Winchester zu legen? An den Legaten des Heiligen Vaters?«

»Wer kann das sagen? Allerdings schreckt sie vor kaum etwas zurück.«

»Aber... es könnte doch einen Kampf zwischen ihnen geben...«

Oswin blies die jungen runden Wangen auf und schnaufte verwundert und mißbilligend. Es schien ihm unvorstellbar. »Bruder, Ihr seid in der Welt herumgekommen und habt Erfahrung mit Kriegen und Schlachten. Und ich weiß, daß Ihr mit Bischöfen und großen Kirchenmännern auf den Kreuzzug gegangen seid. Aber sollten sie wirklich für eine geringere Sache die Waffen in die Hand nehmen?«

Was sie tun und lassen, dachte Cadfael, das müssen sie beim Jüngsten Gericht mit ihrem Richter abmachen, aber daß sie die Waffen erhoben hatten und sie wieder erheben würden, das stand außer Zweifel. »Um es freundlich auszudrücken«, sagte er vorsichtig, »könnte seine Lordschaft seine Freiheit, seine Sicherheit und sein Leben in diesem Fall für eine keineswegs geringe Sache erachten. Manch einer wurde berufen, demütig das Los eines Märtyrers auf sich zu nehmen, doch sollte dies für nichts Geringeres als für den Glauben geschehen. Und ein toter Bischof kann seiner Kirche nicht mehr dienen, genau wie ein Legat, der im Gefängnis sitzt, dem Heiligen Vater nichts nützt.«

Bruder Oswin dachte eine Weile schweigend nach. Er mußte den Einwand verdauen und fand ihn anscheinend etwas fragwürdig, oder vielleicht glaubte er auch nur, daß er das Argument nicht recht verstanden habe. So fragte er unschuldig: »Bruder, würdet *Ihr* noch einmal die Waffen erheben? Nachdem Ihr ihnen doch abgeschworen habt? Könnt Ihr Euch einen Grund dafür vorstellen?«

»Mein Sohn«, sagte Cadfael, »Ihr habt es heraus, Fragen zu stellen, die nicht beantwortet werden können. Woher soll ich wissen, was ich in großer Not tun würde? Als Ordensbruder wünsche ich natürlich, keinem Menschen Gewalt antun zu müssen, aber trotzdem hoffe ich, daß ich mich nicht abwende, wenn ich unschuldige oder hilflose Menschen leiden sehe. Vergeßt nicht, daß der Bischof einen Stab trägt, mit dem er die Herde zugleich schützt und hütet. Sollen sich die Prinzen und Kaiserinnen und Krieger um ihre Pflichten kümmern. Kümmert Ihr Euch um Eure, dann wird es Euch gut ergehen.«

Sie näherten sich dem Trampelpfad, der den grasbewachsenen Hang zum Tor im Rutenzaun hinaufführte. Das kleine Türmchen der Kapelle lugte über das Dach des Hospizes heraus. Bruder Oswin tänzelte den Hang hinauf. Sein Puttengesicht strahlte erwartungsvoll; er war bereit, sich den neuen Aufgaben zu stellen, und zuversichtlich, daß er sie meistern würde. Wahrscheinlich würde er kaum einem Fettnäpfchen entgehen, doch würde ihn keines lange aufhalten, und keines würde seinen brennenden Eifer dämpfen.

»Und merkt Euch alles, was ich Euch gelehrt habe«, sagte Cadfael. »Ihr müßt Bruder Simon gehorchen. Ihr werdet eine Weile unter ihm arbeiten, wie er unter Bruder Mark gearbeitet hat. Der Aufseher ist ein Laie aus der Vorstadt, aber abgesehen von seinen gelegentlichen Besuchen und Inspektionen werdet Ihr ihn kaum sehen. Er ist ein braver Mann, der stets ein offenes Ohr für einen guten Rat hat. Auch ich selbst werde hin und wieder vorbeischauen, falls Ihr mich brauchen solltet. Kommt, ich will Euch alles zeigen.«

Bruder Simon war ein gemütlicher, rundlicher Mann von etwas über vierzig Jahren. Er kam, mit einem spindeldürren, etwa zwölfjährigen Jungen an der Hand, heraus und begrüßte sie auf der Terrasse. Die Augen des Knaben blickten im Weiß der Blindheit, doch ansonsten war er gesund und hübsch und keinesfalls der traurigste Anblick, der sich hier bot. In diesem Haus fanden die Siechen und Kranken Zuflucht und Abgeschiedenheit für ihre ansteckenden Krankheiten, denn es war ihnen nicht erlaubt, diese zu den Gesunden in die Stadt zu tragen. Krüppel sonnten sich im kleinen Obstgarten hinter dem Hospiz; arme, von Pocken entstellte Männer und verblühte Frauen wanden Bänder für die Strohgarben, die in der Scheune aufgestapelt wurden. Wer noch ein wenig Arbeit leisten konnte, trug gern zu seinem Lebensunterhalt bei, und wer es nicht mehr konnte, lag reglos in der Sonne, vorausgesetzt, er hatte keinen Hautausschlag, der durch die Hitze schlimmer wurde. Die Kranken der letzteren Gruppe hielten sich im Schatten der Obstbäume, und die Kranken mit Fieber blieben in der kühlen Kapelle.

»Im Augenblick«, erklärte Bruder Simon, »haben wir achtzehn Kranke, was für einen so heißen Sommer gar nicht schlecht ist. Drei sind noch gut bei Kräften und erholen sich von ihrer Krankheit, die nicht ansteckend war. Sie werden uns in wenigen Tagen verlassen. Aber andere werden kommen, junger Mann, es kommen immer neue. Sie kommen und gehen. Manche gehen auf der Straße, manche gehen ganz aus dieser Welt. Sie könnten es schlechter treffen, als hier durch diese letzte Tür zu gehen.«

Er sprach ein wenig wie ein Prediger, was Cadfael innerlich lächeln ließ, als er sich an Marks liebenswerte Schlichtheit erinnerte, doch er war ein guter Mann, er arbeitete schwer, war voller Mitgefühl und konnte mit seinen großen Händen kräftig zupacken. Oswin würde seine Predigten mit Verehrung und Staunen aufnehmen und sich frisch und ohne Zaudern an seine Arbeit machen.

»Wenn Ihr erlaubt, will ich den jungen Mann selbst herumführen«, sagte Cadfael, während er den vollen Ranzen an seinem Gürtel nach vorn zog. »Ich habe die Arzneien mitgebracht, um die Ihr mich gebeten habt, und dazu einige, die ich für nötig hielt. Wir werden Euch schon finden, wenn wir fertig sind.«

»Gibt es Neuigkeiten von Bruder Mark?« fragte Simon.

»Mark ist bereits Diakon. Ich muß mir meine schrecklichste Beichte also nur noch ein paar Jahre aufsparen, und dann kann ich, wenn es von mir verlangt wird, in Frieden scheiden.«

»Ein großes Versprechen«, sagte Simon verwundert und enthüllte unvermutete Tiefen, die er mit einem Lächeln sogleich wieder überbrückte. Er wagte sich nicht oft so weit vor.

»Nun«, sagte Cadfael sehr nachdenklich, »für mich war Marks Wort immer gut genug. Ihr mögt recht haben.« Damit wandte er sich an Oswin, der den Wortwechsel mit pflichtschuldiger Aufmerksamkeit und verwirrtem Lächeln verfolgt hatte. Er mühte sich sehr, zu verstehen, was ihm wie eine Pusteblume entging. »Kommt nur, Bursche, laßt uns die Ranzen entladen und unsere Last loswerden, und dann will ich Euch alles zeigen, was hier in St. Giles vor sich geht.«

Sie betraten den Saal, der all jenen zum Essen und Schlafen diente, die gesund genug waren, um mit ihren Kameraden zusammen zu sein. Dort stand ein großer, verschlossener Schrank, für den Cadfael einen eigenen Schlüssel besaß. Die Bretter waren voller Krüge, Flakons, Flaschen, Holzkisten mit Tabletten, Salben, Sirups und Lotionen, die allesamt aus Cadfaels Herbarium stammten. Die beiden packten ihre Ranzen aus und füllten die Lücken auf. Oswin wuchs sichtlich, als er in das Geheimnis eingeweiht wurde, das er in Zukunft selbständig hüten sollte.

Hinter dem Hospiz lagen ein kleiner Küchengarten, ein Obstgarten und ein Kornspeicher. Cadfael führte seinen Schützling durch die ganze Enklave, und am Ende des Rundganges folgten ihnen drei Insassen dichtauf und neugierig: der alte Mann, der sich um den Kohl kümmerte und stolz seine Produkte vorzeigte, ein lahmer junger Bursche, der mühsam auf zwei Krücken humpelte, und der blinde Knabe, der Bruder Simon verlassen hatte und an Cadfaels Gürtel hing, seit er die vertraute Stimme erkannt hatte.

»Dies hier ist Warin«, sagte Cadfael, indem er den Jungen an der Hand nahm. Sie gingen zu Bruder Simons kleinem Schreibtisch auf der Terrasse zurück. »Er hat beim Singen in der Kapelle eine gute Stimme, und er kennt die ganze Liturgie auswendig.«

Bruder Simon erhob sich von seinen Rechnungen, als er sie zurückkommen sah. »Hat er Euch alles gezeigt? Dies ist kein großer Haushalt, doch tut er große Arbeit. Ihr werdet Euch bald an uns gewöhnen.«

Oswin strahlte und sagte errötend, daß er sein Bestes geben wolle. Wahrscheinlich wartete er schon ungeduldig darauf, daß sein Lehrer sich verabschiedete, damit er sich seinen neuen Verantwortungen widmen konnte, ohne in der unangenehmen Lage eines Schülers zu sein, der sich vor seinem Lehrer produziert. Cadfael klopfte ihm fröhlich auf die Schulter, sagte Lebewohl und verriet mit seinem Tonfall, daß er keine Sorgen um den Erfolg seines Schützlings habe, und wandte sich zum Tor. Sie waren von der düsteren Terrasse ins Sonnenlicht getreten.

»Ihr habt nicht etwa neue Nachrichten aus dem Süden?« Die Bewohner von St. Giles, die in ihrer am Stadtrand liegenden Behausung alle Neuigkeiten als erste erfuhren, waren meist gut unterrichtet.

»Nichts Wichtiges. Trotzdem, man wundert sich und grübelt. Vor drei Tagen kam aus der Nähe von Andover ein Bettler, noch gut bei Kräften, aber schon älter, der nur über Nacht blieb, um zu rasten. Ein seltsamer Kerl war das, vielleicht hatte er Milben im Kopf, wer weiß? Es hat in seinem Kopf gespukt, und der Spuk trieb ihn auf die Straße. Eine Stimme in seinem Kopf hätte gesagt, daß er nach Norden gehen solle, solange noch Zeit dazu sei.«

»In jener Gegend könnte jeder, der nicht durch Eigentum gebunden ist, sehr leicht auf die gleiche Idee kommen«, sagte Cadfael bekümmert, »dazu muß man nicht geistesschwach sein. Es mag sogar für die Gesundheit seines Geistes sprechen, wenn er nach Norden zog.«

»Mag sein. Aber dieser Bursche hat gesagt – falls er es nicht eträumt hat –, daß er an dem Tage, an dem er aufgebrochen sei, von einem Hügel zurückgeblickt habe. Er habe Rauchwolken über Winchester gesehen, und in der folgenden Nacht habe ein roter Schein über der Stadt gelegen, der flackerte wie bei einem heftigen Brand.«

»Das könnte die Wahrheit sein«, erwiderte Cadfael. Er nagte nachdenklich an der Unterlippe. »Es würde mich nicht wundern. Die letzten zuverlässigen Nachrichten, die wir erhielten, besagten, daß Kaiserin und Bischof sich vorsichtig belauerten und günstige Ausgangspositionen suchten. Ein wenig Geduld... aber die Kaiserin war nie sehr geduldig. Ich frage mich, ob sie ihn jetzt belagert. Wie lange mag Euer Mann unterwegs gewesen sein?«

»Ich glaube, daß er sich so sehr beeilte, wie er konnte«, erwiderte Simon, »aber ich würde sagen, mindestens vier Tage. Damit ist seine Geschichte eine Woche alt, und bisher haben wir kein anderes Wort, sie zu bestätigen.«

»Wenn sie wahr ist, werden wir es hören«, sagte Cadfael grimmig, »das ist gewiß! Von allen Neuigkeiten, die durch die Welt fliegen, reisen die schlechten Nachrichten am schnellsten!«

Er dachte immer noch über diesen unheildrohenden Schatten nach, als er sich durch die Vorstadt auf den Rückweg machte, und war so tief in seine Gedanken versunken, daß seine Grüße an Bekannte verspätet und sehr abwesend kamen. Es war fast Mittag, auf der Straße herrschte reges Treiben, und außerhalb der Stadtmauern waren nur wenige Menschen unterwegs, die er nicht kannte. Er hatte viele von ihnen, auch die Kinder, während seiner Zeit im Kloster behandelt; manchmal sogar ihre Tiere, denn wer sich mit den Krankheiten der Menschen auskennt, kann nicht umhin, hier und dort auch einiges Wissen über die Krankheiten der Tiere aufzuschnappen. Die Tiere besaßen eine ebenso große Leidensfähigkeit wie ihre Herren, jedoch viel weniger Möglichkeiten und eine viel geringere Neigung, sich zu beklagen. Cadfael hatte sich oft gewünscht, daß die Menschen ihre Tiere besser behandelten, und er versuchte ihnen zu zeigen, wie man sie vernünftig pflegte. Das Schicksal der im Krieg benutzten Pferde hatte zu jenem seltsamen, langsamen Prozeß in seinem Innern beigetragen, der ihn schließlich vom Schlachtfeld ins Kloster geführt hatte.

Leider konnte man nicht behaupten, daß alle Äbte und

Prioren ihre Maultiere und Herdentiere besser behandelten. Doch wenigstens die besten und klügsten unter ihnen hielten dies für geraten und betrachteten es als ihre Christenpflicht.

Aber nun, was geschah da nur in Winchester, daß der Himmel am Tage schwarz und in der Nacht rot wurde? Wie die Säulen aus Rauch und Feuer, die den Erwählten einen Weg durch die Wildnis wiesen, hatten diese Zeichen die Flucht des Bettlers aus der Gefahr begleitet. Cadfael hatte keinen Grund, den Bericht anzuzweifeln. Ein solches Zeichen war zu erwarten gewesen, denn der heiße, trockene Sommer, der nahe Verwandte des Feuers, stand mit brennender Fackel bereit. Aber welch eine Närrin mußte diese Frau sein, den Bischof in seiner eigenen Burg in seiner eigenen Stadt zu belagern, während die Königin, die ihr zumindest ebenbürtig war, nicht weit entfernt eine starke Armee führte und die Londoner inzwischen ihre unversöhnlichen Feinde waren. Und wie verbittert mußte der Bischof ihr gegenüber sein, da er alles wagte und ihr trotzte. Natürlich würden diese beiden hochgestellten Personen gut beschützt überleben. Aber was war mit den einfachen Menschen, die sie ins Verderben schickten? Mit den armen Händlern und Handwerkern und Arbeitern, die keine schützenden Festungen besaßen?

Er hatte sich in seiner Meditation von der Sorge für Pferde und Vieh entfernt und sich den Leiden der Menschen zugewandt, und nun schrak er zusammen, als sich in einem Moment, da der Verkehr auf der Straße schwächer wurde, von hinten der klappernde, stetige Hufschlag von Maultieren näherte. Er blieb an der Ecke des Pferdemarktes stehen und blickte zurück, und er mußte nicht weit blicken, denn sie waren nahe.

Es waren zwei, ein schönes, großes und fast rein weißes Tier, passend für einen Abt, und ein kleines, leichteres, hellbraunes, das zierlich ein oder zwei Schritte hinter dem ersten lief. Doch was Cadfael veranlaßte, sich ihnen voll zuzuwenden und überrascht ihr Kommen abzuwarten, war die Tatsache, daß beide Reiter das Schwarz der Benediktiner trugen. Sie waren Brüder, füreinander und für ihn. Offenbar hatten sie seine Kutte schon vorher bemerkt und sich beeilt, ihn einzuholen, denn als er stehenblieb und sie als Brüder erkannte, verlangsamten sie den Schritt ihrer Maultiere und hielten vor ihm an.

»Gott sei mit Euch, Brüder!« sagte Cadfael, während er sie neugierig beäugte. »Wollt Ihr unser Haus hier in Shrewsbury besuchen?«

»Und mit Euch, Bruder«, sagte der vordere Reiter. Er sprach mit voller Stimme, die ein wenig rasselte, als hallte in der Brust seines Reittieres ein knirschendes Echo. Cadfael spitzte bei diesem Geräusch die Ohren. Er hatte den Atem vieler alter Männer, die lange Zeit den Unbilden der Natur ausgesetzt gewesen waren, auf die gleiche Weise knirschen und nachhallen gehört, aber dieser Mann war nicht alt. »Gehört Ihr zum Haus von St. Peter und St. Paul? Ja, wir wollen Eurem Herrn Abt Briefe überbringen. Ich vermute, dies hier ist die Grenzmauer? Dann haben wir es nicht mehr weit.«

»Ganz nahe ist es«, sagte Cadfael. »Ich werde mit Euch gehen, denn ich will ohnehin nach Hause. Kommt Ihr von weit her?«

Er blickte in ein hageres, verschlossenes Gesicht, fein geschnitten und befehlsgewohnt, mit tiefliegenden, dunklen und sehr ruhigen Augen. Die Kapuze war auf die Schultern des Fremden zurückgeworfen, und der schmale, knochige Kopf trug den Kranz aus glattem schwarzem Haar wie eine Krone. Ein großer Mann war er, sehnig und abgemagert. Er trug den letzten Schatten einer Sonnenbräune, die aus einem heißeren Land als England stammte, einen Bronzeton, der nur in langen Jahren entstanden sein konnte; doch schien die Farbe etwas blaß und kränklich, und obwohl sich der Mann im Sattel hielt, als wäre er dort geboren, verrieten seine Bewegungen eine Mattigkeit und sein Gesicht eine klaglos hingenommene Müdigkeit, eine Art heitere Resignation, die eher zu einem alten Mann gepaßt hätte. Dieser Mann mochte Ende Vierzig sein, aber gewiß nicht viel älter.

»Recht weit«, erwiderte er mit einem schmalen, düsteren Lächeln, »doch heute nur aus Brigge.«

»Und wollt Ihr noch weiter? Oder werdet Ihr eine Weile bei uns bleiben? Ihr seid als Gäste herzlich willkommen, Ihr und der jüngere Bruder.«

Der jüngere Reiter hielt sich schweigend ein wenig abseits wie ein Diener, der pflichtbewußt auf einen Wink seines Herren wartet. Er war kaum über Zwanzig, geschmeidig und groß, aber sicher immer noch einen Kopf kleiner als sein Gefährte, wenn sie nebeneinander standen. Er hatte das längliche, glatte Jungengesicht, das zu seinen Jahren paßte, wohlgeformt und fest über den ebenmäßigen Knochen. Er hatte die Kapuze über den Kopf gezogen; vielleicht, um sich vor dem Glanz der Sonne zu schützen. Große, beschattete Augen blickten aus der Kapuze und ruhten aufmerksam auf seinem älteren Gefährten. Der einzige Blick, der Cadfael traf, war rasch und verstohlen.

»Wir würden gern eine Weile bleiben, wenn uns der Herr Abt Zuflucht gewährt«, sagte der Ältere, »denn wir haben unser Heim verloren und müssen um Aufnahme in einem anderen bitten.«

Sie schritten gemächlich weiter, die Hufe der Maultiere warfen den feinen Staub der Straße auf. Der junge Mann ließ sich artig zurückfallen. Die Grüße, die an Cadfael als alten Bekannten und an seine Begleiter aus freundlicher Neugierde gerichtet wurden, erwiderte der ältere Mann zurückhaltend und höflich. Der Junge sprach kein Wort.

Links ragten Torhaus und Kirche auf, und die Steine der hohen Mauer reflektierten die Sommerhitze. Der Reiter ließ die Zügel seines Maultiers locker hängen, faltete die langen, braunen Finger seiner von Adern durchzogenen Hände und seufzte tief. Cadfael schwieg.

»Vergebt mir, daß ich so kurz angebunden bin, Bruder. Es ist nicht so gemeint. Aus alter Gewohnheit und nachdem ich so lange die Stille als Begleiterin hatte, wollen die Worte nur schwer herauskommen. Und nach solchem Schrecken, nach dem Feuer der Vernichtung, ist die Kehle zu trocken, um viele Worte zu bilden. Ihr habt gefragt, ob wir von weit her kommen. Wir sind schon einige Tage unterwegs, denn ich kann heute nicht mehr scharf reiten. Wir kommen als Bettler aus dem Süden . . .«

»Aus Winchester!« rief Cadfael, der seiner Sache völlig sicher war, da er sich an die Wolke und das Feuer erinnerte.

»Was von Winchester geblieben ist, ja.« Die abgearbeiteten, aber muskulösen Hände blieben ruhig und überließen es Cadfael, das Maultier um das westliche Ende der Kirche und durch den Bogen des Torhauses zu führen. Nicht Kummer oder Mitgefühl waren es, die dem Mann beim Sprechen Schwierigkeiten machten, denn er hatte in seinem Leben gewiß Schlimmeres gesehen als die Dinge, an die er sich nun erinnerte. Seine Stimmbänder knirschten und formten die Worte nur zögernd, weil sie wenig benutzt worden waren. In der Blüte der Jugend, bevor der Samt zerschlissen war, mußte es eine wundervolle Stimme gewesen sein. »Ist es möglich«, sagte er staunend, »daß wir die ersten sind? Ich glaubte, die Nachrichten wären uns um eine ganze Woche vorausgeeilt. Allerdings war die Flucht auf diesem Weg keine leichte Sache. Dann müssen wir die Neuigkeiten überbringen? Nun, die Mächtigen lagen über unseren Köpfen im Streit. Aber wer bin ich, daß ich mich beschwere, wo ich doch meine Rolle bei solchen Dingen spielte? Die Kaiserin belagerte die Bischofsburg Wolvesey in der Stadt, und der Bischof ließ brennende Pfeile auf die Dächer statt auf seine Feinde regnen. Die Stadt ist verwüstet. Ein Nonnenkloster bis auf die Grundmauern niedergebrannt, Kirchen dem Erdboden gleich, und meine Priorei Hyde Mead, die Bischof Henry so gern in die Hand bekommen wollte, ist in Flammen aufgegangen. Und wir zwei Heimatlosen bitten nun um Zuflucht. Die Brüder haben sich auf alle Benediktinerhäuser im Land verteilt, wo immer sie Bande der Freundschaft oder der Verwandtschaft hatten. Wir können nie mehr nach Hyde heimkehren.«

Also war es wahr. Die Hand Gottes hatte einen armen Teufel aus der Falle geführt und ihn vom Hügel zurückblicken lassen, damit er das Rot und Schwarz von Feuer und Qualm eine Stadt verschlingen sah. Bischof Henrys Stadt, von seiner eigenen Hand in Brand gesetzt.

»Gottes Wille geschehe!« sagte Cadfael.

»So sei es!« Die Stimme mit der süßen Wärme und dem kratzenden Echo hallte im Bogengang des Torhauses. Der Bruder Pförtner kam heraus, lächelte zum Willkommen und winkte beim Anblick der Brüder einem Burschen, der sich um die Maultiere kümmern sollte. Der große Hof lag in heiterem Sonnenschein, und geschäftige Menschen eilten hin und her: Brüder, Laienbrüder, Diener, alle mit ihren gewohnten Alltagsverrichtungen beschäftigt. Die Oblaten und die Schuljungen, deren Unterricht durch eine Pause unterbrochen war, spielten mit einem Ball. Ihre fröhlichen hellen Stimmen durchbrachen die stille halbe Stunde vor der Mittagszeit. Hier war das Leben zu hören, zu spüren und zu sehen, und es verlief so regelmäßig wie die Jahreszeiten.

Sie blieben im Tor stehen. Cadfael hielt dem Fremden das Zaumzeug, obwohl es nicht nötig war, denn er sprang so gewandt herab wie ein Vogel, der landet und die Flügel einfaltet; doch bewegte er sich langsam, mit müder Anmut, und richtete seinen schmalen, geschwächten Körper auf. Er war über sechs Fuß groß und hielt sich gerade wie eine schlanke Lanze. Der Junge war schon aus dem Sattel gesprungen und stand zögernd dabei. Er beobachtete unbehaglich und eifersüchtig Cadfaels Hilfeleistung. Immer noch sprach er kein Wort, weder eines der Dankbarkeit noch eines des Protests.

»Wenn Ihr erlaubt, will ich Euch bei Abt Radulfus anmelden«, sagte Cadfael. »Was soll ich ihm sagen?«

»Sagt ihm, daß Bruder Humilis und Bruder Fidelis aus der ehemaligen Priorei Hyde Mead, die jetzt zerstört ist, in aller Demut und im Namen der Regel um Audienz und um seine schützende Hand bitten.«

Dieser Mann hatte in der Vergangenheit kaum Demut gezeigt, wenn er sie jetzt auch aus ganzem Herzen verkündete.

»So will ich es übermitteln«, sagte Cadfael und wandte sich einen Moment an den jungen Bruder, um auch dessen Zustimmung zu erbitten. Der Kopf unter der Kapuze neigte sich bescheiden. Das längliche Gesicht blieb im Schatten versteckt, und immer noch war keine Stimme zu vernehmen.

»Entschuldigt meinen jungen Freund«, erklärte Bruder Humilis, der aufrecht am milchweißen Kopf seines Maultieres stand. »Er kann seinen Gruß nicht mit Worten zum Ausdruck bringen, denn Bruder Fidelis ist stumm.«

2

»Führt unsere Brüder zu mir«, sagte Abt Radulfus, indem er sich überrascht und beunruhigt von seinem Schreibtisch erhob, nachdem Cadfael ihm in groben Zügen von den Neuankömmlingen und ihrer Geschichte erzählt hatte. Er schob Pergament und Feder fort und trat aufrecht, dunkel und groß vor das strahlende Sonnenlicht im Fenster seines Sprechzimmers. »Daß dies geschehen konnte! Stadt und Kirche sind verwüstet! Gewiß sind sie hier willkommen, solange sie leben, falls dies nötig ist. Bringt sie zu mir, Cadfael. Und leistet uns Gesellschaft. Ihr sollt später ihr Führer sein und sie zu Prior Robert bringen. Wir müssen für sie einen Platz im Dormitorium finden.«

Cadfael machte sich auf den Weg. Zufrieden, daß er nicht entlassen war, führte er die Neuankömmlinge durch den großen Hof zur Ecke, wo die Gemächer des Abtes geschützt in einem kleinen Garten lagen. Er war begierig, alles zu hören, was die Reisenden über den Stand der Dinge im Süden zu sagen hatten, und begierig würde auch Hugh sein, sobald er von ihrem Kommen erfuhr. In letzter Zeit kamen die Nachrichten ungewöhnlich langsam über die Straße heran, und die Angelegenheiten drunten in Winchester mochten sich mit beträchtlich höherer Geschwindigkeit entwickelt haben, seit die unglücklichen Brüder aus Hyde verstreut worden waren und anderswo Zuflucht suchen mußten.

»Vater Abt, hier sind Bruder Humilis und Bruder Fidelis.«

Nach dem Strahlen draußen war es im kleinen, holzvertäfelten Sprechzimmer dunkel. Die beiden großen, beherrschten Männer standen sich in der schattigen Stille gegenüber und schätzten einander ab. Radulfus selbst zog den Besuchern Stühle heran und lud sie mit einer Handbewegung ein, sich zu setzen. Doch der junge Mann blieb stehen und zog sich rücksichtsvoll in die Schatten zurück. Er konnte nicht der Sprecher sein; vielleicht war dies der Grund für seine Zurückhaltung. Radulfus, der noch nicht von der Behinderung des jungen Mannes wußte, nahm dieses Verhalten ohne Zeichen von Billigung oder Mißbilligung zur Kenntnis.

»Brüder, Ihr seid sehr willkommen in unserem Haus, und was wir bieten können, soll Euch zur Verfügung stehen. Wie ich hörte, habt Ihr einen langen Ritt hinter Euch, der einen traurigen Verlust zur Ursache hat. Ich bedaure das Schicksal Eurer Brüder in Hyde. Doch hier dürfen wir immerhin hoffen, Euch Seelenfrieden und eine sichere Zuflucht bieten zu können. Bisher hatten wir Glück in diesem schrecklichen Krieg. Ihr, der Ältere, seid Bruder Humilis?«

»Ja, Vater. Und hier ist der Brief unseres Priors, der uns Eurer Freundlichkeit anempfiehlt.« Er zog den Brief, den er unter der Kutte auf der Brust getragen hatte, heraus und legte ihn auf den Schreibtisch des Abtes. »Ihr wißt sicher, Vater, daß die Abtei von Hyde in den letzten zwei Jahren eine Abtei ohne Abt war. Man sagt, daß Bischof Henry beabsichtigte, die Abtei als bischöflichen Konvent selbst in die Hand zu bekommen, wogegen sich die Brüder energisch zur Wehr setzten. Uns einen Abt zu verweigern, mag ein Schachzug gewesen sein, um uns zu schwächen und unsere Stimme zu dämpfen. Nun spielt dies keine Rolle mehr, denn das Haus von Hyde ist vernichtet, bis auf die Grundmauern geschleift und vom Feuer geschwärzt.«

»Ist die Zerstörung denn so umfassend?« fragte Radulfus stirnrunzelnd über seine gefalteten Hände hinweg.

»Das ist sie. Vielleicht wird dort irgendwann ein neues Haus errichtet, wer weiß? Aber nichts vom alten ist geblieben.«

»Dann sagt mir alles, was Ihr wißt«, erwiderte Radulfus bewegt. »Wir sind hier weit von diesen Ereignissen entfernt und leben beinahe im Frieden. Wie ist es zu diesem Schrecken gekommen?«

Bruder Humilis, der Demütige – wie mochte sein Name gelautet haben, bevor er sich für die Demut entschieden hatte? Er faltete die Hände im Schoß seiner Kutte und erwiderte aus hohlen dunklen Augen den Blick des Abtes. Cadfael bemerkte auf der linken Seite seiner Tonsur eine runzlige Narbe, schon vor langer Zeit verheilt und gebleicht. Er erkannte den halbmondförmigen Umriß einer Wunde, die vom leicht abgelenkten Schlag eines rechtshändigen Schwertkämpfers stammte. Er war nicht überrascht. Kein gerades Schwert der westlichen Welt, sondern ein Krummschwert der Seldschuken. Dort also hatte er die Bronzefarbe bekommen, die zu kränklichem Hellbraun verblaßt war.

»Die Kaiserin drang Ende Juli nach Winchester ein, das genaue Datum weiß ich nicht mehr, und bezog im Königsschloß am Westtor Quartier. Sie sandte nach Bischof Henry, und angeblich habe er geantwortet, daß er kommen wolle, daß es jedoch eine kleine Verzögerung gebe; aus welchem Grunde, weiß ich nicht. Er zögerte recht lange, und wie es schien, nutzte er diese Schonfrist recht gut, denn als die Kaiserin die Geduld verlor und ihre Streitkräfte gegen ihn ins Feld schickte, hatte er sich schon sicher in seiner Burg Wolvesey am südöstlichen Stadtrand verbarrikadiert. Und die Königin, so sagt man in der Stadt, führte ihre Flamen eilig heran, um ihm zu helfen. Ob dies zutrifft oder nicht, auf jeden Fall hatte er eine starke und gut gerüstete Garnison in der Burg. Ich bitte Gott und Euch, Vater, um Verzeihung«, sagte Bruder Humilis leise, »daß ich diesen Bericht vom Krieg so peinlich genau vortrage, doch ich bin im Waffenhandwerk ausgebildet, und so etwas vergißt man nicht.«

»Gott verhüte«, erwiderte Radulfus, »daß ein Mann je etwas vergißt, was er in gutem Glauben und in treuem Dienst tat. Ob unter Waffen oder im Kloster, wir alle haben für dieses Land und diese Menschen unsere Rolle zu spielen. Es nützt nichts, die Augen zu verschließen. Fahrt fort! Wer führte den ersten Schlag?«

Wenige Wochen zuvor waren die beiden noch Verbündete gewesen!

»Die Kaiserin. Sie rückte vor und umringte Wolvesey, sobald sie erfuhr, daß er sich verschanzt hatte. Sie setzte alles gegen die Burg ein, was sie hatte, alle Kampfmaschinen, die sie bekommen konnte. Und sie riß Gebäude nieder, Geschäfte, Häuser, alles, was zu nahe an der Burg lag, um das Gelände freizuräumen. Doch der Bischof hatte eine starke Garnison, und die Mauern sind neu. Wie ich hörte, hat er sie erst vor etwa zehn Jahren errichten lassen. Seine Männer setzten als erste brennende Pfeile ein. Ein großer Teil der Stadt innerhalb der Mauern ist verbrannt: Kirchen, ein Nonnenkloster, Werkstätten – es wäre nicht so schrecklich gewesen, wenn nicht gerade Sommer gewesen wäre, und ein sehr trockener dazu.«

»Und Hyde Mead?«

»Wir wissen nicht, von wem der Pfeil kam, der unser Haus in Brand setzte. Es wurde überall vor den Stadtmauern gekämpft, und wie immer wurde auch geplündert«, erklärte Bruder Humilis. »Wir versuchten das Feuer zu löschen, doch hatten wir keine Hilfe, und es brannte so grimmig, daß wir es nicht eindämmen konnten. Unser Prior gab Befehl, uns aufs Land zurückzuziehen, und das taten wir. Etwas dezimiert allerdings«, fuhr er fort. »Es gab Tote.«

Es gab immer Tote, und gewöhnlich traf es die Unschuldigen und Hilflosen. Radulfus starrte zornig in den Kelch, den seine gefalteten Hände bildeten, und dachte nach.

»Dann hat der Prior überlebt und konnte einen Brief schreiben. Wo ist er jetzt?«

»In Sicherheit auf dem Gut eines Verwandten, einige Meilen von der Stadt entfernt. Er ordnete unseren Rückzug an. Die Brüder sollten sich an die wenden, bei denen sie Schutz zu finden hofften. Ich fragte, ob ich mit Bruder Fidelis hier in Shrewsbury um Asyl nachsuchen durfte. Und nun sind wir hier und empfehlen uns Eurem Schutz.«

»Warum?« fragte der Abt. »Ihr seid willkommen, doch möchte ich wissen, warum Ihr zu uns kommt?«

»Vater, ich bin ein oder zwei Meilen flußaufwärts von hier auf dem Gut Salton geboren. Ich wollte diesen Ort noch einmal sehen oder wenigstens in seine Nähe kommen, bevor ich sterbe.« Er erwiderte lächelnd den Blick der durchdringenden Augen unter den zusammengezogenen Brauen. »Es war der einzige Besitz meines Vaters in dieser Grafschaft. Dort bin ich geboren. Ein Mann, der aus seinem letzten Heim vertrieben wird, kehrt gern zu seinem ersten zurück.«

»Gut gesprochen. Soweit es an uns liegt, wollen wir Euch dieses Heim bieten. Und Euer junger Bruder?« Fidelis warf die Kapuze zurück, neigte ehrerbietig den Kopf und machte eine kleine demütige Handbewegung, ohne ein Wort zu sagen.

»Vater, er kann nicht für sich selbst sprechen. Ich bedanke mich in unser beider Namen. Ich war in Hyde nicht bei bester Gesundheit, und Bruder Fidelis ist aus reiner Freundlichkeit mein treuer Freund und Diener geworden. Er hat keine Verwandten, zu denen er gehen könnte, und deshalb beschloß er, mit mir zu kommen und mich wie zuvor zu pflegen. Falls Ihr es erlaubt.« Er wartete auf das zustimmende Nicken und Lächeln, bevor er fortfuhr: »Bruder Fidelis wird hier Gott mit allem dienen, was er hat und ist. Ich kenne ihn, und ich spreche für ihn. Nur eines, nämlich seine Stimme, kann er nicht anbieten. Bruder Fidelis ist stumm.«

»Er ist nicht weniger willkommen«, sagte Radulfus, »wenn seine Gebete stumm bleiben. Sein Schweigen mag sogar beredter sein als unsere gesprochenen Worte.« Wenn er erschrocken war, dann hatte er sich so schnell gefangen, daß nichts davon zu bemerken war. Außerdem geschah es ohnehin nicht oft, daß Abt Radulfus aus der Fassung geriet. »Nach dieser Reise«, fuhr er fort, »müßt Ihr müde sein und recht beunruhigt, solange Ihr noch kein Bett, keinen Platz für Euch und keine Arbeit habt. Geht nun mit Bruder Cadfael. Er wird Euch zu Prior Robert führen und Euch die ganze Enklave zeigen, das Dormitorium, den Speisesaal, die Gärten und das Herbarium, über das er herrscht. Er wird Euch Erfrischung und Ruhe verschaffen und damit Eure dringendsten Bedürfnisse stillen. Zur Vesperandacht sollt Ihr uns dann Gesellschaft leisten.«

Die Kunde von den Ankömmlingen aus dem Süden rief Hugh Beringar in Windeseile aus der Stadt herbei. Er beriet sich zuerst mit dem Abt und dann mit Bruder Humilis, der freimütig wiederholte, was er schon einmal berichtet hatte. Als Hugh alles erfahren hatte, was zu erfahren war, suchte er Cadfael auf, der im Kräutergarten seine Pflanzen wässerte. Bis zur Vesper, der Zeit, da das Tagewerk getan sein sollte, blieb noch eine Stunde Zeit, und so konnte sich selbst ein Gärtner entspannen und eine Weile im Schatten sitzen. Cadfael stellte seine Gießkanne fort und überließ die offenen, sonnenbeschienenen Beete bis zur Abendkühle sich selbst, um sich an der hohen Südmauer neben seinem Freund auf die Bank zu setzen.

»Nun, Ihr habt wenigstens Raum zum Atmen«, begann er. »Solange sie sich im Süden an die Kehlen gehen, greifen sie nicht nach der Euren. Doch eine Schande ist es, daß Städter und Mönche und die armen Nonnen darunter leiden müssen. Aber so geht es in dieser Welt. Inzwischen müßte die Königin mit ihren Flamen in der Stadt sein, oder zumindest in der Nähe. Was wird nun werden? Mag sein, daß sich die Belagerer plötzlich selbst belagert sehen.«

»Es wäre nicht das erste Mal«, entgegnete Hugh. »Und

der Bischof war früh genug gewarnt, um beizeiten seine Vorratskammern zu füllen. Sie dagegen mag glauben, sie könne sich jederzeit Vorräte verschaffen. Wenn ich der General der Königin wäre, würde ich mir die Zeit nehmen, zuerst alle Straßen nach Winchester abzusperren und dafür zu sorgen, daß keine Nahrungsmittel mehr hineinkommen. Nun, wir werden sehen. Wie ich hörte, wart Ihr der erste, der mit den beiden Brüdern aus Hyde sprach.«

»Sie haben mich in der Vorstadt eingeholt. Was haltet Ihr von ihnen, da Ihr nun mit ihnen gesprochen habt?«

»Was soll ich auf den ersten Blick von ihnen halten? Ein Kranker und ein Stummer. Wichtiger ist doch, was Eure Brüder von ihnen halten.« Hugh hatte ein gutes Auge für die Mimik seines alten Freundes. Dessen Gesicht schien in der Spätnachmittagssonne schläfrig und leer und undurchdringlich, doch für Hugh war es nie völlig verschlossen. »Der Ältere ist sicher von adliger Abstammung. Außerdem ist er krank. Ich denke, er hat im Krieg gedient, denn ich sah alte Wunden. Habt Ihr bemerkt, daß er ein wenig schief geht und seine linke Seite schont? Eine Verletzung, die nicht ganz abgeheilt ist. Und der Junge... wie ich es sehe, ist er unter den Bann des anderen geraten, den er verehrt. Ein Glück für beide! Er hat einen mächtigen Beschützer, und der Herr hat einen hingebungsvollen Pfleger. Nun?« sagte Hugh und forderte mit einem zuversichtlichen Lächeln Cadfaels Urteil heraus.

»Ihr habt noch nicht herausgefunden, wer unser neuer älterer Bruder ist? Dann haben sie Euch vielleicht doch nicht alles erzählt«, räumte Cadfael freundlich ein. »Auch wir erfuhren es eher durch Zufall. Er hat im Krieg gedient, jawohl, und er schwor dem Waffenhandwerk ab. Ihr hättet nicht besser raten können. Ich schätze, daß der Mann über fünfundvierzig ist, und er hat sichtbare Narben. Weiter hat er gesagt, daß er hier auf Salton geboren ist, das damals ein Gut seines Vaters war. Und er hat eine Narbe auf dem Kopf, die zum Teil durch die Tonsur entblößt wird. Die Narbe wurde schon vor einigen Jahren von einem Seldschukenschwert geschlagen. Ein Kratzer nur, der schnell geheilt ist, doch hinterließ er seine Spur. Salton gehörte früher dem Bischof von Chester, der es schon vor vielen Jahren an eine adlige Familie, an die Marescots übergab. Ein Pächter führt das Gut für sie.« Er schlug ein gleichmütiges braunes Auge auf und lugte unter den herbstbraunen Brauen hervor. »Bruder Humilis ist ein Marescot. Ich weiß nur von einem Marescot im Alter dieses Mannes, der auf den Kreuzzug ging. Es muß vor sechzehn oder siebzehn Jahren gewesen sein. Ich war damals noch nicht lange Mönch, ein Teil von mir sehnte sich noch nach den alten Zeiten, und ich hielt immer ein Auge auf all jene gerichtet, die das Kreuz auf sich nahmen. Sie waren unbehauen und begierig wie ich, und wie ich gingen sie einem schweren Fall entgegen, doch reinen Herzens gingen sie. Es gab damals einen gewissen Godfrid Marescot, der drei Dutzend Männer von seinem eigenen Land mitnahm. Er kam durch seinen Mut zu Ehren.«

»Und Ihr glaubt, daß er eben dieser Mann ist? Der gefallen ist?«

»Warum nicht? Die Großen sind nicht weniger verletzlich als die Kleinen. Um so mehr«, sagte Cadfael, »wenn sie als Anführer vorne stehen und nicht hinten. Man sagt, daß dieser stets der Erste war.«

In seinen Adern floß immer noch das Kreuzfahrerblut, und er konnte nicht anders als erwachen und es spüren, wenn auch damals in den langen Jahren seine Träume und Hoffnungen zerstört worden waren. Andere hatten geglaubt und vertraut wie er, um sich schließlich schaudernd wie er von Dingen abzuwenden, die im Namen des Glaubens getan wurden.

»Prior Robert liest wahrscheinlich schon die Chronik der Herren von Salton nach«, sagte Cadfael, »und er wird zweifellos auf den Namen dieses Mannes stoßen. Er kennt die Nachkommen aller Gutsherren in dieser Grafschaft und weit darüber hinaus, und zwar bis dreißig Jahre und weiter in die Vergangenheit. Bruder Humilis wird keine Schwierigkeiten haben, sich hier einzurichten; er wirft sogar einen Abglanz seines Ruhms auf uns und braucht von sich aus gar nichts zu tun.«

»Gut so«, bemerkte Hugh trocken, »denn ich glaube, viel mehr kann er auch nicht tun, außer höchstens, hier zu sterben und begraben zu werden. Kommt, Ihr habt für schwere Kankheiten ein besseres Auge als ich. Der Mann scheint im Begriff, diese Welt zu verlassen. Er hat es nicht eilig, aber das Ende ist ihm sicher.«

»Genau wie Euch oder mir«, gab Cadfael scharf zurück. »Und was die Eile angeht, so steht es weder mir noch Euch zu, das Tempo zu bestimmen. Es kommt, wenn es kommen muß. Bis dahin ist jeder Tag wichtig, und der letzte nicht weniger als der erste.«

»So soll es sein!« erwiderte Hugh lächelnd und unbeeindruckt. »Aber er wird in Eure Obhut kommen, ehe noch viel Tage vergangen sind. Was ist mit seinem Jungen – mit dem Stummen?«

»Das weiß ich nicht! Nichts als Schweigen und Zurückweichen in die Schatten. Laßt uns Zeit«, sagte Cadfael. »Wir werden ihn schon kennenlernen.«

Ein Mann, der seinen Besitz aufgegeben hat, kann sich frei von einem Asyl zum nächsten bewegen und sich überall zu Hause fühlen und ohne weltliche Bindung in Shrewsbury ebensogut zurechtkommen wie in Hyde Mead. Ein Mann, der die gleiche Kutte trägt wie alle anderen, die der gleichen Disziplin folgen, bleibt kaum länger als einen Tag auffällig. Bruder Humilis und Bruder Fidelis nahmen hier in den Midlands den vertrauten Tagesrhythmus wieder auf, dem sie schon im Süden gefolgt waren, und der alltägliche Stundenplan spannte sie hier ebenso fest und heiter ein wie dort. Doch Prior Robert hatte seine Forschungen über den Feudalbesitz und die Familienstammbäume der Grafschaft zu seiner Zufriedenheit beendet, und sein treuer Schatten Bruder Jerome tat bald darauf allen kund, daß die Abtei einen höchst verdienten Bruder aufgenommen habe, einen Kreuzfahrer, dessen Ruhm weithin bekannt sei. Er habe sich im letzten Kampf gegen den erstarkenden Atabeg Zenghi von Mosul, der das Königreich von Jerusalem bedrohte, durch seine Tapferkeit einen Namen gemacht. Prior Roberts persönlicher Ehrgeiz galt vor allem dem Kloster, aber dennoch beobachtete er das Schicksal der Welt dort draußen genau. Vor vier Jahren war Jerusalem durch die Niederlage des Königs im Kampf gegen Zenghi bis in die Grundfesten erschüttert worden, doch das Königreich hatte durch seine Allianz mit dem Emirat von Damaskus überlebt. In dieser unglücklichen Schlacht, so ließ Robert diskret verlauten, habe Godfrid Marescot eine ruhmvolle Rolle gespielt.

»Er hat an jedem Gottesdienst teilgenommen und in den der Arbeit vorbehaltenen Stunden eifrig geholfen«, sagte Bruder Edmund, der Krankenwärter, während er den neuen Bruder beobachtete, der auf der anderen Seite des Hofes in der strahlenden Stille und der drückenden Wärme des Abends zur Komplet in die Kirche ging. »Und er hat weder Euch noch mich um Hilfe gebeten. Ich wünschte nur, er hätte eine gesündere Farbe und ein wenig mehr Fleisch auf den großen Knochen. Die Bronze ist blaß geworden, es fließt kein Blut darunter...«

Und neben ihm ging der junge, geschmeidige, treue Schatten mit kräftigen, fließenden Schritten, die Hand ein wenig gehoben, um den Ellbogen zu stützen, falls der ältere Mann schwach wurde, oder um den ganzen schlanken Körper aufzufangen, falls er straucheln oder fallen sollte.

»Dort geht einer, der alles weiß«, erwiderte Cadfael, »und der dennoch nicht sprechen kann. Doch ohne Erlaubnis seines Herren würde er auch dann nicht sprechen, wenn er dazu in der Lage wäre. Was meint Ihr, könnte er der Sohn eines seiner Pächter sein? Gewiß etwas in dieser Art. Der Junge ist von guter Abstammung und gebildet. Er beherrscht das Lateinische fast so gut wie sein Herr.«

Bei näherem Hinsehen erschien es ein wenig gewagt, einen Mann, der sich selbst Humilis nannte, der Demütige, und welcher der Welt entsagt hatte, als den Herrn eines anderen zu betrachten.

»Ich dachte«, sagte Edmund etwas zögernd und sehr behutsam, »daß er sogar ein leiblicher Sohn sein könnte. Vielleicht irre ich mich gewaltig, aber ich mußte daran denken. Ich halte ihn für einen Mann, der seine Nachkommen liebt und schützt, und die Liebe und Bewunderung des Jungen kann die eines Sohnes für den Vater sein.«

So konnte es tatsächlich sein. Der große Mann und der große Junge; sie waren einander ähnlich, sogar in den klar geschnittenen Gesichtern – insoweit jedenfalls, dachte Cadfael, als man die Gesichtszüge des jungen Bruders Fidelis überhaupt einmal zu Gesicht bekam, der so schweigsam und unaufdringlich durch die Enklave wanderte und sich an diesem unvertrauten Ort geduldig zurechtfand. Vielleicht litt er unter dem Wechsel mehr als sein älterer Gefährte, da er weniger Selbstvertrauen und Erfahrung, aber dafür die ganze Ängstlichkeit der Jugend hatte. Er klammerte sich an seinen Leitstern, und richtete jede Bewegung, die er machte, nach dessen Licht. Sie teilten sich eine Lesenische im Skriptorium, denn Bruder Humilis brauchte natürlich eine sitzende Beschäftigung, und es hatte sich erwiesen, daß er beim Kopieren eine geschickte Hand und beim Illustrieren eine gewisse Kunstfertigkeit besaß. Da aber nach einer Weile seine Kontrolle nachließ und seine Hand bei feinen Details zu zittern begann, hatte Abt Radulfus entschieden, daß Bruder Fidelis ihm Gesellschaft leisten sollte, um ihm beizustehen, wann immer er eine Pause brauchte. Die eine Hand ergänzte die andere, als wäre sie von ihr ausgebildet worden; allerdings mochte es auch bloße Nachahmung und Liebe sein. Gemeinsam leisteten sie eine langsame, aber bewundernswerte Arbeit.

»Ich habe früher nie bedacht«, grübelte Bruder Edmund, »wie fremd und seltsam einem ein Mann vorkommt, der keine Stimme hat, und wie schwer es fällt, ihn zu erreichen und zu berühren. Ich habe schon mehrmals über den Kopf des Jungen hinweg mit Bruder Humilis gesprochen, als hätte er keinen Verstand und könnte nichts hören. Ich mußte mich schämen, und ich errötete. Aber wie soll man mit einem solchen Jungen umgehen? Ich habe darin keine Erfahrung, und ich bin sehr unsicher.«

»Wer wäre das nicht?« gab Cadfael zurück.

So ging es allen, wie er bemerkt hatte. Die Stille oder besser die Mäßigung beim Sprechen, die von der Ordensregel verlangt wurde, war eine Sache; doch das Schweigen, das Bruder Fidelis umgab, war eine ganz andere. Wer sich mit ihm austauschen mußte, benutzte meist Gebärden und wenig oder gar keine Worte und paßte sich seinem Schweigen an, als ob er tatsächlich weder Gehör noch Verstand hätte. Doch offensichtlich besaß er beides – äußerst wache und empfindliche Sinne und ein scharfes Gehör, das aufs leiseste Geräusch reagierte. Und auch das war seltsam. Die Stummen waren oft nur stumm und gaben keine Geräusche von sich, weil sie gar nicht wußten, daß es Geräusche gab. Aber dieser junge Mann war in den Schriften bewandert und beherrschte sogar die lateinische Sprache, was einen sehr beweglichen Geist erforderte. Vielleicht, dachte Cadfael zweifelnd, war seine Stummheit erst in den letzten Jahren entstanden, etwa durch ein Schrumpfen der Zungenmuskeln oder der Sehnen in der Kehle. Und selbst wenn er von Geburt an stumm war, konnten dann nicht trotzdem einige allzufest angespannte Sehnen unter der Zunge die Ursache sein? Vielleicht konnte man sie mit Übungen oder einem Schnitt lösen?

»Ich mische mich zu sehr ein«, schalt Cadfael sich gereizt. Er schüttelte die Spekulationen ab, die zu nichts führen konnten. Und er ging in ungewohnt bußfertiger Stimmung zur Komplet und befolgte für den Rest des Abends das Schweigegebot.

Am nächsten Tag ernteten sie die purpurschwarzen Pflaumen, die gerade reif geworden waren. Einige würde man sofort essen, frisch wie sie waren, einige würde Bruder Petrus durch Einkochen haltbar machen, bis sie dick und dunkel waren wie Mohn, und einige würden im Trockenhaus gelagert werden, damit sie schrumpften und kristallisierten und zäh und süß wurden. Cadfael hatte ein paar Bäume im kleinen Obstgarten der Enklave, doch die meisten Obstbäume standen draußen im Hauptgarten in der Gaye, in den üppigen Wiesen am Flußufer. Die Novizen und die jüngeren Brüder pflückten die Früchte, und die Oblaten und die Schuljungen durften helfen. Alle wußten, daß einige Handvoll unter den Umhängen verschwanden, statt in den Korb zu wandern, doch solange sich diese Plünderungen in Grenzen hielten, hatte niemand etwas einzuwenden.

Es wäre zuviel verlangt gewesen, bei so schönem Wetter und einer so angenehmen Beschäftigung Schweigen zu fordern. Die Stimmen der Jungen hallten Cadfael fröhlich in den Ohren, als er in seiner Hütte Wein dekantierte und an der schattigen Mauer zwischen den Beeten herumlief, um die Pflanzen zu wässern und Unkraut zu zupfen. Ein schönes Geräusch! Er konnte die Stimmen unterscheiden; die der Kinder schrill und hell, die der Älteren in tieferen Tönen. Dieser warme, klare Ruf, das war Bruder Rhun, der jüngste der Novizen, sechzehn Jahre alt, erst seit zwei Monaten in der Probezeit und noch ohne Tonsur, falls er seinen impulsiven Entschluß, einer Welt den Rücken zu kehren, die er kaum kennengelernt hatte, wieder umwarf. Doch Rhun würde seine Wahl nicht bereuen. Er war zum Fest der heiligen Winifred als Krüppel und von Schmerzen gequält in die Abtei gekommen, und durch ihre Gnade konnte er wieder aufrecht gehen und war groß und beweglich und ließ sein Glück auf jeden ausstrahlen, der in seine Nähe kam. Im Augenblick also zweifellos auf seinen Partner beim Pflaumenpflücken. Cadfael ging zum Rande des Obstgartens, um sich zu vergewissern, und da hing der einst lahme Junge fröhlich und sicher zwischen den Ästen und zupfte die Früchte mit schlanken, kräftigen Händen so zärtlich ab, daß er kaum die Blätter berührte. Dann beugte er sich hinunter, um sie in den Korb zu legen, den ihm ein großer Bruder hielt. Cadfael konnte nur seinen Rücken sehen und erkannte ihn erst, als er sich herumdrehte, um Rhuns Bewegungen zu folgen. Es war Bruder Fidelis.

Es war das erste Mal, daß Cadfael sein Gesicht so deutlich im Sonnenlicht sehen konnte; die Kapuze war zurückgeschlagen. Rhun hatte anscheinend überhaupt keine Schwierigkeiten, in der Nähe des stummen Bruders zu sein. Er plauderte fröhlich mit ihm und stieß sich nicht an seinem Schweigen. Rhun beugte sich lachend herunter, und Fidelis blickte lächelnd hinauf, ein Gesicht das Spiegelbild des anderen. Ihre Hände trafen sich am Griff des Korbes, als Rhun ihn mit ausgestrecktem Arm baumeln ließ, während Fidelis ein paar niedrig hängende Früchte pflückte, die Rhun ihm gezeigt hatte.

Es war zu erwarten gewesen, dachte Cadfael, daß die tapfere Unschuld mutig ausschreitet, wo die meisten von uns nur zögernd den Fuß vorsetzen. Außerdem hatte Rhun die meiste Zeit seines Lebens selbst einen Makel gehabt, der ihn von allen anderen isoliert hatte. Er war nicht verbittert geworden und konnte deshalb heute furchtlos in die Einsamkeit eines anderen Menschen vordringen. Gott sei gedankt für ihn und für den Mut der Kinder!

Er machte sich sehr nachdenklich wieder ans Jäten. Er mußte an das freudige, sonnenbeschienene Gesicht des Jungen denken, der sich sonst viel lieber in den Schatten zurückzog. Ein längliches Gesicht, mit festen Zügen und von Natur aus ernst blickend, mit hoher Stirn und kräftigen Wangenknochen, einer reinen Elfenbeinhaut, glatt und jugendlich. Dort im Obstgarten wirkte er kaum älter als Rhun, obwohl sicher einige Jahre zwischen ihnen lagen. Der Heiligenschein aus Lockenhaar um seine Tonsur war herbstlich braun, fast brennend hell und doch nicht rot, und die weit auseinanderstehenden Augen unter den dichten, geraden Brauen waren leuchtendes Grau, zumindest im vollen Licht der Sonne. Ein sehr hübscher junger Mann, beinahe ein verschleiertes Spiegelbild von Rhuns sonnenbeschienener Schönheit. Mittag und Dämmerlicht waren einander begegnet.

Die Erntearbeiter waren noch am Werk, doch sie hatten den größten Teil ihrer Ernte schon eingebracht, als Cadfael seine Hacke und die Gießkanne wegstellte und sich auf die Vesper vorbereitete. Im großen Hof herrschte das übliche Nachmittagsgedränge; Brüder kehrten von ihrer Arbeit in der Gaye zurück, Gäste trafen im Gästehaus und in den Stallungen ein, im Kreuzgang probte Bruder Anselm mit einer kleinen tragbaren Orgel ein neues Lied. Die Illustratoren und Kopierer setzten die letzten Striche unter die Arbeit des Nachmittags und säuberten ihre Federn und Pinsel. Bruder Humilis war in seiner Lesenische allein, denn er hatte Fidelis zur fröhlichen Arbeit hinaus in den Garten geschickt; nichts als ein Befehl des Älteren hätte den Jungen bewegen können, ihn zu verlassen. Cadfael hatte die Absicht gehabt, den Hof zu durchqueren und sich zum Vorsänger zu gesellen. Er wollte, bevor die Glocke zur Vesper ertönte, noch eine Viertelstunde gemütlich bei Bruder Anselm sitzen und ein wenig mit ihm über die Musik sprechen und vielleicht auch streiten. Doch die Erinnerung an den stummen Jungen, der so freundlich zu seinen Altersgenossen zur fröhlichen Beschäftigung in den Obstgarten geschickt worden war, regte sich in ihm, als er den Kreuzgang betrat, und er sah vor sich das hagere Antlitz von Bruder Humilis, so beherrscht, so klaglos, so stolz und einsam.

Oder war es eine demütige Einsamkeit? Diese Eigenschaft hatte er für sich beansprucht, und bei diesem Namen wollte er gerufen werden. Sehr anspruchsvoll für einen so berühmten Mann. Inzwischen gab es im Kloster keinen mehr, der nicht um seinen Ruf wußte. Wenn er ihm entfliehen und so stumm sein wollte wie sein Diener, dann war sein Vorhaben grausam vereitelt worden.

Cadfael überlegte es sich anders und wandte sich zum nördlichen Teil des Kreuzganges, wo die Lesenischen des Skriptoriums trotz der späten Stunde noch in der Sonne lagen. Humilis hatte eine Nische in der Mitte bekommen, die als erste vom Licht erfaßt wurde und am längsten im Licht blieb. Es war dort sehr still, und die leisen Töne von Anselms kleiner Orgel schienen sehr fern und gedämpft. Das Gras des offenen Innenhofes war gebleicht und trokken, obwohl es jeden Tag gewässert wurde.

»Bruder Humilis...« sagte Cadfael leise in der Öffnung der Nische.

Das Pergament lag schräg auf dem Tisch, ein kleiner Topf mit Goldfarbe war umgefallen, einige Tropfen waren aufs Pflaster gespritzt. Bruder Humilis lag vorgebeugt auf dem Tisch. Er hatte den rechten Arm gehoben, um sich am Tisch abzustützen, und die linke Hand lag in seiner Leiste, während das Handgelenk in seine Seite drückte. Er lag mit der linken Wange auf dem Blatt, die Haut war mit Blau und Karminrot verschmiert, und die Augen waren geschlossen; doch waren sie im Krampf geschlossen, während er versuchte, die Schmerzen zu beherrschen. Er hatte kein Geräusch von sich gegeben, denn sonst hätten ihn die Brüder in der Nähe gehört. Er hatte für sich behalten, was ihn quälte, und er wollte es auch in Zukunft niemand sehen lassen.

Cadfael nahm ihn sachte in den Arm und faßte seine stützende Hand. Die blau geäderten Augenlider hoben sich in den tiefen Höhlen, und die hinter den Schmerzschleiern klug strahlenden Augen erwiderten seinen Blick. »Bruder Cadfael...«

»Bleibt noch einen Augenblick still liegen«, sagte Cadfael. »Ich will Edmund holen – unseren Krankenwärter...«

»Nein! Bruder, laßt mich doch... laßt mich ins Bett. Es wird schon vorbeigehen... es ist nichts Neues. Nur leise; helft mir, aber leise! Ich will kein Aufsehen erregen...«

Der raschere und verstohlenere Weg führte über die Nachttreppe der Kirche zu seiner Zelle im Dormitorium, statt über den großen Hof ins Krankenquartier, und er wünschte dringend, daß es seinetwegen keine Unruhe und keine Aufregung gebe. Er erhob sich, mehr durch eine Willensanstrengung als durch körperliche Kraft, und gelangte, von Cadfaels kräftigem Arm gehalten, den eigenen Arm fest auf Cadfaels Schultern gestützt, unbemerkt in die kühle Düsternis der Kirche und stieg langsam die Treppe hinauf. Als er auf seinem Bett ausgestreckt war, überließ Humilis sich mit einem geduldigen Lächeln Cadfaels geübten Händen und erhob keine Einwände, als Cadfael ihm die Kutte auszog und den dunklen Streifen aus Blut und Eiter freilegte, der sich auf den Verbänden von der linken Hüfte bis hinunter zum Schritt erstreckte.

»Es bricht durch«, sagte die ruhige, leise Stimme aus den Kissen. »Ab und zu eitert es – ich kenne das. Der lange Ritt... verzeiht mir, Bruder! Ich weiß, wie unangenehm der Gestank ist...«

»Ich muß Edmund holen«, erwiderte Cadfael, indem er die Zugschnur löste und das Hemd freilegte. Was darunter lag, deckte er noch nicht auf. »Der Bruder Krankenwärter muß Bescheid wissen.«

»Ja... aber kein anderer! Es ist nicht nötig, daß noch mehr behelligt werden.«

»Nur noch Bruder Fidelis. Weiß er alles?«

»Ja, alles!« entgegnete Humilis mit schwachem, liebevollen Lächeln. »Wir brauchen ihn nicht zu fürchten, denn selbst wenn er sprechen könnte, würde er es nicht tun; er weiß genau, was mir fehlt. Aber laßt ihn in Frieden, bis die Vesper vorbei ist.«

Cadfael ließ ihn mit geschlossenen Augen liegen. Er war jetzt ruhiger; die Falten in seinem Gesicht hatten sich entspannt, als die Schmerzen nachließen. Cadfael suchte Bruder Edmund und fing ihn gerade rechtzeitig vor der Vesper ab. Die vollen Körbe mit Pflaumen lagen an der Gartenhecke und warteten darauf, nach dem Gottesdienst fortgeschafft zu werden. Die Erntearbeiter waren nach einer hastigen Waschung sicher schon in der Kirche. Gut so! Bruder Fidelis mochte Einwände haben, wenn ein anderer als er selbst die Pflege seines Herrn übernehmen wollte. Wenn er ihn aber später erholt und gut versorgt vorfand, dann mochte er sich in das fügen, was geschehen war. Ein ebenso guter Zugang zu seinem Vertrauen wie jeder andere.

»Ich wußte, daß man uns sehr bald schon brauchen würde«, erklärte Edmund, der energisch die Treppe hinaufstieg. »Alte Wunden, glaubt Ihr? Da vermag Eure Geschicklichkeit sicher mehr als die meine, denn Ihr kennt die Wunden des Kampfes aus eigener Erfahrung.«

Die Glocke war verstummt. Die ersten Laute des Abendgottesdienstes drangen gedämpft aus der Kirche, als sie die Zelle des Kranken betraten. Er schlug langsam die schweren Lider auf und lächelte sie an.

»Brüder, es tut mir leid, daß ich Euch solche Mühe mache...«

Die tiefliegenden Augen waren wieder verhangen, doch er war völlig wach und fügte sich willig in die Behandlung.

Sie zogen das Leinen herunter, das ihn von der Hüfte abwärts bedeckte, und legten den zerschundenen Körper frei. Ein schrecklich verunstaltetes Narbengewebe erstreckte sich von der linken Hüfte, wo der Knochen wie durch ein Wunder nicht beschädigt war, schräg über den Bauch bis tief in den Schritt hinab. Die Haut war bleich wie Kalk, und darunter waren Riefen; die Eingeweide waren halb herausgequollen und steinhart verheilt. Doch weiter oben war das Narbengeflecht gerötet und purpurn angelaufen, und im entzündeten Bauch klaffte eine feuchte Wunde, aus der ein übelriechender Saft und ein kleines Blutrinnsal drangen.

Godfrid Marescot war auf dem Kreuzzug unheilbar verstümmelt worden, doch er hatte die Verletzung überlebt. Die gesichtslosen, fingerlosen Aussätzigen, die nach St. Giles hereinkriechen, dachte Cadfael, haben nicht schlimmer zu leiden als der hier. Hier endet sein Geschlecht in einem edlen Gewächs, das sich nicht fortpflanzen kann. Was nützt die Tapferkeit eines Mannes, wenn man kein Mann mehr ist?

3

Edmund lief nach weichen Tüchern und warmem Wasser, Cadfael holte Tränke und Salben und Gebräue aus seinem Herbarium. Morgen wollte er frisches, saftiges Zehrkraut holen, dazu Immergrün und Wundkraut, die frisch gepflückt wirksamer waren als die Cremes und Lotionen, die er der längeren Haltbarkeit wegen aus ihnen herstellte. Doch für den Augenblick mußten sie reichen. Sanikel, Kreuzkraut, Pfennigkraut, Natterzunge, alle reinigend und zusammenziehend und gut für alte, entzündete Wunden, konnten in den Hecken und Wiesen und an den Ufern des Meole-Baches gefunden werden.

Sie säuberten die aufgebrochene Wunde mit einer Lotion aus Kreuzkraut und Sanikel von den Absonderungen, rieben sie mit einer Paste aus diesen beiden Kräutern und Zehrkraut und Immergrün ein und bedeckten sie mit sauberem Leinen. Sie umhüllten den geschundenen Rumpf ihres Patienten mit Bandagen, um die Wundauflage an Ort und Stelle zu halten. Cadfael hatte außerdem einen Trank mitgebracht, der die Schmerzen linderte, einen Sirup aus Kreuzkraut und Johanniskraut und Wein mit etwas Mohnsirup. Bruder Humilis ergab sich ihren Händen und ließ sie tun, was sie für richtig hielten.

»Morgen«, erklärte Cadfael, »würde ich frische Kräuter sammeln und zu einem grünen Pflaster zerdrücken. Das wirkt stärker, es wird die Schwären auszehren. Ist dies schon oft geschehen, seit Ihr verletzt wurdet?«

»Noch nicht oft. Nur wenn ich überanstrengt bin, dann passiert es«, erwiderten die bläulichen Lippen, ohne zu klagen.

»Dann dürft Ihr Euch nicht überanstrengen. Aber es ist schon einmal geheilt und wird wieder heilen. Das Wundkraut trägt seinen Namen völlig zu Recht. Bleibt jetzt nur zwei oder drei Tage ruhig liegen, bis sich die Wunde sauber geschlossen hat, denn wenn Ihr aufsteht und lauft, wird die Heilung länger dauern.«

»Er sollte von Rechts wegen im Krankenquartier sein«, sagte Edmund besorgt. »Dort kann er so lange ungestört liegen, wie es nötig ist.«

»Das sollte er«, stimmte Cadfael zu, »aber er ist nun gut gebettet, und je weniger er sich bewegt, desto besser. Wie fühlt Ihr Euch jetzt, Bruder?«

»Besser«, sagte Bruder Humilis mit einem schwachen Lächeln.

»Weniger Schmerzen?«

»Kaum noch. Die Vesper ist sicher vorbei«, erklärte die schwache Stimme, und die geschwungenen Lider zogen sich von den starren Augen zurück. »Er soll sich meinetwegen nicht sorgen... er hat schon Schlimmeres gesehen – laßt ihn zu mir kommen.«

»Ich will ihn zu Euch schicken«, sagte Cadfael und machte sich sofort auf den Weg, denn diese Nachgiebigkeit gegenüber dem stoischen Geist war nützlicher als alles andere, was man im Augenblick noch für den verwüsteten Körper tun konnte. Bruder Edmund folgte ihm die Treppe hinunter und hielt sich besorgt hinter ihm.

»Wird es auch heilen? Ein Wunder, daß er überhaupt so lange gelebt hat, daß es schon einmal heilen konnte. Habt Ihr je einen so zerfetzten Mann lebendig gesehen?«

»Das geschieht manchmal«, erwiderte Cadfael, »wenn auch sehr selten. Ja, die Wunde wird sich wieder schließen. Und sie wird bei der geringsten Belastung wieder aufreißen.« Kein Wort wurde zwischen ihnen gewechselt, um Verschwiegenheit zu erbitten oder zu versprechen. Das Tuch, das Godfrid Marescot über sein Leid gehüllt hatte, war heilig und würde respektiert werden.

Fidelis stand im Bogen des Kreuzganges. Er beobachtete die herauskommenden Brüder und suchte immer unruhiger nach dem einen, der nicht kam.

Die Nachzügler aus dem Obstgarten waren eilig zur

Abendandacht geströmt, und Fidelis hatte sich nicht nach Humilis umgesehen, da er ihn schon in der Kirche vermutete. Doch nun suchte er ihn. Die geraden, kräftigen Brauen waren zusammengezogen, die schmalen Lippen besorgt gespannt. Cadfael trat zu ihm, als die letzten Brüder vorbeigingen. Der junge Mann drehte sich um und sah ihnen ungläubig nach.

»Fidelis...« Der in die Kapuze gehüllte Kopf des jungen Mannes fuhr hoffnungsvoll und verstehend herum. Er erwartete keine guten Nachrichten, aber selbst schlechte waren besser als gar keine. Das sah man seinem Gesicht an. Er erlebte so etwas nicht zum erstenmal.

»Fidelis, Bruder Humilis liegt im Dormitorium in seinem Bett. Keine Sorge, er ruht, und man hat sich um seine Pein gekümmert. Er hat nach Euch gefragt. Geht nur zu ihm.«

Der Junge blickte rasch von Cadfael zu Edmund und wieder zurück, unsicher, welcher die größere Autorität hatte, und machte sich zum Gehen bereit. Wenn er auch nicht mit der Zunge sprechen konnte, so waren seine Augen doch beredt genug, und Edmund verstand ihn.

»Es geht ihm gut, und er wird wieder gesund werden. Ihr mögt ihm dienen und kommen und gehen wie Ihr wollt; ich will dafür sorgen, daß Ihr von Euren übrigen Pflichten entbunden werdet, bis es ihm wieder gutgeht und er sich selbst überlassen werden kann. Ich werde mit Prior Robert sprechen. Holt ihm, bringt ihm, erbittet für ihn, was er braucht – wenn er einen Wunsch hat, dann schreibt ihn nieder, und er soll erfüllt werden. Nur um seine Verbände wird Bruder Cadfael sich kümmern.«

Eine Frage blieb noch in den eifrigen Augen, oder besser ein Verlangen. Cadfael antwortete rasch, um ihn zu beruhigen. »Niemand sonst war Zeuge. Und niemand sonst muß es erfahren außer dem Vater Abt, der das Recht hat zu wissen, was alle seine Söhne quält. Ihr mögt damit ebenso zufrieden sein wie Bruder Humilis selbst.«

Fidelis errötete und strahlte einen Augenblick. Dann

neigte er den Kopf, machte eine kleine gehorsame und zustimmende Geste und verließ sie rasch und schweigend, um die Treppe hinaufzusteigen. Wie oft hatte er diesen stillen Dienst schon am Bett des Kranken allein und ohne Hilfe getan? Er hatte ihnen nicht gegrollt, weil sie dieses Mal vor ihm bei seinem Herrn gewesen waren, aber bedauert hatte er es gewiß, und am Anfang war er zudem ihrer Diskretion nicht sicher gewesen.

»Ich gehe vor der Komplet noch einmal zu ihm«, sagte Cadfael. »Ich will sehen, ob er schläft oder ob er noch einen Trank braucht. Und ob der Junge daran dachte, nicht nur für Humilis, sondern auch für sich selbst etwas zu Essen zu besorgen! Der Junge hat sich unten in Hyde allein um Bruder Humilis gekümmert; ich frage mich, wo er die Heilkunst gelernt hat.« Es war offensichtlich, daß ihn die Verantwortung nicht verzagt machte, und anscheinend hatte er in seinen Bemühungen auch nicht versagt. Es war wahrlich eine Leistung, das Leben in diesem tapferen Wrack zu halten.

Wenn der Junge die Heilkunst studiert hatte, dann mochte er ein guter Helfer im Herbarium sein und würde gewiß gern mehr lernen. Das wäre eine Gemeinsamkeit, ein Schlupfloch in der Mauer seines Schweigens.

Bruder Fidelis besorgte und schleppte, fütterte, wusch und rasierte seinen Patienten, kümmerte sich um alle seine körperlichen Bedürfnisse und war es anscheinend zufrieden, Tag und Nacht zu dienen, hätte Humilis ihn nicht manchmal an die frische Luft geschickt oder ihm befohlen, in seiner eigenen Zelle auszuruhen oder an ihrer beider statt an den Gottesdiensten in der Kirche teilzunehmen; nach zwei Tagen langsamer Genesung bestand Humilis sehr nachdrücklich darauf, und der Jüngere gehorchte. Die aufgebrochene Wunde heilte, die Ränder waren nicht mehr feucht und schlaff, sondern zogen sich unter den Pflastern und den frisch gepreßten Kräutern allmählich zusammen. Fidelis beobachtete die langsame Besserung und war froh und dankbar und half ohne Abscheu, wenn die Verbände gewechselt werden mußten. Der verstümmelte Körper war ihm kein Geheimnis.

Ein vertrauter Diener der Familie? Ein leiblicher Sohn, wie Edmund spekuliert hatte? Oder einfach ein ergebener junger Ordensbruder, gebannt vom Charme und Edelmut eines Älteren, und dies um so mehr, da der Ältere starb? Cadfael konnte nicht anders als spekulieren. Junge Menschen konnten ungeheuer freigiebig sein und lange Jahre und Jugend für eine Liebe hingeben, ohne an einen Vorteil zu denken.

»Ihr denkt über ihn nach«, sagte Humilis aus seinen Kissen, als Cadfael früh am Morgen seine Verbände wechselte Fidelis war zu den anderen Brüdern zur Prim geschickt worden.

»Ja«, erwiderte Cadfael aufrichtig.

»Aber Ihr stellt keine Fragen. Auch ich habe nicht gefragt. Meine Zukunft«, sagte Humilis nachdenklich, »ließ ich in Palästina zurück. Was von mir blieb, gab ich Gott, und ich glaube, das Opfer war nicht völlig wertlos. Mein Noviziat, das wegen meines Zustandes etwas verkürzt wurde, war kaum vorbei, als er nach Hyde kam. Ich habe guten Grund, Gott für ihn zu danken.«

»Es ist nicht leicht für einen stummen Mann«, grübelte Cadfael, »die Gelübde abzulegen und seine Berufung kundzutun. Hatte er einen Älteren, der für ihn sprach?«

»Er hatte sein Gesuch niedergeschrieben: Daß sein Vater alt sei und seine Söhne gern gut versorgt sähe, daß der ältere Bruder das Land bekommen habe, während er, der jüngere, sich fürs Kloster entschieden habe. Er brachte eine Spende mit, aber letztlich waren es seine geschickte Hand und seine Bildung, die ihn empfahlen. Ich weiß nicht mehr über ihn«, erklärte Humilis, »als das, was ich ohne Worte von ihm erfahren konnte, und das soll mir reichen. Für mich ist er der Sohn, den ich nie haben werde.«

»Ich habe mich über seine Stummheit gewundert«, sagte Cadfael, während er vorsichtig das Leinen über die frisch versorgte Wunde deckte. »Ist es möglich, daß sie aus einer bloßen Mißbildung in der Zunge entstanden ist? Denn er ist ja nicht taub, er weiß, daß andere Menschen sprechen. Er hat ein scharfes Gehör. Ich habe gewöhnlich festgestellt, daß Taubheit und Stummheit einhergehen, doch nicht bei ihm. Er lernt durch Hören, und er lernt sehr rasch. Er hat, wie Ihr schon sagtet, eine geschickte Hand. Wenn ich ihn bei meinen Kräutern hätte, könnte ich ihn alles lehren, was die Jahre mich gelehrt haben.«

»Ich stelle ihm keine Fragen, und er stellt mir keine Fragen«, erwiderte Humilis. »Gott weiß, daß ich ihn eigentlich fortschicken müßte, damit er sich einem besseren Dienst widmet, als mich zu pflegen und zu trösten. Er ist jung, er sollte die Sonne genießen. Doch ich bin zu feige, um es wirklich zu tun. Wenn er geht, würde ich ihn nicht halten, aber ich habe nicht den Mut, ihn fortzuschicken. Und solange er bleibt, will ich Gott für ihn danken.«

Der August nahm seinen schattenlosen Verlauf, keine Wolke zeigte sich am Himmel, und die Ernte füllte die Scheunen. Bruder Rhun vermißte seinen neuen Gefährten in Garten und Hof, wo die Rosen täglich zu Mittag aufbrachen und gegen Abend unter der Hitze die Köpfe hängen ließen. Die Trauben an der Nordmauer des umfriedeten Gartens schwollen an und veränderten ihre Farbe. Und weit im Süden, im verwüsteten Winchester, umringte die Armee der Königin die ehemaligen Belagerer, sperrte die Straßen, auf denen Vorräte kommen konnten, und begann, die Stadt auszuhungern. Es kamen nur wenig Neuigkeiten aus dem Süden und kaum Reisende, während hier im Norden die Früchte unbekümmert reiften.

Von allen fröhlichen Arbeitern bei der Ernte war Rhun

der seligste. Vor nicht einmal drei Monaten war er noch lahm und von Schmerzen gequält gewesen, und nun lief er fröhlich und kräftig herum und konnte von seinem glücklichen Körper nicht genug bekommen und ihm kaum genug Mühen zumuten, um seine Dankbarkeit unter Beweis zu stellen. Er war noch nicht weit genug geschult, um mit Kopieren oder Studieren oder Kolorieren von Handschriften beschäftigt zu werden; er besaß eine angenehme Stimme, aber keine musikalische Bildung; und so gab man ihm Aufträge, die wenig Geschicklichkeit, aber dafür Kraft erforderten, und er fand Gefallen daran. Jeder, der ihn sich strecken und Dinge heben und ausschreiten, graben und hacken und schleppen sah, ihn, der vor kurzem noch sein eigenes geringes Gewicht als Krüppel und unter ständigen Schmerzen dahingeschleppt hatte, konnte nicht anders, als beim Beobachten dieselbe Freude zu empfinden wie er. Seine Vorgesetzten beobachteten seine Schönheit und seine Kraft mit liebevoller Bewunderung und dankten der Heiligen, die ihn geheilt hatte.

Schönheit ist eine vergängliche Gabe, doch Rhun hatte nie einen Gedanken auf sein Gesicht verwendet und wäre sehr erstaunt gewesen, wenn man ihm gesagt hätte, daß er ein so seltenes Geschenk sein eigen nannte. Jugend kann verletzen, versetzt sie doch allen Herzen einen Stich, die sie sehen und wissen, daß sie sie verloren haben.

Bruder Urien hatte mehr als seine Jugend verloren, aber er hatte sie noch nicht lange genug verloren, um sich resigniert in ihr Vergehen zu fügen. Er war siebenunddreißig Jahre alt und erst seit knapp einem Jahr im Kloster, ruiniert durch eine Ehe, die ihn an Geist und Seele gebeugt hatte. Die Frau hatte ihn verschmäht und verlassen, und er war kein sanftmütiger Mann, sondern von starken, brennenden Leidenschaften und einem unbeugsamen Willen geprägt. Die Verzweiflung hatte ihn ins Kloster getrieben, und da er hier keine Heilung fand, bissen ihn Entbehrung und Zorn drinnen genauso scharf wie draußen.

Sie arbeiteten Ende August bei der Ernte der ersten Sommeräpfel droben im düsteren Dachboden über der Scheune Seite an Seite. Sie legten die Früchte auf Holzregale, damit sie sich so lange wie möglich hielten. Das heiße Wetter hatte die Reife um mindestens zehn Tage beschleunigt. Hier drinnen lag ein schwach goldenes Licht, und sie bewegten sich durch die schweren Staubflocken wie durch einen schimmernden Dunst. Rhuns flachsblonder Kopf, der noch ungeschoren war, hätte auch ein Mädchenkopf sein können. Sein zartes Gesicht schien, wenn er sich über die Regale beugte, glatt wie ein Rosenblatt, und die gekrümmten Wimpern, die seine Augen beschatteten, waren lang und glänzend. Bruder Urien beobachtete ihn von der Seite, und sein Herz tat einen Sprung, es schrak auf und zuckte vor Schmerz.

Rhun hatte an Fidelis gedacht und wie diesem wohl der Ausflug in die Gaye gefallen hatte. Er fand nichts dabei, als die Hand seines Gefährten beim Auslegen der Äpfel die seine berührte, oder als ihre Schultern sich wie zufällig einen Moment trafen. Doch es war keineswegs ein Zufall, als die ausgestreckte Hand, statt vorbeizustreifen und zurückgezogen zu werden, mit langen Fingern über seine Hand glitt und sie hielt und von den Fingerspitzen bis zum Handgelenk streichelte und dort eindeutig zärtlich liegenblieb.

Nach dem Anschein seiner Unschuld hätte er dies nicht verstehen dürfen, noch nicht, ehe nicht viel mehr Zeit vergangen war. Doch er verstand es. Seine Aufrichtigkeit und seine Reinheit machten ihn weise. Er riß die Hand nicht zurück, zog sie aber sachte und freundlich an sich und wandte den schönen Kopf, um Uriens Blick aus großen, weit auseinanderliegenden, hellblauen Augen voll zu erwidern, und sein Blick war so sehr von Verständnis und Mitleid erfüllt, daß die Wunde in Urien unerträglich brannte, aufgerissen von Zorn und Scham. Urien zog seine Hand zurück und wandte sich ab.

Abscheu und Erschrecken hätten Urien vielleicht noch ein Fünkchen Hoffnung gelassen, daß eine Emotion mit Behutsamkeit allmählich in eine andere verwandelt werden konnte; wenigstens hätte er dann gewußt, daß er einen tiefen Eindruck hinterlassen hatte. Aber dieses offenäugige Verstehen und das Mitgefühl warfen ihn hoffnungslos zurück. Wie wagte es ein grüner, einfacher Junge, der außer durch seine Lahmheit und seine physischen Schmerzen noch nie seinen Körper gespürt hatte, das Feuer, das in Urien brannte, anzuerkennen und nur mit Mitleid zu beantworten? Keine Furcht, kein Vorwurf, keine Unsicherheit. Er würde sich bei keinem Beichtvater und keinem Vorgesetzten beklagen. Bruder Urien entfernte sich, ein Feuer aus Kummer und Verlangen im Bauch, und sah vor seinem inneren Auge das grausame Gesicht der Frau. Gebete waren kein Heilmittel für diese Erinnerung.

Rhun gewann aus dieser Begegnung, die nur einen Augenblick gedauert hatte und in völligem Schweigen vonstatten gegangen war, ein erstes Bewußtsein für die Tyrannei des Körpers. Qualen, vor denen er sicher war, mochten sehr wohl einen anderen Mann peinigen. Bruder Uriens Not bekümmerte ihn, er wollte ihn in seinen Gebeten zur Vesper bedenken. Das tat er auch, und während Urien immer noch das feindselige Gesicht seiner verlorenen Frau sah, erblickte Rhun das dunkle, gespannte, hübsche Gesicht, das mit entflammter Stirn und verhangenen Augen seinem Blick ausgewichen war; bitter beschämt, wo Rhun keine Scham empfand. Dies war wirklich eine dunkle, geheimnisvolle Angelegenheit.

Er sprach mit niemand darüber. Was war denn schon geschehen? Nichts! Doch er sah seine Mitmenschen mit neuen Augen, blickte eine Dimension tiefer und erkannte ihre Nöte und bemühte sich, für ihre Qualen offen zu sein.

Dies geschah zwei Tage, bevor man die Beständigkeit seiner Berufung anerkannte, ihm die Tonsur gab und ihn als Novizen und Bruder Rhun aufnahm.

»Dann hat unser kleiner Heiliger seinen Entschluß in die Tat umgesetzt«, sagte Hugh, der Cadfael nach der Zeremonie erwartete. »Und ohne Zögern und Zaudern! Ich sage Euch aufrichtig, ich neige ehrfürchtig das Haupt vor ihm. Glaubt Ihr, Winifred hat ein Auge auf seine Schönheit geworfen, als sie ihn als den ihren erwählte? Die Waliser verbergen ihre Freude nicht, wenn sie einen hübschen Menschen sehen.«

»Ihr seid ein unverbesserlicher Heide«, erwiderte Cadfael behaglich, »aber die Dame müßte inzwischen an Euch gewöhnt sein. Glaubt nur nicht, daß Ihr sie erschrecken könnt; es gibt kaum etwas, was sie zu ihrer Zeit nicht gesehen hat. Und wäre ich in ihrem Reliquienschrein gewesen, dann hätte ich diesen Jungen ebenso zu mir berufen, wie sie es tat. Sie erkannte seinen Wert, als sie ihn sah. Er hat beinahe schon Bruder Jerome um den Finger gewickelt!«

»Das wird nicht von Dauer sein«, sagte Hugh lachend. »Hat der Junge seinen eigenen Namen behalten?«

»Es kam ihm gar nicht in den Sinn, ihn zu ändern.«

»Das tun ja auch nicht alle«, erwiderte Hugh, wieder ernst werdend. »Diese beiden, die aus Hyde kamen – Humilis und Fidelis –, ihre Namen stellen große Ansprüche, nicht wahr? Wir kennen den früheren Namen unseres Bruder Demut, er braucht keinen anderen. Was wissen wir über Bruder Treu? Ich frage mich, welcher Name zuerst da war.«

»Der Junge ist ein zweitgeborener Sohn«, erklärte Cadfael. »Der ältere bekam das Land, er entschied sich für die Kutte. Wer könnte ihm bei seiner Behinderung einen Vorwurf machen? Humilis sagt, sein eigenes Noviziat sei noch nicht ganz beendet gewesen, als der junge Mann kam, und sie hätten zueinander gefunden und seien enge Freunde geworden. Vielleicht wurden sie zusammen geweiht, und die Namen... wer weiß, welcher von ihnen zuerst seinen Namen wählte?«

Sie blieben vor dem Torhaus stehen und blickten zur Kirche zurück. Rhun und Fidelis waren zusammen herausgekommen, zwei bemerkenswert schön anzusehende Geschöpfe, die im Gleichtakt nebeneinander herschritten, nahe und vertraut, doch ohne sich zu berühren. Rhun sprach angeregt. Fidelis zeigte Spuren von Vorsicht und Ängstlichkeit, doch hauptsächlich wirkte er aufmerksam und freudig. Rhuns frische Tonsur war entblößt und der Sonne ausgesetzt, das helle Haar umgab den Kopf wie ein Heiligenschein.

»Die beiden sind oft mit Rhun zusammen«, erklärte Cadfael, der sie beobachtete. »Kein Wunder; Rhun rührt jede Seele, die ein Stück, wie etwa eine Stimme, eingebüßt hat.« Er verriet nicht, was der Ältere der beiden verloren hatte. »Rhun spricht für beide. Eine Schande, daß er noch nicht sehr gebildet ist. Keiner der beiden kann Humilis vorlesen; der eine, weil ihm die Stimme fehlt, der andere, weil er die Buchstaben nicht kennt. Aber er studiert, und er wird sie bald lernen. Bruder Paul hält große Stücke auf ihn.«

Die beiden jungen Männer waren im Bogengang über der Treppe verschwunden, anscheinend unterwegs zur Zelle im Dormitorium, in der Bruder Humilis noch ans Bett gefesselt war. Wer wäre nicht ergriffen von Bruder Rhuns Anblick, der nach der Gewährung seines Herzenswunsches vor Freude strahlte? Und sie schien sehr angemessen, diese Freundschaft zwischen den beiden unfruchtbaren Körpern; der eine jungfräulich und unerweckt, der andere ausgezehrt und in der Blüte der Kraft verstümmelt. Zwei Männer, deren Samen nicht in dieser Welt aufgehen sollte.

Noch am gleichen Nachmittag kam auf der Hauptstraße von London ein junger Mann im praktischen Reitzeug der Soldaten, den Mantel hinter dem Sattel zusammengerollt, nach St. Giles und erkundigte sich nach dem Weg zur Abtei von St. Peter und St. Paul. Er ritt trotz der Sonne mit unbedecktem Kopf, in Hemdsärmeln und mit nackter Brust. Gesicht und Oberkörper und die entblößten Unterarme waren braun wie nach einem noch heißeren Sommer als diesem; einem Sommer, der einer schon goldenen Haut einen noch tieferen Kupferton verliehen hatte. Ein gut gebauter junger Mann war es, der ein gutes Pferd ritt. Er hielt sich geübt im Sattel und führte das Pferd mit kundiger Hand. Über dem kühn geschnittenen, herben Gesicht erhob sich ein Büschel lockiger, dunkler Haare.

Bruder Oswin beschrieb ihm den Weg und sah ihm neugierig nach. Er fragte sich, zu wem der Reiter wohl wollte. Offenbar ein Soldat, aber aus welcher Armee war er? Zu welchem Grafen gehörte er, daß er so zielstrebig zur Abtei von Shrewsbury wollte? Er hatte nicht nach der Stadt oder dem Sheriff gefragt, also ging es nicht um den Krieg im Süden. Oswin machte sich mit leisem Bedauern, nicht mehr erfahren zu haben, pflichtbewußt wieder an die Arbeit.

Der Reiter, nun sicher, daß er sein Ziel fast erreicht hatte, ritt im Schritt durch die Vorstadt und musterte voller Interesse alles, was er sah: das gebleichte Gras auf dem Pferdemarkt, das immer noch nach Regen dürstete, den gemütlich vor seinem Wagen trottenden Fuhrmann, die tratschenden Nachbarn, die vor ihren Toren in der Sonne standen, die hohe, langgestreckte Mauer der Abtei zur Linken, das hohe Dach und den Turm der Kirche darüber und dahinter. Nun wußte er, daß er angekommen war. Er umrundete die Westecke der Kirche, deren große Gemeindetür offen stand, und schwenkte in den Bogengang des Torhauses ab.

Der Pförtner begrüßte ihn freundlich und fragte nach seinem Begehren. Bruder Cadfael und Hugh Beringar, die in der Nähe noch mit gemächlichem Abschiednehmen beschäftigt waren, drehten sich um und betrachteten den Neuankömmling. Sie bemerkten das praktische, stark abgenutzte Zaumzeug und den Ledermantel, der hinter den Sattel geschlungen war, sie musterten das Schwert, das er trug, und hatten ihn nach wenigen Augenblicken richtig eingeschätzt. Hugh beobachtete ihn gespannt, denn ein Mann, der in der Kleidung eines Soldaten aus dem Süden kam, mochte Neuigkeiten bringen. Außerdem war einer, der allein und so gemütlich durch die dem König Stephen treuen Grafschaften ritt, höchstwahrscheinlich ein Verbündeter. Hugh trat vor, um sich dazu zu gesellen. Er musterte den Reiter von oben bis unten und ließ erkennen, daß ihm gefiel, was er sah.

»Ihr wollt nicht zufällig zu mir, mein Freund? Hugh Beringar, zu Diensten.«

»Das ist unser Herr Sheriff«, stellte der Bruder Pförtner ihn vor. Zu Hugh sagte er: »Der Reisende fragte nach Bruder Humilis – wenn auch unter seinem früheren Namen.«

»Ich diente einige Jahre bei Godfrid Marescot«, ergänzte der Reiter. Er gab die Zügel frei und sprang zu ihnen herab. Er war einen halben Kopf größer als Hugh und kräftig gebaut, und sein braunes Gesicht, in dem strahlend blaue Augen blitzten, blickte offen und fröhlich. »Ich suchte ihn überall, nachdem die Brüder aus Winchester durch das Feuer in Hyde verstreut wurden. Man sagte mir, er habe sich entschlossen, hierher zu kommen. Ich habe hier im Norden der Grafschaft etwas zu erledigen, und dazu brauche ich seine Zustimmung. Um die Wahrheit zu sagen«, fuhr er mit einem verlegenen Lächeln fort, »ich hatte völlig den Namen vergessen, den er beim Eintritt in Hyde annahm. Für mich ist er immer noch mein Herr Godfrid.«

»Das muß er für viele noch sein«, erwiderte Hugh, »die ihn von früher kennen. Ja, er ist hier. Kommt Ihr aus Winchester?«

»Aus Andover. Wir haben die Stadt niedergebrannt«,

entgegnete der junge Mann unverblümt. Er musterte Hughs Gesicht ebenso genau, wie er selbst gemustert wurde. Nun war klar, daß sie auf der gleichen Seite standen.

»Dann gehört Ihr zur Armee der Königin?«

»Jawohl. Unter FitzRobert.«

»Ihr habt die Straßen nach Norden gekreuzt. Ihr müßt wissen, daß ich diese Grafschaft für König Stephen behüte. Ich will Euch nicht von Eurem Herrn fernhalten, aber wollt Ihr mich nach Shrewsbury begleiten und das Abendessen mit mir einnehmen, bevor Ihr wieder aufbrecht? Ich werde Euch gut bewirten. Ihr könnt mir geben, wonach es mich hungert, nämlich einen Bericht über die Dinge, die im Süden vorgehen. Darf ich Euren Namen erfahren? Den meinen habe ich bereits genannt.«

»Mein Name ist Nicholas Harnage. Und ich will Euch gern alles sagen, was ich weiß, mein Herr, sobald ich mein Anliegen hier erledigt habe. Wie geht es Godfrid?« fragte er ernst und blickte von Hugh zu Cadfael, der bisher schweigend in der Nähe gestanden und gelauscht hatte.

»Er ist nicht bei bester Gesundheit«, erwiderte Cadfael, »aber ich vermute, das war er schon nicht mehr, als Ihr ihn das letzte Mal gesehen habt. Eine alte Wunde ist aufgebrochen; ich glaube, wegen des langen Rittes hier zu uns. Sie heilt gut ab, und in ein oder zwei Tagen wird er aufstehen und sich wieder seinen selbsterwählten Pflichten widmen können. Er ist hier gut gelitten, und ein junger Bruder, der von Hyde mit ihm kam, kümmert sich als Diener um ihn. Wenn Ihr einen Augenblick wartet, will ich dem Bruder Prior sagen, daß Bruder Humilis einen Besucher hat. Dann kann ich Euch zu ihm bringen.«

Er begab sich sofort auf seinen Botengang und ließ die beiden ein paar Minuten allein. Hugh brauchte Neuigkeiten, alles, was er aus erster Hand über dieses ferne, wirre Schlachtfeld erfahren konnte, auf dem die beiden

Parteien seiner Feinde sich ineinander verbissen und alle seine Freunde auf eine Seite gezogen hatten. Trügerisch waren die Verbündeten, denn der Bischof hatte jetzt zum drittenmal die Seite gewechselt. Doch wenigstens waren die Streitkräfte der Kaiserin in einem stählernen Gürtel um Winchester gebunden, und ein zweiter Gürtel lag darum und hungerte die Kaiserin aus. Cadfaels Kriegerblut, dem er eigentlich seit langem abgeschworen hatte, begann sofort wieder zu kochen, wenn irgendwo Stahl klirrte. Wirkliches Unbehagen bereitete ihm dabei nur, daß er deshalb keine echte Reue empfinden konnte. Sein König war nicht von dieser Welt, aber er konnte nicht anders, als in dieser Welt eine Vorliebe zu haben.

Prior Robert hatte sich seiner Nachmittagsruhe hingegeben, die offiziell die Stunde von Studium und Gebet genannt wurde. Ein guter Augenblick, denn er war nicht bereit, sich zu erheben und herauszukommen, um den Besucher selbst zu besichtigen oder seine zeremonielle Gastfreundschaft an den Tag zu legen. Cadfael bekam, was er erwartet hatte, nämlich die großmütige Erlaubnis, den Gast zu Bruder Humilis' Zelle zu führen und ihm beizustehen, falls er Hilfe brauchte. Dazu natürlich die Grüße und den Segen des Vaters Prior, den dieser aus der Zurückgezogenheit seiner täglichen Meditation schickte.

Sie hatten während seiner Abwesenheit Zeit gehabt, sich angeregt zu unterhalten und miteinander vertraut zu werden; er konnte es ihren Gesichtern und den gleichzeitig zu ihm gewandten Köpfen ansehen, als sie seinen Schritt hörten. Auf dem Ritt in die Stadt würden sie wahrscheinlich bereits mehr als Waffenbrüder sein: fast schon Freunde.

»Kommt mit«, sagte Cadfael. »Ich will Euch zu Bruder Humilis führen.«

Auf der Treppe sagte der junge Mann mit ernster Stimme: »Bruder, Ihr habt meinen Herrn versorgt, seit sein

Rückfall kam. So hat es mir der Herr Sheriff gesagt. Er sagt, Ihr hättet großes Geschick mit Kräutern und Arzneien und der Heilkunst.«

»Der Herr Sheriff«, erwiderte Cadfael, »ist seit einigen Jahren mein Freund und lobt mich über den grünen Klee. Aber es stimmt, ich pflege Euren Herrn, und bisher kommen wir recht gut voran. Ihr braucht nicht zu fürchten, daß man ihn hier nicht schätzt; wir kennen seinen Wert. Seht ihn und urteilt selbst. Denn Ihr müßt wissen, was er im Osten erlitten hat. Wart Ihr mit ihm dort?«

»Ja. Ich komme aus seinen Ländereien, ich bin gesegelt, als er um frische Truppen bat, und habe einige Ältere und Verletzte nach Hause gebracht. Und ich kam mit ihm zurück, als er wußte, daß er nicht mehr nützlich war.«

»Hier bei uns«, sagte Cadfael mit einem Fuß auf der obersten Stufe, »kann er noch lange nützlich sein. Es gibt hier jüngere Männer, die in seinem Glanz heller strahlen – natürlich unter dem Licht, unter dem wir alle brennen. Ihr findet vielleicht gerade zwei dieser Jungen bei ihm. Wenn einer von ihnen bleiben will, dann laßt ihn, er hat das Recht dazu. Das ist sein Gefährte aus Hyde.«

Sie betraten den Flur, der durchs ganze Dormitorium an den abgeteilten Zellen entlang verlief, und blieben vor dem düsteren, winzigen Raum stehen, der Humilis zugewiesen worden war.

»Geht nur hinein«, sagte Cadfael. »Ihr braucht keinen Herold, um willkommen zu sein.«

4

Die kleine Leselampe in der Zelle brannte nicht, denn einer der beiden jungen Pfleger konnte nicht lesen, und der andere konnte nicht sprechen. Der Kranke selbst saß, von Kissen gestützt, aufrecht in seinem Bett und war offenbar noch viel zu schwach, um ein schweres Buch zu halten. Aber auch wenn Rhun nicht gut lesen konnte, so konnte er doch auswendig lernen und die Dinge, die er sich gemerkt hatte, voller Inbrunst und Wärme vortragen. Er war gerade mitten in einem Gebet des heiligen Augustin, das Bruder Paul ihn gelehrt hatte, als er plötzlich spürte, daß sich sein Publikum erheblich vergrößert hatte. Er unterbrach sich, verstummte und wandte sich dem offenen Zelleneingang zu.

Nicholas Harnage blieb zögernd im Eingang stehen, bis sich seine Augen ans Zwielicht gewöhnt hatten. Bruder Humilis hatte verwundert die Augen aufgeschlagen, als Rhun seinen Vortrag unterbrochen hatte. Er sah den liebsten und vertrauenswürdigsten seiner ehemaligen Knappen fast schüchtern am Fußende des Bettes stehen.

»Nicholas?« sagte er unsicher, zweifelnd und staunend. Er richtete sich etwas auf, um besser zu sehen.

Bruder Fidelis beugte sich sogleich vor, um ihn zu stützen und ihm aufzuhelfen und die Kissen in seinem Rükken neu aufzubauen. Dann zog er sich schweigsam wie immer in die Ecke der Zelle zurück, um dem Besucher das Feld zu überlassen.

»Nicholas! Ihr seid es wirklich!«

Der junge Mann trat vor und fiel auf die Knie, um die ausgestreckte schmale Hand zu fassen und zu küssen.

»Nicholas, was tut Ihr hier? Ihr seid willkommen wie der Morgen, aber ich hätte nie erwartet, Euch hier zu sehen. Es war wirklich freundlich, mich an einer so fernen

Zuflucht aufzusuchen. Kommt, setzt Euch zu mir, damit ich Euch von nahem ansehen kann!«

Rhun hatte sich still entfernt. In der Tür machte er eine kleine Ehrenbezeugung, ehe er verschwand. Fidelis machte Anstalten, ihm zu folgen, doch Humilis legte ihm eine Hand auf den Arm und hielt ihn zurück.

»Nein, bleib hier! Laß uns nicht allein. Nicholas, diesem jungen Bruder verdanke ich mehr, als ich je wieder gutmachen kann. Er dient mir in dieser Welt genauso treu, wie Ihr mir bei den Waffen gedient habt.«

»Alle, die wie ich zu Euren Männern zählten, werden es ihm danken«, erwiderte Nicholas inbrünstig. Er blickte zu dem Gesicht hoch, das stumm im Schatten der Kapuze lag und im Halbdunkel nicht zu erkennen war. Er wunderte sich darüber, daß er keine Antwort bekam und neigte leicht den Kopf, doch er tat die Verwunderung mit einem Achselzucken ab, denn es war ihm nicht wichtig, mit jemand näher bekannt zu werden, den er wahrscheinlich niemals wiedersehen würde. Er zog den Hokker nahe ans Bett und musterte mit tiefer Sorge das ausgezehrte Gesicht seines Herrn.

»Man sagte mir, daß Ihr Euch gut erholt. Aber Ihr kommt mir schmaler und hinfälliger vor als damals, als ich Euch in Hyde verließ, um Euren Auftrag zu erledigen. Ich mußte lange in Winchester suchen, bis ich Euren Prior fand und erfuhr, wohin Ihr gegangen wart. Mußtet Ihr wirklich so weit reisen? Der Bischof hätte Euch doch sicher mit Freuden ins Alte Münster aufgenommen.«

»Aber ich bezweifle, daß ich mich über die Nähe des Bischofs gefreut hätte«, gab Bruder Humilis mit einem trockenen Lächeln zurück. »Nein, ich hatte meine Gründe, so weit in den Norden zu gehen. Ich kenne diese Grafschaft und diese Stadt aus meiner Kindheit. Es waren nur wenige Jahre, aber genau an diese Jahre erinnert sich ein Mann später im Leben. Macht Euch keine Sorgen um mich, Nick, ich bin hier ebensogut aufgehoben wie an jedem anderen Ort, sogar besser als an den meisten anderen. Laßt uns lieber über Euch sprechen. Wie ist es Euch in Eurem neuen Dienst ergangen, und was bringt Euch nun an mein Krankenbett?«

»Mit Eurer Empfehlung erging es mir dort sehr gut. William von Ypern hat mich der Königin gegenüber erwähnt und wollte mich zu seinen Offizieren nehmen, aber ich blieb lieber bei FitzRoberts Engländern, als mit den Flamen zu gehen. Ich führe jetzt ein eigenes Kommando. Ihr habt mich alles gelehrt, was ich weiß«, sagte er, zugleich strahlend und traurig, »Ihr und die Muselmanen von Mosul.«

»Es ist aber nicht der Atabeg Zenghi«, erwiderte Bruder Humilis lächelnd, »in dessen Auftrag Ihr von so weit zu mir gekommen seid. Überlaßt ihn dem König von Jerusalem, dessen edle und gefährliche Aufgabe er ist. Was ist in Winchester geschehen, seit ich aus der Stadt floh?«

»Die Armeen der Königin haben die Stadt umzingelt. Es kommen nur wenige Männer heraus, und es kommt keine Nahrung hinein. Die Männer der Kaiserin sind in ihrer Burg eingeschlossen, und allmählich müßten die Vorratskammern geleert sein. Wir sind nach Norden gegangen, um bei Andover die Straße abzusperren. Da sich bisher nichts bewegte, erhielt ich die Erlaubnis, in meinen eigenen Angelegenheiten nach Norden zu reiten. Doch sie werden sicher bald einen Ausbruch versuchen, denn sonst müssen sie verhungern, wo sie sind.«

»Sie werden versuchen, eine der Straßen zu öffnen und sich Vorräte zu beschaffen, bevor sie Winchester ganz verlassen«, erklärte Humilis, der stirnrunzelnd über die Möglichkeiten nachdachte. »Falls sie wirklich durchbrechen, werden sie es in Richtung Oxford tun. Nun, wenn dieses Patt Euch die Möglichkeit gab, zu mir zu kommen, dann hat es wenigstens ein Gutes hervorgebracht. Und welche Angelegenheit führt Euch nun nach Shrewsbury?«

»Mein Herr«, begann Nicholas, indem er sich ernst vorbeugte, »Ihr erinnert Euch sicher, daß Ihr mich vor drei Jahren hier zum Gut Lai geschickt habt, um an Humphrey Cruce und seine Tochter die Nachricht zu übermitteln, daß Ihr Euer Wort nicht einlösen und sie nicht heiraten konntet? Weil Ihr ins Kloster von Hyde Mead eintreten wolltet?«

»So etwas vergißt man nicht«, entgegnete Humilis trocken.

»Mein Herr, noch kann ich das Mädchen vergessen! Ihr habt sie nur als fünfjähriges Kind gesehen, bevor Ihr auf den Kreuzzug gegangen seid. Aber ich sah sie als erwachsene Frau, fast neunzehn Jahre alt. Ich überbrachte Eure Botschaft an den Vater und an sie und war froh, sie ordentlich überbracht zu haben. Aber jetzt kann ich sie nicht mehr aus dem Kopf bekommen. So anmutig war sie, und sie nahm die Nachricht von der Trennung so gefaßt und höflich auf. Mein Herr, wenn sie noch nicht verheiratet oder versprochen ist, dann will ich sie für mich selbst gewinnen. Aber ich kann nicht gehen, ohne vorher Euren Segen und Eure Zustimmung zu erbitten.«

»Mein Sohn«, erwiderte Humilis erstaunt und freudig, »nichts könnte mich mehr entzücken, als sie mit Euch glücklich zu sehen, da ich sie doch enttäuscht habe. Das Mädchen ist frei, jeden zu heiraten, den sie heiraten will, und ich könnte ihr keinen besseren wünschen als Euch. Und wenn Ihr Erfolg habt, dann werde ich von aller Schuld ihr gegenüber befreit sein, denn ich werde dann wissen, daß sie es besser getroffen hat, als es mit mir je möglich gewesen wäre. Bedenkt nur, mein Junge – wir, die wir ins Kloster eintreten, entsagen allem Besitz; wie könnten wir es da wagen, den Besitz an einem anderen Geschöpf Gottes zu beanspruchen? Geht nur und gewinnt sie für Euch, und ich will Euch beiden meinen Segen geben. Aber kommt zurück und berichtet mir, wie es Euch ergangen ist.«

»Mein Herr, von Herzen gern! Wie kann ich scheitern, wenn Ihr mich schickt?«

Er beugte sich nieder, um die Hand zu küssen, die

freundlich die seine gehalten hatte, und stand geschmeidig vom Hocker auf, um Abschied zu nehmen. Die schweigsame Gestalt in den Schatten kehrte etwas verspätet in sein Bewußtsein zurück; es war, als wäre er die ganze Zeit mit seinem Herrn allein gewesen, und doch stand dort der stumme Zeuge. Nicholas wandte sich ihm impulsiv und freundlich zu.

»Bruder, ich danke Euch, daß Ihr meinen Herrn so gut versorgt. Für diesmal sage ich Lebewohl. Ich werde Euch gewiß noch einmal sehen, wenn ich auf dem Rückweg wieder herkomme.«

Es war befremdend, als Antwort nur Schweigen und ein höfliches Neigen des Kopfes zu erhalten.

»Bruder Fidelis«, erklärte Humilis leise, »ist stumm. Nur sein Leben und sein Werk können für ihn sprechen. Aber ich kann beschwören, daß auch er Euch seine besten Wünsche mit auf den Weg gibt.«

Als das letzte Echo der leichten, energischen Schritte auf der Treppe verklungen war, wurde es still in der Zelle. Bruder Humilis lag reglos auf dem Bett und dachte, wie es den Anschein hatte, ruhige, zufriedene Gedanken, denn er lächelte.

»Es gibt Dinge in meinem Leben, die ich dir noch nicht erzählt habe«, sagte er schließlich. »Dinge, die geschehen sind, bevor wir uns trafen. Es gibt aber nichts, was ich dir vorenthalten will. Das arme Mädchen! Was hatte sie schon von mir zu erwarten, der ich um so viele Jahre älter war als sie, selbst damals, als ich noch nicht verstümmelt war? Und ich hatte sie nur ein einziges Mal gesehen, ein kleines Mädchen mit braunem Haar und einem ernsten runden Gesicht. Ich verspürte erst mit dreißig Jahren das Verlangen nach Frau und Kindern, denn ein älterer Bruder setzte nach dem Tode unseres Vaters die Familienlinie fort. Ich nahm das Kreuz und rüstete eine Gesellschaft aus, die mit mir in den Osten ging. Wir waren frei wie der Wind, doch als dann mein Bruder starb, blieb es mir überlassen, einen Ausgleich zwischen meinem Gelübde für Gott und der Pflicht meinem Haus gegenüber zu finden. Ich hatte Gott geschworen, für zehn Jahre ins Heilige Land zu gehen, aber ich hatte auch meinem Haus geschworen, zu heiraten und Söhne zu zeugen. Also suchte ich ein kräftiges, passendes kleines Mädchen, das all die Jahre auf mich warten konnte und bei meiner Rückkehr fähig wäre, Kinder zu gebären. Kaum sechs Jahre alt war sie damals – Julian Cruce, aus einer Familie mit Gütern im Norden dieser Grafschaft und in Stafford.«

Er regte sich und seufzte über die Torheiten der Menschen, über die anmaßenden Vereinbarungen, die sie für ein Leben trafen, das sie nie zu Ende lebten. Sein Gefährte kam näher, legte die Kapuze zurück und setzte sich auf den Stuhl, auf dem Nicholas gesessen hatte. Sie sahen sich tief in die Augen, ohne ein Wort zu sprechen; viel länger, als die meisten Menschen einander ansehen können, ohne den Blick abzuwenden.

»Gott traf die Entscheidung, mein Sohn!« sagte Humilis. »Er hatte andere Pläne für mich gemacht. Ich wurde, was ich heute bin. Sie ist, was sie ist. Julian Cruce... ich bin froh, daß sie vor mir verschont blieb und jetzt einen besseren Mann bekommt. Ich bete darum, daß sie sich noch nicht versprochen hat, denn dieser Nicholas wäre ein guter Ehemann für sie. Mit ihm an ihrer Seite könnte meine Seele Frieden finden. Nur ihr gegenüber fühle ich mich schuldig und eidbrüchig.«

Bruder Fidelis schüttelte mit einem vorwurfsvollen Lächeln den Kopf. Er beugte sich vor und legte einen Moment einen Finger auf die Lippen, die diese Häresie ausgesprochen hatten.

Cadfael hatte Hugh am Torhaus zurückgelassen. Nun durchquerte er den großen Hof, um zu seinen Pflichten im Kräutergarten zurückzukehren. Doch Nicholas Harnage trat aus dem Bogen über der Treppe, erkannte ihn, rief ihn laut an und rannte zu ihm. Er zupfte ihn drängend am Ärmel.

»Bruder, auf ein Wort!«

Cadfael blieb stehen und wandte sich ihm zu. »Wie findet Ihr ihn? Der lange Ritt hat ihn übermäßig belastet, und er bat nicht einmal um Hilfe, als seine Wunde aufgebrochen war und eiterte, aber das ist überstanden. Alles ist gesäubert, versorgt und auf dem Wege der Heilung. Ihr braucht nicht zu fürchten, daß wir ihn ein zweites Mal so leiden lassen.«

»Das glaube ich, Bruder«, erwiderte der junge Mann aufrichtig. »Aber ich habe ihn jetzt seit drei Jahren zum erstenmal gesehen, und selbst gegenüber dem Mann, der er war, nachdem er die Verletzungen bekam, ist er sehr verfallen. Ich wußte, daß sie schwer waren, er schwebte lange Zeit zwischen Leben und Tod, doch als er endlich zu uns zurückkehrte, sah er wenigstens wieder aus wie der Mann, den wir kannten und dem wir folgten. Er plante damals, heimzukehren, denn er hatte bereits mehr Jahre gedient, als er gelobt hatte; es wurde Zeit, sich um seine Ländereien und das Leben hier in der Heimat zu kümmern. Ich ging mit ihm auf die Reise, und er überstand sie gut. Aber jetzt ist er sehr vom Fleisch gefallen, und er wirkt müde, wenn er eine Hand bewegt. Sagt mir die Wahrheit, wie steht es um ihn?«

»Wo hat er sich diese schlimmen Verletzungen zugezogen?« fragte Cadfael, während er überlegte, wieviel er verraten durfte; er glaubte, daß dieser Junge eingeweiht war oder wenigstens ahnte, was geschehen war.

»In der letzten Schlacht mit Zenghi und den Männern aus Mosul. Nach dem Kampf hatte er syrische Ärzte.«

Das mochte der Grund dafür sein, daß er eine so schreckliche Verstümmelung überlebt hatte, dachte Cadfael. Er selbst hatte von sarazenischen und syrischen Ärzten viel gelernt. Er fragte vorsichtig: »Habt Ihr seine Wunden nicht gesehen? Kennt Ihr nicht ihr Ausmaß?«

Überraschenderweise verschlug es dem erfahrenen

Kreuzfahrer einen Augenblick die Sprache, und unter der goldenen Bräune bildete sich ein roter Schimmer. Doch er schlug nicht die Augen nieder, sondern erwiderte Cadfaels Blick. »Seinen Körper habe ich nie gesehen, jedenfalls nicht mehr als nötig ist, um ihm in den Panzer zu helfen. Doch verstand ich und kann nicht tun, als wüßte ich es nicht. Es kann nicht anders sein, denn warum sonst sollte er das Mädchen aufgeben, mit dem er verlobt war? Warum sollte er das tun? Ein Mann, der immer zu seinem Wort stand! Er hatte ihr nichts mehr zu geben außer seiner Stellung und ein paar Ländereien. Da gab er ihr lieber die Freiheit und überließ sich selbst der Hand Gottes.«

»Es gab ein Mädchen?« fragte Cadfael.

»Es *gibt* ein Mädchen. Und ich bin unterwegs zu ihr«, erwiderte Nicholas, so trotzig, als habe jemand sein Recht in Frage gestellt. »Ich überbrachte ihr und ihrem Vater die Nachricht, daß er ins Kloster von Hyde Mead eingetreten sei. Nun gehe ich nach Lai und bitte selbst um ihre Hand, und er gab mir seine Einwilligung und seinen Segen. Sie war noch ein kleines Kind, als sie ihm versprochen wurde, und seitdem hat er sie nicht mehr gesehen. Sie hat keinen Grund, meine Werbung zu verschmähen, und ihre Familie hat keinen Grund, mich abzuweisen.«

»Ganz bestimmt nicht!« stimmte Cadfael von Herzen zu. »Wenn ich in so einem Falle eine Tochter hätte, dann wäre ich froh, wenn ein Knappe in die Fußstapfen seines Ritters träte. Und wenn Ihr dem Mädchen über seinen Zustand berichten müßt, dann könnt Ihr aufrichtig sagen, daß er bekommen hat, was er wünschte und seinen Seelenfrieden genießt. Und was seinen Körper angeht, so wird dieser so gut versorgt, wie es möglich ist. Es soll ihm an nichts mangeln, und er soll an Hilfe und Trost bekommen, was wir ihm zu geben vermögen.«

»Aber das beantwortet noch nicht das, was ich wissen wollte«, bohrte der junge Mann. »Ich habe versprochen, noch einmal zu kommen und ihm zu berichten, wie es mir ergangen ist. In drei oder vier Tagen vielleicht, länger wird es kaum dauern. Aber werde ich ihn dann noch vorfinden?«

»Mein Sohn«, erwiderte Cadfael geduldig, »wer von uns könnte diese Frage für sich selbst oder einen anderen Mann beantworten? Ihr wollt die Wahrheit wissen, und Ihr verdient sie zu hören. Ja, Bruder Humilis liegt im Sterben. Er bekam seine tödliche Verletzung schon vor langer Zeit in jener letzten Schlacht. Was immer für ihn getan wurde und was jetzt noch getan werden kann, zögert das Ende nur hinaus. Doch ist der Tod mit ihm nicht in solcher Eile, wie Ihr befürchtet, und er hat keine Angst vor dem Tod. Geht nur und sucht Euer Mädchen auf, kommt zurück und bringt ihm die gute Neuigkeit, und er wird noch hier sein und sie mit Freuden vernehmen.«

»Und das wird er«, sagte Cadfael zu Edmund, als sie am Abend zusammen vor der Komplet im Garten frische Luft schnappten, »wenn dieser junge Bursche mit seiner Werbung nicht zu lange zögert; und ich denke, daß er einer ist, der geradewegs aufs Ziel losgeht. Aber wie lange wir noch Bruder Humilis unter uns behalten werden, wage ich nicht zu raten. Wir können verhindern, daß er noch einmal so zusammenbricht, aber am Ende wird er doch an der alten Wunde sterben. Das weiß er selbst am besten.«

»Es ist ein Wunder, daß er sie überhaupt überlebte«, stimmte Edmund zu. »Ganz zu schweigen von der Heimreise. Und seitdem hat er drei weitere Jahre überlebt.«

Sie waren allein am Ufer des Meole-Baches, denn sonst hätten sie nicht offen über die Angelegenheit sprechen können. Nicholas Harnage war um diese Stunde sicher schon zum Nordosten des Landes unterwegs, wenn er nicht sogar schon sein Ziel erreicht hatte. Das Wetter versprach einen angenehmen Ritt, und er würde vor Einbruch der Dunkelheit in Lai einen Unterschlupf finden. Und ein gut gebauter und gut gestellter junger Mann wie Harnage, der es bei der Armee durch eigene Anstrengungen zu etwas gebracht hatte, war kein Werber, den man höhnisch abwies. Er hatte die Zustimmung seines Herren und brauchte nun nichts weiter als die Zuneigung des Mädchens, die Billigung ihrer Familie und den Segen der Kirche zu erlangen.

»Ich hörte einmal von einer Regel«, wandte Bruder Edmund ein, »daß die Verlobte eines Mannes nicht unbedingt frei wird, wenn dieser in einen Orden eintritt. Aber es scheint mir selbstsüchtig und gierig, in beiden Welten Ansprüche zu haben und sich das Leben zu wählen, das man leben will, der Dame aber die gleiche Entscheidung vorzuenthalten. Ich glaube jedoch, daß sich diese Frage nur selten erhebt; höchstens dann, wenn ein Mann es nicht erträgt, zu verlieren, was er einst besaß, und sie in Ketten legen will. Das trifft in diesem Fall nicht zu, denn Bruder Humilis ist froh, daß die Dinge eine so glückliche Wendung nehmen. Natürlich kann sie inzwischen auch verheiratet sein.«

»Das Gut von Lai«, grübelte Cadfael. »Was wißt Ihr darüber, Edmund? Welche Familie sitzt dort?«

»Es gehörte den Cruces. Humphrey Cruce, wenn ich mich recht erinnere; er könnte der Vater des Mädchens sein. Die Familie besitzt mehrere Güter oben in Ightfield und Harpecote – und in Prees, gegeben vom Bischof von Chester. Außerdem einige Ländereien in Staffordshire. Lai haben sie zu ihrem Hauptsitz gemacht.«

»Dort will er hin. Wenn er nun erfolgreich zurückkehrt«, sagte Cadfael zufrieden, »dann hat er Humilis eine große Bürde abgenommen. Humilis war schon sehr froh, überhaupt das ehrliche gebräunte Gesicht zu sehen, aber wenn der Junge jetzt auch noch die Zukunft des Mädchens sichert, dann mag er damit gleichzeitig das Leben seines Herren um einige Jahre verlängern.«

Sie gingen beim ersten Ton der Glocke zur Komplet.

Der Besuch hatte Humilis' Genesung tatsächlich einen Schub versetzt, denn er kam zur Andacht, angekleidet und aufrecht an Fidelis' Arm, ohne seine Ärzte um Erlaubnis gebeten zu haben, um zusammen mit den anderen am Abendgottesdienst teilzunehmen. Ich will ihn zurückscheuchen, sobald die Andacht vorbei ist, dachte Cadfael, der sich um seine Verbände sorgte. Soll er dieses eine Mal seinen Stolz zur Schau tragen; das spricht für seinen Lebensmut, auch wenn das Fleisch vor Anstrengung gespannt ist. Und wer bin ich, daß ich bestimmen dürfte, was ein Bruder, der mir gleichgestellt ist, zu seinem Seelenheil tun darf und was nicht?

Die Abende wurden bereits kürzer, denn der Hochsommer war vorbei. Nur die Hitze hielt sich, als wollte sie nie weichen. Im düsteren Chorgestühl war das letzte Licht des Tages gefärbt wie Irisblüten. Es duftete leicht nach den warmen, schweren Gerüchen von Ernte und Früchten. Der ansehnliche, verstümmelte Mann, der trotz seiner erst knapp über vierzig Jahre schon alt war, stand stolz an seinem Platz, Fidelis zu seiner Linken, und links neben Fidelis stand Rhun. Ihre jugendliche Schönheit schien alles Licht zu bündeln, so daß sie wie entzündete Kerzen von innen heraus zu strahlen schienen.

Ihnen gegenüber war Bruder Uriens Platz im Chorgestühl. Er sang kniend mit der vollen, sicheren Stimme eines reifen Mannes, konnte aber die Augen nicht abwenden von diesen beiden jungen, leuchtenden Köpfen. Jeder Tag brachte die beiden einander näher, den Stummen und den Sprechenden, die so schlecht zueinander paßten und ihn ungerechterweise ausschlossen; der eine so begehrenswert und unberührbar wie der andere, während in Uriens Bauch Tag und Nacht eine Sehnsucht brannte, die durch kein Gebet zu kühlen und durch keine Musik zu besänftigen war. Sie zerfraß ihn von innen wie die scharfen Zähne eines Wolfes.

Inzwischen sahen die beiden für ihn – ein schreckliches Vorzeichen! – wie die Frau aus. Wenn er einen der beiden Jungen erblickte, lösten sich seine Züge auf und veränderten sich unmerklich, bis er ihr Gesicht und ihre Augen sah, die kein Erkennen und keine Verachtung zeigten, sondern einfach durch ihn hindurch starrten, um jemand anders zu betrachten. Sein Herz stach unerträglich, während er leise die Psalmen der Komplet sang.

Im Zwielicht der lieblichen, offenen Landschaft im Norden der Grafschaft, wo sich das Tageslicht länger hielt als in den rauhen Hügeln an der Westgrenze, ritt Nicholas Harnage zwischen ebenen, üppigen Feldern, die in der ungewohnten Hitze ausgetrocknet waren, durch das Tor im geflochtenen Zaun in das Gut von Lai ein. Das Haus stand inmitten der weitläufigen Felder auf der Ebene; man hatte nur wenig Bäume gesetzt, um Platz für den Ackerbau zu schaffen. Es war ein langgestrecktes, flaches Gebäude, mit einer aus Stein errichteten Haupthalle und Kammern unter einem vorspringenden Dach, mit Ställen und Scheunen im Innern der Einfriedung. Ein fruchtbares Land war es, gut geeignet für Getreide und Feldfrüchte, mit fetten Weiden und großen Viehherden. Als Nicholas einritt, regten sich die Tiere in den Kuhställen. Sie gaben die leisen, zufriedenen Töne gut gefütterter Tiere von sich, die gemolken und schläfrig waren.

Ein Bursche, der die nahenden Hufe gehört hatte, kam, an diesem warmen Abend bis zur Hüfte nackt, aus den Stallungen. Er betrachtete beruhigt den einsamen Reiter. Man hatte hier einigermaßen friedlich gelebt, während Winchester verbrannt und verblutet war.

»Wem gilt Euer Besuch, junger Herr?«

»Ich will zu deinem Herrn Humphrey Cruce«, erwiderte Nicholas. Er zügelte gemächlich sein Pferd und schüttelte die Zügel frei. »Er lebt doch noch hier?«

»Nein, der Herr Humphrey ist schon vor drei Jahren gestorben, Herr. Sein Sohn Reginald ist jetzt der Herr. Gilt Euer Anliegen dann ihm?«

»Wenn er mich empfangen will, ja, dann gilt es ihm«, entgegnete Nicholas und stieg ab. »Richte ihm aus, daß ich vor etwa drei Jahren schon einmal hier war, um für Godfrid Marescot zu sprechen. Damals empfing mich der Vater, aber der Sohn wird davon wissen.«

»Kommt herein«, sagte der Bursche freundlich. Er akzeptierte die Referenzen ohne Rückfrage. »Ich will Euer Tier versorgen lassen.«

Die Familie saß in der rauchigen, nach Holz duftenden Halle beim Essen oder gab sich der Ruhe nach dem Essen hin, doch man hatte seine Schritte auf der Steintreppe gehört, die zur offenen Tür heraufführte. Reginald Cruce erhob sich wachsam und neugierig, als der Besucher eintrat. Er war ein großer, schwarzhaariger Mann mit strengen Zügen und befehlsgewohntem Auftreten, doch schien er unangekündigten Gästen gegenüber aufgeschlossen. Seine Dame, eine hellhaarige, in Grün gekleidete Frau, saß hoheitsvoll und still am Tisch. Neben ihr sah Nicholas einen etwa fünfzehnjährigen Jungen, einen kleineren Jungen und ein etwa neun- oder zehnjähriges Mädchen, dem Aussehen nach seine Zwillingsschwester. Reginald Cruce hatte anscheinend eifrig für Nachkommen gesorgt, denn als sich die Dame des Hauses zur Begrüßung erhob, war ihrem runden Bauch anzusehen, daß ein weiteres Kind unterwegs war.

Nicholas machte seine Ehrenbezeugung, nannte seinen Namen und war etwas verwirrt, Julian Cruces Bruder als mindestens vierzigjährigen Mann zu sehen, sogar als Ehemann und Vater heranwachsender Kinder, wo er einen jungen Burschen von zwanzig erwartet hätte, der nach der Übertragung des Erbes vielleicht gerade erst geheiratet hatte. Doch er erinnerte sich daran, daß Humphrey Cruce eine für sein Alter sehr junge Tochter gehabt hatte. Wahrscheinlich war er zweimal verheiratet gewesen; die erste Ehe war mit einem Erben gesegnet und die zweite erst spät geschlossen worden, als Reginald ein erwachsener Mann war, selbst bereit für die Ehe oder sogar schon mit seiner hellhäutigen, fruchtbaren Frau vermählt.

»Ah, diese Sache!« sagte Reginald, als sein Gast sich auf seinen ersten Besuch in diesem Haus berief. »Ich erinnere mich; ich war allerdings damals nicht hier. Meine Frau brachte ein Gut in Staffordshire mit in die Ehe, und dort lebten wir damals. Aber ich weiß natürlich, wie es ausging. Eine seltsame Angelegenheit. Aber so kann es gehen! Männer ändern manchmal ihre Pläne. Und Ihr wart der Bote? Aber lassen wir das für den Augenblick. Nehmt eine Erfrischung zu Euch. Kommt an den Tisch! Wir werden später noch genug Zeit haben, über diese Dinge zu sprechen.«

Er setzte sich und leistete seinem Besucher Gesellschaft, während ein Diener Fleisch und Ale brachte. Die Dame des Hauses verabschiedete sich höflich und brachte die jüngeren Kinder ins Bett, während der Erbfolger ernst und schweigend am Tisch blieb und die älteren Männer beobachtete. Schließlich, als der Abend fortschritt, waren die beiden Männer allein und konnten reden.

»Dann seid Ihr der Knappe, der die Nachricht von Marescot überbrachte. Ihr werdet bemerkt haben, daß zwischen meiner Schwester und mir beinahe eine Generation liegt – siebzehn Jahre. Meine Mutter starb, als ich neun Jahre alt war, und weitere acht Jahre vergingen, ehe mein Vater wieder heiratete. Die Narrheit eines alten Mannes, denn die Ehe brachte ihm nichts. Die Frau starb, als das Mädchen geboren wurde, so daß seine Freude an ihr nur kurz war.«

Wenigstens, dachte Nicholas, während er seinen Gastgeber gleichmütig betrachtete, gab es keinen zweiten Sohn, der ihm den Landbesitz streitig machte. Damit war dieser Mann sicherlich zufrieden, denn er war ein Musterbild seines Standes und seiner Art, und das Land war sein Herzblut.

»Allerdings hat er sicher große Freude an seiner Tochter gehabt«, sagte er fest, »denn sie ist ein sehr gutes und anmutiges Mädchen, wie ich mich wohl erinnere.«

»Ihr seid besser informiert als ich«, erwiderte Reginald trocken, »wenn Ihr sie erst vor drei Jahren gesehen habt. Ich glaube, es ist achtzehn Jahre her, seit ich sie zum letztenmal sah. Sie war damals noch ein tapsiges Kleinkind, höchstens zwei oder drei Jahre alt. Ich habe etwa zu dieser Zeit geheiratet und mich auf dem Land niedergelassen, das Cecilia in die Ehe brachte. Wir haben uns ab und zu Nachrichten geschickt, aber ich kehrte erst hierher zurück, als mein Vater im Sterben lag und mich rufen ließ.«

»Ich wußte noch nichts von seinem Tod, als ich mich in meinem eigenen Interesse auf den Weg machte«, erklärte Nicholas. »Ich hörte es vorhin erst von Eurem Burschen am Tor. Aber ich kann mit Euch so offen sprechen, wie ich mit ihm gesprochen hätte. Ich war so gebannt von der Anmut und Würde Eurer Schwester, daß ich seitdem immer an sie denken mußte. Ich habe mit meinem Herrn Godfrid gesprochen, der meine Bitte erfüllt hat. Und ich selbst«, fuhr er fort, indem er sich eifrig über die Tafel beugte, »ich bin der Erbe zweier schöner Anwesen meines Vaters, und ich werde auch einiges Land von meiner Mutter bekommen. Ich habe eine gute Stellung in der Armee der Königin, und mein Herr wird für mich sprechen, daß ich es in dieser Angelegenheit ernst meine und so gut für Julian sorgen werde, wie es ein Mann nur kann, wenn Ihr erlaubt...«

Sein Gastgeber starrte ihn erstaunt an, lächelte über seine Inbrunst und hob warnend eine Hand, um die Flut aufzuhalten.

»Seid Ihr von so weit hergekommen, um mich um die Hand meiner Schwester zu bitten?«

»Das bin ich! Ist das so seltsam? Ich habe sie bewundert und bin gekommen, weil ich um sie anhalten will. Sie könnte schlechtere Angebote erhalten«, fuhr er fort. Er errötete etwas und wurde angesichts der ablehnenden Aufnahme unsicher.

»Das bezweifle ich nicht, aber guter Mann, Ihr hättet ein Wort der Warnung verlauten lassen können. Nun kommt Ihr drei Jahre zu spät!«

»Zu spät?« Nicholas fuhr zurück und zog langsam und entsetzt die Hände an sich. »Dann ist sie schon verheiratet?«

»So könntet Ihr es nennen!« Reginald hob die breiten Schultern in einer hilflosen Geste. »Aber nicht mit einem sterblichen Mann. Und soweit ich es sagen kann, hättet Ihr diese Wendung wohl verhindern können, wenn Ihr schnell genug gewesen wärt. Nein, es ist etwas anderes. Es gab einiges Hin und Her, zum Beispiel, ob sie immer noch wie eine Frau an Marescot gebunden sei, was ich für eine Dummheit hielt. Aber die Kirchenmänner müssen immer ihre Autorität unter Beweis stellen, und der Kaplan meines Vaters war penibel wie eine alte Jungfer – wenn ich auch vermute, daß er insgeheim alles andere war! Jedenfalls klammerte er sich an jeden Punkt des kanonischen Rechts, der ihm Macht gab, und nahm eine extreme Haltung ein. Er meinte, sie wäre von Rechts wegen eine Ehefrau. Der Gemeindepriester behauptete aber das genaue Gegenteil, und da mein Vater ein vernünftiger Mann war, schloß er sich seinem Standpunkt an und erklärte, daß sie frei sei. All dies erfuhr ich erst nach und nach. Ich habe nie selbst den Kopf in dieses Hornissennest gesteckt.«

Nicholas hatte stirnrunzelnd den Kopf auf die Hände gestützt und spürte die kalte Enttäuschung schwer an seinem Herzen zerren. Dennoch war die Antwort noch nicht vollständig. Er blickte traurig auf. »Wie ging es dann aus? Warum ist sie nicht hier und kann ihre Freiheit nutzen, wenn sie sich keinem anderen Mann gegeben hat?«

»Ah, aber das hat sie! Sie tat es auf ihre eigene Weise. Sie sagte, wenn sie frei sei, dann könne sie auch selbst entscheiden. Und sie entschied sich, das gleiche zu tun wie Marescot und nahm einen zum Mann, der nicht von dieser Welt ist. Sie trägt den Schleier einer Benediktinernonne.«

»Und man hat sie gelassen?« fragte Nicholas, der zwischen Zorn und Qual schwankte. »Warum, wenn sie durch diese zerbrochene Verbindung bewegt wurde, hat man sie so einfach gehen und ihre Jugend so unklug fortwerfen gelassen?«

»Man ließ sie, ja. Wie soll ich wissen, ob dies unklug war oder nicht? Wenn es war, was sie wünschte, warum sollte sie es nicht bekommen? Seit sie ins Kloster ging, habe ich nie wieder etwas von ihr gehört, sie hat sich nie beklagt und nie um etwas gebeten. Anscheinend ist sie glücklich mit ihrer Wahl. Ihr müßt woanders nach einer Frau suchen, mein Freund!«

Nicholas schwieg eine Weile und schluckte an einer Bitterkeit, die wie Feuer in seinem Bauch brannte. Dann fragte er vorsichtig und leise: »Wie war es? Wann hat sie ihr Heim verlassen? Und wer hat sie begleitet?«

»Sehr bald schon nach Eurem Besuch, würde ich sagen. Man hat, glaube ich, einen Monat darüber gestritten, doch sie ließ sich nicht beirren. Alles wurde ordentlich geregelt. Unser Vater gab ihr drei Bewaffnete und einen Jäger mit, der ihr seit ihrer Kindheit sehr zugetan war, außerdem eine anständige Mitgift und einigen Schmuck für den Konvent, silberne Kerzenhalter und ein Kreuz und so weiter. Er war traurig, als sie ging, das habe ich später von ihm selbst gehört, aber sie wollte es, und ihr Wunsch war ihm Befehl.« Eine gewisse Kälte in seiner kräftigen, entschiedenen Stimme verriet eine alte Eifersucht. Das Kind, das Humphrey in hohem Alter geboren worden war, hatte wahrscheinlich sein Herz im Sturm erobert, auch wenn der Sohn allen Besitz erben würde, sobald das Herz nicht mehr schlug. »Er hat es kaum einen Monat überlebt«, erklärte Reginald. »Gerade lange genug, um die Eskorte zurückkehren zu sehen und zu erfahren, daß sie wohlbehalten an dem Ort abgeliefert worden war, zu dem sie wollte. Er war alt und schwach, das wußten wir. Aber er hätte nicht so schnell dahinschwinden dürfen.«

»Er hat sie hier sicher vermißt«, sagte Nicholas leise und zögernd. »Sie hatte etwas Strahlendes... und Ihr – habt Ihr nicht nach ihr geschickt, als der Vater starb?«

»Warum sollte ich? Was konnte sie für ihn tun, was er für sie? Nein, wir ließen sie, wo sie war. Wenn sie dort glücklich war, warum sollten wir sie beunruhigen?«

Nicholas rang unter dem Tisch die Hände und stellte seine letzte Frage: »Wohin ging sie?« Ihm kam die eigene Stimme hohl und fern vor.

»Sie ist in der Benediktinerabtei von Wherwell, in der Nähe von Andover.«

Dies also war das Ende! Die ganze Zeit war sie in seiner Reichweite gewesen, und nun war der Ort ihrer Zuflucht von Armeen und streitenden Parteien umringt. Wenn er nur gleich ausgesprochen hätte, was sein Herz bewegte, als er sie zum erstenmal sah, auch wenn er da noch durch das Wissen um den Schlag behindert war, den er ihr versetzen mußte. Er hatte sich durch sein Wissen knebeln lassen, wo er ein einziges Mal hätte beredt sein müssen. Vielleicht hätte sie ihn angehört und ihren Entschluß wenigstens aufgeschoben, auch wenn sie in diesem Augenblick noch nichts für ihn empfinden konnte. Vielleicht hätte sie es sich anders überlegt und gewartet und sich sogar an ihn erinnert. Jetzt war es viel zu spät. Sie war zum zweitenmal eine Braut, und dieser Bund war unauflöslich.

Diesmal gab es keine Diskussion. Die Versprechen, die für ein kleines Mädchen abgegeben worden waren, konnten aus guten Gründen aufgehoben werden, aber die Gelübde, die eine Frau im Bewußtsein ihrer Berufung, im vollen Wissen ihrer Bedeutung und aus eigenem Entschluß ablegte, konnten nicht gebrochen werden. Er hatte sie verloren.

Nicholas lag in der kleinen Gästekammer, die man ihm

bereitet hatte, lange Zeit wach und zerrte an dem Knoten, wohl wissend, daß er ihn doch nicht lösen konnte. Schließlich schlief er, flach und unruhig, und am Morgen nahm er Abschied und machte sich auf den Rückweg nach Shrewsbury.

5

Es fügte sich so, daß Bruder Cadfael mit Humilis in dessen Zelle im Dormitorium allein war, als Nicholas wieder durchs Torhaus einritt und um Erlaubnis bat, wie versprochen seinen früheren Herrn besuchen zu dürfen. Humilis war am Morgen mit den anderen Mönchen aufgestanden und hatte an Prim und Hochamt teilgenommen und alle Pflichten des Stundenplans genau befolgt; allerdings gestattete man ihm noch nicht, sich einer Arbeit zu widmen. Fidelis folgte ihm überallhin, bereit, ihn zu stützen, falls es nötig wurde, oder ihm zu holen, was er brauchte. Den Nachmittag hatte Fidelis damit verbracht, unter dem wohlwollenden Auge seines älteren Freundes den großen Anfangsbuchstaben zu vollenden, der durch dessen Sturz besudelt und verschmiert worden war. Cadfael und Humilis hatten den Jungen im Skriptorium zurückgelassen, wo er den verschnörkelten goldenen Buchstaben ausmalen konnte, und Arzt und Patient waren zusammen ins Dormitorium zurückgekehrt.

»Gut geschlossen«, erklärte Cadfael, der mit seiner Arbeit zufrieden war, »und die Wundränder sind fest und sauber. Ihr braucht die Verbände bald nicht mehr; behaltet sie aber noch ein oder zwei Tage darauf, damit sich die neue Haut, die noch dünn ist, nicht reibt.«

Sie waren recht gut miteinander vertraut geworden, und obwohl beide genau wußten, daß die bloße Heilung der aufgebrochenen, eiternden Wunde nicht wirklich beheben konnte, was Humilis quälte, zogen sie es vor, dieses Thema höflich auszusparen und die bescheidene Freude an dem zu genießen, was sie erreicht hatten.

Als sie draußen auf der Steintreppe Schritte hörten, erkannten sie sofort, daß diese Füße Stiefel trugen und nicht die Sandalen eines Klosterbruders. Doch war keine Spannkraft in den Schritten, kein jugendlicher Übereifer, und tatsächlich trat ein düster dreinblickender junger Mann in den Schatten vor der Zelle. Er hatte sich auf dem Rückweg von Lai nicht beeilt, da er über eine Enttäuschung berichten mußte. Doch versprochen hatte er es, und so war er gekommen.

»Nick!« Humilis begrüßte ihn mit großer Freude und Zuneigung. »So schnell schon zurück! Ihr seid willkommen wie der helle Tag, aber ich hätte gedacht...« Er unterbrach sich, denn selbst im trüben Licht in der Zelle war zu erkennen, daß alle Freude aus dem Gesicht des jungen Mannes gewichen war. »Was zieht Ihr so ein langes Gesicht? Ich sehe, daß es nicht gegangen ist, wie Ihr es gewünscht habt.«

»Nein, mein Herr.« Nicholas trat langsam ein und beugte vor den beiden älteren Männern das Knie. »Es ging nicht gut.«

»Das tut mir leid, aber man kann nicht immer Erfolg haben. Seid Ihr schon mit Bruder Cadfael bekannt? Ich verdanke ihm die beste Pflege, die man sich denken kann.«

»Wir haben uns bei meinem letzten Besuch kennengelernt«, erklärte Nicholas und brachte ein halbherziges Lächeln zustande. »Ich stehe dafür ebenfalls in seiner Schuld.«

»Sprecht nicht so viel von mir«, sagte Humilis lächelnd und seufzend. »Ihr sorgt Euch viel zu sehr um mich; ich bin hier in guten Händen und habe es gut getroffen. Setzt Euch nur und erzählt, was Euch nicht gelang.«

Nicholas ließ sich auf den Hocker neben dem Bett fallen, in dem Humilis aufrecht saß, und erzählte mit bemerkenswert knappen Worten, was er zu sagen hatte: »Ich habe drei Jahre zu lange gewartet. Kaum einen Monat, nachdem Ihr in Hyde die Kutte angezogen habt, legte Julian Cruce in Wherwell den Schleier an.«

»Wirklich!« schnaufte Humilis. Er schwieg eine Weile

und verdaute die Neuigkeit. »Ich frage mich nur... warum hätte sie so etwas tun sollen, wenn es nicht wirklich ihr Herzenswunsch war? Doch bestimmt nicht meinetwegen! Nein, sie kannte mich ja gar nicht, sie hatte mich nur einmal gesehen und muß mich damals vergessen haben, bevor ich ihr den Rücken kehrte. Vielleicht war sie sogar froh..., daß sie endlich tun konnte, was sie schon immer wollte, wenn man sie nur gelassen hätte...« Er dachte einen Augenblick stirnrunzelnd nach und versuchte sich zu erinnern, wie das kleine Mädchen gewesen war. »Nick, Ihr habt mir gesagt, daran erinnere ich mich genau, wie sie meine Nachricht aufgenommen hat. Sie sei keineswegs verzweifelt gewesen, sondern völlig gefaßt und höflich, sie habe meine Entscheidung freimütig gebilligt und mir verziehen. Das habt Ihr gesagt!«

»So war es, mein Herr«, erwiderte Nicholas aufrichtig, »doch froh kann sie nicht gewesen sein.«

»Ah, vielleicht war sie trotzdem froh. Ich kann's ihr nicht verdenken. Sie mag bereit gewesen sein, den ausgewählten Ehemann zu akzeptieren, doch hätte sie sich an einen mehr als zwanzig Jahre älteren Mann gebunden, der ihr fremd war. Warum sollte sie nicht froh gewesen sein, als ich ihr die Freiheit anbot – nein, als ich sie ihr sogar aufdrängte? Sie muß sie so genutzt haben, wie sie selbst es wollte; vielleicht sehnte sie sich danach.«

»Sie wurde nicht gezwungen«, räumte Nicholas widerstrebend ein. »Ihr Bruder sagt, das Mädchen habe sich selbst so entschieden. Der Vater sei sogar dagegen gewesen und habe nur zugestimmt, weil sie es unbedingt wollte.«

»Dann ist es gut«, stimmte Humilis mit einem erleichterten Seufzen zu. »Dann können wir nur hoffen, daß sie mit ihrer Wahl glücklich wird.«

»Aber welche Verschwendung!« platzte Nicholas bekümmert heraus. »Wenn Ihr sie gesehen hättet, mein Herr, wie ich sie sah! Einen solchen Kopf zu scheren, eine solche Figur unter der schwarzen Kutte zu verstecken!

Man hätte sie nicht gehen lassen dürfen, nicht so rasch. Was, wenn sie es schon lange wieder bereut?«

Humilis lächelte leicht und betrachtete das gesenkte Gesicht und die verhangenen Augen. »Nachdem Ihr sie mir beschrieben habt, so anmutig und vernünftig, so gemessen und nachdenklich mit ihren Worten, glaube ich nicht, daß sie ihren Entschluß ohne gründliches Überlegen faßte. Nein, sie hat gewiß getan, was für sie das beste war. Aber es tut mir leid um Euren Verlust, Nick. Ihr müßt es ebenso edelmütig tragen wie sie – falls ich überhaupt ein Verlust war!«

Die Glocke rief zur Vesper. Humilis erhob sich, um in die Kirche hinunterzugehen, und Nicholas, der den Ruf als Ende des Gespräches verstand, erhob sich ebenfalls.

»Es ist zu spät, um jetzt noch aufzubrechen«, warf Cadfael ein, das Schweigen brechend, das er gewahrt hatte, während die beiden gesprochen hatten. »Und wie es scheint, besteht auch kein Grund zur Eile, so daß Ihr nicht unbedingt heute abend noch aufbrechen müßt. Ihr könnt ein Bett im Gästehaus bekommen, um morgen früh ausgeruht und mit dem ganzen Tag vor Euch auf die Reise zu gehen. Und Ihr könnt heute abend noch ein oder zwei Stunden mit Bruder Humilis verbringen, da ihr schon einmal hier seid.«

Diesem vernünftigen Vorschlag stimmten beide sofort zu, und Nicholas schien etwas lebhafter, wenn auch nichts den Eifer wiedererwecken konnte, mit dem er aus Winchester in den Norden gekommen war.

Cadfael wunderte sich etwas darüber, wie rücksichtsvoll Fidelis sich zurückzog und die beiden ihren Erinnerungen an Reisen, Kreuzzug und Kämpfe überließ; Erinnerungen aus einer Zeit, bevor er Humilis kennengelernt hatte und mit ihm vertraut geworden war, und an Dinge, die weit außerhalb seiner eigenen Erfahrung lagen. Eine Zuneigung, die so selbstlos einem Rivalen und einer älteren Verbindung Platz machte, war in der Tat sehr großmütig.

Ein Händler aus Shrewsbury, der an der ganzen Grenze von Wales bis zu den schafreichen Cotswolds mit Fellen handelte, hatte Hugh in diesen kriegerischen Zeiten hin und wieder interessante Informationen zukommen gelassen. Sein Handel war natürlich auf den Hochsommer beschränkt, wenn die geschorene Wolle zum Verkauf bereit war. Viele Händler hatten ihre Bewegungen in diesen gefährlichen Zeiten etwas eingeschränkt, doch er war ein entschlossener Mann und furchtlos genug, um sich entlang der Grenze weit nach Süden in ein Gebiet vorzuwagen, das von der Kaiserin gehalten wurde. Seine Lieferanten verkauften schon einige Jahre an ihn, und er war recht zuversichtlich, daß sie die Felle festhielten, bis er zu ihnen kam. Seine Handelsbeziehungen reichten sogar bis nach Brügge in Flandern, und er war keineswegs abgeneigt, ein großes Risiko einzugehen, wenn ein noch größerer Profit winkte. Außerdem nahm er dieses Risiko auf sich selbst, statt einen Untergebenen auf diese gefährlichen Reisen zu schicken. Möglicherweise genoß er diese Herausforderungen sogar, denn er war ein sturer und kräftiger Mann.

Nun, Anfang September, war er mit seinen Einkäufen auf dem Heimweg, und ein Zug von drei Wagen folgte ihm von Buckingham; näher konnte er vernünftigerweise nicht an Oxford heran. Die Menschen in Oxford waren nämlich so aufgeregt und nervös, als würde die Stadt schon belagert. Man erwartete jeden Tag, daß die Kaiserin durch die Hungersnot gezwungen wurde, sich aus Winchester zurückzuziehen. Der Händler hatte seine Männer auf einer einigermaßen sicheren Straße zurückgelassen, wo sie die Wagen gemächlich nach Hause brachten, und war allein mit großer Eile vorausgeritten, um Hugh Beringar in Shrewsbury zu berichten, noch bevor er zu seiner Frau und seiner Familie nach Hause kam.

»Mein Herr, jetzt kommen die Dinge in Bewegung. Ich hörte es von einem Mann, der das Ende miterlebte, und sah zu, daß ich an einen sichereren Ort kam. Ihr wißt ja, wie sie sich da in ihren Burgen in Winchester verschanzt haben, der Bischof und die Kaiserin, während die Armee der Königin die Stadt einkreist und die Straßen absperrt. Jetzt sind seit vier Wochen keine Vorräte mehr durch diesen Gürtel gekommen, und man sagt, daß in der Stadt schon eine Hungersnot herrscht, obwohl ich bezweifle, daß es Kaiserin oder Bischof an etwas mangelt.« Er war ein Mann, der aussprach, was er dachte, und dabei auch hochgestellte Persönlichkeiten nicht schonte. »Aber bei den armen Stadtbewohnern sieht das anders aus! Inzwischen kneift es aber sogar schon die Garnison im Königsschloß, denn die Königin hat Wolvesey versorgt, während sie die Gegenseite aushungert. Nun, und dann war ein Punkt erreicht, an dem sie versuchen mußten, einen Ausweg zu finden.«

»Ich habe es erwartet«, erwiderte Hugh gespannt. »Wie haben sie sich entschieden? Sie konnten ja nur nach Norden oder nach Westen gehen, da die Königin den ganzen Südosten hält.«

»Sie haben eine Truppe, drei- oder vierhundert, so weit ich hörte, nach Norden ausgeschickt, um die Stadt Wherwell einzunehmen und zu versuchen, sich dort eine Basis zu errichten, die es ihnen erlaubte, die Straße nach Andover zu öffnen. Ich weiß nicht, ob sie beim Vorstoß gesehen wurden, oder ob ein Städter sie verriet, denn sie sind in Winchester nicht beliebt. Wie auch immer, William von Ypern und die Männer der Königin umzingelten sie, als sie kaum den Stadtrand erreicht hatten, und schnitten sie in Stücke. Ein großes Morden war es! Der Bursche, der mir dies erzählte, floh, als die Häuser angesteckt wurden, aber er sah die letzten Männer der Kaiserin verzweifelt kämpfen, bis sie das große Nonnenkloster dort erreicht hatten. Und sie hätten sich nicht gescheut, es zu benutzen, sagt er. Sie seien in die Kirche eingedrungen und hätten sie als Festung benutzt, obwohl sich die armen Schwestern dort zu ihrem Schutz versteckt hatten. Die Flamen warfen ihnen Fackeln nach. Es muß ein schlimmer Kampf gewesen sein. Beim Weglaufen konnte der Mann von weitem hören, so erzählte er mir, daß die Frauen kreischten, das Feuer prasselte, und es hätte Kampfgeräusche gegeben, bis die, die übrig geblieben waren, halbversengt herauskommen und sich ergeben mußten. Kein Mann ist dem Tod oder der Gefangennahme entgangen.«

»Und die Frauen?« fragte Hugh entsetzt. »Wollt Ihr mir sagen, daß die Abtei von Wherwell niedergebrannt ist wie der Konvent in der Stadt, wie Hyde Mead?«

»Der Mann hielt nicht inne, um nachzusehen, wieviel geblieben war«, erwiderte der Bote trocken. »Aber auf jeden Fall ist die Kirche bis auf die Grundmauern niedergebrannt, während Männer und Frauen noch drinnen waren – die Schwestern können nicht alle lebendig herausgekommen sein. Und jene, die lebendig herauskamen – Gott allein weiß, wo sie jetzt untergekrochen sind. Es ist in jener Gegend schwer, eine sichere Zuflucht zu finden. Und was die Garnison der Kaiserin angeht, so würde ich sagen, daß ihr jetzt nichts anderes übrigbleibt, als jeden Mann aufzubieten, den sie hat, und zu versuchen, mit schierer Gewalt durch den Ring zu brechen und um ihr Leben zu laufen. Die Chancen stehen schlecht für sie.«

Wirklich, sie standen schlecht, nachdem die Kaiserin drei- oder vierhundert Kämpfer verloren hatte, die wahrscheinlich eigens für diesen Vorstoß, von Anfang an ein gefährlicher Schachzug, ausgesucht worden waren. Es war erst Anfang September, und das Kriegsglück hatte sich gewendet und wieder gewendet, nachdem der König bei der verhängnisvollen Schlacht von Lincoln gefangengenommen worden war, so daß die Kaiserin nach der Krone greifen konnte. Nun liegt ein Würgegriff um den Hals eben dieser Dame, und die Kaiserin selbst ist eine Gefangene, dachte Hugh. Damit haben wir ein Patt, jede Seite kann den Herrscher zurückbekommen und den Kampf noch einmal beginnen, so sinnlos er auch ist! Und das alles auf Kosten der Brüder von Hyde Mead und der Nonnen von Wherwell. Dazu viele andere, die überhaupt keinen Schutz haben, wie die Armen von Winchester.

Der Name Wherwell bedeutete ihm bisher noch nicht mehr als der jedes anderen Konvents, der unglücklicherweise in eine Schlacht verwickelt worden war.

»Dennoch war es ein gutes Jahr für mich«, sagte der Wollhändler und erhob sich, um sich auf den Heimweg zu seinem Tisch und Bett zu machen. »Ich habe gute Preise erzielt, es war die Reise wert.«

Hugh übermittelte diese Neuigkeiten am nächsten Morgen, direkt nach der Prim, in die Abtei, denn alles Wichtige, was ihm zu Ohren kam, wurde sogleich an Abt Radulfus weitergegeben, der diesen Dienst sehr schätzte und auf ähnliche Weise vergalt. Die kirchlichen und weltlichen Amtsinhaber arbeiteten in Shropshire gut zusammen, und außerdem war in diesem Fall ein Benediktinerhaus entweiht und zerstört worden, und die Ordensmitglieder mußten sich gegenseitig nach Kräften beistehen und helfen. Auch in friedlicheren Zeiten hatten Nonnenhäuser meist weniger Ländereien und weniger Möglichkeiten als die Häuser der Mönche und waren oft auf brüderliche Almosen angewiesen, selbst unter einer guten, klugen Regierung. Jetzt aber war alles verwüstet. Bischöfe und Äbte waren aufgerufen, Hilfe zu leisten.

Die Unterredung mit Radulfus im Sprechzimmer des Abtes war eine halbe Stunde vor dem Hochamt beendet, und da er zur Feier bleiben wollte, tat er, was er immer tat, wenn er in der Abtei etwas Zeit übrig hatte. Er suchte Bruder Cadfael in seiner Hütte im Kräutergarten auf.

Cadfael war schon lange vor der Prim aufgestanden, um die Weine und Destillate, die er angesetzt hatte, zu inspizieren und die Beete etwas zu wässern, solange der Boden noch im Schatten lag und nach der Nacht kühl war. Um diese Jahreszeit, wenn die Ernte eingebracht war, machten die Kräuter nicht viel Arbeit, und er brauchte noch nicht um einen Helfer zu bitten, der Bruder Oswin ersetzen konnte.

Als Hugh Cadfaels Reich betrat, sah er diesen gemütlich auf der Bank an der Nordmauer sitzen, wo es um diese Tageszeit angenehm warm, aber nicht zu heiß war. Cadfael betrachtete, hin und her gerissen zwischen Bewunderung und Bedauern, die Rosen, die mit solcher Pracht blühten und doch so bald welken mußten. Hugh setzte sich neben ihn und verstand das gelassene Schweigen ganz richtig als Willkommen.

»Aline meint, es sei höchste Zeit, daß Ihr bald wieder kommt und seht, wie Euer Patenkind gewachsen ist.«

»Ich kann mir gut vorstellen, wie er gewachsen ist«, erwiderte Giles Beringars Pate, der sich seiner großen Verantwortung wohl bewußt war. »Zu Weihnachten noch nicht einmal zwei Jahre alt, und schon zu schwer für einen alten Mann.«

Hugh schnaubte geringschätzig. Wenn Cadfael behauptete, ein alter Mann zu sein, dann wollte er entweder auf etwas hinaus, oder er wollte in Ruhe gelassen werden und eine entsprechende Warnung geben.

»Immer wenn er mich sieht, klettert er an mir hoch wie an einem Baum«, sagte Cadfael verträumt. »Euch wagt er nicht so zu behandeln, Ihr seid ja nicht mehr als ein junger Schößling. Gebt ihm noch fünfzehn Jahre, dann kann er Euch in Stücke reißen.«

»Bestimmt«, erklärte der liebende Vater und streckte den schlanken, leichten Körper wohlig in der stärker werdenden Sonne. »Er war schon bei der Geburt sehr groß – erinnert Ihr Euch? Das war ein Weihnachtsfest, mit meinem Sohn und Eurem... ich frage mich, wo Oliver jetzt ist. Wißt Ihr es?«

»Wie soll ich das wissen? Ich hoffe, er ist bei d'Angers in Gloucester. Sie konnte ja nicht alle Männer nach Winchester mitnehmen; sie muß einige auf ihrer Burg zurückgelassen haben. Warum denkt Ihr jetzt gerade an ihn?«

»Mir ist eingefallen, daß er zu denen gehört haben kann, die von der Kaiserin für den Vorstoß nach Wherwell ausgewählt wurden.« Er erinnerte sich grimmig an den Bericht des Händlers und bemerkte nicht gleich, daß Cadfael zusammenfuhr und ihn anstarrte. »Ich bete, daß Ihr recht habt und daß er außer Gefahr ist.«

»Wherwell? Welcher Vorstoß nach Wherwell?«

Hugh schrak zusammen. »Ich habe ganz vergessen, Euch die letzten Neuigkeiten zu berichten, mit denen ich herkam. Ich selbst erfuhr erst gestern abend davon. Habe ich Euch nicht gesagt, daß sie einen Ausbruch versuchen würden, die Männer der Kaiserin? Nun, sie haben es versucht, Cadfael, und es wurde ihnen zum Verhängnis. Die Kaiserin schickte eine handverlesene Truppe, um Wherwell einzunehmen. Zweifellos hoffte sie, die Straße und den Fluß zu besetzen und einen Weg zu öffnen, um Vorräte heranzuschaffen. William von Ypern hackte sie vor der Stadt in Stücke, und die Überlebenden flohen ins Nonnenkloster und verbarrikadierten sich in der Kirche. Das Gotteshaus ist über ihren Köpfen verbrannt... Gott vergebe diesen Frevel, doch es waren Mauds Männer, die zuerst den heiligen Ort entweihten. Die Nonnen, Gott möge ihnen helfen, hatten in der Kirche Zuflucht gesucht, als der Kampf begann...«

Cadfael saß trotz des Sonnenlichts wie erstarrtes Eis. »Wollt Ihr mir damit sagen, daß es Wherwell genauso erging wie Hyde?«

»Bis auf die Grundmauern verbrannt. Mindestens die Kirche. Der Rest... aber da es so heiß und trocken ist...«

Cadfael, der heftig seinen Arm gepackt hatte, gab ihn ebenso abrupt wieder frei, sprang auf und begann zu rennen. Er rannte wie von Furien gehetzt, wie er seit zwei Jahren nicht mehr gerannt war, als er aus der Burg der Diebe in Titterstone Clee geflohen war. Wenn er einmal in Fahrt gekommen war, konnte er immer noch eine beachtliche Geschwindigkeit entwickeln, und da man unter der Kutte seine Beine nicht sah, bewegte er sich wie eine schnell rollende schwarze Kugel, mit leichtem Schwanken, wie es ein Seemann tut, der eilig ein Ziel erreichen will. Und Hugh, der ihn liebte und kannte und sofort die Dringlichkeit in den Bewegungen seines Freundes spürte, mußte dennoch lachen, als er diesen rennen sah. Es war schon komisch, einem Benediktiner, der wie ein Faß gebaut und mehr als sechzig Jahre alt war und ansonsten einen eher würdevollen Eindruck machte, von hinten beim Rennen zuzusehen.

Cadfael wurde erleichtert langsamer, als er den großen Hof erreichte, denn sie waren noch da und hatten es mit Abschiednehmen nicht eilig. Das Pferd stand, von einem Burschen gehalten, bereit, und Bruder Fidelis zog die Gurte nach, die Nicholas Harnages Bündel und den Mantel hinter dem Sattel hielten. Es gab immer noch keinen Grund zur Eile. Ein langer, sonniger Tag lag vor dem Reiter.

Fidelis trug draußen stets die Kapuze, um sich in seine Schüchternheit zurückzuziehen, die sicher in seiner stummen Zunge begründet war. Er, der sich anderen nicht mit Worten offenbaren konnte, schreckte auch davor zurück, daß sie sich ihm auf andere Weise mitteilten. Nur Humilis hatte einen Weg gefunden, ohne Worte und dennoch beredt mit ihm zu sprechen. Nachdem er die Sattelrolle gesichert hatte, trat der junge Mann bescheiden ein wenig zurück und wartete.

Cadfael näherte sich der Gruppe vorsichtiger, als sein Aufbruch aus dem Garten hätte vermuten lassen. Hugh war in einiger Entfernung gefolgt. Er blieb an der Wand des Gästehauses im Schatten stehen.

»Es gibt Neuigkeiten«, begann Cadfael unvermittelt. »Ihr sollt sie erfahren, ehe Ihr uns verlaßt. Die Kaiserin hat die Stadt Wherwell angegriffen, und es gab einen schrecklichen Kampf. Ihre Streitmacht wurde von der Armee der Königin ausgelöscht. Doch im Kampf wurde die Abtei von Wherwell in Brand gesetzt, und die Kirche brannte bis auf die Grundmauern nieder. Ich weiß keine Einzelheiten, aber soviel ist sicher. Der Sheriff erfuhr gestern abend davon.«

»Von einem verläßlichen Mann«, ergänzte Hugh und kam näher. »Es ist sicher.«

Nicholas starrte Cadfael mit aufgerissenen Augen und aufgesperrtem Mund an, und seine goldene Sonnenbräune wurde bleich und grau wie Schiefer, als alles Blut aus seinen Adern wich. Er brachte ein krächzendes Flüstern heaus: »Wherwell? Sie haben es gewagt...«

»Nicht gewagt«, sagte Hugh traurig. »Es geschah aus nackter Angst. Die Männer, die den Vorstoß machten, wurden umzingelt und suchten ein Versteck und drangen in die Kirche ein. Es entwickelte sich so, wie Ihr gehört habt, wer auch immer den Brand legte. Die Abtei ist verwüstet. Es tut mir leid, das sagen zu müssen.«

»Und die Frauen...? Mein Gott, Julian ist dort... Wißt Ihr etwas über die Frauen?«

»Sie hatten in der Kirche Zuflucht gesucht«, erklärte Hugh. Aber in einem Bürgerkrieg gab es keine Zuflucht, nicht einmal für Frauen und Kinder. »Die Überlebenden ergaben sich – die meisten werden wohl lebendig herausgekommen sein. Aber sicher nicht alle.«

Nicholas tastete blind nach seinem Zaumzeug und befreite sich von der zitternden Hand, die Humilis ihm auf den Arm gelegt hatte. »Laßt mich fort! Ich muß gehen... ich muß gehen und sie suchen.« Er drehte sich noch einmal um und faßte die Hand des älteren Mannes und drückte sie fest. »Ich *werde* sie finden! Wenn sie noch lebt, dann werde ich sie finden und dafür sorgen, daß sie in Sicherheit kommt.« Er fand den Steigbügel und schwang sich in den Sattel.

»Wenn Gott mit Euch ist, dann gebt mir Bescheid«, sagte Humilis. »Laßt es mich wissen, ob sie lebt und sicher untergebracht ist.«

»Das will ich tun, mein Herr, das will ich tun.«

»Aber beunruhigt sie nicht; erwähnt mich nicht. Keine Fragen! Alles, was ich will, alles, was Ihr fragen müßt und was ich wissen will, das ist, ob Gott sie geschützt hat und ob sie das Leben führt, das sie führen wollte. Sie wird sicher irgendwo in einem anderen Kloster einen neuen Platz finden. Wenn sie nur überlebt hat!«

Nicholas nickte stumm, befreite sich mit einem schweren Seufzen von seiner Benommenheit, nahm sein Pferd herum und ritt rasch, ohne ein weiteres Wort und ohne Blick zurück, durchs Torhaus hinaus. Sie starrten ihm nach, während sich draußen, wo das Pflaster endete und die flachgetretene Erde der Vorstadt begann, der schimmernde, leichte Staub im Torbogen langsam wieder setzte.

Cadfael hatte den Eindruck, daß Humilis den ganzen Tag über seine Kräfte bis aufs äußerste beanspruchte, als forderte Nicholas' eilige Reise nach Süden auch hier, in der erzwungenen Stille und Untätigkeit, ihren Tribut, während das Herz lieber mit dem jungen Mann geritten wäre, um welchen Preis auch immer. Und den ganzen Tag über bedachte Fidelis, der nun sogar Rhun vernachlässigte, Humilis mit ganz besonderer, bekümmerter Aufmerksamkeit, Zärtlichkeit und Ängstlichkeit, als hätte er gerade erst bemerkt, daß der Tod schon in der Nähe bereitstand und mit jeder Stunde, die verstrich, einen kleinen Schritt näherrückte.

Humilis ging sofort nach der Komplet zu Bett, und Cadfael, der zehn Minuten später nach ihm sah, fand ihn schon schlafend vor und störte seine Ruhe nicht. Nicht die eiternde Wunde und der verstümmelte Körper quälten Humilis jetzt, sondern ein unklares Gefühl von Schuld dem Mädchen gegenüber. Hätte er sie geheiratet, würde sie jetzt irgendwo auf einem Gut, weit entfernt von Winchester und Wherwell und dem Waffenhandel, sicher auf einer Burg sitzen, statt von Feuer und Gemetzel aus dem selbst erwählten Kloster vertrieben zu werden. Der Schlaf konnte diesem bekümmerten Geist mehr helfen als der Wechsel eines Verbandes seinem Körper. Im Schlaf zeigte er die priesterliche Ruhe einer geschnitzten Figur auf einem Grabstein. Er schlief friedlich. Cadfael zog sich still zurück und ließ ihn, wie Fidelis es wohl auch getan hatte, allein ruhen.

Im süß duftenden Zwielicht machte Cadfael wie gewohnt seinen abendlichen Rundgang durch seine Hütte, um sich zu vergewissern, daß alles an seinem Platz war und um noch ein Gebräu umzurühren, das über Nacht abkühlen sollte. Manchmal, wenn die Abende nach der Tageshitze eine Erfrischung boten, wenn der Himmel voller Sterne und unglaublich hoch war, wenn nach dem Schwinden des Tageslichtes jede Blume und jedes Blatt von innen heraus in prächtigen Farben zu strahlen schien, da kam es ihm wie eine Verschwendung der Gaben Gottes vor, ins Bett zu gehen und das Auge vor diesen Wundern zu verschließen. Es hatte früher hin und wieder unerlaubte nächtliche Ausflüge gegeben – aus guten Gründen, wie er selbst überzeugt war, doch hütete er sich davor, allzu tief zu blicken. Hugh hatte bei diesen Angelegenheiten oft eine Rolle gespielt. Nun gut!

Er trennte sich widerstrebend von seinem Reich und ging durch die Kirche zur Nachttreppe. Die Konturen im weiten Steinschiff waren im Licht der kleinen Altarlampen nur undeutlich zu sehen. Cadfael ging niemals durch die Kirche, ohne einen Augenblick ins Chorgestühl zu treten und St. Winifreds Altar einen Moment der Stille und ein kleines Gebet zu widmen und sich liebevoll an ihre erste Begegnung und dankbar an die Vergebung der Heiligen zu erinnern. Er wollte es auch an diesem Abend so halten, doch dann blieb er abrupt stehen. Einer der Brüder kniete vor dem Altar, und die winzige, rötlich glühende Lampe zeigte Cadfael das gehobene Gesicht, die fest geschlossenen Augen und die im Gebet gefalteten Hände von Fidelis. Und ebenso deutlich sah Cadfael, als er sich ihm vorsichtig näherte, die Tränen, die auf den Wangen des jungen Mannes glitzerten. Sein Gesicht war völlig ruhig, doch die stummen Lippen bewegten sich lautlos im Gebet, und die Tränen quollen zwischen den geschlossenen Lidern hervor und fielen auf seine Brust. Die Schrecken des Tages mochten ihn hergetrieben haben, da nun sein Schutzbefohlener wohlbehalten schlief, um einige inbrünstige Gebete für einen guten Ausgang der Geschichte zu sprechen. Aber warum wirkte sein Gesicht eher wie das eines Büßers und nicht wie das Antlitz eines unschuldig Bittenden? Eines Büßers, der sich der Absolution ganz und gar nicht sicher war!

Cadfael glitt still zur Nachttreppe und überließ den Jungen im Schutze der Kirche seinem unerklärlichen Schmerz.

Die zweite Gestalt, die reglos in der dunkelsten Ecke des Chorgestühls gewartet hatte, regte sich erst, als Cadfael gegangen war, und nachdem einige lange Augenblicke verstrichen waren. Nun schlich sie mit angehaltenem Atem Stück um Stück auf dem kalten Pflaster vor.

Ein nackter Fuß berührte den Saum von Fidelis' Kutte und wurde hastig und vorsichtig zurückgezogen. Eine Hand wurde ausgestreckt und schwebte über dem selbstvergessenen Kopf, sehnte sich nach der Berührung und wagte es doch nicht, ehe sie durch das fortgesetzte Schweigen und die Stille ermutigt wurde. Angespannte Finger senkten sich auf den gelockten Haarkranz, der die Tonsur umgab. Die leichte Berührung ließ die Hand zittern, ähnlich dem ersten Zucken der Blitze in einem heraufziehenden Gewitter. Wenn Fidelis die Berührung gespürt hatte, dann gab er dies nicht zu erkennen. Selbst als die Finger liebevoll seine Haare zausten und seinen Nacken unter der Kapuze streichelten, regte er sich nicht, sondern blieb wie erstarrt auf den Knien hocken und hielt den Atem an.

»Fidelis«, flüsterte eine rauhe und schmerzvolle Stimme nahe an seiner Schulter, »Bruder, du sollst in deinem Kummer nicht allein sein! Wende dich an mich... ich kann dich trösten, ich kann dir alles geben, alles, was du brauchst...«

Die streichelnde Hand wanderte um den Hals, doch bevor sie seine Wange erreichte, kam Fidelis in einer fließenden Bewegung auf die Füße, entschlossen und ohne Angst, und trat zurück. Ohne besondere Eile, vielleicht, weil er nicht bereit war, selbst in diesem trüben Licht allzu schnell sein Gesicht zu zeigen, wandte er sich um und betrachtete den Bruder, der seine Einsamkeit gestört hatte. Denn ein Flüstern verrät nicht, wer der Sprecher ist, und bisher hatte er Bruder Urien kaum zur Kenntnis genommen. Nun aber sah er ihn, und er sah ihn mit großen, besorgten, grauen Augen. Ein dunkler, leidenschaftlicher, gutaussehender Mann, der sich nie hätte hinter diese Mauern verkriechen dürfen. Ein Mann, der brannte und andere mit seiner Glut verbrennen konnte, ehe er endlich abkühlte. Urien erwiderte Fidelis' Blick, sein Gesicht war verzerrt, und seine ausgestreckte Hand wollte zitternd Fidelis' Ärmel fassen, der jedoch ablehnend zurückgezogen wurde, bevor sie zupacken konnte.

»Ich habe dich beobachtet«, hauchte die rauhe, flüsternde Stimme. »Ich weiß, mit welcher Anmut du dich bewegst. Welche Verschwendung deiner Jugend und Schönheit... nein, geh nicht! Niemand sieht uns hier...«

Fidelis wandte sich ab und verließ das Chorgestühl, um zur Nachttreppe zu gehen. Uriens nackte Füße folgten ihm lautlos über die Fliesen, und das gequälte Flüstern drang in Fidelis' Ohren.

»Warum kehrst du meiner Zuneigung und Freundlichkeit den Rücken? Du wirst es gewiß nicht immer tun. Denk an mich! Ich werde warten...«

Fidelis begann die Stufen hinaufzusteigen. Der Verfolger blieb am Fuß der Treppe stehen, zu sehr gequält von seiner Pein, um dorthin zu gehen, wo noch andere Männer wach liegen mochten. »Wie unfreundlich, unfreundlich ...« klagte die dünne Stimme. Und dann, kaum noch hörbar, aber mit großer Bitterkeit: »Wenn nicht hier, dann an einem anderen Ort ... wenn nicht jetzt, dann zu einer anderen Zeit!«

6

Nicholas wechselte auf dem Weg nach Süden zweimal die Pferde. Die Tiere, die er scharf geritten hatte, wurden vorübergehend untergestellt, denn er glaubte, daß er sie sehr bald schon auf dem Rückweg wieder brauchen würde. Er wollte wie versprochen die Neuigkeiten zurückbringen, ob sie nun gut oder schlecht waren. Der Brandgestank, inzwischen alt und beißend, wehte ihm schon einige Meilen vor Wherwell entgegen, und als er die kleine Stadt betrat, fand er sie fast entvölkert und öde vor. Die wenigen Menschen, deren Häuser ohne Plünderung und fast ohne Schaden stehengeblieben waren, durchsuchten ihren Grund und retteten, was zu retten war, doch wer beim Brand sein Haus verloren hatte, hielt sich vorerst zurück, bevor er kam, um es wieder aufzubauen. Denn obwohl der Stoßtrupp aus Winchester entweder ums Leben gekommen oder gefangengenommen war und William von Ypern die Flamen der Königin auf die alten Positionen um die Stadt zurückgezogen hatte, lag dieser Ort immer noch im Belagerungsring und mochte neuen Gewaltakten ausgesetzt werden.

Nicholas bahnte sich mit bangem, ängstlichem Herzen einen Weg zur Enklave des Nonnenklosters, einst eins der drei größten in der Grafschaft, bis die Katastrophe über die Gebäude gekommen war und die Hälfte zerstört und den Rest unbewohnbar gemacht hatte. Die Mauern der Kirche standen hager und geschwärzt vor dem wolkenlosen Himmel, die Wände waren gezackt und verfärbt wie verfaulte Zähne. Im Friedhof der Nonnen gab es frische Gräber. Die Überlebenden waren fort, denn hier gab es kein Heim mehr für sie. Er betrachtete mit bangem Herzen die frisch aufgeworfene Erde und fragte sich, wessen Töchter darunter lagen. Man hatte keine

Zeit gehabt, mehr zu tun, als sie zu begraben. Die Gräber trugen keine Namen.

Er wollte nicht daran denken, daß sie dort liegen konnte. Er suchte die Gemeindekirche und fand den Priester, der unter seinem Dach und in der Scheune zwei heimatlose Familien aufgenommen hatte. Ein ausgemergelter alternder Mann in einem schäbigen Gewand, das dringend geflickt werden mußte.

»Die Nonnen?« fragte er, indem er aus der niedrigen, dunklen Tür trat. »Die haben sich verstreut, die armen Seelen, wir wissen nicht wohin. Drei von ihnen starben in den Flammen. Drei, von denen wir wissen, aber dort unter dem Schutt können noch mehr liegen. Im ganzen Hof wurde gekämpft, und die Flamen zerrten ihre Gefangenen aus der Kirche, aber keine Seite kümmerte sich um die Frauen. Angeblich sind einige nach Winchester geflohen, obwohl sie dort kaum in Sicherheit sein werden, aber der Herr Bischof muß versuchen, etwas für sie zu tun, denn ihr Haus war mit dem Alten Münster verbündet. Die anderen... ich weiß es nicht! Ich hörte, daß die Äbtissin auf ein Gut in der Nähe von Reading geflohen ist, wo sie Verwandte hat, und sie mag einige mit sich genommen haben. Aber hier herrscht Verwirrung – wer könnte es sagen?«

»Wo liegt dieses Gut?« fragte Nicholas hitzig, doch die Antwort bestand nur in einem müden Kopfschütteln.

»Das war alles, was ich hörte – ich weiß nicht, wo es ist. Vielleicht ist es auch gar nicht wahr.«

»Und kennt Ihr, Vater, die Namen der Schwestern, die den Tod fanden?« Er zitterte, als er diese Frage stellte.

»Mein Sohn«, erwiderte der Priester mit unendlicher Resignation, »was wir fanden, konnte keinen Namen mehr tragen. Und wir müssen noch nach anderen suchen, wenn wir genug zum Essen gefunden haben, um die Überlebenden bei Kräften zu halten. Die Männer der Kaiserin plünderten als erste unsere Häuser, dann kamen die Flamen. Wer hier noch etwas hat, muß mit denen teilen, die nichts mehr haben. Und keiner von uns hat viel übrig, bei Gott!«

Auch er hatte kaum materielle Güter übrig, nur müdes, aber unerschütterliches Mitgefühl. Nicholas hatte Brot und Fleisch in der Satteltasche, als Vorrat gekauft beim letzten Pferdewechsel auf der Straße. Er nahm die Speisen heraus und gab sie dem alten Mann in die Hände; ein winziger Tropfen in einem hungrigen Ozean, aber das Geld in seiner Börse konnte hier, wo es nichts gab, nichts kaufen. Sie mußten das Umland heimsuchen, um die Leute hier zu speisen. Er überließ sie ihren beharrlichen Mühen und ritt langsam durch die Trümmer Wherwells, fragte hier und dort nach, ob jemand ihm Genaueres zu sagen vermochte. Alle wußten, daß sich die Schwestern verstreut hatten, doch niemand konnte sagen wohin. Und der Name einer einzelnen Frau sagte ihnen nichts, zumal Julian die Gelübde vielleicht nicht einmal unter ihrem weltlichen Namen abgelegt hatte. Dennoch fragte er überall nach und beschrieb allen die unersetzliche Schönheit Julian Cruces, die sie von allen anderen Frauen unterschieden haben mußte.

Von Wherwell aus ritt er nach Winchester. Als Soldat der Königin konnte er ohne Schwierigkeiten den Fesselungsring durchdringen, und in der Stadt wurde klar, daß die Partei der Kaiserin sehr bedrängt war und sich nicht weit aus der engen Festung auf der Burg herauswagte. Aber die Nonnen von Winchester, einst selbst in Gefahr, die jetzt freier atmen durften, konnten ihm nichts über Julian Cruce sagen. Sie hatten einige Schwestern aus Wherwell aufgenommen und versorgt, aber Julian war nicht unter ihnen gewesen. Nicholas sprach mit einer älteren Schwester, die freundlich und hilfsbereit war, doch sie konnte ihm nicht helfen.

»Herr, ich kenne diesen Namen nicht. Aber bedenkt, daß ich ihn auch nicht kennen kann, da diese Dame wahrscheinlich einen ganz anderen Namen annahm, als sie ihre Gelübde ablegte. Wir fragen unsere Schwestern nicht, woher sie kommen oder wer sie waren, solange sie es uns nicht aus freien Stücken sagen. Und ich bekleide kein Amt, in dem mir solches Wissen einfach zugetragen würde. Unsere Äbtissin könnte Euch sicher eine Antwort geben, doch wir wissen nicht, wo sie ist. Ebenso unsere Priorin. Wir sind genauso ratlos wie Ihr. Aber Gott wird uns finden und uns wieder zusammenbringen. Und ebenso wird er die finden, die Ihr sucht.«

Sie war eine kluge, bewegliche, verwitterte Frau, mager wie eine Mücke, aber unverwüstlich wie Flachs. Sie beäugte ihn leicht amüsiert und mitfühlend und fragte unverblümt: »Seid Ihr mit dieser Julian verwandt?«

»Nein«, erwiderte Nicholas knapp, »aber beinahe wäre ich es geworden, und ein sehr naher Verwandter sogar.«

»Und jetzt?«

»Ich will wissen, ob sie lebt, ob sie in Sicherheit und zufrieden ist. Weiter steckt nichts dahinter. Wenn sie gut aufgehoben ist, dann möge Gott sie beschützen, und ich will es zufrieden sein.«

»Ich an Eurer Stelle«, erklärte die Nonne, nachdem sie ihn noch einige Augenblicke schweigend gemustert hatte, »würde nach Romsey gehen. Der Ort ist weit genug entfernt, um sicher zu sein, und es ist das größte Benediktinerhaus in der ganzen Gegend. Gott weiß, welche unserer Schwestern Ihr dort findet, aber es werden gewiß einige dort sein, und vielleicht auch die Äbtissin.«

Trotz seiner weiten Reisen war er noch jung und unschuldig genug, um von jedem Beweis von Vertrauen und Güte stark bewegt zu werden. Zum Abschied küßte er ihre Hand, als sei sie in einem Festsaal seine Gastgeberin gewesen. Sie war ihrerseits zu alt und zu erfahren, um zu erröten oder sich zu sträuben, doch als er fort war, blieb sie eine lange Weile schweigend und lächelnd sitzen, bevor sie sich wieder zu ihren Schwestern gesellte. Er war ein sehr ansehnlicher junger Mann.

Nicholas ritt die etwa zwölf Meilen bis Romsey in düsterem Schweigen. Er war sich wohl bewußt, daß er sich einer Antwort näherte, die ihm womöglich überhaupt nicht gefallen würde. Nachdem er Winchester verlassen und im Südwesten offenes Land erreicht hatte, drohte ihm keine Gefahr mehr, denn in dieser Gegend herrschte unumstritten die Königin. Es war ein schönes, sanft gewelltes Land und schon vor den Ausläufern des großen Waldes mit zahlreichen Bäumen bestanden. Er erreichte das Torhaus der Abtei im Herzen der kleinen Stadt erst spät am Abend und mußte am Tor läuten. Die Pförtnerin lugte durchs Gitter heraus und fragte nach seinem Begehr. Er beugte sich freundlich vor das Gitter und blickte in zwei klare, alte Augen in einem Kranz aus Falten.

»Schwester, habt Ihr hier einige Nonnen aus Wherwell aufgenommen? Ich wollte hören, wie es einer von ihnen geht, konnte sie aber dort nicht finden.«

Die Pförtnerin beäugte ihn mißtrauisch und sah ein junges, von der Reise schmutziges und müdes Gesicht. Ein einsamer junger Mann, der es ernst meinte und keine Bedrohung darstellte. Selbst hier in Romsey hatte man gelernt, das Tor nur mit Vorsicht zu öffnen, doch die Straße hinter ihm lag leer und still, und das Zwielicht über der kleinen Stadt schien friedlich.

»Die Priorin ist mit drei Schwestern gekommen«, erklärte sie, »aber ich glaube nicht, daß die drei Euch viel über die anderen sagen können. Doch kommt nur herein. Ich will fragen, ob die Priorin mit Euch sprechen will.«

Schloß und Kette wurden geöffnet, das Tor ging auf, und er trat in den Hof. »Wer weiß?« sagte die Pförtnerin freundlich, während sie hinter ihm das Tor wieder schloß. »Eine der drei mag die sein, die Ihr sucht. Ihr könnt es immerhin versuchen.«

Sie führte ihn durch trüb beleuchtete Flure in ein kleines, holzgetäfeltes Sprechzimmer, das von einer winzigen Lampe erhellt wurde, und ließ ihn dort allein. Das

Abendmahl war schon lange vorbei, vielleicht sogar die Komplet, und die Schlafenszeit nahte. Sie würden ihn rasch zufriedenstellen wollen, soweit das überhaupt möglich war, um ihn vor Einbruch der Nacht wieder aus ihrer Enklave zu bekommen.

Er fand nicht die Ruhe, sich zu setzen, sondern wanderte im Zimmer herum wie ein eingesperrter Bär. Schließlich wurde eine zweite Tür geöffnet, und die Priorin von Wherwell trat leise ein. Sie war eine kleine, rundliche, rosige Frau, die ein bemerkenswert entschlossenes Gesicht und außerordentlich energisch blickende braune Augen hatte. Sie musterte ihren Besucher mit einem durchdringenden Blick von Kopf bis Fuß, während er seine Ehrenbezeugung machte.

»Man sagte mir, daß Ihr nach mir gefragt habt. Was kann ich für Euch tun?«

»Gnädige Frau«, erwiderte Nicholas, der bangend dem entgegensah, was kommen mochte, »ich war weit im Norden, in Shropshire, als ich vom Untergang Wherwells hörte. Im Kloster war eine Schwester, von deren Berufung ich gerade erst erfahren hatte, und nun will ich wissen, ob sie lebt und nach den Unruhen in Sicherheit ist. Vielleicht auch mit ihr sprechen, um mich selbst zu vergewissern, daß es ihr gutgeht, wenn dies erlaubt werden kann. Ich fragte in Wherwell nach ihr, doch konnte ich dort nichts erfahren – ich kenne nur den Namen, den sie in der Welt dort draußen trug.«

Die Priorin bot ihm mit einer Handbewegung einen Stuhl an und setzte sich ihm gegenüber, so daß sie sein Gesicht beobachten konnte.

»Darf ich Euren Namen erfahren, Herr?«

»Mein Name ist Nicholas Harnage. Ich war Knappe bei Godfrid Marescot, bis dieser in Hyde Mead die Kutte nahm. Er war früher einmal mit dieser Dame verlobt, und nun will er wissen, ob sie wohlbehalten untergekommen ist.«

Sie nickte angesichts dieses verständlichen Wunsches,

zog aber trotzdem nachdenklich und etwas verwirrt die Augenbrauen zusammen. »Diesen Namen kenne ich; Hyde war stolz, ihn gewonnen zu haben. Aber ich habe nichts gehört von ... wie war der Name der Schwester, die Ihr sucht?«

»In der Welt hieß sie Julian Cruce, die Tochter einer angesehenen Familie aus Shropshire. Die Schwester, mit der ich in Wherwell sprach, hatte ihren weltlichen Namen nie gehört, doch kann Julian einen anderen Namen angenommen haben, als sie ins Kloster eintrat. Ihr aber werdet gewiß beide Namen kennen.«

»Julian Cruce?« wiederholte sie. Sie richtete sich auf und kniff nachdenklich die scharfen Augen zusammen. »Junger Herr, irrt Ihr Euch da auch nicht? Seid Ihr sicher, daß sie nach Wherwell kam und nicht in ein anderes Haus?«

»Nein, ich bin sicher. Es war Wherwell«, erwiderte er ernst. »Ich erfuhr es von ihrem eigenen Bruder, der sich wohl kaum geirrt hat.«

Einen Moment lang herrschte ein gespanntes Schweigen. Sie dachte nach und schüttelte stirnrunzelnd den Kopf. »Wann trat sie in den Orden ein? Es kann noch nicht lange her sein!«

»Vor drei Jahren, gnädige Frau. Das Datum weiß ich nicht, aber es war wohl etwa einen Monat, nachdem mein Herr die Kutte genommen hatte, und das war Mitte Juli.« Er ängstigte sich ob der seltsamen Aufnahme seiner Worte. Sie schüttelte zweifelnd den Kopf und betrachtete ihn mit einer Mischung aus Mitgefühl und Verwirrung. »Vielleicht geschah dies, bevor Euch Euer Amt übertragen wurde...«

»Mein Sohn«, sagte sie trocken, »ich bin jetzt seit mehr als sieben Jahren Priorin, und ich kenne die Namen aller unserer Schwestern, die weltlichen wie die Ordensnamen, und es gab keinen Eintritt, bei dem ich nicht Zeugin war. Aber ich muß Euch leider sagen, da besteht für mich nicht der geringste Zweifel, daß keine Julian Cruce um Aufnahme in Wherwell bat. Ich habe diesen Namen nie gehört und kenne keine Frau, die ihn getragen hat.«

Er konnte es nicht glauben. Er starrte sie an und strich sich benommen über die Stirn. »Aber... das ist unmöglich! Sie brach mit einer Eskorte auf und nahm eine Mitgift für ihren Eintritt mit. Sie erklärte ihre Absicht, nach Wherwell zu gehen, das ganze Haus wußte es, der Vater wußte es und gab seine Erlaubnis. Es ist, ich kann es beschwören, gnädige Frau, kein Irrtum möglich. Sie ritt nach Wherwell.«

»Dann fürchte ich«, erwiderte die Priorin ernst, »daß Ihr woanders Fragen zu stellen habt, und zwar sehr ernste Fragen. Denn glaubt mir, so sicher wie Ihr seid, daß sie zu uns gereist ist, so sicher bin ich, daß sie nie angekommen ist.«

»Aber was hätte sie aufhalten können?« fragte er drängend. Er wand sich unter den schrecklichen Vorstellungen. »Zwischen ihrem Heim und Wherwell...«

»Zwischen ihrem Heim und Wherwell liegen viele Meilen«, erwiderte die Priorin. »Und in dieser Welt können viele Dinge die Verwirklichung der Pläne von Männern und Frauen verhindern. Die Unruhen des Krieges, Unglücksfälle auf der Reise, die Bosheit anderer Menschen.«

»Aber sie hatte eine Eskorte, die ihren Weg sichern sollte!«

»Dann müßt Ihr Euch bei jenen Männern erkundigen«, erwiderte sie sanft, »denn offensichtlich haben sie versagt.«

Es war sinnlos, sie weiter zu drängen. Er saß wie betäubt und völlig benommen am Tisch. Sie wußte, was sie sagte, und wenigstens hatte sie ihm die einzige Spur gewiesen, die noch existierte. Was nützte es, weiter in dieser Gegend zu suchen, solange er nicht die angebotene Spur verfolgt hatte. Er mußte Julians Ritt von Lai nachvollziehen, vom Ausgangspunkt aus. Vier Bewaffnete, hatte Reginald gesagt, hatten sie begleitet, unter ihnen ein Jäger, der sie seit ihrer Kindheit sehr geliebt hatte. Sie mußten noch in Reginalds Diensten stehen und konnten dort befragt werden. Sie mußten sich verantworten, da sie ihren Auftrag nicht ausgeführt hatten.

Die Priorin war schon aufgestanden, um dem Besucher zu zeigen, daß das Gespräch beendet und er entlassen sei, doch sie hatte noch etwas zu sagen.

»Ihr sagt, sie habe eine Mitgift für den Eintritt bei sich gehabt? Ich weiß natürlich nicht, wie hoch sie war, aber... es gibt böse Menschen auf den Straßen...«

»Sie hatte vier Männer bei sich, sie zu bewachen!« rief Nicholas in einem letzten verzweifelten Aufbegehren.

»Und die wußten, was sie bei sich hatte? Gott verhüte«, erklärte die Priorin, »daß ich einen anständigen Mann verdächtige, aber leider leben wir in einer Welt, in der von vier Männern zumindest einer käuflich sein kann.«

Er ging immer noch benommen in die Stadt, unfähig, mit kühlem Kopf nachzudenken, unfähig, zu begreifen und zu fassen, was er schweren Herzens schon ahnte. Es wurde dunkel, und er war zu müde, um ohne Schlaf weiterzureisen. Außerdem mußte er sein Pferd versorgen. Er fand ein Wirtshaus, das ihm ein schlichtes Bett und seinem Tier einen Stall und Futter zur Verfügung stellen konnte. Er lag lange wach, bevor sein erschöpfter Körper endlich sein Recht forderte.

Er hatte eine Antwort, aber er wußte nicht, wie er sie verstehen sollte. Sicher war, daß sie nie durch die Tore von Wherwell getreten war, und deshalb war sie auch nicht im Feuer gestorben. Aber – drei Jahre und kein Wort und kein Zeichen! Ihr Bruder hatte sich nicht um die Halbschwester gekümmert, die er kaum kannte, da er sie wohlbehalten an einem Ort glaubte, den sie selbst gewählt hatte. Und nie war eine Nachricht von ihr gekommen. Wer hätte sich auch wundern oder nach ihr fragen sollen? Klosterfrauen sind in ihrer Gemeinschaft gut aufgehoben, sie haben ihre Schwestern um sich und brauchen die Welt nicht mehr – und was könnte die Welt noch von ihnen erwarten? Drei Jahre Schweigen sind bei einer Frau, die das Schweigen zu pflegen gelobt hat, nichts Ungewöhnliches; aber drei Jahre Schweigen wurden jetzt zu einem Abgrund, in den Julian Cruce gestürzt sein konnte wie in einen Ozean, um spurlos zu versinken.

Nun blieb nichts weiter zu tun, als eilig nach Shrewsbury zurückzureiten, den schlimmen Fehlschlag seiner Mission zu gestehen und nach Lai weiterzuziehen, um Reginald Cruce die gleiche schreckliche Geschichte zu erzählen. Nur dort konnte er hoffen, einen weiteren Faden zu finden, dem er folgen konnte. Er machte sich früh am Morgen auf den Rückweg nach Winchester.

Am Spätvormittag erreichte er die Stadt. Er hatte sie klugerweise nicht auf direktem Wege durchs Westtor verlassen, das vom Königsschloß mit der feindlichen und inzwischen sicher verzweifelten Garnison beherrscht wurde. Doch einige Zeit, bevor er die Stelle erreichte, an der er vorsichtshalber nach Osten abbiegen und die Stadt im Süden bis zu einem sicheren Eingang umrunden wollte, bemerkte er vor sich ein wirres Gemurmel, das sich von leisem Murren zu pochendem Lärm verstärkte, zu einem stählernen Klirren, zu Krachen und Schreien, zu den Geräuschen eines Kampfes, eines nahen und heftigen und verzweifelten Kampfes. Das Zentrum schien links vor ihm zu liegen, ein gutes Stück von der Stadt entfernt, und die Luft in dieser Richtung war erfüllt von glitzerndem Staub, der von kämpfenden und fliehenden Menschen aufgewirbelt wurde.

Nicholas gab sofort den Gedanken auf, zum bischöflichen Hospiz in St. Cross oder zum Osttor abzuschwenken, und ritt mit voller Geschwindigkeit zum Westtor. Und dort sah er die Bewohner Winchesters rufend und aufgeregt ins offene Sonnenlicht hervorbrechen. Die Straßen waren voller Menschen, die laut, überschwenglich und furchtlos riefen. Alle erkundigten sich schreiend nach Neuigkeiten oder teilten laut brüllend die Neuigkeiten mit, die sie wußten. Anscheinend hatten sie all die Verstohlenheit und Vorsicht abgeschüttelt, die sie so lange gehemmt hatte.

Nicholas faßte einen großen Mann an der Schulter und brüllte ihm seine Frage ins Ohr: »Was ist hier los? Was ist geschehen?«

»Sie sind fort! In der Morgendämmerung hinausmarschiert, die Frau und ihr königlicher Onkel aus Schottland und alle ihre Anführer! Es hat sie wenig gekümmert, als wir gemeinen Menschen am Verhungern waren, aber als sie selbst der Hunger biß, das war etwas anderes. Hinaus sind sie, alle zusammen – zuerst sogar noch in guter Ordnung. Aber Ihr solltet sie jetzt sehen! Die Flamen haben sie aus der Stadt gelassen, ehe sie zuschlugen, damit uns nichts zustieß. Da drüben gibt's was zu holen!«

Sie warteten ab, diese rachsüchtigen Händler und Handwerker aus Winchester, sie hielten sich zurück, bis der Schlachtlärm in der Ferne verklungen war. Vor Einbruch der Nacht würde es Plünderungen geben. Kein Mensch kann, mit Helm und Kettenhemd befrachtet, schnell reiten. Selbst die Schwerter würden sie fortwerfen, um das Gewicht zu vermindern, das ihre Pferde tragen mußten. Und selbst wenn sie optimistisch genug waren, um zu glauben, daß sie ihre Wertsachen mitnehmen konnten, würde es ausgiebige Plünderungen geben, bevor der Tag verstrichen war.

Also war er gekommen, der erwartete Versuch, den eisernen Ring der Armee der Königin zu sprengen, doch er war zu spät gekommen, um Erfolgsaussichten zu bieten. Nach der Katastrophe in Wherwell mußte selbst die Kaiserin eingesehen haben, daß sie ihre Stellung nicht mehr halten konnte.

Im Nordwesten, über der Straße nach Stockbridge und den ansteigenden Hügeln, waberte ein glitzernder

Schleier aus Staub, der rollte und tanzte und sich ausbreitete, während sich die Reiter zurückzogen. Nicholas machte sich auf, der Wolke zu folgen, wie es bereits die mutigsten, die gierigsten oder die rachsüchtigsten Städter zu Fuß taten. Zu Pferd überholte er sie rasch und stieß im welligen Hügelland allein auf die ersten Spuren des Angriffs, dem die Armee der Kaiserin zum Opfer gefallen war. Ein einsamer gefallener Krieger, ein lahmes, streunendes Pferd, ein schwerer Schild, achtlos fortgeschleudert, der erste von vielen. Eine Meile weiter war der Boden mit Waffen und abgerissenen Stücken von Rüstungen übersät, die auf der Flucht fortgeworfen worden waren, mit Helmen, Kettenhemden, Satteltaschen, Kleidern, Münzen und Silberschmuck, feinen Gewändern und Silberbesteck von den Tischen der Adligen, denn auf all dies konnte man verzichten, wenn es ums nackte Leben ging. Aber nicht einmal um diesen Preis hatten alle ihr Leben retten können. Im Gras lagen zertrampelte, entstellte Leichen, erschreckte Pferde rannten im Kreis herum, einige Tiere, die beinahe zu Tode geritten worden waren, lagen keuchend am Boden. Es war keine Schlacht gewesen, sondern eine Strafexpedition, worauf eine entsetzte, überstürzte Flucht gefolgt war.

Er hatte angehalten und starrte elend und staunend die Szene an, während sich vor ihm Fliehende und Verfolger unter der glänzenden Wolke dem Fluß Test und der Stadt Stockbridge näherten. Er ritt nicht weiter, sondern machte sich auf den Rückweg zur Stadt; an diesem Tagewerk wollte er nicht teilhaben. Kurz darauf kamen ihm die ersten Plünderer entgegen, die gierig die bitteren Früchte des Sieges einsammelten.

Drei Tage später ritt er am frühen Nachmittag wieder in den großen Hof der Abtei von Shrewsbury ein, um das Versprechen zu erfüllen, das er gegeben hatte. Bruder Humilis war bei Cadfael im Kräutergarten. Er saß im Schatten, während Fidelis aus dem reichhaltigen Angebot an Pflanzen einige Zweige und Ranken auswählte, die er als Vorlage für die Illustration eines großen Anfangsbuchstabens brauchte; er nahm Zaunrüben, Flokkenblumen und Ochsenzunge und einige verschlungene Wickenranken, die sich gut für die Umrahmung der Buchstaben eigneten. Der junge Mann interessierte sich für Kräuter und ihre Anwendungen und half manchmal bei der Herstellung der Arzneien, die Cadfael zur Behandlung von Humilis benutzte. Er behandelte die Pflanzen mit tiefer, stiller Hingabe, als wäre seine Liebe die letzte Zutat, die noch nötig war, damit die Arznei ihre volle Wirkung entfalten konnte.

Der Pförtner, der Nicholas inzwischen gut genug kannte, erklärte ihm ohne Nachfrage, wo Humilis zu finden sei. Das Pferd blieb angebunden am Torhaus zurück, denn Nicholas wollte gleich nach Lai weiterreiten. Er schritt energisch auf dem Kiesweg um die Ecke der gestutzten hohen Hecke, hinter der Humilis an der Südwand auf der Bank saß. Nicholas war so auf Humilis konzentriert, daß er ohne einen Blick an Fidelis vorbeiging, und der junge Bruder, der durch diese plötzliche und schweigende Ankunft erschrak, drehte ihm den entblößten Kopf und das unbedeckte, sonnenbeschienene Gesicht zu, doch er verfiel sofort wieder in seine gewohnte Zurückhaltung und hielt sich von der Begegnung fern, die in einem früheren Treueschwur begründet war. Er zog sich sogar die Kapuze über den Kopf und wich still in den Schatten zurück.

»Mein Herr«, sagte Nicholas, indem er vor Humilis die Knie beugte und die beiden zur Umarmung ausgestreckten Hände faßte, »Euer trauriger Diener!«

»Oh, nur das nicht!« sagte Humilis mitfühlend. Er befreite seine Hände, um den Jungen auf die Füße zu ziehen. Er sah ihm forschend ins Gesicht. »Nun«, sagte er schließlich mit einem kurzen, traurigen Lächeln, »wie ich sehe, zeigt Euer Gesicht nicht das Strahlen des Erfolges. Ihr wärt nicht so schnell zurückgekehrt, wenn Ihr gar nichts gefunden hättet, aber wie ich sehe, war es nicht das, was Ihr erhofft habt. Julian habt Ihr wohl nicht gefunden. Wenigstens«, sagte er, indem er ihn noch einmal beäugte und seine Worte vorsichtig wählte, »nicht lebend...«

»Weder lebend noch tot«, erwiderte Nicholas rasch, um die schlimmste Befürchtung zu entkräften. »Nein, es ist nicht, was Ihr glaubt – es ist anders, als wir uns hätten träumen lassen.« Nun, da es ans Erzählen ging, konnte er die schlimmen Nachrichten nur noch so aufrichtig wie möglich herausplatzen lassen, damit er es hinter sich hatte. »Ich suchte in Wherwell und in Winchester nach ihr, bis ich die Priorin von Wherwell in ihrer Zuflucht in der Abtei von Romsey fand. Sie hat das Amt seit sieben Jahren inne, und sie kennt jede Schwester, die seitdem aufgenommen wurde. Julian Cruce war nicht unter ihnen. Was immer aus Julian geworden ist, sie kam nie in Wherwell an, sie leistete nicht ihre Gelübde, sie hat niemals dort gelebt – und kann deshalb auch nicht dort gestorben sein. Ein Irrweg!«

»Sie ist nie dort angekommen?« wiederholte Humilis in ungläubigem Flüstern. Er starrte mit finsterer Miene in den sonnigen Garten hinaus.

»Nie! Anscheinend«, erklärte Nicholas bitter, »komme ich immer drei Jahre zu spät. Drei Jahre! Wo mag sie nur diese Zeit verbracht haben, ohne ein Wort verlauten zu lassen und nicht an dem Ort lebend, an dem sie ihren Frieden finden wollte? Was mag ihr zwischen hier und Wherwell geschehen sein? Das Land war damals ruhig, die Straßen einigermaßen sicher. Und vier gut gerüstete Männer begleiteten sie.«

»Und die Männer kamen zurück«, sagte Humilis scharf. »Sie kamen zurück, denn sonst wäre Cruce schon vor langer Zeit mißtrauisch geworden und hätte Fragen gestellt. In Gottes Namen, was haben sie nur berichtet, als sie zurückkehrten? Nichts Schlechtes! Und keine schlimme Nachricht von einem anderen Mann, denn sonst hätte es sofort einen Aufschrei gegeben. Keine schlimme Nachricht von den Begleitern, denn sonst wären sie womöglich überhaupt nicht zurückgekehrt. Es wird immer undurchsichtiger.«

»Ich will nach Lai«, sagte Nicholas und erhob sich. »Ich will es Cruce mitteilen und ihn jene suchen und befragen lassen, die mit ihr ritten. Die Männer seines Vaters sind jetzt die seinen, ob auf Lai oder auf einem anderen Gut. Sie können uns zumindest verraten, was sie von ihr trennte und ob Julian sie etwa närrischerweise entließ, um die letzten Meilen allein zu reiten. Ich werde nicht ruhen, bis ich sie gefunden habe. Und wenn sie noch lebt, dann *werde* ich sie finden!«

Humilis hielt ihn am Ärmel fest. Er runzelte zweifelnd die Stirn. »Aber Euer Kommando... Ihr könnt Eure Pflichten nicht so lange vernachlässigen.«

»Mein Kommando«, erwiderte Nicholas, »wird für eine Weile auch ohne mich zurechtkommen. Ich habe es an einem sicheren Ort in der Nähe von Andover zurückgelassen. Die Männer leben dort von dem, was das Land bietet, und meine Vertreter sind alte Kämpfer, die mich gut ersetzen können. Denn ich habe Euch erst die Hälfte erzählt. Ich habe genug mit mir selbst zu tun, ich habe keine Zeit für Könige. Sprachen wir nicht beim letztenmal darüber, daß die Kaiserin bald einen Ausbruch aus Winchester versuchen müßte, weil sie sonst verhungern würde? Sie hat es versucht. Nach der Niederlage bei Wherwell muß ihr klar geworden sein, daß sie ihre Stellung nicht mehr halten konnte. Vor drei Tagen marschierte sie gen Westen nach Stockbridge. William de Warenne und die Flamen überfielen die Truppe und schlugen sie in Stücke. Es war kein Rückzug, es war überstürzte Flucht. Sie haben alles weggeworfen, was ihnen zu schwer schien. Wenn die Kaiserin je sicher nach Gloucester gelangt, dann wird sie halbnackt sein. Ich halte noch einmal in der Stadt und unterrichte Hugh Beringar.«

Bruder Cadfael, der in einiger Entfernung ohne großen Eifer in den Kräuterbeeten gejätet und mit gespitzten Ohren und kochendem Blut alles mitbekommen hatte, richtete sich nun auf.

»Und die Kaiserin selbst? Wurde sie nicht gefangen?« Eine Kaiserin wäre ein guter Tausch gegen einen König, selbst wenn es kein Ende, sondern nur ein Patt wäre, worauf der Kampf um das erschöpfte Land von neuem beginnen würde. Hätte Stephen die unversöhnliche Dame mit seiner wagemutigen Kavallerie gefangen, dann hätte er ihr wahrscheinlich ein frisches Pferd und eine Eskorte gegeben, um sie nach Gloucester auf ihre eigene Burg zu schicken; doch die Königin war keine so großmütige Närrin und wußte eine gefangene Feindin besser zu nutzen.

»Nein, Maud ist davongekommen. Ihr Bruder ist mit Brian FitzCount vorausgeritten, um ihren Weg zu sichern, und blieb später zurück, um die Nachhut zu befehligen und die Verfolger aufzuhalten. Nein, es ging noch besser! Er hätte ohne sie weiterkämpfen können, aber sie kann es kaum ohne ihn. Die Flamen haben die Abteilung bei Stockbridge gefaßt, als sie den Fluß überqueren wollte, und alle Überlebenden gefangengenommen. Wir haben einen, der dem König ebenbürtig ist: Robert von Gloucester!«

7

Ob Reginald Cruce nun für seine Halbschwester, die so viele Jahre jünger war als er und die er so selten gesehen hatte, eine tiefe Zuneigung empfand oder nicht, er war auf keinen Fall der Mann, eine Beleidigung oder Verletzung einer Familienangehörigen unwidersprochen hinzunehmen. Was immer einem Cruce zustieß, betraf auch ihn und ließ ihn gleich einem Jagdhund die Nackenhaare sträuben. Er hörte sich die Geschichte mit wachsendem Unmut und Zorn an, was um so furchterregender wirkte, als er verbissen schwieg und sich eisern beherrschte.

»Und all dies steht außer Zweifel?« fragte er schließlich. »Ja, die Frau wird schon wissen, was sie sagt. Das Mädchen kam nie dort an. Ich war an der Angelegenheit nicht beteiligt, ich war nicht hier und konnte weder den Abschied noch die Rückkehr miterleben, aber wir werden schon sehen! Immerhin weiß ich die Namen der Männer, die mit ihr ritten, denn mein Vater erzählte mir auf dem Totenbett von dieser Reise. Er schickte vertrauenswürdige Männer, die ihm sehr nahestanden – wer hätte das nicht getan, wenn es um die eigene Tochter ging. Und er gab ihr eine Mitgift. Wartet!«

Er rief zur Hallentür hinaus nach seinem Aufseher, und aus dem verblassenden Tageslicht und der jetzt, in der Dämmerung, abkühlenden Luft, kam ein grauer älterer Mann herein, dessen Haut getrocknet und gegerbt schien wie altes Leder; doch war er sehr beweglich und sehnig. Er mochte sogar älter sein als der Herr, den er verloren hatte, und er zeigte keine besondere Ehrfurcht. Offenbar war er unumstrittener Herr seines Aufgabenbereichs und sich seines Wertes bewußt. Er sprach als Gleichgestellter und fühlte sich in dieser Stellung wohl.

»Arnulf, Ihr erinnert Euch sicher an die Männer, die

mein Vater damals schickte, um meine Schwester in ihren Konvent zu begleiten«, sagte Reginald, indem er ihm mit einer Hadbewegung einen Platz am Tisch anbot. Anscheinend erkannte er den Mann wirklich als Gleichgestellten an. »Es waren die Sachsenbrüder Wulfric und Renfred, John Bonde und ein vierter, dessen Name ich nicht weiß. Er wurde, soweit ich mich erinnere, kurz nach meiner Ankunft hier eingezogen...«

»Adam Heriet«, sagte der Aufseher sofort und zog das Trinkhorn heran, das sein Herr ihm gefüllt hatte. »Was ist mit ihnen?«

»Ich will sie hier haben, Arnulf, alle vier.«

»Sofort, mein Herr?« Wenn er überrascht war, dann hatte er sich schnell in die Gewalt bekommen.

»Sofort oder so schnell wie möglich. Doch zuerst beantwortet mir eine Frage. Sie alle gehörten zu den Vertrauten meines Vaters, und Ihr kennt sie besser, als ich sie je kannte. Haltet Ihr sie für vertrauenswürdig?«

»Auf jeden Fall«, erwiderte der Aufseher ohne Zögern mit einer Stimme, die so trocken und ledrig klang wie seine Haut. »Bonde ist zwar ein Einfaltspinsel, um es vorsichtig zu sagen, aber ein guter Arbeiter und offen wie ein aufgeschlagenes Buch. Die Sachsenbrüder sind klug und aus feinerem Holz geschnitzt; auf jeden Fall klug genug, um es zu erkennen, wenn sie einem guten Herrn dienen, und treu genug, um ihm dankbar zu sein. Warum?«

»Und der letzte, dieser Heriet? Ich kenne ihn kaum. Als Graf Waleran von mir Bewaffnete verlangte, schickte ich ihm die Männer, die ich entbehren konnte, und Heriet meldete sich freiwillig. Ich hörte, daß es ihn nicht mehr hier gehalten habe, nachdem meine Schwester das Gut verlassen hatte. Wie ich hörte, mochte er sie sehr und war nach dem Abschied sehr bedrückt.«

»Das könnte wahr sein«, erwiderte Arnulf, der Aufseher. »Gewiß war er nicht mehr der Alte, als er von der Reise zurückkam. Solche kleinen Mädchen können einem Mann den Kopf verdrehen und sein Herz ergreifen. Vielleicht hat sie das mit ihm getan. Wenn man sie von der Wiege an kennt, trifft einen so eine Trennung bis ins Mark.«

Reginald nickte düster. »Nun, er ging also fort. Zwanzig Männer erbat mein Lehnsherr von mir, und zwanzig Männer bekam er. Er stritt sich mit den Bischöfen und brauchte frische Truppen. Wo immer er sich gerade befindet, Heriet ist außer unserer Reichweite. Aber die anderen sind alle hier?«

»Die Sachsenbrüder sind im Speicher über den Ställen. Bonde müßte bald von der Feldarbeit zurückkehren.«

»Bringt sie zu mir«, sagte Reginald. Und nachdem der Aufseher sein Trinkhorn geleert hatte und so gewandt und schnell wie ein Zwanzigjähriger die Treppe in den Hof hinuntergeeilt war, wandte er sich wieder an Nicholas. »Wie ich mir diese vier auch besehe, ich kann keinen Verrat erkennen. Warum sollten sie zurückkehren, nachdem sie das Mädchen irgendwie verraten hatten? Und warum sollten sie sie überhaupt verraten? Arnulf sagt mit Recht, daß sie wohl wußten, daß sie es hier gut hatten, denn mein Vater war von der alten, wohlwollenden und familiären Art, viel milder als ich es bin, und auch ich werde nicht gehaßt.« Nach dem kleinen Lächeln und den verzogenen Lippen zu urteilen, die im schwachen Schein der Lampe gelblich hervortraten, wußte er um die Spannungen, die immer noch zwischen Sachsen und Normannen bestanden, und war sicher zu intelligent, um diese Beziehung allzusehr zu belasten. Auf dem Land hielten sich Erinnerungen lange, und mit ihnen Treueschwüre, die schwer aufzulösen und abzulösen waren.

»Euer Aufseher ist Sachse«, bemerkte Nicholas trokken.

»Das ist er! Und er ist zufrieden! Oder wenn nicht zufrieden«, fuhr Reginald fort, im trüben Licht zugleich düster und strahlend, »dann weiß er zumindest, daß er es schlechter haben könnte, erheblich schlechter. Ich bin dem Beispiel meines Vaters gefolgt und weiß, wann ich nachgeben muß. Aber wenn meine Schwester betroffen ist, dann werde ich beinhart, das kann ich Euch sagen.«

So erging es auch Nicholas: steif, als wäre das Mark in seinen Knochen versteinert. Als die drei herbeigerufenen Knechte müde die Treppe zur Halle hochstiegen, musterte er sie mit der gleichen undurchdringlichen Miene wie ihr Herr. Es waren zwei große Burschen mit hellen Haaren, kaum mehr als dreißig Jahre alt, mit der Anmut ihrer Ahnen aus dem Norden und mit Augen, in denen sich das Licht in hellblauen Blitzen spiegelte, und ein fülliger, vierschrötiger Mann mit rundem Gesicht, bärtig und gebräunt, der ein wenig älter sein mochte als sie.

Es konnte wahr sein, dachte Nicholas, daß sie ihren Herrn nicht haßten und sich im Vergleich zum Schicksal ihrer Blutsverwandten glücklich schätzten, da sie nun schon in der dritten Generation für nachsichtige normannische Herren arbeiteten. Trotzdem standen sie eingeschüchtert vor Reginald, denn ein solcher Ruf des Herrn, der vom üblichen Ablauf ihres Arbeitstages abwich, machte sie mißtrauisch und besorgt. Ihre Gesichter waren verschlossen, als wäre ein Deckel über eine Kiste voller Gedanken gefallen, die dem Herrn besser verborgen blieben. Doch dies änderte sich, als sie verstanden, was Reginald von ihnen wissen wollte. Die verschlossenen Gesichter öffneten und entspannten sich, und Nicholas erkannte, daß keiner der drei sich in bezug auf die Reise unwohl fühlte. Vielmehr erinnerten sie sich mit Freuden an die sorglose Pilgerfahrt, die ihnen einen Urlaub von der Arbeit verschafft hatte und auf der sie gut versorgt und mit Waffen gerüstet geritten waren, statt laufen zu müssen.

Ja, natürlich erinnerten sie sich. Nein, sie hatten unterwegs keine Schwierigkeiten gehabt. Eine Dame, die von zwei Bogenschützen und zwei Schwertkämpfern begleitet wurde, hatte nichts zu fürchten. Der größere der Sachsenbrüder hatte anscheinend einen neuen Langbogen benutzt, der zur Schulter gespannt wurde, während John Bonde einen kurzen walisischen Bogen besaß, der vor der Brust gespannt wurde. Dieser kleinere Bogen hatte eine geringere Durchschlagskraft und eine kleinere Reichweite als der Langbogen, doch auf kurze Entfernungen konnte man sehr schnell und genau mit ihm schießen. Der andere Bruder war ein Schwertkämpfer wie der vierte der Gruppe, der fehlende Adam Heriet. Eine gute Gesellschaft für eine sichere Reise, deren Geschwindigkeit nur von der Kraft der Dame bestimmt wurde.

»Wir waren drei Tage unterwegs, Herr«, erklärte der sächsische Bogenschütze, der für die drei Männer sprach. Sie ermunterten ihn mit beifälligem Nicken. »Dann erreichten wir Andover, und weil es schon dämmerte, rasteten wir über Nacht. Wir wollten die Reise am nächsten Morgen beenden. Adam besorgte der Dame ein Quartier im Haus eines Händlers, und wir schliefen in den Ställen. Man sagte uns, daß es nur noch drei oder vier Meilen wären.«

»Und meine Schwester war gesund und munter? Ihr fehlte nichts?«

»Nein, Herr, es war eine angenehme Reise. Sie freute sich, ihrem Ziel schon so nahe zu sein. Sie sagte dies auch und dankte uns.«

»Und am Morgen? Habt Ihr sie auch auf den letzten Meilen begleitet?«

»Nicht wir, Herr, denn sie beschloß, die letzten Meilen allein mit Adam Heriet zu gehen. Wir sollten in Andover auf seine Rückkehr warten, und wir taten, wie uns befohlen wurde. Als er kam, machten wir uns auf den Rückweg.«

Auch darauf nickten die anderen wieder, offenbar zufrieden, daß sie ihren Auftrag den Wünschen ihrer Herrin entsprechend ausgeführt hatten. Also hatte nur einer, nur ihr Diener und dem Vernehmen nach ihr Vertrauter, Julian Cruce auf den letzten Meilen begleitet.

»Habt Ihr sie nach Wherwell reiten sehen?« erkundigte sich Reginald. Er bedachte stirnrunzelnd die verworrene Situation. »Sie ging gern und zufrieden mit ihm?«

»Ja, Herr. Ausgeruht und früh am Morgen brachen sie auf. Es war ein schöner Morgen. Sie sagte uns Lebewohl, und wir sahen ihnen nach, bis sie verschwanden.«

Es gab keinen Grund, die Aussage zu bezweifeln. Nur vier Meilen von ihrem Ziel entfernt, und doch hatte sie es nicht erreicht. Und nur ein Mann konnte wissen, was ihr auf dieser kurzen Wegstrecke zugestoßen war.

Reginald entließ die Männer mit einer gereizten Handbewegung. Was konnten sie ihm noch sagen? Sie wußten nur, daß Julian gegangen war, wohin sie gehen wollte, und daß sie wohlbehalten aufgebrochen war. Doch als die drei sich zur Hallentür wandten, offenbar froh, ins Bett zu kommen, sagte Nicholas plötzlich: »Wartet!« Und zu seinem Gastgeber: »Ich habe noch zwei Fragen, wenn Ihr erlaubt.«

»Bitte, gern.«

»Hat Euch die Dame selbst gesagt, daß sie allein mit Heriet weitergehen wollte? Hat sie selbst Euch befohlen, in Andover auf ihn zu warten?«

»Nein«, erwiderte der Sprecher nach kurzem Nachdenken. »Adam sagte es uns.«

»Und sie brachen am frühen Morgen auf, sagt Ihr. Wann kehrte Heriet zurück?«

»Erst am Abend, Herr. Es wurde schon dunkel, als er kam. Aus diesem Grund übernachteten wir noch einmal, um früh am nächsten Morgen aufzubrechen.«

»Ich hätte gern noch eine Frage gestellt«, sagte Nicholas, als er wieder mit seinem Gastgeber allein war. Durch die offene Hallentür konnten sie ins Dämmerlicht des stillen Hofes hinausblicken. »Aber ich bezweifle, daß sie auf sein Pferd geachtet haben, und nach einer Nacht der Ruhe war dem Tier nicht mehr anzusehen, wie weit Heriet geritten war. Doch bedenkt nur die Zeitspanne – drei oder vier Meilen bis Wherwell, und er hatte keinen Grund, sich lange aufzuhalten, nachdem er sie hingebracht hatte. Dennoch war er den ganzen Tag unterwegs, zwölf Stunden oder länger. Was hat er in dieser langen Zeit gemacht? Und doch heißt es, er sei ihr seit ihrer Kindheit wie ein Sklave ergeben gewesen.«

»Und genau deshalb hatte er bei meinem Vater, der sie ebenfalls abgöttisch liebte, einen Stein im Brett«, erwiderte Reginald zornig. »Ich kannte ihn kaum. Aber nun ist er eine Erklärung schuldig, und nur er. Er ritt an diesem letzten Tag allein mit ihr. Und er kam zu seinen Gefährten zurück und ließ sie wissen, daß alles gut verlaufen und ihr Auftrag erfüllt sei. Aber zwischen Andover und Wherwell verschwand meine Schwester. Und etwa einen Monat später, als mein Lehnsherr, Graf Waleran, von dem wir drei Güter bekommen haben, um Männer bat, meldete sich ausgerechnet dieser Heriet als erster. Warum ergriff er so eilig die Gelegenheit, hier fortzukommen? Aus Angst, man könnte ihm eines Tages Fragen stellen? Aus Angst, es könnte etwas ans Licht kommen?«

»Wäre er denn überhaupt zurückgekehrt«, fragte Nicholas, »wenn er ihr etwas angetan oder sie verraten hätte?«

»Wenn er klug war, ja, und klug war er, denn Ihr seht ja, welchen Erfolg er hatte. Wäre er nicht mit den anderen zurückgekehrt, dann wäre man sofort mißtrauisch geworden. Die Männer hätten nachgeforscht, bevor sie Andover verließen. Aber so sind drei Jahre ohne den Schatten eines Zweifels verstrichen, und wo ist Heriet jetzt?«

Er hatte sich auf den Verdacht festgelegt. Er knirschte mit den Zähnen und gab sich seinem Zorn hin, da jemand seinem Haus so etwas angetan hatte. Deshalb würde er Rache verlangen, wenn es je bewiesen werden konnte; deshalb und nicht wegen Julians Schicksal. Und doch konnte Nicholas nicht anders als mit ihm fühlen. Wer sonst außer Heriet hätte jede Erinnerung an das Mädchen auslöschen können, das seiner Obhut anvertraut war? Zwei waren nach Andover aufgebrochen, einer war zurückgekehrt. Das Mädchen war spurlos verschwunden, hatte sich in Luft aufgelöst. Es war schwer zu glauben, daß man sie noch einmal wiedersehen würde.

Ein Diener brachte eine Lampe herein und füllte den Bierkrug auf dem Tisch nach. Die Dame blieb bei den Kindern und ließ die Männer sich ungestört beraten. Die Nacht kam unvermittelt und brachte den leichten Wind, der sich meist um diese Stunde erhob.

»Sie ist tot!« sagt Reginald unvermittelt und klatschte mit einer großen Hand auf den Tisch.

»Nein, das ist nicht sicher. Warum sollte er so etwas tun? Er fühlte sich hier nicht mehr sicher, denn er wagte nicht zu bleiben und ergriff die erste Gelegenheit, sich zu entfernen. Aber was war zu gewinnen, das diese Gefahr aufwog? Ist ein Soldat bei Waleran von Meulan besser gestellt als ein vertrauenswürdiger Mann in Eurem Dienst? Ich glaube nicht!«

»Der Dienst sollte nur ein halbes Jahr dauern! Wenn er länger blieb, dann aus eigenem Entschluß, denn mehr als ein halbes Jahr wurde nicht verlangt. Und was für ihn zu gewinnen war – bei Gott, er war der einzige der vier, der das beurteilen konnte. Meine Schwester hatte dreihundert Silbermünzen in den Satteltaschen, außerdem einige Wertgegenstände, die sie dem Konvent stiften wollte. Ich kann Euch aus dem Kopf nicht alles aufzählen, aber irgendwo in den Büchern des Gutes gibt es eine Liste, und der Schreiber wird sie finden. Ich weiß noch, daß zwei silberne Kerzenhalter dabei waren. Die Juwelen, die sie von ihrer Mutter bekommen hatte, nahm sie ebenfalls als Geschenk mit, denn sie brauchte sie in dieser Welt nicht mehr. Genug, um einen Mann in Versuchung zu bringen – selbst wenn er einen Mittäter kaufen mußte, um der Sache ein besseres Aussehen zu geben.«

So konnte es gewesen sein! Eine Frau, die ihre Mitgift bei sich trug, Vater und Familie ohne Mißtrauen und im Glauben, sie sei gut aufgehoben, auch wenn sie lange schwieg... aber nein, es war falsch. Nicholas fuhr hoffnungsvoll auf. Nicht, wenn sie ihr Kommen in Wherwell angekündigt hatte. Gewiß würde ein Mädchen, das in den Orden eintreten wollte, ihr Gesuch vorher ankündigen, um sich der Aufnahme sicher zu sein, ehe sie die Reise in den Süden antrat. Aber wenn sie das getan hatte, dann hätte man sich Gedanken gemacht, als sie ausblieb. Man hätte nachgeforscht, und die Priorin hätte sich, falls je ein Kurier von Julian Cruce gekommen war, sicher an den Namen erinnert. Also hatte sie sich nicht angemeldet. Sie hatte die Mitgift genommen und war einfach losgezogen, um an die Tür zu klopfen und um Einlaß zu bitten. Er kannte sich in derlei Dingen nicht gut genug aus, um zu beurteilen, ob dies ungewöhnlich war, und er hatte auch nicht den Zynismus, zu erkennen, daß ein Mädchen kaum zurückgewiesen wurde, wenn die Gabe groß genug war.

»Dieser Heriet muß gefunden werden«, erklärte Nicholas. Er hatte sich entschieden. »Wenn er noch bei Waleran von Meulan dient, dann werde ich ihn finden. Waleran ist ein Mann des Königs. Wenn nicht, könnte die Suche schwierig werden, aber wir haben keine andere Wahl. Er ist doch in dieser Grafschaft geboren, oder? Gibt es Verwandte?«

»Er ist der zweite Sohn eines Freisassen aus Harpecote. Woran denkt Ihr?«

»Laßt Euren Schreiber zwei Kopien der Liste mit den Dingen machen, die Eure Schwester mitnahm. Dem Geld kann man nicht nachspüren, doch bei Wertgegenständen ist dies möglich. Laßt ihn die Gegenstände so genau wie möglich beschreiben. Silber, das zum Gebrauch in der Kirche bestimmt ist, könnte irgendwo zum

Verkauf angeboten und bemerkt werden, ebenso der Schmuck. Ich werde die Liste in Winchester herumzeigen. Wenn der Bischof die Kaiserin los ist, wird er wohl wissen, mit wem er sich gut stellen muß. Ich will versuchen, Adam Heriet unter Meulans Männern zu finden oder zu erfahren, wann und wie er sie verließ. Ihr könnt dasselbe hier tun, denn er mag eines Tages seine Verwandten aufsuchen. Fällt Euch etwas Besseres ein? Oder etwas anderes, das wir unternehmen könnten?«

Reginald erhob sich vom Tisch, und die Lampe spuckte im Luftzug. Ein großer, dunkelhäutiger Mann, der diesen Anschlag auf sein Haus mit grimmigem Gesicht aufnahm. »Das ist eine gute Idee, und so wollen wir es tun. Ich lasse ihn morgen die Liste kopieren – er ist ein penibler kleiner Bursche, der alles genau im Auge behält –, und dann werde ich mit Euch nach Shrewsbury reiten und Hugh Beringar aufsuchen, um die Angelegenheit in Gang zu bringen, ehe ein weiterer Tag verstrichen ist. Wenn dieser oder ein anderer Bösewicht meinem Haus einen Mord oder Raub angetan hat, dann will ich Gerechtigkeit und Genugtuung.«

Nicholas stand mit seinem Gastgeber auf und ging so müde in das Bett, das man ihm bereitet hatte, daß er trotz seiner Sorgen bald einschlief. Gerechtigkeit wollte Reginald. Aber was bedeutete Gerechtigkeit in diesem Fall? Er plante und dachte wie ein Mann, der einer Spur folgte, und er mußte sie mit aller Kraft verfolgen, da er keine andere Möglichkeit sah, aber er konnte und wollte nicht daran glauben. Was er vor allem anderen in der Welt wollte, war frische Luft atmen, die in einer anderen Ecke der Welt wehte. Er wollte glauben, daß sie nicht tot war. Der Knoten aus Verdacht und Geldgier und Verrat sollte sich in Luft auflösen und als Hirngespinst entpuppen, das fortwehte, wenn der Morgen kam. Aber der Morgen kam, und alles war wie zuvor. Nichts hatte sich verändert.

Diese beiden Männer, die nur durch ihre Aufgabe verbunden waren und außer ihr nichts gemeinsam hatten, ritten zusammen nach Shrewsbury, bewaffnet mit zwei sauber geschriebenen Listen der Wertgegenstände und der Barschaft, die Julian Cruce als Mitgift für ihren Eintritt ins Kloster mitgenommen hatte. Hugh war aus der Stadt heruntergekommen, um mit Abt Radulfus zu Mittag zu essen und ihm über die jüngsten Entwicklungen der politischen Wirren in England zu berichten. Die Flucht der Kaiserin zu ihrer Festung im Westen, die Vernichtung eines großen Teils ihrer Truppen und die Gefangennahme von Graf Robert von Gloucester, ohne den sie ohnmächtig war, veränderten das Machtgefüge, wenn auch die erste Wirkung darin bestand, daß zunächst alle Bewegungen erlahmten. Der Abt hätte nicht unbedingt Interesse für den Streit der Parteien zeigen müssen, doch trug er eine Mitra und hatte einen Platz im Kirchenrat, und das Wohlergehen der Menschen und der Kirche lag ihm sehr am Herzen. Sie hatten sich lange am reich gedeckten Tisch des Abtes beraten, und Hugh konnte erst am Nachmittag Cadfael im Kräutergarten aufsuchen.

»Habt Ihr gehört, was Nicholas Harnage mir gestern berichtete? Er sagte, er sei zuerst hierher zu seinem Herrn gekommen. Robert von Gloucester wird oben in Rochester gefangen gehalten, und im Augenblick steht alles still, weil beide Seiten über ihren nächsten Schachzug nachdenken. Wir überlegen uns, wie wir Robert am besten benutzen können, und sie, wie sie ohne ihn überleben können.« Hugh setzte sich auf die schattige Steinbank und streckte behaglich die Stiefel aus. »Und nun beginnt der Streit. Die Kaiserin sollte lieber den König freigeben, denn sonst wird auch Robert angebunden.«

»Ich bezweifle, daß sie das genauso sieht«, sagte Cadfael. Er hielt inne und stützte sich auf die Hacke, um ein Unkraut aus den sauberen, duftenden Beeten zu zupfen. »Jetzt ist Stephen mehr denn je ihre wichtigste Waffe. Sie wird versuchen, den höchsten Preis für ihn zu erzielen, und ihr Bruder wird ihr da kaum reichen.«

Hugh lachte. »Wie mir der junge Harnage berichtete, denkt Robert ganz ähnlich. Er will nicht gegen den König ausgetauscht werden, weil er nicht den gleichen Wert wie ein König habe. Um einen gerechten Ausgleich zu schaffen und Stephens Gewicht aufzuwiegen, müßten wir auch alle Männer freigeben, die mit ihm gefangen wurden. Aber wartet nur! Soll die Kaiserin nur genauso denken. Es wird keinen Monat dauern, bis kluge Männer ihr erklärt haben, daß sie ohne Robert überhaupt nichts anfangen kann. Sie wird nie wieder nach London eingelassen werden und nie mehr in Reichweite der Krone kommen, und obwohl sie Stephen gefangen hält, ist er immer noch der König.«

»Nur Robert wird schwer zu überzeugen sein«, wandte Cadfael ein.

»Auch er wird am Ende die Wahrheit erkennen müssen. Wenn sie den Kampf fortsetzen will, dann braucht sie Robert an ihrer Seite. Man wird ihn schon überzeugen. So ungern sie ihn auch aus den Fängen lassen, wir werden Stephen wieder bei uns haben, ehe das Jahr zu Ende ist.«

Nicholas und Reginald Cruce hatten auf der Burg vergeblich nach Hugh gefragt und sich ebenfalls vergeblich in Hughs Haus an der St. Marys Church nach ihm erkundigt. Doch Hughs Pförtner hatte ihnen gesagt, daß er sich in der Abtei aufhielt, und nun betraten die beiden zielstrebig den Garten. Als ihre Stiefel im Kies knirschten und sie um die Buchsbaumhecke kamen, sprang Hugh sofort auf, um sie zu begrüßen.

»Ihr seid schnell zurück. Gibt es Neuigkeiten?« Dann beäugte er interessiert den zweiten Mann und sagte: »Wir haben uns bisher noch nicht kennengelernt, doch Ihr seid gewiß der Herr von Lai. Nicholas erzählte mir bereits, was sich in Wherwell zugetragen hat. Ich stehe Euch zu Diensten, soweit ich es vermag. Was soll nun werden?«

»Herr Sheriff«, erklärte Cruce laut und fest wie einer,

der es gewohnt ist, Gefolgsleuten den Schritt vorzugeben, »was meine Schwester angeht, so gibt es Gründe, Raub und Mord zu vermuten, und ich fordere Gerechtigkeit.«

»Das wollen alle anständigen Männer, genau wie ich. Setzt Euch und laßt mich hören, was Euch zu einem solchen Verdacht veranlaßt und wem Ihr mißtraut. Ich sage Euch, die Angelegenheit sieht ohnehin schon häßlich genug aus. Laßt mich wissen, was Ihr in Eurem Hause zusätzlich herausgefunden habt.«

Die Nachmittagssonne brannte heiß, und trotz der entblößten Arme schwitzte Cruce stark. Sie zogen sich in den Schatten zurück und setzten sich, und Cadfael, hier in seinem Reich der Gastgeber und keineswegs geneigt, sich bei der Arbeit stören zu lassen, holte ihnen einen Krug Wein aus der Hütte und brachte Becher, damit sie sich selbst nachgießen konnten. Er schenkte ihnen ein und entfernte sich wieder, blieb aber nahe genug um zu hören, was gesprochen wurde. Was bisher geschehen war, wußte er bereits, und an gewissen Punkten war seine Neugierde bereits geweckt. Er dachte an Umstände, die in Zukunft von Bedeutung sein mochten. Sein Patient sorgte sich wegen des Mädchens, und man durfte nicht zualssen, daß er noch mehr von dem wenigen Fleisch verlor, das er noch hatte. Cadfael kümmerte sich mit einer Solidarität um den Kreuzfahrerbruder, die aus gemeinsamen Erfahrungen und gegenseitigem Respekt entstand. Einer jener wenigen, die wie Guimar de Massard sauber und ritterlich aus einem sehr unglücklichen, mit Makeln behafteten Krieg herausgekommen waren. Und nun starb er daran, wenn auch sehr langsam. Was immer sein Wohlergehen betraf, ob an Körper oder Seele, Cadfael wollte es wissen.

»Mein Herr«, erklärte Nicholas ernst, »Ihr erinnert Euch sicher, daß ich Euch von den Männern aus dem Haus meines Herrn Cruce erzählte, die seine Schwester nach Wherwell eskortierten. Drei der vier haben wir in Lai befragt, und ich bin sicher, daß sie uns die Wahrheit sagten. Aber der vierte ... und der einzige, der sie am letzten Tag ihrer Reise auf den letzten Meilen begleitete – dieser Mann ist nicht mehr hier, und ihn müssen wir finden.«

Sie erzählten die Geschichte abwechselnd, manchmal auch im Chor, und sehr leidenschaftlich.

»Er verließ Andover mit ihr zusammen am frühen Morgen, und die anderen drei, die Befehl hatten, dort zu warten, sahen sie fortgehen.«

»Und er kehrte erst am Abend zurück, zu spät, um zur Heimreise aufzubrechen. Und doch ist Wherwell nur drei oder vier Meilen von Andover entfernt.«

»Und er als einziger der vier«, fuhr Cruce energisch fort, »genoß aus alter Gewohnheit so großes Vertrauen, daß er gewußt haben muß, welche Mitgift sie bei sich hatte.«

»Und die bestand woraus?« erkundigte Hugh sich scharf. Er hatte ein hervorragendes Gedächtnis, man brauchte ihm nichts zweimal zu sagen.

»Dreihundert Silbermünzen und einige Wertgegenstände, die in der Kirche benutzt werden sollten. Mein Herr, wir ließen meinen Schreiber, der die Bücher gewissenhaft führt, eine Liste ihrer Mitgift anfertigen. Hier sind zwei Kopien. Eine soll in dieser Gegend bekannt gemacht werden, da der Mann, genau wie meine Schwester, hier geboren wurde, und die andere wird Harnage nach Winchester, Wherwell und Andover mitnehmen, wo sie verschwand.«

»Gut!« sagte Hugh entschlossen. »Den Münzen kann man nicht nachspüren, aber den Kirchenschmuck kann man finden.« Er nahm die Rolle, die Nicholas ihm anbot, und las stirnrunzelnd die Aufstellung: »Ein Paar Kerzenhalter aus Silber, geformt wie hohe Wandleuchter und von Ranken umgeben, Kerzenscheren mit Silberketten daran befestigt, ebenfalls mit Weinblättern geschmückt. Ein freistehendes, etwa handhohes Kreuz auf einem dreistufigen Podest, mit gelben Halbedelsteinen, mit

Amethyst und Achat besetzt, ein zweites Kreuz aus dem gleichen Metall und mit den gleichen Steinen in der Größe eines kleinen Fingers, an einer dünnen Silberkette, so daß es von einem Priester am Hals getragen werden kann. Eine silberne Monstranz, klein und mit Farnblättern geschmückt. Weiterhin einige Schmuckstücke aus ihrem Besitz, nämlich ein Halsband mit polierten Steinen aus der Gegend von Pontesbury, ein Silberarmband, mit eingravierten Wickenblättern geschmückt, ein auffälliger Silberring mit umlaufenden Emailleverzierungen in der Form von gelben und blauen Blumen.« Er blickte auf. »Euer Schreiber hat gute Arbeit geleistet. Ja, ich will die Liste allen meinen Offizieren und Pächtern hier in der Grafschaft bekannt machen, aber mir scheint, daß man die Gegenstände eher im Süden aufspüren kann. Was den Mann angeht, so könnte es wohl sein, daß er mit seinen Verwandten hier Verbindung aufnimmt. Ihr sagt, daß er zur Armee ging?«

»Nur wenige Wochen, nachdem er ins Haus meines Vaters zurückgekehrt war. Mein Vater war gerade erst gestorben, und als mein Lehnsherr, der Graf von Worcester, Männer von mir verlangte, meldete Adam Heriet sich freiwillig.«

»Wie alt ist er?« fragte Hugh.

»Knapp über fünfzig. Er kann gut mit Schwert und Bogen umgehen. Er war der Förster und Jäger meines Vaters. Waleran war sicher froh, ihn zu bekommen. Die anderen waren jünger und ungebildet.«

»Und woher stammte dieser Heriet? Als Mann Eures Vaters muß er von Euren Ländereien stammen.«

»Er ist in Harpecote als zweiter Sohn eines Mannes geboren, der dort ein Stück Land gepachtet hatte. Der ältere erbte das Land. Jetzt hat es ein Neffe. Wie mein Vater mir sagte, standen sie nicht auf gutem Fuße. Aber trotzdem könnten wir dort eine Spur von ihm finden.«

»Hatte er noch weitere Verwandte? Und hat er je geheiratet?«

»Nein, nie. Ich weiß nichts von weiteren Angehörigen, doch mag es in Harpecote noch einige geben.«

»Laßt sie in Ruhe«, erwiderte Hugh entschieden. »Diese Nachforschungen übernehme ich am besten selbst. Ich bezweifle allerdings, daß ein Mann, der hier keine engen Bindungen hat, zurückkommt, nachdem er sich für das Kriegshandwerk entschieden hat. Höchstwahrscheinlich werdet Ihr ihn finden, Nicholas. Tut Euer Bestes!«

»Das werde ich«, entgegnete Nicholas grimmig. Er erhob sich, um sofort aufzubrechen. Die Liste mit Julians Besitz lag zusammengerollt an seiner Brust unter dem Mantel. »Ich muß zuerst noch mit meinem Herrn Godfrid sprechen und ihn wissen lassen, daß ich die Suche nicht aufgebe, solange noch ein Fünkchen Hoffnung besteht. Dann will ich mich auf den Weg machen!« Und er entfernte sich mit schnellen Schritten und begann mit ausgreifenden Bewegungen zu laufen, noch bevor er außer Sicht war. Cruce erhob sich nun auch und beäugte Hugh etwas mürrisch, als fände er in ihm nicht ganz die rachsüchtige Wut, die er bei diesem Unternehmen erwartete.

»Dann kann ich Euch diese Liste überlassen und hoffen, daß Ihr energisch nachforscht?«

»Das will ich tun«, sagte Hugh trocken. »Und Ihr seid in Lai zu finden? Ich muß wissen, wo ich Euch erreichen kann, wenn es nötig ist.«

Cruce entfernte sich schweigend, aber nicht besonders zufrieden und blickte von der Hecke aus noch einmal zweifelnd zurück, als erwarte er, daß der Herr Sheriff sofort auf ein Pferd sprang oder zumindest nach einem rief, um Cruces Rachsucht zu befriedigen. Hugh erwiderte seinen Blick gelassen und sah ihm nach, bis er hinter der dichten Hecke verschwand.

»Ich sollte mich beeilen«, sagte er schließlich mit einem ironischen Lächeln. »Denn wenn dieser Mann den Burschen vor mir findet, dann muß der mit ein paar gebrochenen Knochen, wenn nicht gar mit einem verlängerten Hals rechnen. Aber selbst wenn es am Ende wirklich dazu kommen muß, dann soll dies nicht durch Reginald Cruces Hände und nicht ohne ordentliche Verhandlung geschehen.« Er klopfte Cadfael herzhaft auf den Rücken und wandte sich zum Gehen. »Nun, wenn König und Kaiserin lahmgelegt sind, dann haben wir wenigstens Zeit, die kleineren Übeltäter zu jagen.«

Cadfael ging beunruhigt zur Vesper. Er dachte an ein Mädchen auf einem Pferderücken, mit Silber und Edelsteinen und Münzen in den Satteltaschen, das sich nur wenige Meilen vor ihrem Ziel von den Gefährten getrennt hatte, um wie Morgendunst in der Sommersonne zu verschwinden, als hätte sie nie gelebt. Ein Dunsthauch über der Wiese, dann nichts mehr. Wenn jene, die sich um sie sorgten, ob jung oder alt, die Gewißheit hätten, daß sie tot und in Gottes Händen war, dann hätten auch sie ihren Seelenfrieden finden können. Doch nun gab es für keinen Frieden, der in diesem komplizierten Netz der Unsicherheit gefangen war.

Unter den Novizen und Schuljungen und Kinderoblaten stand Rhun verzückt und sang. Er war der letzte seiner Art, denn Abt Radulfus wollte keine Kinder mehr ins Kloster aufnehmen, über deren Leben andere entschieden hatten. Rhun jedoch war von Natur und Wesen wie nach Jahren unschuldig, unbekümmert von den körperlichen Qualen, die den meisten Männern zusetzten, aber sich ihrer wunderbarerweise bewußt und behutsam mit ihnen, wie es nur wenige vermögen, deren Fleisch nicht gepeinigt wird.

Um diese Jahreszeit fand die Vesper im gedämpften Abendlicht der Sommersonne statt, das Rhuns flachshelle Schönheit in kristallenem, bleichem Glanz zeigte. Die Strahlen blinkten zwischen den Reihen der Brüder und brannten sich in die brodelnde Düsternis Bruder Uriens und in seine geweiteten, schwarzen Augen, und sie fielen kühler in die schützenden Schatten, wo Bruder Fidelis zurückgezogen an der Wand stand, wachsam neben seinem Herrn, ohne Blick und Gedanken für die Dinge, die um ihn vorgingen, da er keine Stimme hatte, um in den Gesang einzufallen. Seine beschatteten Augen blickten zu Bruder Humilis, er stand bereit, den geschwächten Körper des Älteren, der lanzengerade neben ihm stand, aufzufangen und zu stützen, falls es nötig war.

Nun, die Hingabe hat ihre eigenen Gesetze, und eine übernommene Pflicht mußte man zu Ende bringen. Gott und der heilige Benedikt würden es verstehen und respektieren.

Cadfael, dessen Geist sich ebenfalls hätte mit höheren Dingen beschäftigen müssen, dachte immer wieder: Er verfällt vor unseren Augen. Es wird noch früher kommen, als ich dachte. Nichts kann es verhindern, nicht einmal aufhalten kann man es.

8

Wäre Robert von Gloucester nicht im Wasser des Flusses Test in die Falle gelaufen und gefangengenommen worden, und wäre die Kaiserin Maud nicht Hals über Kopf mit ihren verbliebenen Truppen über Ludgershall und Devizes nach Gloucester geflohen, dann hätte die Suche nach Adam Heriet erheblich längere Zeit in Anspruch genommen. Doch die Eiseskälte des Patts zwischen den beiden Armeen, die beide einen König in Schach hielten, hatte viele Dienende freigesetzt, die der Untätigkeit überdrüssig wurden und sich, froh über die Veränderung, anderswo vergnügten und die Beine ausstreckten, solange der Stillstand noch dauerte und die Politiker stritten und verhandelten. Unter ihnen war ein alternder, erfahrener Schwert- und Bogenkämpfer, der zu den Truppen des Grafen von Worcester zählte.

Hugh war im Norden der Grafschaft in der Nähe der walisischen Grenze geboren, und die Anwesen im Nordosten, die sich bis in die Ebene von Cheshire erstreckten, waren ihm weniger vertraut und bekannt. Drüben im freundlicheren Land bei Hodnet war der Boden fruchtbar und gut bestellt, und die abgeernteten Felder waren voller fetter, zufrieden grasender Tiere, die nutzten, was es nach der Ernte in der Trockenheit noch gab, und zugleich ihre Ausscheidungen als Dünger für die Saat des nächsten Jahres zurückließen. Die Menschen in dieser Gegend waren Pächter der Abtei, und es waren Herden der Abtei, die nach der Ernte auf die Felder getrieben wurden. Die Tiere wühlten den Boden auf und hinterließen ihren Dünger und dienten damit, von den Fellen abgesehen, einem zweiten wichtigen Zweck.

Das Gut von Harpecote lag, mit einem kleinen Hain auf der Windseite und einem Stück leicht erhöhtem Gemeindeland im Süden, mitten in der Ebene. Das kleine Haus war aus Holz gebaut, doch die Felder waren groß und die Scheunen und Ställe, die innerhalb des Zaunes lagen, wirkten gut unterhalten und waren wahrscheinlich auch gut gefüllt. Cruces Aufseher kam in den Hof heraus, um den Sheriff und seine beiden Offiziere zu begrüßen und ihnen den Weg zu Edric Heriets Kate zu weisen.

Es war eine der größeren Katen des Weilers, mit einem Küchengarten vor dem Haus und einem kleinen Obstgarten dahinter. Dort hängte ein Mädchen mit zerzausten Haaren, das einen Flickenrock trug, nasse Wäsche auf die Hecke. Im Gras des Obstgartens liefen Hühner herum, und eine angepflockte Ziege graste. Edric war dem Vernehmen nach ein freier Mann, der für das Land, das er bestellte, seinem Herrn Pacht zahlen konnte; ein immer seltener zu sehendes Phänomen in diesem Land, denn die Bauern, die das Land bestellten, waren häufig Leibeigene. Diese Heriets mußten gute Wirtschafter und harte Arbeiter sein, wenn sie ihr Land halten und davon leben konnten. Solche Familien konnten einen jüngeren Sohn gut gebrauchen, denn jede Hand, die sich rühren konnte, mußte mit anpacken. Adam war sicher aus eigenem Willen davongegangen, um für Geld zu dienen und das Waffenhandwerk, die Arbeit eines Försters und Jägers zu lernen, statt sich um das Land zu kümmern.

Ein großer, strohblonder und zottiger Kerl in einem ausgefransten Ledermantel kam geduckt aus dem niedrigen Stall, als Hugh mit seinen Offizieren am Tor Halt machte. Er starrte sie an, erschrak und baute sich mit besorgtem Gesicht vor ihnen auf. Er erkannte die Abzeichen des Amtes, doch nicht den Mann, der sie trug.

»Was wollt Ihr, meine Herren?« Verbindlich, aber nicht unterwürfig. Der Mann musterte ihn mit schmalen Augen und stellte sich wie ein Wächter vor sein Tor.

Hugh begrüßte ihn mit der ganz besonderen Liebenswürdigkeit, die er bei unsicheren armen Männern einsetzte, die sich ihres Nachteils genau bewußt sind. »Ihr seid sicher Edric Heriet. Wir suchen einen mit Namen Adam aus Eurer Familie, der Euer Onkel sein müßte. Da Ihr sein einziger Verwandter seid, könnt Ihr uns vielleicht sagen, wo wir ihn finden können. Das ist alles, guter Mann.«

Der große junge Mann, der höchstes dreißig Jahre alt war und vermutlich der Gatte des zerzausten, aber hübschen Mädchens im Obstgarten und Vater des Kindes, das irgendwo auf dem Hof schrie, trat unsicher von einem Fuß auf den anderen. Dann entschied er sich, blieb ruhig stehen, und sein Gesicht hellte sich auf.

»Ich bin Edric Heriet. Was wollt Ihr von meinem Onkel? Was hat er getan?«

Hugh war nicht unerfreut darüber. Vielleicht herrschte zwischen ihnen wenig verwandtschaftliche Wärme, aber dieser Mann würde erst den Mund öffnen, wenn er wußte, worum es ging. Beim Anzeichen von Gefahr und Angriff wurde Blut schnell dicker.

»Soweit ich weiß, gar nichts. Aber wir brauchen ihn als Zeugen in einer Angelegenheit, die schon mehrere Jahre zurückliegt. Sein Herr aus Lai schickte ihn damals auf einen Botengang. Ich weiß, daß er danach in den Dienst des Grafen von Worcester eintrat, und da die Zeiten so unruhig sind, ist es dort vielleicht schwer, ihn zu finden. Wenn Ihr von ihm gehört habt oder uns sagen könnt, wo wir ihn finden können, dann werden wir Euch dankbar sein.«

Er war neugierig, aber immer noch unsicher. »Ich habe nur einen Onkel, und sein Name ist in der Tat Adam. Ja, er war Jäger in Lai, und ich hörte von meinem Vater, daß er in den Waffendienst des Lehnsherren trat, wenn ich auch nicht weiß, wer das ist. Aber soweit ich mich erinnere, kam er nie hierher. Als ich ihn das letzte Mal sah, war ich noch ein Kind und scheuchte die Vögel vom Akkerland. Die beiden Brüder haben sich nie gut verstanden. Es tut mir leid, mein Herr«, sagte er, und obwohl die Aufrichtigkeit seines Bedauerns zu bezweifeln war, schien die Wahrheit seiner Worte und seine Unwissenheit offensichtlich. »Ich weiß beim besten Willen nicht, wo er jetzt sein könnte und wo er die letzten Jahre verbracht hat.«

Hugh akzeptierte notgedrungen diese Information und dachte einen Augenblick nach. »Zwei Brüder waren sie? Nicht mehr? Gab es vielleicht noch eine Schwester zwischen ihnen? Oder andere Bande, die ihn in diese Grafschaft zurückziehen könnten?«

»Ich habe noch eine Tante, Herr, nur die eine. Wir waren eine kleine Familie. Mein Vater mußte hart arbeiten, um nach dem Fortgang seines Bruders das Land zu bestellen, bis ich alt genug war und nach mir meine beiden jüngeren Brüder. Wir verstehen uns gut. Tante Elfrid war die jüngste der drei. Sie heiratete einen Küfer, einen verfluchten Normannen, einen dunklen kleinen Burschen aus Brigge mit Namen Walter.« Er blickte auf und war sich gar nicht der Peinlichkeit gegenüber dem kleinen dunklen Normannen auf dem großen, grobknochigen Schecken bewußt. Er wunderte sich über Hughs breites Lächeln. »Sie haben sich in Brigge niedergelassen, und ich glaube, sie hat Kinder. Vielleicht weiß sie etwas. Sie standen sich näher.«

»Und weitere Verwandte gibt es nicht?«

»Nein, Herr, das sind alle. Ich glaube«, fuhr er zögernd und etwas sanfter fort, »er war der Pate ihres ersten Kindes. Vielleicht hat er sich das zu Herzen genommen.«

»Vielleicht«, erwiderte Hugh freundlich. Er dachte an seinen eigenen prächtigen Stammhalter, dessen Pate Cadfael war. »Das mag schon sein. Ich bin Euch dankbar, mein Freund. Wir werden dort nachfragen.« Er zog ohne Eile sein Pferd herum, um sich auf den Heimweg zu machen. »Eine gute Ernte wünsche ich Euch!« sagte er über die Schulter lächelnd zurück. Er feuerte seinen

Grauen an und ritt, die Offiziere dicht hinter ihm, rasch davon.

Walter der Küfer hatte seine Werkstatt in der hügeligen Stadt Brigge in einer schmalen Gasse, fast im Schatten der Burgmauern. Die Werkstatt war eine Höhle mit schmaler Front, die langestreckt und dunkel war und sich zu einem offenen, gut beleuchteten Hof öffnete, der nach geschnittenem Holz roch. Hier waren fertige und halbfertige Fässer aufgestapelt, große Bottiche und kleine Kübel und die Werkzeuge und die Materialien seiner Zunft. Hinter der niedrigen Mauer fiel der Hügel in steilen, grasbewachsenen Terrassen zum gewundenen Severn ab, der sich hier fast wie in Shrewsbury am Fuße der Stadt schlängelte. Jetzt im Sommer führte er wenig Wasser und floß träge und ruhig, und Sandbänke durchbrachen die Oberfläche. Doch er war bereit, aufzuwachen und zu toben, falls ein plötzlicher Regen kam.

Hugh ließ seine Offiziere in der Gasse zurück. Er stieg ab und ging durch den dunklen Gang in den Hinterhof. Ein sommersprossiger, etwa siebzehnjähriger Junge war über seinen Hobel gebeugt und glättete eine Faßdaube, während ein zweiter Knabe, vielleicht ein oder zwei Jahre jünger als der erste, sorgfältig lange Weidenstränge trennte, mit denen die Dauben zusammengehalten wurden, wenn das Faß zum Anlegen der Reifen aufrecht gestellt wurde. Und ein dritter Junge, etwa zehn Jahre alt, sammelte eifrig Schnitzel auf und stopfte sie in Säcke, so daß sie als Feuerholz verkauft werden konnten. Anscheinend hatte Walter einen ganzen Stall voller Helfer in seinem Geschäft, und sie sahen sich alle ähnlich und waren offenbar alle Söhne des gleichen Vaters, des kleinen, munteren Mannes, der sich, ein Messer in der Hand, von seinem Werkstück aufrichtete.

»Womit kann ich dienen, der Herr?«

»Meister Küfer«, erwiderte Hugh, »ich suche einen gewissen Adam Heriet, den Bruder Eurer Frau, wie ich glaube. In der Kate seines Neffen in Harpecote konnte man mir seinen Aufenthaltsort nicht nennen, doch man glaubte, daß Ihr in engerer Verbindung mit ihm stündet. Ich wäre Euch sehr dankbar, wenn Ihr mir sagen könntet, wo ich ihn finde.«

Es gab ein tiefes, lastendes Schweigen. Walter starrte düster vor sich hin, und die Hand, die das Zugmesser mit der gekrümmten Klinge hielt, sank langsam herab, während er nachdachte. Die handwerkliche Geschicklichkeit gehörte zu seinem Beruf, doch das Denken ging nur schwer und langsam. Die drei Jungen standen ebenso stumm und starrten, wie ihr Vater starrte. Der älteste, dachte Hugh, mußte Adams Patenkind sein, wenn Edric sich richtig erinnert hatte.

»Herr«, entgegnete Walter schließlich, »ich kenne Euch nicht. Was wollt Ihr vom Verwandten meiner Frau?«

»Dann sollt Ihr mich kennenlernen«, erwiderte Hugh gelassen. »Mein Name ist Hugh Beringar. Ich bin der Sheriff dieser Grafschaft, und ich will Adam Heriet in einer Angelegenheit, die jetzt drei Jahre zurückliegt, einige Fragen stellen. Ich bin sicher, daß er uns helfen kann. Wenn Ihr mir helfen könnt, mit ihm zu sprechen, dann helft Ihr dabei auch ihm.«

Selbst ein gesetzestreuer Mann hätte angesichts der Umstände einige Zweifel gehabt, doch ein gesetzestreuer Mann mit einem ordentlichen Geschäft, mit Frau und Kindern, für die er sorgen mußte, dachte gründlich nach, ehe er dem Sheriff eine aufrichtige Antwort verweigerte. Walter war kein Dummkopf. Er scharrte nachdenklich mit den Füßen im Sägemehl und den kleinen Spänen, die sein Jüngster übersehen hatte, und sagte, indem er sich Mühe gab, seine Ehrlichkeit und seinen guten Willen zu zeigen: »Nun, mein Herr, Adam ist seit einigen Jahren Soldat. Aber im Augenblick ist es im Süden ruhig, und er konnte einige Tage freinehmen. Ihr kommt in einem sehr günstigen Augenblick, denn zufällig ist er gerade in meinem Haus zu Gast.«

Der älteste Junge wollte unauffällig zur Haustür schleichen, doch sein Vater zupfte ihn am Ärmel und hielt ihn mit einem raschen Blick auf. »Dieser Bursche hier ist Adams Patenkind und Namensvetter«, sagte Walter arglos und schob ihn mit der Hand, die ihn gerade erst zurückgehalten hatte, nach vorn. »Führe den Herrn Sheriff hinein, Junge. Ich ziehe mir den Mantel an und komme gleich nach.«

Es war nicht das, was der junge Adam vorgehabt hatte, doch er gehorchte, ob nun aus Furcht vor seinem Vater oder aus Vertrauen darauf, daß dieser wußte, was zu tun war. Doch sein sommersprossiges Gesicht war düster, als er den Sheriff durch die Tür in den großen Raum führte, der seinen Eltern zugleich als Wohnraum und Schlafzimmer diente. Ein Fenster ohne Vorhang, das sich zum Abhang über dem Fluß hin öffnete, ließ genug Licht in die Mitte der Kammer fallen, doch die Ecken lagen in einem nach Holz duftenden Zwielicht. An einem großen, groben Tisch saß ein stämmiger Mann mit braunem Bart und schütterem Haar. Er hatte die Ellbogen bequem auf den Tisch gestemmt, und vor ihm stand ein Becher Ale. Er hatte das wetterfeste Aussehen eines Menschen, der bis auf die schlimmste Jahreszeit ständig im Freien lebt, und seine entspannte Gelassenheit verriet unbekümmertes Selbstvertrauen. Die Frau, die gerade mit einer Kelle in der Hand aus der winzigen Küche kam, war ebenso großzügig gebaut wie er und hatte die gleiche, volle und braune Hautfarbe. Die Kinder hatten den drahtigen Körperbau, das dunkle Haar und die helle Haut, die in der Sonne rot anlief, vom Vater geerbt.

»Mutter«, sagte der Junge, »hier ist der Herr Sheriff, der nach Onkel Adam gefragt hat.«

Seine Stimme klang scheinheilig und laut. Er blieb einen Augenblick stehen und blockierte die Tür, bevor er ganz hineinging und Hugh vorbeiließ. Es war das beste, was er tun konnte, das offene Fenster war groß genug für einen gewandten Mann, der etwas auf dem Gewissen hatte, um hinauszuspringen und den Abhang zum Fluß hinunterzulaufen, den er jetzt im Sommer mühelos durchwaten konnte. Hugh erwärmte sich für den treuen Patensohn, doch er bemühte sich, ihn sein Lächeln nicht sehen zu lassen. Offenbar eine verträumte Seele, die in einem Sheriff nur jemand sah, der schlechter gestellten Menschen Schwierigkeiten machte. Doch Adam der Ältere blieb aufmerksam und interessiert noch einen Moment sitzen, bevor er aufstand und den Sheriff liebenswürdig begrüßte.

»Mein Herr, ich bin der, nach dem Ihr gefragt habt.«

Einer von Hughs Offizieren war inzwischen schon zum Abhang unter dem Fenster herumgekommen, während der andere die Pferde bewachte. Aber das konnten der Mann und der Junge nicht wissen. Adam hatte anscheinend genug erlebt, um nicht so leicht aus der Ruhe zu kommen oder sich zu ängstigen, und bisher sah er auch keinen Grund dazu.

»Keine Sorge«, sagte er. »Wenn es darum geht, daß einige von König Stephens Männern den Dienst verlassen haben, dann seid Ihr hier am falschen Ort. Ich habe die Erlaubnis, meine Schwester zu besuchen. Mag sein, daß sich einige davongestohlen haben, aber ich bin keiner von denen.«

Die Frau trat langsam und verwundert neben ihn, etwas verwirrt, aber nicht ängstlich. Sie hatte ein rundes, gesundes, rosiges Gesicht und ehrliche Augen.

»Mein Herr, mein Bruder ist von weit hergekommen, um mich zu besuchen. Daran ist doch nichts Unrechtes?«

»Überhaupt nicht«, erwiderte Hugh und kam ohne große Umschweife, aber mit freundlichem Tonfall, zur Sache: »Ich forsche nach dem Verbleib einer Dame, die vor drei Jahren verschwunden ist. Was wißt Ihr von Julian Cruce?«

Mutter und Sohn und Walter, der gerade hinter Hugh

den Raum betrat, zeigten blankes Unverständnis, doch Adam Heriet schien sofort zu wissen, worum es ging. Er erstarrte mitten in der Bewegung, halb von der Bank aufgestanden, stützte sich auf den Tisch und erwiderte Hughs Blick mit besorgtem, reglosen Gesicht. Er kannte den Namen, und der Klang hatte ihn drei Jahre zurückversetzt zu jener Reise, an deren Einzelheiten er sich jetzt erinnerte. Die Ereignisse tanzten ihm ungestüm durch den Kopf wie die Perlen eines Rosenkranzes in den Händen eines verängstigten Menschen. Doch er schien nicht verängstigt, nur wachsam gegenüber einer Gefahr, gegenüber den Schmerzen der Erinnerung. Und er mußte schnell denken und vielleicht zwischen Wahrheit, Teilwahrheit und Lüge entscheiden. Hinter diesem festen, undurchdringlichen Gesicht konnte alles möglich gedacht werden.

»Mein Herr«, sagte Adam, indem er bedächtig sein Schweigen brach, »ich kenne sie natürlich. Ich ritt mit ihr, ich und drei andere aus dem Hause ihres Vaters, als sie nach Wherwell ging, um ins Kloster einzutreten. Da ich in jener Gegend gedient habe, weiß ich natürlich, daß das Nonnenkloster niedergebrannt ist. Aber vor drei Jahren verschwunden? Wie ist das möglich, da ihre Verwandten doch genau wußten, wo sie lebte? In den heutigen Wirren verschwunden – ja, das könnte sein, denn ich habe seit dem Brand vergeblich nach ihr gefragt. Wenn Ihr mehr über meine Herrin Julian wißt als ich, dann bitte ich Euch, sagt es mir. Ich konnte nicht erfahren, ob sie lebt oder tot ist.«

Es klang wahr, und doch hatte er gerade eben erst lange geschwiegen und sich sehr beherrscht. Vielleicht war es sogar mehr als die halbe Wahrheit. Wenn er ehrlich war, dann hatte er nach der Katastrophe nach ihr gesucht. Wenn er unehrlich war – nun, er wußte um die augenblicklichen Wirren und konnte sie zu seinem Vorteil nutzen.

»Ihr seid mit ihr nach Wherwell gegangen«, sagte

Hugh, ohne eine Antwort zu geben und sich festzulegen. »Habt Ihr sie sicher am Tor des Konvents abgeliefert?«

Das Schweigen war kurz, aber vielsagend. Wenn er einfach Ja sagte, dann log er. Wenn nicht, erzählte er vielleicht die Wahrheit.

»Nein, Herr, das habe ich nicht«, erwiderte Adam schwer. »Ich wünschte, ich hätte es getan, aber sie wollte es nicht. Wir rasteten die letzte Nacht in Andover, und am nächsten Morgen ritt ich die letzten Meilen mit ihr allein. Als wir noch eine Meile entfernt waren – das Kloster war noch nicht zu sehen, ein kleines Waldstück lag vor uns –, schickte sie mich zurück und sagte, sie wollte den letzten Teil des Weges allein gehen. Ich gehorchte. Ich habe ihr gehorcht, seit ich sie in meinen Armen trug, als sie kaum ein Jahr alt war«, fuhr er fort, und zum erstenmal zuckte ein Feuerschein in seinem dunklen Gesicht wie ein kurzer Blitz in dichten Wolken.

»Und die anderen drei?« fragte Hugh freundlich.

»Wir ließen sie in Andover zurück. Als ich zurückkehrte, machten wir uns auf den Heimweg.«

Hugh sagte noch nichts über die Diskrepanz im Zeitablauf. Dies wollte er sich als Reserve aufbewahren, um den Mann damit zu konfrontieren, wenn er nicht mehr in der Geborgenheit seiner Familie war und seiner selbst nicht ganz so sicher.

»Und seitdem habt Ihr nichts mehr von Julian Cruce gehört?«

»Nein, Herr, nichts. Und wenn Ihr etwas gehört habt, dann laßt es mich in Gottes Namen wissen, ob es nun gute oder schlechte Nachrichten sind!«

»Ihr wart dieser Dame ergeben?«

»Ich wäre für sie gestorben, ich würde heute noch für sie sterben.«

Dazu wirst du noch Gelegenheit haben, dachte Hugh, wenn sich herausstellt, daß du der beste Schauspieler mit einer falschen Maske warst, den es je gegeben hat. Er war unsicher über diesen Mann, dessen kurzen leidenschaftlichen Ausbrüche mit der Kraft der Wahrheit gekommen waren, und der dennoch seine Worte mit zögernder Vorsicht gewählt hatte.

Warum, wenn er nichts zu verbergen hatte?

»Habt Ihr hier ein Pferd, Adam?«

Der Mann schenkte ihm einen langen, berechnenden Blick aus seinen tiefliegenden, unter buschigen Brauen verborgenen Augen. »Ja, Herr.«

»Dann muß ich Euch bitten, es zu satteln und mit mir zu reiten.«

Es war ein Wunsch, der nicht abgeschlagen werden konnte, und Adam Heriet wußte dies genau, doch wenigstens war er auf eine Weise vorgetragen worden, die es ihm ermöglichte, sich würdevoll zu erheben und zu gehen. Er schob die Bank zurück und stand mitten im Raum.

»Wohin reiten wir, Herr?« Und zum sommersprossigen Jungen, der unsicher aus den Schatten zusah, sagte er: »Geh und sattle mein Pferd, Junge, mach dich nützlich.«

Adam der Jüngere ging widerstrebend und mit einem langen Blick über die Schulter hinaus, und kurz danach pochten Hufe auf der festgetretenen Erde im Hof.

»Ihr müßt alle Umstände kennen«, sagte Hugh, »unter denen die Dame sich entschied, ins Kloster zu gehen. Ihr wißt, daß sie schon als Kind mit Godfrid Marescot verlobt wurde, und daß dieser das Verlöbnis auflöste, um in Hyde Mead Mönch zu werden.«

»Ja, das weiß ich.«

»Nachdem Hyde niedergebrannt war, kam Godfrid Marescot in den darauffolgenden Wirren nach Shrewsbury. Und seitdem Wherwell zerstört wurde, sehnt er sich nach einer Nachricht von diesem Mädchen, und ob ihr ihm nun etwas berichten könnt oder nicht, Adam, ich möchte, daß Ihr mit mir kommt und ihn besucht.« Immer noch kein Wort über die unbedeutende Tatsache, daß sie überhaupt nicht in ihrem selbstgewählten Zufluchtsort angekommen war. Ebensowenig war Adams erfahrenem, beherrschten Gesicht anzusehen, ob dieser es wußte. »Und wenn Ihr kein Licht in die Angelegenheit bringen könnt«, fuhr Hugh freundlich fort, »dann könnt Ihr ihm zumindest von ihr erzählen und mit ihm eine Erinnerung teilen, die ihm schwer auf dem Herzen liegt und die er bisher allein tragen mußte.«

Adam atmete langsam und tief ein. »Das will ich tun, mein Herr. Er war ein guter Mann, das sagt jeder von ihm. Zu alt für sie, aber ein guter Mann. Es war eine Schande. Sie hat immer von ihm erzählt und war so stolz, als wollte er eine Königin aus ihr machen. Schade, daß ein so hübsches Mädchen ins Kloster ging. Sie war ihm ebenbürtig. Ich kannte sie. Ich reite gern mit Euch.« Und zu Ehemann und Frau, die dicht beisammen standen, sagte er: »Shrewsbury ist nicht weit. Ihr werdet mich sehr bald schon wiedersehen.«

Der Ritt nach Shrewsbury war alltäglich und doch sehr eigenartig. Die ganze Zeit über benahm sich dieser harte, unverwüstliche Kämpfer als wüßte er nicht, daß er ein Gefangener war, einer Tat verdächtigt, die noch nicht enthüllt war. Er mußte bemerken, daß sich die beiden Offiziere links und rechts hinter ihm hielten, falls er einen Ausbruch versuchte. Er war ein guter Reiter und besaß ein braves Pfed. Er mußte einen guten Ruf haben und das Vertrauen seines Kommandanten genießen, wenn man ihn so gut ausgerüstet ziehen ließ. Er stellte keine Fragen über seine eigene Situation und zeigte keine Sorge; aber bevor sie St. Giles sahen, fragte er mindestens dreimal:

»Herr, habt Ihr überhaupt einmal etwas von ihr gehört, nachdem das Unglück über Winchester kam?«

»Herr, wenn Ihr Euch in Wherwell erkundigt habt, seid Ihr dann auf eine Spur gestoßen? Dort müssen viele Nonnen verstreut worden sein.«

Und schließlich, fast flehend: »Mein Herr, wißt Ihr, ob sie lebt oder ob sie tot ist?«

Auf keine der Fragen konnte er eine direkte Antwort bekommen, denn es gab keine. Als sie schließlich am kleinen Hügel von St. Giles vorbeikamen und die geduckten Dächer und den kleinen Turm sahen, sagte er nachdenklich: »Es muß eine schwere Reise für einen kranken und alternden Mann gewesen sein, der ganze Weg von Hyde hier herauf. Ich wundere mich, wie Godfrid das überstanden hat.«

»Er war nicht allein«, erklärte Hugh fast abwesend. »Sie kamen zu zweit aus Hyde Mead.«

»Das ist gut«, sagte Adam, indem er beruhigt nickte, »denn man sagte, daß er schlimm verwundet sei. Ohne Hilfe hätte er unterwegs zusammenbrechen können.« Er atmete langsam und vorsichtig ein.

Danach ritt er schweigend weiter, vielleicht wegen des hohen Schattens der Abtei zur Linken, der wie eine scharfe Messerklinge die Nachmittagssonne mitten auf der staubigen Straße durchschnitt.

Sie ritten unter den Bogen des Torhauses und sahen im Hof die übliche Unruhe des Nachmittags, welche auf die stille halbe Stunde folgte, in der die älteren Brüder schliefen und die jüngeren spielten. Nun hatten sie sich wieder erhoben und gingen ihren verschiedenen Beschäftigungen nach; sie kehrten zu ihren Tischen im Skriptorium zurück, zur Arbeit in den Gärten der Gaye oder zur Mühle und den Zuchtteichen. Der Bruder Pförtner kam aus seinem Verschlag, als er Hughs großes graues Pferd sah. Er bemerkte die Offiziere und betrachtete neugierig den Unbekannten, der zwischen ihnen ritt.

»Bruder Humilis? Nein, den findet Ihr nicht im Skriptorium und auch nicht im Dormitorium. Heute morgen nach der Messe brach er zusammen, als er den Hof überqueren wollte. Der Sturz fügte ihm keinen großen Schaden zu, denn der Junge fing ihn auf und ließ ihn sachte zu Boden gleiten; aber es dauerte eine Weile, bis er wieder zu sich kam. Er ist jetzt im Krankenquartier. Bruder Cadfael ist bei ihm.«

»Das tut mir leid«, sagte Hugh, während er entsetzt innehielt. »Dann kann ich ihn jetzt nicht stören...« Und doch, falls dies ein weiterer Schritt hin zu dem Ende war, das Cadfael als unausweichlich und stetig näherrückend bezeichnet hatte, dann konnte Hugh es sich nicht erlauben, mit den Nachforschungen zu warten, die möglicherweise Licht auf Julian Cruces Schicksal werfen konnten. Humilis selbst wollte dringend etwas erfahren.

»Oh, er ist zu sich gekommen«, sagte der Pförtner, »und er ist Gott sei Dank wieder Herr seiner Sinne wie eh und je. Er will bald in seine eigene Zelle im Dormitorium zurück und meint, er könne alle seine Pflichten hier noch eine Weile erfüllen, aber man will ihn noch im Krankenquartier behalten. Er ist bei Bewußtsein und anscheinend recht eigensinnig. Wenn Ihr ihm etwas Wichtiges mitzuteilen habt, dann würde ich auf jeden Fall zum Krankenquartier gehen und fragen, ob sie Euch zu ihm lassen.«

›Sie‹, das waren Bruder Edmund und Bruder Cadfael, die in allem, was das Krankenquartier betraf, das letzte Wort hatten.

»Wartet hier!« sagte Hugh. Er sprang aus dem Sattel und schritt über den Hof zur Nordwestecke, wo das Krankenquartier etwas zurückgezogen in einem Winkel der Enklave stand. Die beiden Offiziere stiegen ebenfalls ab und hielten sich aufmerksam in der Nähe ihres Gefangenen; doch es schien, als wollte Adam sich allem stellen, was man ihm vorhalten konnte, denn er blieb noch einige Augenblicke ruhig auf seinem Pferd sitzen. Dann sprang er herab und reichte die Zügel dem Burschen, der schon Hughs Pferd übernommen hatte. Sie warteten schweigend, und Adam nutzte die Gelegenheit, um interessiert die Gebäude zu mustern, die den Hof umgaben.

Hugh traf Bruder Edmund in der Tür des Krankenquartiers, als dieser gerade herauskam, und stellte ihm unvermittelt seine Frage. »Ich hörte, daß Ihr Bruder Humilis im Krankenquartier habt. Kann er Besucher empfangen? Ich habe den vermißten Mann unter Bewachung hergebracht, und mit Glück können wir etwas aus ihm herausbekommen, bevor er Zeit hat, sich eine passende Geschichte zu überlegen.«

Edmund blinzelte ihn einen Moment an, denn es fiel ihm schwer, einen seiner Schützlinge jemand anderem zu überlassen. Dann, nach einigem Zögern, sagte er: »Er wird mit jedem Tag schwächer, aber er ist gut ausgeruht und macht sich wegen des Mädchens Sorgen, weil er glaubt, sie sei durch sein Verhalten in Gefahr gekommen. Sein Geist ist wach und sehr entschlossen. Ich glaube, daß er Euch bestimmt sehen will. Cadfael ist gerade bei ihm – die frisch verheilte Wunde ist durch den Sturz wieder aufgebrochen, aber sie ist sauber. Ja, geht nur zu ihm hinein.« Mit dem Gesicht, nicht mit Worten, fügte er hinzu: ›Wer weiß, wieviel Zeit er noch hat? Eine gute Nachricht könnte seine Zeit verlängern.‹

Hugh kehrte zu seinen Männern zurück. »Kommt, wir dürfen hinein.« Und zu den beiden Offizieren sagte er: »Wartet draußen vor der Tür.«

Er hörte Cadfaels vertraute Stimme, sobald er, den gehorsam folgenden Adam dicht hinter sich, das Krankenquartier betrat. Bruder Humilis war nicht im großen Krankensaal untergebracht, sondern in einer kleinen, stillen Zelle, die etwas abseits lag. Die Tür stand offen. Das Mobiliar bestand nur aus einer Liege, einem Hocker und einem kleinen Tisch, auf dem Bücher oder Kerzen abgestellt werden konnten. Durch die weit geöffnete Tür und ein kleines, offenes Fenster drangen Luft und Licht ins Zimmer. Bruder Fidelis kniete neben dem Bett und stützte den Kranken mit dem Arm, während Cadfael die Bandagen an der Hüfte und im Schritt erneuerte, wo das zarte neue Narbengewebe beim Sturz aufgeplatzt war. Sie hatten ihn ganz ausgezogen, und die Decke war zurückgeschlagen, doch Cadfaels breiter Körper versperrte den Blick aufs Bett, und als Fidelis die näherkommenden Schritte hörte, zog er dem Patienten rasch die Decke bis zur Hüfte hoch. Der große Körper war so ausgemergelt, daß Fidelis ihn mühelos mit einem Arm anheben konnte. Doch das hagere Gesicht war klar und entschlossen wie immer, und die tiefliegenden Augen strahlten hell. Er überließ sich mit müdem, geduldigem Lächeln der Behandlung, als sei es eine Pflichtübung. Es war der Junge, der sich eilig bemühte, den zerstörten Körper vor den Augen der Außenstehenden zu verbergen. Nachdem er die Decke hochgezogen hatte, drehte er sich um und schüttelte das saubere Leinenhemd aus, das neben dem Bett bereitlag. Er zog es Humilis über den Kopf und half ihm mit geübten Bewegungen, die schmalen Arme durch die Ärmel zu stecken. Dann hob er ihn an, um unter ihm die Falten zu glätten. Erst als dies getan war, drehte er sich um und blickte zur Tür.

Hugh war bekannt und akzeptiert, sogar willkommen. Humilis und Fidelis blickten jedoch an ihm vorbei, um zu sehen, wer ihm folgte.

Der Fremde hinter Hugh sah rasch von einem Gesicht zum andern, ein kurzer, flackernder, aber scharfer Blick, der berührte und sich sofort wieder löste, eine blitzschnelle Einschätzung der Dinge, die da kommen mochten. Bruder Cadfael gehörte eindeutig hierher und stellte keine Bedrohung dar. Der Kranke im Bett war durch Erzählungen bekannt, aber der dritte Bruder, der reglos am Bett stand und dessen Augen tief im Schatten der Kapuze blitzten, war nicht so einfach einzuschätzen. Adam Heriet warf den letzten und längsten Blick zu Fidelis, bevor er die Augen niederschlug und sein Gesicht verschloß wie ein zugeklapptes Buch.

»Bruder Edmund erlaubte uns, hereinzukommen«, erklärte Hugh, »aber wenn wir Euch ermüden, dann werft uns hinaus. Es tut mir leid zu hören, daß Ihr nicht wohlauf seid.«

»Es wird mir die beste Medizin sein«, erwiderte Humilis, »wenn Ihr gute Nachrichten für mich habt. Bruder Cadfael wird keine Einwände erheben, wenn ein anderer Arzt etwas zu sagen hat. Ich bin nicht sehr krank, es war nur eine Schwäche – die Hitze ist so drückend.« Seine Stimme klang etwas unsicherer als sonst, die Worte kamen langsamer, aber er atmete ruhig, und die Augen waren gefaßt und klar. »Wer ist der Mann, den Ihr da mitbringt?«

»Bevor er aufbrach«, erklärte Hugh, »hat Nicholas Euch sicher erzählt, daß wir bereits drei der vier befragt haben, die Frau Julian eskortierten, als sie nach Wherwell ging. Dies hier ist der vierte – Adam Heriet, der den letzten Teil des Weges mit ihr allein ging, während die Gefährten in Andover auf seine Rückkehr warteten.«

Bruder Humilis richtete sich auf, um den Besucher näher in Augenschein zu nehmen, und Bruder Fidelis kniete sofort nieder und legte einen Arm hinter das stützende Kissen seines Herrn. Er verbarg den Kopf im Schatten hinter Humilis' magerer Schulter.

»So ist das? Dann kennen wir jetzt alle, die sie damals beschützten. Ihr also«, sagte Humilis, während er den kräftigen Mann betrachtete, sein breites Gesicht mit den dicken Augenbrauen und die wie bei einem wütenden Stier vorgereckte Stirn, »Ihr also seid der Mann, der sie seit ihrer Kindheit geliebt hat.«

»So ist es«, erwiderte Adam Heriet fest.

»Sagt ihm«, forderte Hugh ihn auf, »wie und wann Ihr Euch von der Dame verabschiedet habt. Sprecht nur, und laßt Euch Zeit.«

Heriet atmete tief ein, doch ohne Anzeichen von Furcht oder Wachsamkeit. Er erzählte die Geschichte, die er schon Hugh in Brigge erzählt hatte. »Sie bat mich zu gehen und sie allein zu lassen. Das tat ich. Sie war meine Herrin und konnte mir befehlen, was sie wollte. Ich tat, was sie mir befahl.«

»Und dann kehrtet Ihr nach Andover zurück?« fragte Hugh freundlich.

»Ja, Herr.«

»Aber wohl kaum in großer Eile«, sagte Hugh mit täuschender Freundlichkeit. »Von Andover bis Wherwell sind es nur einige Meilen, und Ihr sagt, sie hätte Euch eine Meile vor Wherwell entlassen. Und doch seid Ihr erst in der Abenddämmerung, viele Stunden später, nach Andover zurückgekehrt. Wo wart Ihr in der Zwischenzeit?«

Der eisige Schreck, der Adam durchfuhr, war nicht zu verkennen. Er hielt einen Moment den Atem an. Er verlor die Kontrolle und warf Hugh einen wilden Blick zu, dann senkte er die Augen wieder. Er mußte einen Augenblick mit sich ringen, um Stimme und Gedanken in die Gewalt zu bekommen, doch es gelang ihm mit heldenhafter Geschwindigkeit, und das Zögern schien zu kurz für die Erfindung eines komplizierten Lügengewebes.

»Mein Herr, ich war noch nie so weit im Süden gewesen und glaubte damals, daß ich nie wieder hinkommen würde. Sie hatte mich entlassen, und die Stadt Winchester war ganz in der Nähe. Ich hatte schon von der Stadt gehört, aber ich hätte nie geglaubt, daß ich sie einmal sehen würde. Ich weiß, daß ich nicht das Recht hatte, mich zu entfernen, aber ich tat es trotzdem. Ich ritt in die Stadt und blieb den ganzen Tag dort. Damals war noch Frieden, und man konnte herumspazieren, die große Kirche ansehen, in einer Schenke essen, alles, ohne Angst zu haben. Und genau das tat ich und kehrte erst spät am Abend nach Andover zurück. Wenn sie es Euch so berichtet haben, dann sprechen sie die Wahrheit. Wir haben uns erst am nächsten Morgen auf den Heimweg gemacht.«

Humilis, der die Stadt Winchester wie seine Westentasche kannte, übernahm mit trockener, ruhiger Stimme die Befragung, während er den Verdächtigen mit wachen Augen beobachtete. »Wer könnte Euch vorwerfen, daß Ihr Euch ein paar Stunden freigenommen habt, nachdem Euer Auftrag erledigt war? Was habt Ihr denn in Winchester gesehen?«

Adams Atem ging jetzt sichtlich ruhiger. Diese Frage war für ihn kein Problem. Er gab einen ausführlichen, sehr detaillierten Bericht von seinem Besuch in Bischof Henrys Stadt, vom Nordtor, durch das er eingeritten war, bis zu den Wiesen von St. Cross, von der Kathedrale und der Burg Wolvesey bis zu den Feldern von Hyde Mead im Nordwesten. Er konnte genau die Ladenfronten in der steilen High Street beschreiben, den goldenen Schrein von St. Swithun und das prächtige Kreuz, das Bischof Henry seinem Vorgänger Bischof Walkelin geschenkt hatte. Zweifellos hatte er tatsächlich alles selbst gesehen. Humilis wechselte einen Blick mit Hugh und gab ihm zu verstehen, daß der Mann die Wahrheit sprach. Weder Hugh noch Cadfael, der sich etwas abseits hielt und alles anhörte, waren je in Winchester gewesen.

»Das ist also alles, was Ihr über Julian Cruces Schicksal wißt«, sagte Hugh schließlich.

»Ich habe nie mehr von ihr gehört, Herr, seit wir uns an jenem Tag trennten«, erwiderte Adam, der allem Anschein nach die Wahrheit sprach. »Aber vielleicht könnt Ihr mir jetzt etwas sagen; Ihr wißt ja, daß ich schon mehrmals nach ihr gefragt habe.« Doch er bat nicht mehr, und selbst diese Erinnerung hatte die frühere Dringlichkeit verloren.

»Ich kann und will Euch etwas sagen«, entgegnete Hugh abrupt und barsch. »Julian Cruce kam nie in Wherwell an. Die Priorin von Wherwell hat nie von ihr gehört. Sie ist seit jenem Tag verschwunden, und Ihr seid der letzte, der sie gesehen hat. Wie könnt Ihr das erklären?«

Adam stand sprachlos da und starrte einen langen Augenblick ins Leere. »Ist das wahr?« sagte er langsam.

»Es ist wahr, aber es wäre eigentlich nicht nötig gewesen, es Euch zu sagen, denn Ihr habt es gewußt. Denn Ihr seid der einzige, der wissen muß, wohin sie ging, da sie Wherwell nie erreichte. Wohin sie ging und was ihr zustieß und ob sie auf der Erde oder schon lange darunter ist.«

»Ich schwöre bei Gott«, sagte Adam langsam, »daß meine Herrin, als ich sie auf ihren Wunsch verließ, gesund und munter war, und ich bete, daß sie das heute noch ist, wo auch immer sie sich befindet.«

»Ihr wußtet doch, welche Wertsachen sie bei sich hatte, oder? Waren sie wertvoll genug, um Euch in Versuchung zu bringen? Habt Ihr, das frage ich Euch jetzt in aller Form, habt Ihr Eure Herrin ausgeraubt und Ihr Gewalt angetan, als sie mit Euch allein war und kein Zeuge in der Nähe?«

Fidelis ließ Humilis sanft in die Kissen zurücksinken und baute sich groß und aufrecht neben ihm auf. Adam bemerkte die Bewegung und betrachtete ihn einen Augenblick. Dann sagte er laut und deutlich: »Ganz und gar nicht. Ich wäre damals für sie gestorben, und das würde ich auch heute noch tun, wenn ihr das auch nur einen Augenblick des Kummers ersparen könnte.«

»Nun gut!« sagte Hugh knapp. »Das ist Eure Aussage. Aber trotzdem muß ich Euch festhalten, bis ich mehr weiß. Und ich werde mehr erfahren, Adam, daran besteht kein Zweifel.« Er ging zur Tür, wo die beiden Offiziere auf Befehle warteten, und rief sie herein. »Setzt diesen Mann auf der Burg hinter Schloß und Riegel.«

Adam ging ohne ein Wort der Überraschung oder des Protestes mit ihnen hinaus. Er hatte nichts anderes erwartet, denn der Lauf der Dinge hatte ihn erfaßt, und nun mußte sich hinter ihm eine Tür schließen. Anscheinend war er nicht besonders beunruhigt oder besorgt, doch er war ein kräftiger, erfahrener Mann, der seine Gedanken nicht immer zeigte. Er warf von der Türschwelle noch einen Blick zurück, der alle im Zimmer umfaßte, doch er sagte nichts und gab nicht zu erkennen, was in ihm vorging; Hugh bemerkte überhaupt nichts, und Cadfael sah nur eine Winzigkeit. Ein bloßer Funke war es, zu klein, um Licht zu spenden.

9

Bruder Humilis sah den Wächtern, die mit ihrem Gefangenen fortgingen, lange nach. Als sie verschwunden waren, ließ er sich mit einem tiefen Seufzen aufs Bett zurücksinken und starrte die niedrige Steindecke an.

»Wir haben Euch ermüdet«, sagte Hugh. »Wir wollen Euch jetzt ruhen lassen.«

»Nein, wartet!« Auf seiner hohen Stirn breitete sich Schweiß aus wie feiner Tau. Fidelis beugte sich vor und wischte ihn ab. Einen Augenblick erhellte ein gedankenverlorenes Lächeln sein Gesicht, dann wurde es wieder dunkel.

»Mein Sohn, geh nun hinaus in die Sonne und an die Luft. Du verbringst viel zuviel Zeit mit meiner Pflege, und du siehst, daß ich jetzt nichts weiter brauche. Es ist nicht recht, daß du mich zu deiner einzigen Aufgabe gemacht hast. Ich werde bald schlafen.« Die Heiterkeit seiner Worte ließ nicht erkennen, ob er von einem erfrischenden Schlummer an einem heißen Nachmittag sprach, oder ob er den letzten Schlaf des Körpers beim Erwachen der Seele meinte. Er berührte einen Moment die Hand des jungen Mannes. Es war eine sehr zarte Bewegung und viel zu kurz, um als Zärtlichkeit verstanden zu werden. »Ja, geh nur, ich wünsche es. Beende meine Arbeit für mich. Du führst die Feder sicherer als ich, und die Details sind jetzt zu fein für mich.«

Fidelis betrachtete ihn mit gefaßtem Gesicht, blickte zu den beiden auf, die zusahen, und schlug gehorsam die klaren grauen Augen nieder, die einen so starken Kontrast zum gelockten bronzenen Ring seiner Tonsur bildeten. Schließlich leistete er dem Wunsch Folge und ging; vielleicht sogar froh, auf jeden Fall aber mit großen, schnellen Schritten.

»Nicholas hat mir gar nicht gesagt, was für Wertsachen meine Verlobte mitnahm«, erklärte Humilis, nachdem die leichten Schritte verklungen waren. »Waren sie so auffällig, daß man sie wiedererkennen kann, falls sie einmal auftauchen?«

»Ich glaube, sie sind einzigartig«, sagte Hugh. »Die Gold- und Silberschmiede arbeiten meist nach eigenen Entwürfen, und selbst wenn sie ein Paar herstellen, gelingt es ihnen nur selten, die beiden Teile genau gleich zu modellieren. Die Stücke waren einzigartig. Wer die Beschreibung kennt, vergißt sie nicht.«

»Darf ich erfahren, was es war? Sie hatte Geld dabei, wie ich hörte – das soll der behalten, der es nahm. Aber die anderen Sachen?«

Hugh, dessen Gedächtnis für Worte so genau war wie ein Spiegel, gab ihm bereitwillig die Beschreibung: »Ein Paar Kerzenhalter aus Silber, geformt wie hohe Wandleuchter und von Ranken umgeben, Kerzenscheren mit Silberketten daran befestigt, ebenfalls mit Weinblättern geschmückt. Ein freistehendes, handhohes Kreuz mit einem dreistufigen Podest, mit gelben Halbedelsteinen, mit Amethyst und Achat besetzt, ein zweites Kreuz aus dem gleichen Metall und mit den gleichen Steinen in der Größe eines kleinen Fingers, an einer dünnen Silberkette, so daß es von einem Priester am Hals getragen werden kann. Weiter einige Schmuckstücke, nämlich ein Halsband mit polierten Steinen aus der Gegend von Pontesbury, ein Silberarmband, mit eingravierten Wickenblättern geschmückt, und ein auffälliger Silberring mit umlaufenden Emailleverzierungen in der Form von gelben und blauen Blumen. Das ist die Beute. Sie ist sicher nicht mehr in dieser Grafschaft. Wenn sie je gefunden wird, dann wird sie irgendwo im Süden auftauchen, wo Mädchen und Wertsachen verschwanden.«

Humilis lag still und mit geschlossenen Augen. Seine Lippen wiederholten geräuschlos die Aufstellung der Wertgegenstände. »Ein kleines Vermögen«, flüsterte er.

»Aber groß genug für eine arme, verzweifelte Seele. Glaubt Ihr wirklich, daß sie für diese wenigen Dinge gestorben sein kann?«

»Männer und auch Frauen«, erwiderte Hugh sachlich, »sind schon für viel weniger gestorben.«

»Ja das ist wahr! Ein kleines Kreuz«, sagte Humilis, der noch einmal die gut erinnerte Beschreibung wiederholte, »so lang wie ein kleiner Finger, geschmückt mit gelben Steinen, mit grünem Achat und Amethyst... das Gegenstück zu einem Altarkreuz der gleichen Art, mit einer Kette, damit man es tragen kann. Ja, das kann man wiedererkennen.«

Der leichte Tau der Schwäche blühte abermals auf seiner Stirn, und ein großer Tropfen rann zwischen die Falten eines geschlossenen Augenlids. Cadfael wischte die brennende Feuchtigkeit fort und bedeutete Hugh mit einem Stirnrunzeln, vor ihm hinauszugehen.

»Ich will schlafen...« sagte Humilis. Er lächelte leicht und schwach.

Im großen Zimmer hinter dem Steingang, wo zu beiden Seiten eines offenen Flurs ein Dutzend Betten in zwei Reihen aufgestellt waren, hoben Bruder Edmund und ein zweiter Bruder, dessen kräftige, aufrechte Gestalt von hinten nicht verriet, welches Gesicht zu ihm gehörte, eine Liege mit dem Laienbruder darin hoch, um sie ein Stück weiter an der Wand wieder abzusetzen, damit sie Platz für ein neues Lager und einen neuen Patienten hatten. Der Helfer setzte gerade sein Ende des Bettes ab, als Cadfael und Hugh an der offenen Tür vorbeigingen. Er richtete sich auf und drehte sich um, rieb sich die Hände, um die Spuren des Gewichtes fortzumassieren, und sie sahen die dunklen, geraden Augenbrauen und die brennenden Augen von Bruder Urien. In ungewöhnlicher Zufriedenheit mit sich selbst und den Wänden und Menschen um ihn zeigte er ein leichtes, gespanntes Lächeln, das zwar seine Lippen bewegte, aber nicht den

Brand in seinen Augen löschen konnte. Er sah ihnen nach, als wäre ein Schatten vorbeigegangen, und trat auf die andere Seite, sobald sie fort waren, um einen Stapel gewaschener Leinentücher in die Presse zu legen, die dort im Gang stand.

Gewöhnlich blieben im Krankenquartier alle Türen offen, damit ein Hilferuf sofort die aufmerksamen Ohren erreichte und die Hilfe rasch kam. Menschliche Rufe, der Gesang bei den Gottesdiensten, sogar die Stimmen der Vögel erfüllten den Raum. Nur wenn Unwetter oder starker Regen drohten oder in winterlicher Kälte wurden die Türen geschlossen und die Läden zugezogen. Nie aber um diese Jahreszeit, in der Hitze des Sommers.

»Der Mann lügt«, sagte Hugh, als er mit Cadfael den großen Hof überquerte. Er dachte besorgt an das Netz aus Wahrheit und Täuschung. »Aber zur Hälfte sagte er auch die Wahrheit; die Frage ist nur, welche Hälfte gelogen ist? Sagt mir das.«

»Wenn ich das könnte«, erwiderte Cadfael freundlich, »dann wäre ich kein Sterblicher.«

»Er genoß ihr Vertrauen, er wußte, was sie bei sich hatte, er ritt die letzten Meilen allein mit ihr, und seitdem fehlt von ihr jede Spur«, zählte Hugh zornig die Beweise auf. »Und doch wollte er auf dem Weg hierher immer wieder von mir wissen, ob sie lebte oder tot sei, und ich hätte schwören können, daß die Frage ehrlich gemeint war. Aber nun seht ihn an! Mitten im Verhör steht er plötzlich reglos da wie ein Fels, protestiert nicht gegen seine Gefangennahme und zeigt auch keine weitere Sorge um ihr Schicksal. Was soll man davon halten?«

»Er ist so unverständlich wie die ganze Angelegenheit«, stimmte Cadfael bedrückt zu. »Ich bin Eurer Meinung, er hat bestimmt gelogen. Wer weiß, was er noch nicht verraten hat. Aber wenn er alles an sich genommen hat, was sie bei sich trug, was hat er dann damit gemacht? Es waren vielleicht keine Reichtümer, aber auf jeden Fall besser als der niedrige Sold, die Gefahr und der

Schweiß eines Soldatenlebens, und trotzdem ist er immer noch ein einfacher Soldat und nichts mehr.«

»Soldat mag er sein«, erwiderte Hugh trocken, »aber einfach ist er nicht. Seine Wendigkeit hat mich verblüfft. Er kennt Winchester gut – nun, wo immer er in den letzten drei Jahren diente, in diesem Winter wurden alle Truppen in Winchester zusammengezogen. Wie sollte er die Stadt da nicht kennen? Und doch, ich hätte schwören können, daß er zuerst nicht wußte und wirklich wissen wollte, was aus dem Mädchen geworden ist. Entweder das, oder er ist der gerissenste Schauspieler, der je sein Gesicht zu einer Täuschung verzogen hat.«

»Er schien sich nicht sehr unwohl zu fühlen«, sagte Cadfael nachdenklich, »als Ihr ihn hereinbrachtet. Besorgt, ja, und er wählte seine Worte mit Bedacht – und das verleiht ihnen um so mehr Bedeutung.« Seine Miene hellte sich auf. »Ich werde noch einmal darüber nachdenken. Aber furchtsam oder ängstlich, nein, das würde ich nicht sagen.«

Sie hatten das Torhaus erreicht, wo der Bursche schon mit Hughs Pferd wartete. Hugh nahm die Zügel und setzte den Fuß in den Steigbügel, hielt aber noch einmal inne und blickte über die Schulter seinen Freund an.

»Ich will Euch etwas sagen, Cadfael. Die einzige zuverlässige Möglichkeit, diesen Knoten zu entwirren, wäre es, wenn irgendwo das Mädchen gesund und munter auftaucht. Dann könnten wir alle beruhigt sein. Aber Ihr habt dieses Jahr schon Euren Anteil an Wundern bekommen, und nicht einmal Ihr werdet wagen, um ein weiteres zu bitten.«

»Trotzdem«, sagte Cadfael, der mißmutig den unordentlichen Haufen von Bruchstücken betrachtete, die einfach nicht zusammenpassen wollten, »da blinkt etwas in meinem Augenwinkel, und jedesmal, wenn ich direkt hinsehe, ist es wieder weg. Ein Irrlicht – nicht einmal ein Funke...«

»Laßt ihn in Ruhe«, sagte Hugh, indem er sein Pferd

zum Tor herumdrehte. »Blast nicht darauf, weil er sonst ganz erlöschen könnte. Aber wenn Ihr in die andere Richtung blast, wer weiß? Vielleicht wird dann eine Kerzenflamme daraus, die Motten anlockt, damit sie sich die Flügel verbrennen.«

Bruder Urien ließ sich mit dem Wäschestapeln im Krankenquartier viel Zeit. Er hatte Fidelis ohne ein Wort vorbeigehen gelassen, denn er war völlig auf die drei konzentriert, die noch im Krankenzimmer waren. Die Steinwände trugen hallende Echos durch den Gang und die offenen Türen heran. Bruder Uriens Sinne waren durch seine Qualen so weit geschärft und so empfindlich geworden, daß er eine Gänsehaut bekam und seine kurzen Haare sich aufstellten, wenn er ein Geräusch vernahm, das einem anderen Ohr leise und sanft vorgekommen wäre.

Er führte exakt und gehorsam alles aus, was Edmund ihm auftrug: ein Bett verrücken, ohne den darin liegenden Kranken zu stören, der halb betäubt und sehr alt war, ein neues Bett für einen neuen Kranken aufbauen. Er sah dem Sheriff und dem Kräuterbruder offen nach. In seinem Kopf drehten sich noch die Worte, an die Hugh sich so gut erinnert hatte. All diese Dinge aus wertvollen Metallen und Halbedelsteinen, alle verschwunden, und eine Frau dazu. Ein Altarkreuz – nein, das war hier nicht von Bedeutung. Aber ein dazu passendes kleines Kreuz an einer silbernen Halskette... Benediktinerbrüder durften ohne besondere Erlaubnis, die nur selten erteilt wurde, keinen persönlichen Erinnerungen verhaftet bleiben, den Früchten der Welt, so unscheinbar sie auch schienen. Doch es gab Brüder, die Ketten um den Hals trugen – einen wenigstens. Er hatte ihn einmal berührt und war bitter gedemütigt worden. Er wußte es.

Auch die Zeit legte ein klares Zeugnis ab, die Zeit und der Ort. Wer aus Verzweiflung oder Gier tötet und sich in Bedrängnis sieht, nutzt jede Zuflucht, die sich bietet. Wertsachen können versteckt werden, bis die Flucht möglich und sicher ist. Aber warum dem gebrochenen Kreuzfahrer bis nach Shrewsbury folgen? Die Flucht wäre leicht gewesen, nachdem Hyde verbrannt war. Wer zählte in einem solchen Inferno schon die Köpfe?

Doch niemand wußte besser als er, wie die Liebe, oder wie immer der richtige Name für diese Pein lautete, in der Seele eines Menschen entsteht, gehegt wird und schließlich wie ein Tyrann von ihm Besitz ergreift; hier drinnen im Kloster sogar mit viel größerer Wucht und Intensität als draußen in der Welt. Wenn er so leiden konnte, blind und halb verrückt, dann konnte doch auch ein anderer leiden. Und hatten die beiden Opfer nicht eine Gemeinsamkeit, die sie aneinander band? Ihre unausweichliche Schuld und Qual, wenn schon nichts anderes? Humilis war ein kranker Mann, der nicht mehr lange leben würde. Ein anderer würde seinen Platz einnehmen, wenn die Leere, die er hinterließ, unerträglich zu schmerzen begann. Uriens Herz schmolz wie Wachs, als er daran dachte, was Fidelis in seinem undurchdringlichen Schweigen erlitt.

Er beendete die Arbeit, für die er in die Krankenstation gerufen worden war, schloß die Wäschepresse, sah sich noch einmal im offenen Krankenzimmer um und ging in den Hof hinaus. Er war in der Welt Leibdiener und Stallbursche gewesen. Er besaß keine handwerkliche Ausbildung und war vor dem Eintritt in den Orden nicht sehr belesen gewesen. Er stellte seine Wendigkeit und seine Kraft zur Verfügung, wo sie gebraucht wurden, drinnen wie draußen, und übernahm jede Arbeit. Er murrte nicht über die Mühe, die ihm manche Arbeiten machten, und fand seinen ungelernten Beitrag auch nicht bedeutungslos. Das Feuer, das in ihm brannte, brauchte einen Ausdruck, denn sonst konnte er in seinem Bett nicht einschlafen und war beim Aufstehen nicht erfrischt. Doch was auch immer er tat, er konnte sich nicht von der schmerzhaft klaren Erinnerung an das Gesicht der Frau lösen, die ihn verstoßen und ihn einem unstillbaren Hunger und Durst ausgeliefert hatte. Er hatte ihr glattes junges Gesicht, das Abbild der Unschuld, und ihre grauen, strahlenden Augen im jungen Rhun wiedererkannt, bis diese Augen sich auf ihn gerichtet und ihn mit ihrer Süße und ihrem Mitleid bis ins Mark verbrannt hatten. Doch ihr volles, flammendes Haar, nicht rot, sondern leuchtend braun, hatte er bei Bruder Fidelis wiedergefunden, als Krone und Kranz über denselben grauen Augen, über den reinen Kristallen, an die er sich erinnerte. Die Stimme der Frau war klar, hoch und scharf gewesen. Dieses Spiegelbild seiner Erinnerung besaß keine Stimme und konnte deshalb nie grob oder böse sein, konnte ihn nicht verdammen und ihn nicht erschrecken. Und Fidelis war ein Mann, er war zum Glück keine grausame, verräterische Frau. Auch wenn er einmal erschrocken und verängstigt vor ihm zurückgezuckt war, Urien hatte gesagt und glaubte fest, daß es nicht immer so bleiben würde.

Er hatte den gemessenen mönchischen Schritt gelernt, doch nicht den Seelenfrieden, der zu ihm gehören sollte. Wenn er die Augen senkte und in den schützenden Ärmeln der Kutte die Hände vor dem Bauch faltete, konnte er in diesen Mauern gehen, wohin er wollte, und wurde als einer von vielen nicht besonders beachtet. Er wußte, wohin man Fidelis geschickt hatte, und folgte ihm nun. Er saß sicher auf der Bank, die der rechtmäßige Besitzer hätte mit ihm teilen müssen, vor sich das Pergamentpapier auf dem Schreibtisch, die kleinen Töpfe mit Farben daneben aufgestellt, um sich der Arbeit zu widmen, die Humilis begonnen und ihn zu vollenden gebeten hatte.

Am jenseitigen Ende des Skriptoriums im Kreuzgang, direkt unter der Südmauer der Kirche, übte der Vorsänger Bruder Anselm ein neues Lied mit seiner kleinen Handorgel, eine Folge von einem halben Dutzend Noten, die er ein ums andere Mal wiederholte, gleich einem begeisterten Vogelruf, süß und traurig. Einer der Schuljungen war bei ihm und erhob sorglos die Stimme, wie es begabte Kinder eben tun, die sich darüber wundern, daß die Älteren soviel Aufhebens um Dinge machen, die von selbst und mühelos geschehen. Urien verstand nicht viel von Musik, doch er fühlte sie so scharf wie alles andere. Sie drang in sein Fleisch wie ein Schwarm kleiner Pfeile. Der Junge sang reiner und schöner als jedes Instrument und wußte dabei nicht, daß sich anderen das Herz im Leibe umdrehte. Er hätte lieber mit seinen Kameraden draußen in der Gaye gespielt.

Die Nischen des Skriptoriums waren tief, und die steinernen Trennwände hielten den Schall ab. Fidelis hatte seinen Schreibtisch herumgezogen, damit er halb im Schatten saß, während das volle Sonnenlicht auf sein Blatt fiel. Seine linke Seite war zur Sonne gewandt, so daß seine Hand bei der Arbeit keinen Schatten warf. Die geringelte Ranke, die ihm als Vorlage für die Ausschmückung eines großen ›M‹ diente, welkte rasch in der Hitze. Er arbeitete mit ruhiger Hand und einem sehr feinen Pinsel, zog die zarten Ranken des Stiels nach und besetzte sie mit hellen, strahlenden Blüten, die zerbrechlich waren wie Spinnweben. Als der singende Junge aus der Unterrichtsstunde entlassen wurde und hüpfend vorbeirannte, hob Fidelis nicht einmal den Kopf. Als Urien einen langen Schatten warf, der nicht weiterzog, hielt die Hand mit dem Pinsel einen Moment inne und nahm dann die gleichmäßigen, langen Striche wieder auf, und immer noch hob Fidelis nicht den Kopf. Und nun wurde Bruder Urien klar, daß Fidelis ihn erkannt hatte. Denn bei jedem anderen als ihm hätte der stumme Bruder kurz aufgeblickt, und vielen anderen Brüdern hätte er ein Lächeln geschenkt. Aber wie konnte er ihn erkennen, ohne aufzublicken? Durch ein Schweigen, das so lastend war wie sein eigenes? Oder durch einen Stich, der durch sein Fleisch ging und seine Nackenhaare aufrichtete, wenn dieser eine Mann in seine Nähe kam?

Urien trat in die Nische neben Fidelis' Schulter und betrachtete das kunstvolle ›M‹, dem noch die letzten Goldfäden fehlten. Und er betrachtete aufmerksam das kurze Stück der Silberkette, das über den Falten der nach hinten gestreiften Kapuze und des Kragens zu sehen war und durch die kurzen rostroten Nackenhaare lief. Ein Kreuz, so lang wie ein kleiner Finger an einer Halskette, besetzt mit gelben, grünen und purpurnen Steinen ... er hätte einen Finger unter die Kette schieben und sie herausziehen können, doch er berührte Fidelis nicht. Er hatte gelernt, daß eine Berührung Zauberei war und sie voneinander trennte und eine kalte Distanz zwischen ihnen erzeugte.

»Fidelis«, sagte er mit einer leisen, sehnsüchtigen Stimme, »du weichst mir aus. Warum tust du das? Ich kann dir der treueste Freund sein, den du je hattest, wenn du mich nur läßt. Was könnte es geben, das ich nicht für dich tun könnte? Und du brauchst einen Freund, da du Geheimnisse hütest und so sprachlos bist. Laß mich eintreten, Fidelis...« Er sagte nicht ›Bruder‹. Dieses Wort war ein Titel, der seinen Sehnsüchten zuwiderlief, eine freundliche Anrede, die Geist und Seele nicht erschütterte. »Laß mich ein, und ich kann dir alles sein, was du an Liebe und Treue brauchst. Bis zum Tod!«

Fidelis legte behutsam den Pinsel fort und legte beide Hände an die Tischkante, als wollte er sich beim Aufstehen abstützen. Sein Körper spannte sich, und er hielt den Atem an. Urien sprach drängend und hastig weiter.

»Du brauchst mich nicht zu fürchten, ich meine es gut mit dir. Bewege dich nicht, geh nicht fort! Ich weiß, was du getan hast. Ich weiß, was du zu verbergen hast... niemand wird es von mir erfahren, wenn du deinen Teil dazu tust. Schweigen verdient eine Belohnung... Liebe muß mit Liebe erwidert werden!«

Fidelis glitt über das polierte Holz seiner Bank zur Seite und stand auf, so daß der Tisch zwischen ihnen war. Sein Gesicht war bleich und erstarrt, die geweiteten grauen Augen riesig groß. Er schüttelte heftig den Kopf und kam um den Tisch herum, um sich an Urien vorbeizudrängen und die Lesenische zu verlassen, doch Urien breitete die Arme aus und hielt ihn auf.

»O nein, nicht dieses Mal! Nicht jetzt! Das ist vorbei. Ich habe gefragt, ich habe gebeten, und nun sollst du wissen, daß die Zeit des Bittens vorbei ist.« Seine starke Kontrolle versagte, und plötzlich flammte eine wilde Wut auf, und seine Augen blitzten rot. »Ich habe Ohren, ich könnte dich ruinieren, wenn ich wollte. Du bist besser freundlich zu mir.« Er sprach immer noch leise, damit niemand ihn hörte und niemand, der auf den Bodenplatten des Kreuzganges herankam, ihn sah und sich wunderte. Er trat auf Fidelis zu und trieb ihn in den Schatten der Lesenische zurück. »Was trägst du da unter der Kutte am Hals, Fidelis? Willst du es mir zeigen? Oder soll ich dir sagen, was es ist? Und was es bedeutet? Es gibt hier Männer, die viel darum geben würden, es zu erfahren. Und das wird geschehen, Fidelis, wenn du nicht freundlich zu mir bist.«

Er hatte seine Beute in die hinterste Ecke getrieben und sperrte ihn mit ausgebreiteten Armen ein, auf beiden Seiten die flachen Hände an die Wand gestemmt, um Fidelis an der Flucht zu hindern. Immer noch blickte ihm das bleiche, längliche Gesicht eisig und sogar verächtlich entgegen, und die grauen Augen zeigten einen Schein von Zorn und strengster Zurückweisung.

Urien schlug zu wie eine Schlange, ließ seine Hand zur Brust von Fidelis' Kutte schießen und in den weiten Falten nach unten gleiten, um die Silberkette und das Ding herauszuziehen, das versteckt daran hing, gewärmt vom Fleisch und dem Herzen darunter. Fidelis gab ein seltsames, keuchendes Geräusch von sich und lehnte sich schwer gegen die Wand, während Urien mit einem unsicheren Schritt zurückwich und entsetzt schnaufte. Einen Augenblick herrschte ein tiefes Schweigen, in dem beide zu versinken drohten. Dann nahm Fidelis die Kette und verstaute seinen Schatz wieder in seinem Versteck. Er hatte einen Moment die Augen geschlossen, doch nun öffnete er sie wieder und starrte seinen Verfolger mit einem unbeugsamen, harten Blick an.

»Nun sollst du mehr denn je die stolzen Augen niederschlagen und den steifen Hals beugen«, flüsterte Urien. »Du sollst demütig zu mir kommen oder dem Schicksal entgegengehen, das jedem droht, der sich vergeht, wie du dich vergangen hast. Aber ich brauche nicht zu drohen, wenn du mir zuhörst. Ich biete dir meine Hilfe an, jawohl, aufrichtig und von ganzem Herzen – du mußt mich nur zu dir hereinlassen. Warum denn nicht? Und welche Wahl hast du noch? Du brauchst mich, Fidelis, genauso verzweifelt, wie ich dich brauche. Aber wir zwei zusammen – es muß keine Grausamkeit mehr geben, nur Zärtlichkeit, nur Liebe...«

Fidelis errötete abrupt wie eine entflammte Kerze und schlug Urien mit der freien Hand, die nicht damit beschäftigt war, den profanen Schatz an der Brust zu schützen, auf den Mund und brachte ihn zum Schweigen.

Einen Moment lang starrten sie einander an, Auge in Auge, sprachlos und mit angehaltenem Atem. Dann sagte Urien mit einem knirschenden, kaum hörbaren Flüstern: »Genug! Jetzt sollst du zu mir kommen! Jetzt sollst du der Bettler sein. Verzweifelt und aus eigenem Willen sollst du kommen und mich um das bitten, was du mir jetzt verweigerst. Denn sonst werde ich alles sagen, was ich weiß, und was ich weiß, ist genug, um dich zu verdammen. Du sollst zu mir kommen und flehen und mir wie ein Hündchen nachfolgen, denn sonst werde ich dich vernichten, und du weißt, daß ich das kann. Ich gebe dir drei Tage, Fidelis! Wenn die Vesper des dritten Tages von heute an vergangen ist, ohne daß du dich mir auslieferst, Bruder, dann werde ich die Hölle auf dich loslassen und lächelnd zusehen, wie du verbrennst!«

Er machte auf dem Absatz kehrt und verließ eilig die Lesenische. Sein langer schwarzer Schatten verschwand, die Nachmittagssonne schien wieder freundlich herein. Fidelis blieb einen langen Augenblick in seiner dunklen Ecke angelehnt stehen, mit geschlossenen Augen und schwer und erschöpft atmend. Dann tastete er sich schwerfällig zu seiner Bank und setzte sich. Er nahm den Pinsel in eine Hand, die zu unsicher war, um ihn zu benutzen. Doch indem er ihn festhielt, fand er allmählich in die Realität zurück und bot immerhin das Bild eines Illustrators, der über seiner Arbeit saß, falls jemand ihn beobachtete. Doch in seinem Innern herrschte eine taube Verzweiflung, in der er kein Licht und keine Erlösung erkennen konnte.

Zufällig war es Rhun, der Zeuge wurde. Er hatte Bruder Urien im Hof getroffen, hatte das gefaßte Gesicht und die glühenden, verletzten Augen gesehen. Er hatte nicht gesehen, aus welcher Lesenische Urien gekommen war, doch er spürte, roch und fühlte am eigenen Fleisch, wo Urien mit seinem unbändigen Zorn und seinem Schmerz gewesen war.

Er sagte kein Wort zu Fidelis und machte keine Bemerkung zum bleichen Gesicht seines Freundes oder über die seltsame Steifheit seiner Bewegungen, als er ihn begrüßte. Er setzte sich zu ihm auf die Bank und sprach über alltägliche Angelegenheiten, über das Muster des noch unvollendeten großen Buchstabens, und nahm einen feinen Pinsel, um ihn zu vergolden. Er brachte behutsam die goldenen Ränder von zwei oder drei Blättern an, und seine Zunge lag schief im Mundwinkel wie bei einem Kind, das die Buchstaben lernt.

Als die Glocke zur Vesper läutete, gingen sie zusammen hinein, beide mit gefaßten Gesichtern, aber keiner ruhigen Herzens.

Rhun nahm nicht am Abendessen teil und suchte statt dessen das kleine Zimmer im Krankenquartier auf, in dem Bruder Humilis schlief. Er setzte sich neben das Bett und wartete lange Zeit geduldig, doch der kranke Mann erwachte nicht aus seinem Schlaf. In dieser Stille und Abgeschiedenheit konnte Rhun die feinen Linien des ausgezehrten, alternden Gesichts genau betrachten, er konnte sehen, wie tief die Augen in den Schädel gesunken waren, wie sehr die Wangen zu hageren Höhlen verfallen waren, und wie grau und schlaff das Fleisch geworden war. Er selbst war so voller Leben, daß er mit außergewöhnlicher Klarheit bei diesem hageren Mann das Nahen des Todes erkannte. Er gab seine ursprüngliche Absicht auf. Denn selbst wenn Humilis erwachte und das bißchen Leben aufstachelte, das noch in ihm war, um Fidelis zu helfen, Rhun konnte einem Mann, der schon mit der seelischen Last seines eigenen Endes befrachtet war, keine weitere Last aufbürden. So blieb er still sitzen und wartete, und nach dem Abendessen kam Bruder Edmund, der vor der Nachtruhe eine letzte Runde im Krankenquartier machte.

Rhun näherte sich ihm in dem mit Steinen ausgelegten Gang.

»Bruder Edmund, ich mache mir Sorgen um Humilis. Ich habe bei ihm gesessen. Er wird beim Zusehen schwächer. Ich weiß, daß Ihr ihn immer gut versorgt, aber ich dachte – könnte man nicht eine Pritsche für Fidelis aufstellen? Die beiden wären dann sicher ruhiger. Im Dormitorium, unter uns anderen, macht Fidelis sich ständig Sorgen und kann nicht schlafen. Und wenn Humilis des Nachts erwacht, wird er sich freuen, Fidelis bei sich zu haben, bereit ihm zu dienen, wie er es immer tut. Sie haben zusammen den Brand in Hyde erlebt...« Er holte tief Luft und sah Bruder Edmund in die Augen. »Sie sind einander näher«, sagte er ernst, »als sich Vater und Sohn je sein können.«

Bruder Edmund ging selbst, um nach dem Schlafenden zu sehen. Sein Atem ging flach und schnell. Die leichte Decke lag flach und glatt über dem langen Körper.

»So soll es sein«, sagte Edmund. »Im Vorraum der Kapelle gibt es noch eine freie Pritsche, die hier hereinpaßt;

allerdings wird es dann etwas eng. Kommt, helft mir, sie herüberzutragen, und dann könnt Ihr Bruder Fidelis ausrichten, daß er kommen und heute Nacht hier schlafen kann, wenn er es wünscht.«

»Er wird froh sein«, erwiderte Rhun zuversichtlich.

Die Botschaft wurde einfach als Entscheidung Bruder Edmunds an Fidelis übermittelt, zum Seelenfrieden und zur besseren Versorgung des Patienten gedacht, was nur vernünftig schien. Und natürlich war Fidelis froh. Wenn er vermutete, daß Rhun bei dieser Umquartierung die Hand im Spiel hatte, dann zeigte er sein Wissen nur mit einem flüchtigen Lächeln, das in seinem ernsten Gesicht viel zu schnell aufblitzte und verging, um bemerkt zu werden. Er nahm sein Brevier und ging dankbar über den Hof in das Zimmer, in dem Humilis immer noch den leichten Schlaf eines alten Mannes schlief, obwohl er gerade erst siebenundvierzig Jahre alt war. Doch hatte er sein verkürztes Leben, das jetzt so leise und resigniert dem Tode entgegenschlich, im Galopp gelebt. Fidelis kniete sich neben das Bett, um mit stummen Lippen die Nachtgebete zu sprechen.

Es war die schwülste Nacht des heißen, drückenden Sommers; eine niedrige Wolkendecke verbarg die Sterne. Selbst hinter den Steinmauern des Krankenquartiers lastete die Hitze unerträglich schwer. Und hier endlich gab es wirkliche Intimität und Ruhe vor den Alltagspflichten und Notwendigkeiten der Bruderschaft. Nicht die niedrigen, mit Holz abgetrennten Zellen im Dormitorium, sondern richtige Steinwände, mit der Weite des großen Hofes und der drückenden Nachthitze als Schutz. Fidelis streifte seine Kutte ab und legte sich in die Leinentücher zum Schlafen nieder. Auf dem Tisch zwischen den beiden schmalen Pritschen brannte die ganze Nacht über neben dem Brevier die kleine Öllampe mit einer schwindenden goldenen Flamme.

10

In seinem flachen Halbschlaf, der fast eine Ohnmacht war, träumte Bruder Humilis, daß er jemand weinen hörte, sehr leise nur und fast ohne Geräusch, nur am abgerissenen Atem zu erkennen: das beherrschte, aber heftige Weinen eines starken Menschen, der in eine Verzweiflung getrieben wurde, aus der es kein Entrinnen gab. Das Weinen berührte und bewegte ihn und zog ihn langsam aus dem Traum, bis er völlig wach war; doch nun war alles still. Er wußte, daß er nicht allein im Zimmer war, wenn er auch nicht gehört hatte, wie die zweite Liege hereingetragen worden war und nicht bemerkt hatte, wie der zweite gekommen und sich neben ihn gelegt hatte. Doch noch bevor er den Kopf herumdrehte und im schwachen Lampenschein die weiße Gestalt auf der Liege sah, wußte er, wer es war. Die Gegenwart oder das Fehlen dieses einen Menschen war ihm jetzt der Puls des Lebens. Wenn Fidelis bei ihm war, dann war der Schlag seines Herzens kräftig und ruhig. Ohne ihn war er ungleichmäßig und schwach.

Und deshalb mußte es Fidelis sein, der sich allein in der Nacht seinem Kummer hingab und ertrug, was er nicht ändern konnte, welche Last der Sünde oder Sorge es auch war, die seine Seele aufwühlte und keine Heilung fand.

Humilis warf seine dünne Decke zurück und setzte sich auf. Er schwang sich herum und stellte die Füße auf den Steinboden zwischen den beiden Betten. Er mußte nicht aufstehen, nur die kleine Lampe vorsichtig anheben, sich über den Schläfer beugen und das Licht etwas abschirmen, damit es dem jungen Mann nicht zu grell ins Gesicht fiel.

Wenn man das Gesicht sah, so entrückt und undurchdringlich, dann war es beängstigend. Unter dem Ring aus gelocktem Haar in der Farbe reifer Walnüsse lag die hohe, breite Stirn, elfenbeinfarben über den kräftigen Augenbrauen, die dunkler waren als das Haar. Große, vorgewölbte Augenlider, schwach von Venen gemasert wie Blütenblätter, verbargen die hellen grauen Augen. Ein strenges Gesicht war es, das Kinn scharf konturiert und energisch, der Mund zierlich geformt, die Wangenknochen hoch und stolz. Wenn er wirklich Tränen vergossen hatte, dann waren sie getrocknet. Nur auf seiner Oberlippe lag noch ein feiner Schweißfilm. Humilis betrachtete ihn lange Zeit schweigend.

Der Junge hatte seine Kutte abgestreift, um bequemer zu schlafen. Er lag auf der Seite, die Wange tief ins Kissen gedrückt. Das weite Leinenhemd stand am Hals offen, und die Kette, die er trug, war nach links gerutscht und vor seinem Hals in einem silbernen Knäuel zusammengefallen. Das Ding, das an der Kette hing, war auf dem Kissen offen zu sehen.

Kein mit Halbedelsteinen besetztes Kreuz war es, sondern ein Ring. Ein schmaler goldener Fingerring in der Form einer zusammengerollten Schlange mit zwei roten Splittern als Augen. Ein alter Ring, sehr alt, denn der fein geformte Kopf und die Schuppen waren abgegriffen und glatt, und der Ring selbst war hauchdünn geworden.

Humilis betrachtete das kleine und doch so wichtige Ding und konnte nicht den Blick abwenden. Die Lampe zitterte in seiner Hand, und er stellte sie vorsichtig und doch rasch auf ihren Platz zurück, aus Angst, er könnte einen Tropfen heißes Öl auf den nackten Hals oder den ausgestreckten Arm verschütten und Fidelis aus dem Vergessen schrecken, in dem er endlich versunken war, auch wenn er keine wirkliche Ruhe fand. Nun wußte er alles, zum Guten wie zum Schlechten, alles, was es zu wissen gab, nur nicht, wo ein Ausweg aus diesem Irrgarten war. Nicht für sich selbst – sein eigener Weg lag offen und klar vor ihm, und es war kein langer Weg mehr. Aber dieser Schläfer...

Humilis legte sich wieder aufs Bett. Er zitterte angesichts des Wissens um ein großes Wunder und um große Gefahr, und wartete auf den Morgen.

Bruder Cadfael erhob sich im Morgengrauen, lange vor der Prim, und ging in den Garten hinaus. Doch selbst dort fand er keine frische Luft. Eine bleierne Stille lag über der Welt, festgehalten von einer dünnen Wolkendecke, durch welche die aufgehende Sonne ungehindert zu brennen schien. Er ging zum Meole-Bach hinunter, durch das abschüssige, bleiche Erbsenfeld, dessen Pflanzen schon lange mit der Sichel abgeschnitten und als Stroh eingebracht worden waren. Die weißen Stoppeln würden als Dünger für die Ernte des nächsten Jahres untergepflügt werden. Cadfael streifte seine Sandalen ab und watete ins träge, flache Wasser hinaus, das der Fluß noch führte, und fand es warm, wo er auf etwas Kühlung gehofft hatte. Dieses Wetter, dachte er, kann sich nicht mehr lange halten. Es mußte umschlagen, irgendwann wird sich ein Sturm erheben, und da es ein Gewitter wird, wie mir der Geruch der Luft und das Prickeln meiner Haut verrät, wird Shrewsbury seinen Anteil abbekommen. Die Gewitter folgten wie die Händler dem Lauf des Flusses durch die Täler.

Nachdem er sein Bett verlassen hatte, war es mit der Muße vorbei. Er nutzte die Zeit bis zur Prim, indem er die Kräuter versorgte und wässerte, solange die Sonne noch niedrig als runde, trübe Goldmünze hinter dem Dunstschleier stand. Diese Arbeiten konnte er mit Händen und Augen verrichten, während sein Kopf frei war und über das verflochtene Schicksal der Menschen, zu denen er eine starke Zuneigung gefaßt hatte, nachdenken und grübeln konnte. Keine Frage, daß Godfrid Marescot – an ihn als verlobten Mann zu denken, bedeutete zugleich, ihn beim alten Namen zu nennen – mit gleichmäßigen, unbeirrbaren Schritten diese Welt verließ; und jeden Tag wurden seine Schritte etwas schneller, wie bei einem Mann, der eilig das Weite suchte. Und doch blickte er jeden Tag über die Schulter zurück, ob seine verlorene Braut doch noch hinter ihm war, statt ihn bereits am Ende des Weges zu erwarten. Was konnte man zu seiner Beruhigung sagen? Und was konnte Nicholas Harnage trösten, der zu langsam gewesen war und nicht früh genug um ihre Gunst geworben hatte?

Eine Meile von Wherwell entfernt, und sie ward nie mehr gesehen. Und mit ihr, eine große Versuchung für jeden Dieb, verschwanden Wertgegenstände und das Geld, das sie bei sich trug. Und nur ein Mann kam eindeutig und offensichtlich als Verdächtiger in Frage: Adam Heriet, gegen den alles sprach außer Hughs nicht ganz sicherer Überzeugung, daß er wirklich etwas über ihr Schicksal erfahren wollte. Er hatte gefragt und gefragt, bis sie Shrewsbury erreicht hatten. Oder hatte er nur gefischt, nicht nach Informationen über ihr Schicksal, sondern nach einem Fingerzeig, nach einem Hinweis auf Hughs Absichten, nach einem unbedachten Wort, das ihm verriet, wieviel der Gesetzeshüter schon wußte und welche Chance er noch hatte, sich durch Schweigen oder Lügen oder durch andere Mittel aus der drohenden Gefahr herauszuwinden?

Unpassende Fragen sprossen aus dem Dunkel wie die unbeschnittenen Auswüchse einer ungepflegten Hecke. Warum hatte sich das Mädchen überhaupt für Wherwell entschieden? Vielleicht, weil es weit von ihrem Heim entfernt war; keine schlechte Wahl, wenn man ein neues Leben beginnen wollte. Oder weil es eins der wichtigsten Benediktinerhäuser im ganzen Süden war, wo eine begabte Schwester Aussichten hatte, zu Amt und Würden zu kommen. Und warum hatte sie drei Männern aus ihrer Eskorte befohlen, in Andover zu bleiben, statt sie bis zu ihrem Ziel zu begleiten? Natürlich, der eine, mit dem sie ging, war ihr Vertrauter und von Kindheit an ihr treuer Diener gewesen. Aber stimmte das wirklich? Man erzählte dies von ihm, aber Wahrheit und Ruf sind manchmal zweierlei. Und wenn es zutraf, warum entließ sie kurz vor dem Ziel sogar ihn? Vielleicht mußte man es vorsichtiger ausdrücken: Hatte sie ihn wirklich kurz vor dem Ziel entlassen? Wo hatte er dann die langen Stunden bis zu seiner Rückkehr nach Andover verbracht? Hatte er, wie er behauptete, die Wunder von Winchester begafft? Oder hatte er sich einem dunklen Geschäft gewidmet? Was war aus den Schätzen geworden, die sie bei sich trug? Kein großes Vermögen, außer für einen Mann, der überhaupt keines hatte; für einen solchen aber mehr als genug. Und immer blieb die Frage: *Was ist aus ihr geworden?*

Und durch dieses Gewirr begann er eine mögliche Antwort zu erkennen, und diese ungewisse Ahnung entsetzte und erschreckte ihn mehr als alles andere. Denn wenn er recht hatte, dann konnte es, soweit er blicken konnte, kein gutes Ende geben. In allen Richtungen stieß er auf Dornen, die den Weg versperrten. Es gab keinen Ausweg, nur die Ahnung einer schlimmen Wendung. Oder ein Wunder...

Er gehorchte der Glocke, die zur Prim rief, und betete inbrünstig um ein Licht, das ihm den Weg wies. Das Bedürfnis nach einem Licht, dachte er, muß anderswo sicher dringender sein. Wer bin ich, daß ich einen Platz einnehmen will, der zu groß für mich ist?

Bruder Fidelis nahm nicht an der Prim teil, und der leere Platz schmerzte wie die Lücke, die ein gezogener Zahn hinterließ. Rhun stand neben dem leeren Platz seines Freundes. Er würdigte Bruder Urien keines Blickes. Derlei Probleme durften seine verzückte Aufmerksamkeit für Gottesdienst und Liturgie nicht stören. Er würde später am Tage noch Zeit haben, über Urien nachzudenken, dessen Vergehen nicht freigesprochen, sondern nur aufgeschoben war. Rhun hatte keine Angst, die Verantwortung für die Seele eines anderen auf sich zu nehmen. Er war noch ein halbes Kind und besaß die Gewißheit und Klarheit eines Kindes. Zum Beichtvater zu gehen und ihm zu berichten, was er über Urien wußte und vermutete, hätte bedeutet, Urien um den Wert des Sakramentes der Beichte zu bringen und einem bekümmerten Kameraden übel nachzureden. Ersteres war nach Rhuns Meinung arrogant, eine Art religiöser Diebstahl, und letzteres war verabscheuungswürdig, der Verrat eines Schuljungen. Und doch mußte man etwas tun, und zwar mehr, als Fidelis aus der Sphäre von Uriens Qual und Gier zu entfernen. Unterdessen betete, sang und feierte Rhun aus ganzem Herzen und vertraute darauf, daß seine Heilige ihm einen Fingerzeig gab.

Cadfael beeilte sich mit dem Frühstück, bat um Entlassung und besuchte Humilis. Er kam bewaffnet mit Leinenwickeln und grüner Heilsalbe und fand seinen Patienten aufrecht im Bett sitzend, frisch gewaschen und rasiert und schon gefüttert, falls er etwas herunterbekommen hatte. Seine Toilette schien in treuer Intimität erledigt, und ein Becher Wein und Wasser standen zu seiner Verfügung bereit. Fidelis saß auf einem niedrigen Hocker am Bett, bereit, sofort zu helfen, falls sein Patient durch einen Blick oder eine Geste einen Wunsch äußerte. Als Cadfael eintrat, lächelte Humilis. Doch es war ein bleiches Lächeln mit blauen Lippen und Wangen, die durchscheinend waren wie Eis. Es ist wahr, dachte Cadfael, während er den Gruß erwiderte, er hat diese Welt schon fast verlassen. Es wird nur noch wenige Tage dauern. Man kann zusehen, wie das Fleisch von den Knochen schmilzt und sich in Dampf auflöst. Sein Geist ist zu groß für seinen Körper, und bald muß er herausbrechen und sichtbar werden. Er findet in diesem zerbrechlichen Knochenhaufen nicht mehr genug Platz.

Fidelis blickte auf und lächelte ebenfalls. Er lehnte sich zurück, um die leichte Decke von den eingefallenen Schenkeln zu ziehen, dann erhob er sich vom Hocker, um Cadfael Platz zu machen. Er hielt sich bereit, sofort zu helfen, wenn es nötig wurde. Diese Handreichungen, die er mit soviel Liebe anbot, mußten jetzt immer öfter in Anspruch genommen werden. Es war ein Wunder, daß dieser Körper überhaupt noch funktionierte, aber der starke Wille des Mannes ließ keine Unterwerfung zu – höchstens unter eine besorgte Liebe.

»Habt Ihr gut geschlafen?« fragte Cadfael, während er die neue Wundauflage anbrachte.

»Sehr gut sogar«, sagte Humilis. »Es war gut, daß Fidelis bei mir war. Ich habe dieses Privileg nicht verdient, aber ich bin schwach und hoffe deshalb, daß es mir nicht genommen wird. Wollt Ihr dem Vater Abt meine Bitte übermitteln?«

»Das würde ich tun, wenn es nötig wäre«, sagte Cadfael freundlich, »aber er weiß es bereits und gab seine Zustimmung.«

»Wenn ich dann also meinen Willen bekomme«, sagte Humilis, »dann sprecht jetzt für mich mit diesem Pfleger und Beichtvater und Tyrannen, daß er sich selbst etwas Gutes tun soll. Er soll wenigstens an der Messe teilnehmen, wenn ich dies schon nicht kann, und ein wenig im Garten spazieren gehen, bevor er wieder in meine Höhle kriecht.«

Fidelis hörte diese Worte lächelnd an, doch es war ein unsagbar trauriges Lächeln. Der Junge, dachte Cadfael, weiß ganz genau, daß nicht mehr viel Zeit bleibt. Jeder Augenblick zählt und hat große Bedeutung. Die unwissende Liebe verschwendet, was die wissende sich als Unterpfand der Ewigkeit bewahrt.

»Er hat recht«, warf Cadfael ein. »Geht nur zur Messe, ich will hierbleiben, bis Ihr zurückkommt. Ihr braucht Euch nicht zu beeilen; ich glaube, Bruder Rhun wartet schon auf Euch.«

Fidelis nahm die Entlassung, die er für vernünftig hielt, widerspruchslos hin und ging schweigend hinaus. Sie blieben nicht weniger schweigsam zurück, bis sein schlanker Schatten über die Schwelle des Raumes geglitten war und den offenen Hof erreicht hatte.

Humilis lehnte an seinen aufgestellten Kissen. Er tat einen tiefen Atemzug, unter dem sein geschundener Körper beinahe wie eine Staubflocke davongeschwebt wäre.

»Wird Rhun sich auch um ihn kümmern?«

»Das wird er bestimmt«, sagte Cadfael.

»Das ist gut! Er braucht einen wie Rhun. Einen Unschuldigen mit solcher Kraft! Oh, Cadfael, wie schön ist die Einfalt und Weisheit einer Taube! Ich wünschte, Fidelis wäre von dieser Art, aber das ist er nicht, er ist das Gegenteil und nach innen gekehrt. Ich mußte ihn fortschikken, weil ich mit Euch reden will. Cadfael, ich mache mir große Sorgen um Fidelis.«

Das war nichts Neues. Cadfael nickte zustimmend und schwieg.

»Cadfael«, fuhr die geduldige Stimme fort, die jetzt, da sie allein waren, entspannter sprach. »Ich habe Euch ein wenig kennengelernt, seit Ihr mich pflegt. Ihr wißt so gut wie ich, daß ich sterbe. Kein Grund, deshalb bekümmert zu sein. Ich gehe dem Tod entgegen, der mich schon hundertmal hätte holen sollen. Nicht um mich selbst mache ich mir Sorgen, sondern um Fidelis. Ich habe Angst, ihn hier allein zurückzulassen, ohne mich in diesem Leben gefangen.«

»Er wird nicht allein sein«, wandte Cadfael ein. »Er ist ein Bruder dieses Hauses. Er kann die Hilfe und die Freundschaft aller Brüder hier in Anspruch nehmen.« Das schmale, traurige Lächeln überraschte ihn nicht. »Und die meine, falls Euch das etwas bedeutet«, fuhr er fort. »Und Rhuns Hilfe natürlich auch. Ihr habt selbst gesagt, daß Rhuns Treue nicht gering zu schätzen ist.«

»Nein, wirklich nicht. Die einfältigen Heiligen sind aus dem gleichen Holz geschnitzt wie er. Aber Ihr seid nicht einfältig, Bruder Cadfael. Ihr seid manchmal von einem erschreckenden Scharfsinn, und auch der hat seinen Wert. Außerdem glaube ich, daß Ihr mich versteht. Ihr versteht die Natur dieser Notwendigkeit. Wollt Ihr für mich auf Fidelis achtgeben und ihm als Freund zur Seite stehen, an ihn glauben und sein Schwert und Schild sein, wenn es nötig wird, nachdem ich fort bin?«

»Nach Kräften«, sagte Cadfael. »Das will ich tun.« Er beugte sich vor, um einen Speichelfaden von den Lippen zu wischen, die vom Sprechen müde und schlaff geworden waren. Humilis ließ ihn seufzend gewähren und fügte sich gehorsam der kurzen Berührung. »Ihr wißt«, sagte Cadfael vorsichtig, »was ich nur vermute. Wenn ich richtig vermute, dann gibt es ein Problem, das keiner von uns beiden lösen kann. Ich verspreche Euch, daß ich mich bemühen werde. Aber das Ende können wir nicht voraussagen, das liegt in Gottes Hand. Ich will jedoch tun, was ich tun kann.«

»Ich würde freudig sterben«, sagte Humilis, »wenn mein Tod helfen könnte, Fidelis zu retten. Aber ich fürchte, daß mein Tod, der bald kommen wird, nur seine Sorgen und sein Leid verschlimmert. Könnte ich sie mit mir vor den Richter nehmen, dann würde ich sie gern in die Arme schließen und gehen. Gott verhüte, daß er je für das angeklagt und bestraft wird, was er tat.«

»Wenn Gott ihm verzeiht, dann können Menschen ihn nicht mehr richten«, sagte Cadfael. »Ich will tun, was getan werden muß, aber bei Gott, ich weiß nicht, wie man es erreichen kann. Nun, Gott sieht klarer als ich, vielleicht weist er mir einen Weg aus diesem Wirrwarr und öffnet mir die Augen, wenn die Zeit reif ist. Durch jeden Wald gibt es einen Weg, durch jeden Sumpf einen sicheren Pfad. Man muß ihn nur finden.«

Ein schwaches, blasses Lächeln spielte um die Lippen des kranken Mannes. Dann wurde er wieder ernst. »Ich bin der Sumpf, aus dem Fidelis einen sicheren Ausweg finden muß. Ich hätte meinen Namen in die englische Sprache übersetzen sollen, dann wäre er passender gewesen, denn mein Blut ist zu mehr als der Hälfte sächsisch – Godfrid aus der Marsch statt Godfrid de Marisco. Mein Vater und mein Großvater hielten es für besser, ganz normannisch zu werden. Nun ist es gleich, wir alle verlassen die Welt durch das gleiche Tor.« Er lag eine Weile still und schweigend und schien seine Gedanken zu sammeln und die Kraft, die er noch besaß. »Ich habe noch einen weiteren Wunsch, bevor ich sterbe. Ich würde gern das Gut von Salton sehen, wo ich geboren wurde. Ich möchte mit Fidelis hingehen, um ein einziges Mal mit ihm außerhalb der Klostermauern an dem Ort zu sein, an dem mein Leben begann. Ich hätte schon früher um Erlaubnis bitten müssen, aber es bleibt noch etwas Zeit. Es ist nur einige Meilen flußaufwärts. Wollt Ihr für mich mit dem Herrn Abt sprechen und ihn um diesen Gefallen bitten?«

Cadfael betrachtete ihn zweifelnd und entrüstet. »Ihr könnt nicht reiten, das ist sicher. Wie auch immer wir Euch dort hinbefördern, es würde über Eure Kräfte gehen.«

»Keine Anstrengung kann mein Leben um mehr als einige Stunden verkürzen, aber es wäre ein Glück, einen Teil meiner verbliebenen Zeit mit dem Anblick des Ortes zu füllen, an dem ich meine Kindheit erlebte. Bittet ihn für mich, Cadfael.«

»Der Fluß ist dort unten«, sagte Cadfael zweifelnd, »aber mit seinen Windungen und Biegungen verlängert er die Reise um das Doppelte. Und das Wasser ist niedrig, Ihr braucht einen Bootsführer, der jede Untiefe und jeden Strudel kennt.«

»Ihr kennt sicher einen solchen Mann. Ich weiß noch, wie wir damals geschwommen sind und geangelt haben. Die Kinder aus Shrewsbury können fast von Geburt an schwimmen, selbst ich konnte es, bevor ich laufen konnte. Es muß viele fähige Männer am Fluß geben.«

Die gab es, und Cadfael kannte den besten von allen, der mit dem ganzen Severn vertraut war. Er kannte jede Insel, jede Biegung und jede Untiefe und konnte zu jeder Jahreszeit genau sagen, wo ein Gegenstand, den man ins Wasser warf, wieder ans Ufer treiben würde. Madog mit dem Totenboot hatte diesen Namen erworben, weil er viele Male verzweifelten Familien zu Diensten gewesen war, die nach der Schneeschmelze weit stromaufwärts in Wales Söhne oder Brüder in den Fluten verloren hatten; allzu vorwitzige Kinder, die beim Aufhängen der Wäsche in den Büschen am Ufer einen Augenblick unbeaufsichtigt geblieben waren; Fischer, die mit viel zuviel Ale im Bauch in ihren Booten ausgefahren waren. Er hatte keine Einwände gegen seinen Titel, auch wenn er lieber fischte und als Fährmann arbeitete. Irgend jemand mußte tun, was er für die Toten tat, und da er es besser tat als jeder andere, durfte er auch stolz darauf sein. Cadfael kannte ihn seit vielen Jahren. Er war, wie er selbst ein älterer Waliser, dessen Hilfe, die nie abgeschlagen wurde, er schon mehrmals in Anspruch genommen hatte.

»Selbst bei diesem niedrigen Wasser«, sagte Cadfael nachdenklich, »könnte Madog mit einem Fischerboot vom Fluß aus den Bach hinauffahren, aber ein so kleines Boot könnte Euch und Fidelis als zusätzliche Last nicht tragen. Doch sein kleiner Kahn verdrängt nicht viel Wasser, und ich glaube, daß er ihn in den Mühlteich bringen könnte. Bis zum Teich ist der Bach tief genug, denn der Mühlkanal speist ihn. Wir könnten Euch mit einer Trage zur Mühle bringen und Euch ins Boot setzen...«

»So weit kann ich auch laufen«, erwiderte Humilis energisch.

»Ihr wärt gut beraten, Eure Kraft für Salton aufzusparen. Wer weiß?« Cadfael bemerkte verwundert die leichte Röte, die das schmale graue Gesicht überzog, als der Mann daran dachte, daß er zum ersten Heim seiner Kindheit zurückkehren würde – vielleicht, um dort zu enden, wo sein Leben begann. »Wer weiß, womöglich tut Euch eine solche Reise doch sehr gut!«

»Wollt Ihr den Herrn Abt fragen?«

»Das will ich tun«, sagte Cadfael. »Sobald Fidelis zurück ist, gehe ich zu ihm.«

»Sagt ihm, daß die Zeit drängt«, erklärte Humilis mit einem Lächeln.

Abt Radulfus hörte wie üblich ernst zu und dachte eine Weile schweigend nach, ehe er sich äußerte. Außerhalb des halbdunklen, holzvertäfelten Sprechzimmers stieg die heiße Sonne weiter, immer noch durch einen leichten Dunst verschleiert, der ihr die Farbe von Kupfer gab, so daß sie um so grimmiger zu brennen schien. Die Rosen erblühten und verwelkten an einem einzigen Tag.

»Ist er stark genug, um die Reise zu überstehen?« fragte der Abt schließlich. »Und ist es nicht eine zu große Bürde für Bruder Fidelis, die ganze Zeit für ihn verantwortlich zu sein?«

»Es ist das Schwinden seiner Kraft, das ihn so drängen läßt«, erwiderte Cadfael. »Wenn ihm sein Wunsch überhaupt gewährt werden soll, dann muß es sehr bald geschehen. Und er sagt mit Recht, daß die Anstrengung für seine verbleibenden Tage keinen großen Unterschied bedeutet, denn der letzte kann morgen sein oder erst in einer Woche. Doch für seinen Seelenfrieden kann der Unterschied bedeutend sein. Und was Bruder Fidelis angeht, so hat er keine Last gescheut, die ihm aus Liebe auferlegt wurde, und er wird es auch jetzt nicht tun. Wenn Madog sie fährt, dann sind sie in besten Händen. Keiner kennt den Fluß wie er. Man kann ihm völlig vertrauen.«

»Ich nehme Euch beim Wort«, sagte Radulfus ruhig. »Aber es ist für einen so hinfälligen Mann ein verzweifeltes Unternehmen. Es ist sein Herzenswunsch, und er hat jedes Recht auf dessen Erfüllung. Aber wie wollt Ihr ihn ins Boot bekommen? Und wird er in Salton willkommen sein? Wird es willige Diener geben, die für ihn sorgen?«

»Salton gehört zu den Gütern, die er einem Vetter übergeben hat, den er kaum kennt, Vater, aber Pächter und Diener werden sich an ihn erinnern. Wir können aus Seilen einen Tragesitz für ihn bauen und ihn zur Mühle hinuntertragen. Das Krankenquartier liegt nahe an der Mauer, und bis zur Mühle ist es nicht weit.«

»Nun gut«, sagte der Abt. »Dann soll es bald geschehen. Wenn Ihr wißt, wo dieser Madog zu finden ist, dann gebe ich Euch die Erlaubnis, ihn heute aufzusuchen und zu fragen, ob er bereit ist, morgen auf die Reise zu gehen.«

Cadfael dankte ihm und verabschiedete sich, recht zufrieden mit seinem Erfolg. Wenn es nicht gerade um Leben oder Tod ging, entfernte er sich nicht mehr so leichtfertig wie früher ohne Erlaubnis, doch er hatte keine Schwierigkeiten, höchst offiziell zu gehen, wenn er die Erlaubnis hatte. Die Aussicht auf ein Mahl mit Hugh und Aline in der Stadt anstelle der schweigsamen Strenge des Refektoriums, dann eine gemütliche Suche am Flußufer nach Madog, Fragen nach seinem Aufenthaltsort und ein kameradschaftliches Geplauder, wenn er gefunden war, das waren die Zutaten eines kleinen Feiertages. Aber er sah noch einmal nach Humilis, bevor er die Enklave verließ, um ihm zu berichten, daß er Erfolg gehabt hatte. Fidelis wachte wieder treu an seinem Bett, in sich gekehrt und unaufdringlich wie immer.

»Abt Radulfus gewährte Euch Euren Wunsch«, sagte Cadfael, »und gab mir die Erlaubnis, noch heute Madog für Euch zu suchen. Wenn er einverstanden ist, könnt Ihr morgen nach Salton fahren.«

Hinter Hughs Haus an der St. Marys Church gab es einen kleinen eingefriedeten Kräutergarten mit grasbewachsenen Bänken am Rand und Obstbäumen, die Schatten spendeten. Aline Beringar saß auf dem kurzgeschorenen Sitz, der dicht mit duftenden Kräutern bewachsen war. Ihr Sohn spielte neben ihr. Giles, der erst zu Weihnachten zwei Jahre alt werden würde, stand schon groß und sicher auf stämmigen Beinen. Er war nach einem größeren Maßstab gemacht als sein dunkler, schlanker Vater oder die zierliche, helle Mutter. Seine gesunde Farbe lag irgendwo zwischen den beiden, er hatte hellbronzenes Haar und runde braune Augen und einen stählernen Willen, den er wahrscheinlich von beiden geerbt hatte und der noch gezähmt werden mußte. An diesem heißen Sommertag trug er keine Kleidung und war vom Kopf bis zu den Zehen haselnußbraun.

Er hatte zwei aus Holz geschnitzte Ritter, bunt bemalt und mit Fäden im Bauch verbunden. Die Füße waren mit kleinen Bleiklumpen beschwert, die Beine und Schwertarme hatten Gelenke, so daß sie die Waffen hoben und tanzten und sehr blutrünstig aufeinander losgingen, wenn man an den Schnüren zog. Constance, seine unermüdliche Dienerin, hatte ihn verlassen, um die Vorbereitung des Essens zu übernehmen, und der kleine Giles verlangte lautstark, daß sein Pate den verlassenen Platz einnehme. Cadfael kniete auf den Rasen nieder, wobei er leise über seine krachenden Gelenke klagte, und zog kräftig an den Schnüren. Er war seit Giles' Geburt gut geübt. Er mußte vorsichtig sein, um seinem Gegner keinen allzu offensichtlichen Vorteil zu gewähren, denn sonst bekäme er einen ritterlichen Aufschrei zu hören. Der Erbe und ganze Stolz der Beringars bemerkte es sofort, wenn man ihm zu weit entgegenkam und lehnte es aus vollem Herzen ab, überzeugt, daß er jedem Manne ebenbürtig war. Allerdings zeigte er auch keine besondere Begeisterung, wenn er unterlag. Es war ein Drahtseilakt, seinem Mißfallen zu entgehen.

»Ihr wollt sicher mit Hugh sprechen«, sagte Aline heiter über das entzückte Quietschen ihres Sohnes hinweg. Sie zog die Füße zurück, um den beiden Platz für ihre Schnüre zu lassen. »Er wird bald zum Essen kommen. Es gibt Wildbret – die Jagd hat begonnen.«

»Die Wilderei wohl auch, würde ich sagen«, erwiderte Cadfael, indem er energisch an den Schnüren zog, daß die beiden Holzschwerter wirbelten wie Windmühlenflügel.

»Hier und dort ein Stück Wild, das spielt keine Rolle.

Hugh weiß genau, wie lange er fortsehen muß. Reichlich gutes Fleisch – und wie die Dinge stehen, hat der König keine Verwendung dafür! Aber vielleicht dauert es nicht mehr lange«, sagte Aline.

Sie betrachtete lächelnd ihre Näharbeit und neigte den hellen, goldenen Kopf und das schöne Gesicht über ihren nackten Sohn, der breit im Gras lag und mit den beiden plumpen braunen Fäusten an seinen Schnüren zupfte.

»Die Freunde des Grafen Robert von Gloucester beginnen ihn schon zu bearbeiten, daß er dem Austausch zustimmt. Er weiß, daß die Kaiserin ohne ihn nichts tun kann. Er muß nachgeben.«

Cadfael setzte sich auf die Hacken und ließ die Schnüre erschlaffen. Die Holzsoldaten fielen in einer Umarmung um, beide erschlagen, und Giles zerrte empört an der Schnur, um sie wieder zum Leben zu erwecken. Er blieb eine Weile seinen Bemühungen allein überlassen.

»Aline«, sagte Cadfael ernst, indem er ihr ins sanfte Gesicht blickte, »wenn ich Euch jemals plötzlich brauchen sollte und kommen würde, um Euch zu holen oder jemand schicken würde – würdet Ihr dann kommen? Wohin auch immer? Und mitbringen, worum immer ich Euch bitte?«

»Abgesehen von Sonne und Mond«, sagte Aline lächelnd, »würde ich Euch bringen, was Ihr wollt, und wo auch immer Ihr mich haben wollt, ich würde kommen. Warum? Woran denkt Ihr? Etwas Geheimes?«

»Bisher«, sagte Cadfael traurig, »ist es das noch. Denn ich bin selbst beinahe genauso blind, wie ich Euch, meine Liebe, lassen muß. Solange, bis ich meinen Weg sehe, falls es je soweit kommt. Aber es könnte wirklich sein, daß ich Euch eines Tages brauche.«

Der Schalk Giles, vom Spiel abgelenkt und ohne Interesse für die unverständliche Unterhaltung der Erwachsenen, hob seine gefallenen Ritter auf und marschierte hoffnungsvoll den Essensdüften entgegen.

Hugh kam hungrig und in Eile von der Burg herunter und hörte mit gelassenem Interesse Cadfaels Bericht über die Entwicklung in der Abtei an, während Aline das Wildbret auftischte.

»Als sie hier ankamen, sagte man doch – wart Ihr es nicht sogar? Gut möglich –, daß Marescot in Salton geboren sei und sich danach sehne, es wiederzusehen. Eine Schande, daß er so hinfällig ist. Vielleicht wird das Schicksal dieses Mädchens nun doch nicht mehr vor seinem Tod aufgeklärt. Warum soll er nicht bekommen, was er will, damit sein Abschied leicht und erträglich wird? Es kostet ihn nichts weiter als ein paar Stunden oder Tage seines schweren Lebens. Aber ich wünschte, wir hätten ihm, was das Mädchen angeht, mehr geben können.«

»Vielleicht gelingt es uns noch«, erwiderte Cadfael, »so Gott es will. Ihr habt noch nichts von Nicholas aus Winchester gehört?«

»Noch nichts. Kein Wunder, da Stadt und Land von Feuer und Krieg in Stücke gerissen sind. Es ist schwer, unter der Asche etwas zu finden.«

»Und wie macht sich Euer Gefangener? Er hat sich nicht zufällig an weitere Einzelheiten seiner Reise nach Winchester erinnert?«

Hugh lachte. »Heriet weiß genau, daß er in Sicherheit ist. Er sitzt zufrieden in seiner Zelle, wird gut gefüttert, ist gut untergebracht und hat ein weiches Bett. Die Einsamkeit macht ihm nichts aus. Wenn Ihr ihn befragt, wiederholt er nur, was er schon gesagt hat, und er widerspricht sich nicht einmal in Einzelheiten, so geschickt Ihr auch Eure Fallen legt. Nicht einmal ein Anwalt der Krone könnte mehr aus ihm herausholen. Außerdem ließ ich ihn wissen, daß Cruce, der nach seinem Blut dürstet, schon zweimal hier war. Vielleicht wird es nötig, einen Wächter vor seine Zelle zu stellen, damit Cruce nicht hineinkommt; aber wir brauchen bestimmt keinen, um Heriet drinnen zu halten. Er sitzt dort seelenruhig seine Zeit ab und weiß genau, daß wir ihn bald aus Mangel an Beweisen freilassen müssen.«

»Glaubt Ihr, er hat dem Mädchen etwas angetan?« fragte Cadfael.

»Und Ihr?«

»Nein. Aber er ist der einzige, der weiß, was mit ihr geschehen ist, und wenn er es weiß, spricht er besser mit Euch, aber unter vier Augen. Ohne weitere Zeugen. Glaubt Ihr, Ihr könnt ihn zum Sprechen bringen, wenn Ihr ihm zu verstehen gebt, daß alles Gesagte unter Euch beiden bleibt?«

»Nein«, erwiderte Hugh sofort. »Welchen Grund hätte er, mir zu glauben, wenn er drei Jahre überlebte, ohne sich einem anderen anzuvertrauen? Er hält den Mund, auch wenn es ihm schadet. Nein, ich glaube, ich kenne ihn gut genug. Er wird weiter schweigen wie ein Grab.«

Wirklich, dachte Cadfael, es gibt Geheimnisse, die niemals aufgedeckt werden sollten, Dinge und sogar Menschen, die zu ihrem eigenen und zu unser aller Besten unwiderbringlich verloren bleiben sollten.

Er verabschiedete sich und ging durch die Stadt zum Fluß hinunter. An der Westbrücke, die nach Wales hinausführte, fand er Madog mit dem Totenboot in seinem kleinen Verschlag. Er versah den Rand eines neuen Bootes mit verflochtenen Haselnußzweigen, die er im Flachwasser unter der Brücke geschält und eingeweicht hatte. Er war ein gedrungener, vierschrötiger und krummbeiniger Waliser von unbekanntem Alter, der anscheinend für die Ewigkeit gebaut war, denn niemand konnte sich erinnern, daß er einmal jünger ausgesehen hatte, und im Lauf der Jahre schien er nicht zu altern. Er schielte unter seinen dichten, vorspringenden Brauen, die grau geworden waren, während das Haar seine schwarze Farbe behalten hatte, zu Cadfael herauf und grüßte ihn gemütlich, während seine flinken braunen Finger geübt die Zweige flochten.

»Nun, alter Freund, Ihr seid mir diesen Sommer fast

ein Fremder geworden. Was ist geschehen, daß Ihr mich hier aufsucht – denn ich nehme doch an, daß Ihr nicht zufällig auf diese Seite der Stadt kommt? Setzt Euch und ruht eine Weile aus.«

Cadfael setzte sich neben ihn ins gebleichte Gras und betrachtete das flache Wasser des Severn mit nachdenklichen Blicken.

»Wirklich, ich komme nur zu Euch, wenn ich Euch brauche. Nun, wir hatten ein geschäftiges Jahr, und es gab viel zu tun. Wie kommt Ihr bei dieser Trockenheit mit dem Wasser zurecht? Es muß doch stromauf viele trügerische Untiefen geben, nachdem es so lange nicht geregnet hat.«

»Keine, von der ich wüßte«, erklärte Madog gelassen. »Man kann zwar kaum noch fischen, und ich würde sagen, daß Ihr mit einer beladenen Barke höchstens bis Pool hinaufkommt, aber ich komme immer noch überall hin, wo ich hinwill. Warum? Habt Ihr Arbeit für mich? Ich könnte einen Tageslohn gut gebrauchen, er käme mir gelegen.«

»Den sollt Ihr Euch verdienen, wenn Ihr Euch selbst und zwei andere bis Salton hinaufbekommt. Beide sind Leichtgewichte, der eine nur Haut und Knochen und der andere jung und schlank.«

Madog hob interessiert den Kopf von seiner Arbeit und fragte schlicht: »Wann?«

»Morgen, wenn nichts dazwischenkommt.«

»Zu Pferd wäre der Weg viel kürzer«, bemerkte Madog, während er seinen Freund mit erwachter Neugierde musterte.

»Für einen der beiden ist es viel zu spät, um zu reiten. Er ist ein sterbender Mann und will noch einmal den Ort sehen, an dem er geboren wurde.«

»Salton?« Kluge dunkle Augen blinzelten unter den dichten silbernen Brauen. »Dann muß es ein Marisco sein. Wir hörten, daß Ihr den letzten dieses Namens in Euer Haus aufgenommen habt.«

»Marescot heißt er jetzt. Godfrid meint, er sollte besser ›von der Marsch‹ heißen, da seine Ahnen Sachsen waren. Ja, er ist es. Er hat nicht mehr viel Zeit. Er will den Kreis von der Geburt bis zum Tod schließen, ehe er geht.«

»Erzählt«, sagte Madog einfach. Er hörte mit ruhiger, gelassener Aufmerksamkeit zu, während Cadfael ihm über die Fracht erzählte und ihm erklärte, was von ihm verlangt wurde.

»Nun«, sagte er, als alles berichtet war, »ich will Euch sagen, was ich glaube. Dieses Wetter wird sich nicht mehr lange halten; vielleicht schleppt es sich noch eine Woche hin. Wenn Euer Mitbruder auf diese Reise so versessen ist, wie Ihr sagt, und bereit, sich auf alles einzulassen, was kommt, dann will ich morgen nach der Prim mein Boot zum Mühlteich bringen. Ich werde etwas an Bord nehmen, um ihn zu schützen, wenn der Regen beginnt. Ich habe ein Wachstuch, mit dem ich sonst meine Fracht bedecke. Es wird ebenso gut einen Ritter oder einen Benediktinerbruder schützen.«

»Ein solches Wachstuch«, erwiderte Bruder Cadfael nüchtern, »mit dem schon Tote bedeckt wurden, scheint für Bruder Humilis sehr passend. Und er wird es nicht verschmähen.«

11

In den Straßen von Winchester wichen die stinkenden, schwarzen Überbleibsel des Brandes allmählich den zaghaften Funken neuer Hoffnung, denn einige der Geflohenen kehrten zurück und räumten die Reste ihrer Werkstätten und Häuser auf, und wer geblieben war, machte sich eifrig an die Arbeit, um die Trümmer zu beseitigen und Holz zum Neubau heranzuschaffen. Die Händler Englands waren ein zähes, widerstandsfähiges Volk, das nach jedem Rückschlag mit frischer Kraft zurückkehrte, fest entschlossen, alles wieder aufzubauen und instand zu setzen, bis die Geschäfte wieder blühten. Lagerhäuser wurden von allem befreit, was verdorben war, und für die Aufnahme neuer Güter vorbereitet. Handwerker sammelten, was noch verkäuflich war, säuberten die verwüsteten Räume und bauten provisorische Schuppen auf. Das Leben nahm mit erstaunlicher Kraft und Geschwindigkeit seinen alten Rhythmus wieder auf und pochte womöglich sogar einen Schlag schneller, um dem Unglück zu trotzen. Sooft du uns auch niederwirfst, sagten die Händler der Stadt, wir werden wieder aufstehen und da weitermachen, wo wir aufgehört haben, und du wirst vor uns müde werden.

Die Armeen der Königin, die diese Gegend und ein ganzes Stück des Landes nach Westen und Südosten sicher besetzt hielten, gingen gemächlich ihren Geschäften nach, befestigten, was sie hatten, und fühlten sich sicher im Wissen, daß sie nur stillzusitzen und zu warten brauchten, bis ihnen ihr König Stephen zurückgegeben wurde. Es mußte unter den Engländern und Flamen einige kluge Captains geben, die keinen großen Grund zur Freude hatten, wenn die Anführer ausgetauscht wurden, denn so wichtig Stephen auch als Leitfigur war, die um jeden Preis beschützt werden mußte, und so verbissen er auch selbst kämpfte, er war seiner Frau, was die Strategie im Krieg anging, nicht ebenbürtig. Dennoch war seine Freilassung sehr wichtig. Die Truppen saßen gelassen auf dem eroberten Land und warteten darauf, daß der Feind den König zurückgab, wie er es früher oder später tun mußte. Sie litten etwas unter der Langeweile, während die Beauftragten verhandelten und stritten. Aber das Ende war sicher.

Nicholas Harnage zog mit einer Liste von Julian Cruces Wertsachen in der Tasche verbissen durch ganz Winchester und fragte überall, ob diese Gegenstände aufgetaucht waren, ob gestohlen, verkauft oder als Geschenk gegeben. Und er hatte beim höchsten Mann begonnen, bei Henry von Blois, dem prinzlichen Bischof von Winchester, der gerade seine verletzte Würde pflegte und sich mit beachtlicher Entschlossenheit wieder in den Vordergrund schob, als hätte er nicht mehrmals die Seite gewechselt und als wäre er nicht in seiner eigenen Burg in seiner eigenen Stadt festgesetzt worden und fast verhungert. Es erforderte eine ganze Menge Sturheit, um von seiner Lordschaft empfangen zu werden, doch in diesem besonderen Fall besaß Nicholas genug Beharrlichkeit, um sich durch die dornigsten Verteidigungswälle zu wühlen.

»Und mit solchen Nebensächlichkeiten wollt Ihr mich behelligen?« hatte Bischof Henry gefragt, nachdem er mit düsterem Stirnrunzeln die Liste gelesen hatte, die Nicholas ihm gegeben hatte. »Ich weiß nichts von diesem Glitzerzeug. Ich habe keinen einzigen Gegenstand von dieser Liste je gesehen, noch gehört er zu einer Kirche, die mir hier in der Gegend bekannt ist. Was soll mich das angehen?«

»Mein Herr, das Leben einer Dame steht auf dem Spiel«, sagte Nicholas verletzt. »Sie beabsichtigte, was sie nie erreichte, ein Leben der Hingabe in der Abtei von Wherwell. Bevor sie die Abtei erreichte, ging sie verloren, und ich will sie finden, wenn sie lebt, und sie rächen, wenn sie tot ist. Und nur mit Hilfe dieses Glitzerzeugs, wie Ihr es nennt, vermag ich eine Spur von ihr zu finden.«

»Dabei kann ich Euch nicht helfen«, sagte der Bischof kurz angebunden. »Ich kann Euch mit Gewißheit sagen, daß diese Gegenstände nie im Besitz des Alten Münsters waren und sich in keiner Kirche und keinem Konvent befinden, der meiner Aufsicht untersteht. Aber Ihr sollt nach Belieben in den anderen Häusern in dieser Stadt nachfragen, und Ihr dürft sagen, daß ich Eure Suche genehmigt habe. Mehr kann ich nicht tun.«

Damit mußte Nicholas sich zufrieden geben; tatsächlich gab ihm die bischöfliche Genehmigung eine beträchtliche Autorität, falls jemand sein Recht zu suchen in Frage stellte. Auch wenn er im Augenblick in der Asche versunken war, Henry von Blois würde sich von neuem erheben wie ein Phönix, prächtig wie eh und je, und man konnte sich darauf verlassen, daß das Feuer, das ihn beinahe verbrannt hätte, jeden versengen würde, der danach seine Feindseligkeit herausforderte.

Von Kirche zu Kirche und von Priester zu Priester trug Nicholas seine Liste und erntete nichts als Kopfschütteln und hilflos in Falten gelegte Stirnen, auch wenn der gute Wille ihm gegenüber nicht zu übersehen war. Kein kirchliches Haus, das in Winchester überlebt hatte, wußte etwas über das Paar Kerzenleuchter, über das steinbesetzte Kreuz oder die silberne Monstranz, die zu Julian Cruces Mitgift gehört hatten. Es gab keinen Grund, den Worten der Kirchenmänner zu mißtrauen, denn sie hatten keinen Grund zu lügen oder Ausflüchte zu machen.

Blieben noch die Straßen, die Läden der Goldschmiede und Silberschmiede, selbst die fahrenden Markthändler, die kauften und verkauften, was immer sie bekamen. Nicholas begann eine systematische Suche, denn in einer so reichen Stadt mit so reicher Kundschaft unter den hohen Kirchenmännern und den reichen Stiftungen gab es viele Händler.

So kam er just an dem Morgen, an dem Bruder Humilis sich auf den Weg zu seinem Geburtsort machte, in eine kleine, verwinkelte Werkstatt in der High Street tief im Schatten der St. Maurice's Church. Die Vorderfront hatte durch das Feuer gelitten, und der Silberschmied hatte eine Bude vorgebaut, ganz ähnlich einem Stand auf dem Jahrmarkt, und seine Werkbank nach vorn gezogen, um das Tageslicht zur Arbeit zu nutzen. Die oben verankerte Klappe hielt das direkte Sonnenlicht ab, ließ jedoch genug Helligkeit durch, um die schönen Steine in die Brosche zu setzen, die er gerade bearbeitete. Ein Mann in den besten Jahren, wahrscheinlich gut im Futter, wenn die Zeiten gut waren, aber nach den Entbehrungen der langen Belagerung etwas vom Fleisch gefallen, denn seine Haut hing schlaff und grau herab wie ein zu großer Mantel an einem fastenden Mann. Er lugte durch eine Stirnlocke aus ergrauendem Haar und fragte, ob er dem Herrn zu Diensten sein könne.

»Ich halte es mittlerweile für äußerst unwahrscheinlich«, räumte Nicholas traurig ein, »aber ich will es wenigstens versuchen. Ich suche nach irgendeinem Hinweis auf gewisse Stücke aus Kirchensilber und nach Schmuckstücken, die vor drei Jahren in dieser Gegend verlorengingen. Handelt Ihr mit solchen Dingen?«

»Ich handle mit allem aus Gold oder Silber. Ich habe auch schon Kirchensilber gehabt. Aber drei Jahre sind eine lange Zeit. Was ist so bemerkenswert an ihnen? Gestohlen, glaubt Ihr? Ich handle nicht mit verdächtigen Waren. Wenn an den angebotenen Dingen etwas Zweifelhaftes ist, dann rühre ich sie nicht an.«

»Es mag nichts gegeben haben, was Euch abschreckte. Möglich, daß sie gestohlen wurden, aber möglicherweise konntet Ihr dies nicht erkennen. Sie gehörten keiner Kirche und keinem Konvent im Süden. Sie wurden aus Shropshire hergebracht und höchstwahrscheinlich auch in jener Gegend hergestellt, und für einen Mann wie Euch waren sie sicher als Arbeit aus dem Norden zu erkennen. Die Kreuze könnten alt gewesen sein, sächsisch.«

»Und was für Gegenstände sind es? Lest mir die Liste vor. Meine Erinnerung ist nicht unfehlbar, aber vielleicht erinnere ich mich, obwohl es drei Jahre her ist.«

Nicholas las langsam und wartete auf einen Funken des Wiedererkennens. »Ein Paar silberne Kerzenhalter mit großen Armen, mit Weinranken umflochten und Putzscheren, die mit Silberketten befestigt sind, auch diese mit Weinranken verziert. Zwei Kreuze, die zueinander passen, ein großes Standkreuz so groß wie eine Männerhand auf einem dreistufigen Podest, das andere eine kleine Nachbildung an einer Halskette, wie ein Priester sie tragen könnte, beide mit Halbedelsteinen geschmückt, mit gelben Steinen, mit Achat und Amethysten...«

»Nein«, sagte der Silberschmied. Er schüttelte entschieden den Kopf. »Diese Dinge hätte ich nicht vergessen. Auch die Kerzenhalter nicht.«

»... eine kleine silberne Monstranz, mit eingravierten Farnblättern...«

»Nein. Herr, ich erinnere mich an keinen dieser Gegenstände. Wenn ich noch meine Bücher hätte, könnte ich für Euch nachsehen. Der Schreiber, der sie mir führte, war immer sehr genau, er konnte auch nach Jahren noch alles finden. Aber meine Bücher, meine ganzen Aufzeichnungen sind in den Flammen aufgegangen. Wir konnten nur mein Lager retten, die Bücher sind Asche.«

Das war in diesem Sommer in Winchester nichts Ungewöhnliches, dachte Nicholas resigniert. Auch der gewissenhafteste Schreiber ließ seine Bücher im Stich, wenn sein Leben auf dem Spiel stand; und wenn er Zeit hatte, außer dem nackten Leben noch etwas anderes zu retten, dann nahm er sicher die wertvollsten seiner Güter mit und ließ die Pergamente verbrennen. Es schien kaum der

Mühe wert, Julians persönliche Gegenstände auch noch aufzuzählen, denn die waren noch weniger auffällig. Er zögerte unschlüssig, als eine schmale Tür geöffnet wurde. Aus dem Hof hinter dem Laden fiel Licht herein, und eine Frau betrat den Raum.

Als die Außentür geschlossen war, war sie im dunklen Laden nicht mehr zu sehen, doch dann trat sie an die Werkbank ihres Mannes ins helle Sonnenlicht der Straße und beugte sich vor, um ihm einen Becher Ale neben die rechte Hand zu stellen. Sie blickte dabei auf und betrachtete Nicholas neugierig und ruhig. Eine gutaussehende Frau war sie, einige Jahre jünger als ihr Mann. Ihr Gesicht lag noch im Schatten der Klappe, die die Augen ihres Mannes abschirmte, doch ihre Hand kam einen Augenblick ins Sonnenlicht heraus, als sie den Becher abstellte. Eine bleiche, wohlgeformte Hand war es, deren Handgelenk in einem schwarzen Ärmel streckte.

Nicholas starrte fasziniert die Hand an, so gebannt, daß die Frau verwundert innehielt und die Hand nicht zurückzog. Sie trug am kleinen Finger einen Ring; vielleicht war er für die anderen Finger zu eng. Er war breiter als die meisten Ringe und bestand aus Silber, aber die Oberfläche war so dicht mit buntem Emaille besetzt, daß das Metall nicht zu sehen war. Das Emaille war mit winzigen Blumen mit je vier ausgebreiteten Blütenblättern bemalt, abwechselnd gelb und blau, und dazwischen waren grüne Blätter. Nicholas starrte ihn ungläubig an wie einen Spuk, doch er sah ihn wirklich. Es konnte keine zwei Ringe dieser Art geben. Vielleicht besaß er keinen großen Wert, aber die Kunstfertigkeit und Fantasie, mit der er hergestellt worden war, unterschied ihn von allen anderen.

»Ich bitte Euch um Verzeihung, gnädige Frau!« stammelte er, während er versuchte, sich zusammenzunehmen. »Aber dieser Ring... darf ich wissen, woher Ihr ihn habt?«

Mann und Frau sahen ihn neugierig an; überrascht, aber nicht beunruhigt.

»Er wurde auf ehrliche Weise erworben«, sagte sie und lächelte etwas amüsiert über seinen Ernst. »Er wurde uns vor einigen Jahren zum Kauf angeboten, und da er mir gefiel, schenkte mein Mann ihn mir.«

»Wann war das? Glaubt mir, ich habe gute Gründe für diese Frage.«

»Nun, das war wirklich vor drei Jahren«, erwiderte der Silberschmied bereitwillig. »Im Sommer war es, aber das Datum... das kann ich nicht mehr sicher sagen.«

»Aber *ich* kann es sagen«, erklärte seine Frau und lachte. »Eine Schande, daß du es vergessen hast, denn es war mein Geburtstag. Deshalb habe ich dir doch den Ring abgeschmeichelt. Und mein Geburtstag, Herr, ist am zwanzigsten August. Ich habe dieses hübsche Ding jetzt seit drei Jahren. Die Frau des Burgvogtes wollte bei meinem Mann eine Kopie in Auftrag geben, aber das wollte ich nicht zulassen. Er muß der einzige seiner Art bleiben. Primel und Immergrün... so zarte Farben!« Sie drehte die Hand in der Sonne herum und bewunderte das glänzende Emaille. »Die anderen Stücke, die zusammen mit dem Ring kamen, wurden schon vor langer Zeit verkauft. Aber sie waren nicht so schön wie der Ring.«

»Es waren noch andere Stücke dabei?« fragte Nicholas.

»Eine Halskette aus polierten Steinen«, erklärte der Schmied. »Jetzt erinnere ich mich. Und ein silbernes Armband mit Erbsenranken – es kann auch Wicke gewesen sein.«

Der Ring allein hätte schon gereicht; diese drei Dinge zusammen bedeuteten absolute Sicherheit. Die drei kleinen Gegenstände aus Julian Cruces persönlichem Besitz waren vor drei Jahren am zwanzigsten August in diesem Geschäft verkauft worden. Die erste deutliche Spur, doch sie führte in tiefes Dunkel.

»Meister Silberschmied«, sagte Nicholas, »ich habe die Liste der Gegenstände, die ich suche, nicht vollständig vorgelesen. Diese drei Dinge kamen, wie ich sicher weiß, im Besitz einer Dame in den Süden, die nach Wherwell wollte, aber nie dort eintraf.«

»Was sagt Ihr da?« Der Schmied erbleichte und beäugte seinen Besucher besorgt und zweifelnd. »Ich habe die Dinge ehrlich erworben, ich habe nichts Falsches getan, und ich weiß nichts, außer, daß ein allem Anschein nach anständiger Bursche sie mir ganz unbefangen zum Kauf anbot...«

»Oh, nein, mißversteht mich nicht! Ich bezweifle nicht Euren guten Glauben, aber seht, Ihr seid der erste, den ich finde, der mir vielleicht helfen kann, aufzudecken, was aus der Dame geworden ist. Erinnert Euch, wer war dieser Mann, der zu Euch kam? Wie sah er aus? Wie alt und wie gekleidet? Er war Euch nicht bekannt?«

»Ich habe ihn vorher oder nachher nie gesehen«, erwiderte der Silberschmied etwas erleichtert, aber noch nicht ganz sicher, ob ihn allzu große Bereitwilligkeit nicht doch noch in gefährliche Dinge verwickelte. »Ein Mann in meinem Alter, um die fünfzig kann er gewesen sein. Ein gewöhnlicher Mann in schlichten Kleidern. Ich nahm ihn als das, was er zu sein vorgab, als Diener, der im Auftrag seines Herrn kam.«

Die Frau hatte ein besseres Gedächtnis. Sie war inzwischen neugierig geworden und sah keinen Grund, eine Verwicklung in unangenehme Dinge zu befürchten. Sie wollte aus ganzem Herzen helfen, soweit sie es vermochte. Sie hatte ein schärferes Auge als ihr Mann und glaubte Nicholas, daß dieser nichts Böses im Schilde führte.

»Ein kräftiger, vierschrötiger Mann war er«, sagte sie. »Braun wie ein Ledermantel. Es war kein so heißer Sommer wie dieser; seine Bräune war von der dauerhaften Sorte, die im Winter nur etwas gelb wird – die Art Bräune, die entsteht, wenn man das ganze Jahr im Freien lebt, als Förster oder Jäger vielleicht. Er hatte einen braunen Bart und braunes Haar, nur ganz oben wurde er langsam kahl. Er hatte ein kühnes, starkes Gesicht und flinke Augen. Ich würde mich nicht an ihn erinnern,

ein anderer Mann, ein junger Bursche, der sich dicht an der Mauer dort hielt. Er erwartete ihn. Ich weiß nicht, ob er ihm das ganze Geld oder einen Teil davon gab, aber irgend etwas wurde übergeben. Und dann sah sich der ältere über die Schulter um und bemerkte mich, und die beiden entfernten sich rasch um die Ekke in die Seitenstraße am Markt. Das war alles, was ich von ihnen gesehen habe, und das war schon mehr, als ich hätte sehen dürfen«, sagte sie nachdenklich. Erst jetzt schien sie überrascht zu bemerken, daß sie etwas Verdächtiges beobachtet hatte.

»Seid Ihr sicher?« fragte Nicholas drängend. »Er traf sich mit einem zweiten, jüngeren Mann?« Denn die drei Unschuldigen aus Lai waren in Andover zurückgeblieben. Das mußte die Wahrheit sein, denn sonst hätte sich einer von ihnen, wahrscheinlich der Einfaltspinsel, schon lange verraten.

»Ich bin sicher. Ein junger Mann, hübsch, aber nicht sehr teuer gekleidet; einer jener Männer, die sich in Schänken oder auf Märkten herumtreiben und Arbeit suchen oder auf eine Gelegenheit warten, die Finger in die Tasche eines anderen zu stecken.«

Auf Arbeit hoffend oder auf die Möglichkeit zu einem Diebstahl! Oder beides, wenn die angebotene Arbeit beides vereinte – ja, es mochte bis zum Mord gehen.

»Wie sah dieser zweite aus?«

Sie runzelte die Stirn und dachte nach, während sie auf der Unterlippe kaute. Sie bemühte sich wirklich und durchforschte ihre Erinnerung, die sich als beständig und zuverlässig erwies. »Groß, aber nicht auffällig groß. Etwa so groß wie der erste, als sie beisammen standen, aber nur halb so breit. Ich sage jung, weil er schlank war und sich schnell und leichtfüßig bewegte, als die beiden um die Ecke huschten. Aber ich habe sein Gesicht nicht gesehen, weil er eine Kapuze trug.«

»Darüber habe ich mich auch gewundert«, sagte der Silberschmied etwas verlegen, »aber das Geschäft war abgeschlossen, ich hatte bezahlt und die Ware bekommen. Weiter konnte ich nichts tun.«

»Nein, nein, Euch wirft niemand etwas vor. Ihr konntet es nicht wissen.« Nicholas betrachtete wieder den hellen Ring, den die Frau am Finger trug. »Gnädige Frau, darf ich Euch den Ring abkaufen? Für das Doppelte des Preises, den Euer Gatte zahlte? Oder wenn nicht, darf ich ihn dann gegen eine Sicherheit ausborgen, wenn ich verspreche, ihn so bald wie möglich zurückzubringen? Für Euch«, sagte er ernst, »ist er als Geschenk wertvoll und unbezahlbar, aber ich brauche ihn.«

Sie starrte ihn mit großen Augen wie gebannt an und packte und drehte den Ring am Finger. »Warum braucht Ihr ihn mehr als ich?«

»Ich muß den Mann, der ihn herbrachte, damit konfrontieren. Den Mann, der, wie ich glaube, für den Tod der Dame, die den Ring vor Euch trug, verantwortlich ist. Nennt einen Preis, ich will ihn bezahlen.«

Sie schloß schützend die freie Hand um den Ring, doch sie errötete und riß aufgeregt die Augen auf. Sie blickte zu ihrem Mann, der schon den abwesenden, berechnenden Blick des Händlers in den Augen hatte. Wahrscheinlich wollte er einen Preis nennen, der ihm die Reparatur der Werkstatt ermöglichen würde. Doch plötzlich zog sie den Ring vom Finger, drehte ihn heftig über den Knöcheln und hielt ihn Nicholas hin.

»Ich borge ihn Euch, und ich will keine Sicherheit. Aber bringt ihn selbst zurück, wenn Ihr fertig seid, und erzählt mir, wie alles ausgegangen ist. Und solltet Ihr feststellen, daß Ihr Euch irrt und sie noch lebt und den Ring zurückhaben will, dann gebt ihn ihr und zahlt mir einen Preis, den Ihr für angemessen haltet.«

Er nahm und küßte die Hand, die ihm mit dem Schmuckstück entgegengestreckt wurde. »Meine Dame, das will ich tun! Alles, was Ihr von mir verlangt, werde ich tun! Ich gebe Euch mein Wort!« Er hatte nichts außer seinem Wort anzubieten, und sie hatte in jedem Fall die besseren Trümpfe. Ihr Mann aber blickte sehr nachsichtig drein, denn er war offenbar an die Launen seiner sehr hübschen Frau gewöhnt. Er erhob keine Einwände, zumindest nicht, solange der Besucher noch bei ihnen war. »Ich diene hier unter FitzRobert«, sagte Nicholas. »Sollte ich Euch wirklich im Stich lassen oder solltet Ihr glauben, ich hätte es getan, dann beschwert Euch bei ihm, und er wird Euch zu Eurem Recht verhelfen. Aber ich werde Euch nicht im Stich lassen!«

»Bist du so leicht bereit, dich von meinen Geschenken zu trennen?« fragte der Silberschmied, als Nicholas gegangen war. Aber es klang eher amüsiert als verletzt, und er hatte sich schon wieder mit ungebrochener Konzentration an die Vollendung der Brosche gemacht.

»Ich habe mich nicht vom Ring getrennt«, erwiderte sie heiter. »Ich traue meinem Urteil. Er wird zurückkommen, und ich werde den Ring zurückbekommen.«

»Und wenn er die Dame lebendig findet und dich beim Wort nimmt? Was dann?«

»Nun, dann«, sagte seine Frau, »dann werde ich wahrscheinlich durch seine Dankbarkeit so viel erhalten, daß ich mir alle Ringe der Welt kaufen kann. Und ich weiß, daß du geschickt genug bist, um mir eine Kopie dieses Ringes zu machen, wenn ich eine will. Glaub mir, wie sich das Schicksal auch wendet – und ich wünsche ihm ein besseres als jenes, das er erwartet –, *wir* werden nicht zu den Verlierern gehören.«

Nicholas ritt schon eine Stunde später in großer Eile aus Winchester hinaus. Er nahm das Nordtor in Richtung Hyde und kam in der Nähe des geschwärzten Bodens und der zackigen Mauerreste der unglücklichen Abtei vorbei, aus der Humilis und Fidelis nach Shrewsbury geflohen waren. Diese Zeugen der Tragödie und des Verlustes fielen unbeachtet hinter ihm zurück. Er blickte weit voraus.

Die Starre der Verzweiflung hatte sich nicht länger gehalten, als die Straße lang war. Jetzt war sie einem unerbittlichen Zorn und einer unersättlichen Rachsucht gewichen. Er hatte eine sichere Spur in der Hand, einen kleinen Kreis von Zeugen, Beweise für den schlimmsten Verrat und die größte Undankbarkeit. Es bestand kein Zweifel, daß diese bescheidenen Schmuckstücke eben jene waren, die Julian bei sich gehabt hatte. Kein Zufall hätte drei solche Gegenstände zusammenbringen können. Zwei Zeugen konnten vom Verkauf dieses durch Hinterlist erworbenen Tands erzählen und den Verkäufer gut beschreiben, und dies um so sicherer, wenn er ihnen gegenübergestellt würde, wie es vielleicht noch geschehen mochte. Außerdem hatte die Frau ihn gesehen, wie er sich auf der Straße mit dem gedungenen Mörder getroffen und ihn für seinen Dienst entlohnt hatte. Es gab keine Möglichkeit, den Mörder zu finden, namenlos und gesichtslos wie er war, außer durch den Mann, der ihn gedungen hatte; doch bisher hatten Nicholas' Nachforschungen noch keinen Hinweis auf Adam Heriets derzeitigen Aufenthaltsort ergeben. Nur eine Gruppe von Walerans Männer war in der Nähe von Winchester geblieben, und Heriet war nicht unter ihnen. Aber man würde weitersuchen, bis er gefunden wurde, und wenn man ihn fand, dann hatte er mehr zu erklären als einige gestohlene Stunden – den Besitz des Schmucks, den Verkauf gegen Geld, das Teilen des Gewinns mit einem verstohlenen Unbekannten. Denn warum sonst sollte Adam einem Fremden Geld geben, wenn es nicht um Raub und Mord ging?

Sobald der Hauptschurke gefunden war, war auch sein Werkzeug bekannt. Jetzt mußte er zunächst Hugh Beringar unterrichten und die Suche nach Adam Heriet in Shropshire und im Süden beschleunigen, bis er endlich gefunden wurde und mit dem Ring konfrontiert werden konnte.

Es war erst kurz nach Mittag, als Nicholas aus der

Stadt ritt. Am Abend war er in der Nähe von Oxford, wo er sich ein Ersatzpferd besorgte, um in langsamerem, schonenderem Schritt weiter durch die Nacht zu reiten. Es war eine heiße, drückende Nacht, die schwüler wurde, je weiter er nach Norden in die Midlands vordrang. Der Himmel war wolkenlos, doch ohne Mond oder Sterne war die Nacht sehr dunkel. Und überall um ihn flakkerten mitten in der Nacht kurze Blitze auf und erstarben sofort wieder im Dunkel. Für Augenblicke konnte er Bäume und Dächer und ferne Hügel sehen, die wieder verschwanden, ehe das Auge sie wirklich betrachten konnte. Und all dies in völligem Schweigen ohne jedes Donnergrollen, das die bleierne Stille durchbrechen konnte. Vorboten eines göttlichen Zorns oder einer unerforschlichen Gnade Gottes.

12

Der Morgen kam hell, verhangen und still, die aufgehende Sonne zog wie eine Kupferscheibe herauf, der Mühlteich lag flach und unbewegt wie ein Zinnteller. Die Wellen, die Madogs Ruder warfen, hoben und senkten sich träge mit öliger Schwere, als er nach der Prim sein Boot vom Fluß hereinbrachte.

Bruder Edmund hatte wegen des Unternehmens großes Aufhebens gemacht und war gar nicht froh, daß seinem Patienten ein solches Risiko zugemutet werden sollte, aber er konnte es nicht verhindern, da der Abt seine Erlaubnis gegeben hatte. Um sein Gewissen zu beruhigen, sorgte er dafür, daß alles getan wurde, um Humilis die Reise möglichst bequem zu machen, doch er blieb der Einschiffung fern, weil er mit anderen Aufgaben beschäftigt war. Cadfael und Fidelis trugen Humilis auf einer einfachen Bahre durch das Tor in der Klostermauer den Weg hinunter, der direkt zur Mühle und zum Mühlteich führte. Trotz der langen Knochen wog der Mann kaum mehr als ein halbwüchsiger Junge. Madog, einen Kopf kleiner und schmaler, hob ihn ohne sichtbare Anstrengung einfach mit den Armen auf und bat Fidelis, seinen Platz im Boot einzunehmen, damit der kranke Mann auf Decken gelagert werden und sich an die Knie des jungen Mannes anlehnen konnte, die zusätzlich mit Kissen gepolstert waren. Auf diese Weise würde er während der Reise nicht so schnell ermüden. Fidelis zog Humilis' schmale Schultern sachte zurück, bis sie an seinen Unterschenkeln lagen und der Kopf, vor der Morgenluft geschützt, mit der Tonsur auf seinen Knien ruhte. Der Ring des dunklen Haars schien kräftig und jung, während alles andere geschwächt, ausgezehrt und alt anmutete. Nur die Augen flammten in der Aufregung dieses Unternehmens ungewöhnlich hell auf. Endlich wurde Humilis' Herzenswunsch erfüllt. Nach allen großen Fahrten, nach der mehrmaligen Überquerung der Meere und Kontinente, nach Schlachten und Siegen und großem Ehrgeiz war sein letztes Abenteuer eine Reise, die nur wenige Meilen einen englischen Fluß hinaufführte, um ein bescheidenes Anwesen in einer friedlichen englischen Grafschaft zu besuchen.

Glück, dachte Cadfael, während er ihn beobachtete, besteht oft aus kleinen Dingen, nicht aus großen. An die kleinen Dinge erinnern wir uns, wenn Zeit und Sterblichkeit uns einholen, und an den kleinen Landmarken orientieren wir uns, wenn wir demütig in eine andere Welt ziehen.

Er nahm Madog einen Augenblick beiseite, bevor er sie abfahren ließ. Die beiden im Boot waren gebannt, der eine vom hellen Tag und dem Himmel über dem Gesicht, vom grünen und strahlenden Land außerhalb des Klosters, der zweite von seinem geliebten Schützling. Keiner achtete auf irgend etwas anderes.

»Madog«, sagte Cadfael ernst, »wenn Euch etwas Ungewöhnliches auffällt... wenn es etwas Seltsames gibt, das Euch erstaunt... dann sprecht um Gottes Willen mit niemand darüber. Sagt es nur mir.«

Madog sah ihn von der Seite an und blinzelte wissend durch seine buschigen Brauen. Er sagte: »Und Ihr, vermute ich, werdet dann überhaupt nicht erstaunt sein! Ich kenne Euch doch! Ich kann in einer dunklen Nacht so weit sehen wie jeder andere Mann. Wenn es etwas zu erzählen gibt, dann sollt Ihr der erste sein und von mir aus der einzige, der es erfährt.«

Er klopfte Cadfael kräftig auf die Schulter, löste das Halteseil, das er um einen schief stehenden Weidenstumpf geschlungen hatte, und stellte den Fuß mit der Leichtigkeit eines Jungen auf die Kante des Bootes, um es in einer einzigen Bewegung vom Ufer abzustoßen und sich hineinzusetzen. Das düster funkelnde Wasser hob und senkte sich träge zwischen Boot und Ufer. Madog nahm die Ruder auf und lenkte den Kahn mühelos in den abfließenden Strom, der in der Hitze lag wie ein erschöpfter Mensch, müde und schläfrig, aber immer noch lebendig und gemächlich bewegt.

Cadfael blieb am Ufer stehen und sah ihnen nach. Als das Boot wendete, strahlte das Morgenlicht, so dunstig es auch war, hell in die Gesichter der beiden Reisenden, in das junge Gesicht und das alte Gesicht; das eine aufmerksam, schützend und ernst, das andere nach oben gewandt und vor Freude über diesen Glückstag lächelnd. Beide hatten leuchtende graue Augen und schienen höchstens etwas eingeschüchtert von dem Unternehmen, auf das sie sich eingelassen hatten. Das Boot beschrieb einen Halbkreis, die Ruder tauchten ein, und dann fiel das Licht aus dem Osten auf Madogs gedrungene, kräftige Gestalt.

Aus seinen kurzen Studien der antiken Schriften wußte Cadfael, daß es einen Fährmann namens Charon gegeben hatte, dem die Seelen anvertraut wurden, wenn sie diese Welt verließen. Auch er ließ sich von den Passagieren bezahlen und wies sie sogar zurück, wenn sie nicht zahlen konnten. Doch er stellte den Seelen, die er in die Ewigkeit entführte, keine Decken und Kissen und Planen zur Verfügung. Und er hatte sich nie um die Suche und Rettung der verlorenen Seelen gekümmert, die der Fluß als Tribut forderte. Madog mit dem Totenboot war ein besserer Fährmann.

Am Wasser ist es immer etwas kühl, so drückend die Luft auch wird und so tief der Wasserstand auch sinkt. Auf dem stillen, metallisch glänzenden Severn gab es zumindest die Illusion eines Lufthauchs, eines Atemzuges von unten, der die Hitze von oben zu mildern schien, und Humilis konnte gerade eben einen dünnen Arm über den Bootsrand strecken und die Finger ins Wasser des Flusses tauchen, an dessen Ufer er geboren war. Fidelis versorgte ihn aufmerksam und stützte mit geöffneten Händen den in einem Kissen ruhenden Kopf, so daß er in den aneinandergelegten Handflächen wie in einer Schale liegen konnte und sich nicht anstrengen mußte. Später würde er vielleicht die Hände zurückziehen, um sie abzukühlen, aber im Augenblick war es noch nicht nötig. Er saß über dem nach oben gekehrten, verträumten Gesicht und verlagerte vorsichtig die Hände, wenn Humilis nach links oder rechts blickte und versuchte, alles aufzunehmen und sich an die beiden Ufer zu erinnern, an denen sie vorbeiglitten. Fidelis spürte keinen Kampf nahen, er war nicht müde und empfand fast keinen Kummer. Er hatte so lange mit einem ganz bestimmten Kummer gelebt, daß dieser sich freundschaftlich in sein Wesen eingefügt hatte, wie ein willkommener vertrauter Gast. Hier im Boot, von allem anderen abgetrennt, fand er eine ebenso tiefe und schmerzende Freude.

Sie mußten zuerst die ganze Stadt umkreisen, denn der Severn zog sich von der Abtei aus wie ein Burggraben um die Stadtmauern und verwandelte die Stadt, abgesehen von der Spitze, die von der Burg gedeckt und geschützt wurde, beinahe in eine Insel. Als sie Madogs Westbrücke erreichten, über welche die Straße nach Wales führte, wurden die Windungen des Stromes enger, so daß abwechselnd beide Wangen der steigenden, kupfernen Sonne zugewandt waren. Hier gab es noch genug Wasser, wenn der Stand auch unterhalb der sonst im Sommer gewohnten Höhe lag. Einige Sandbänke waren aufgetaucht, doch Madog kannte sie alle und ruderte kräftig und sicher, sich seiner Fähigkeiten bewußt, hindurch.

»An diese Gegend erinnere ich mich gut«, sagte Humilis lächelnd, als sie sich dem Ufer von Frankwell näherten und der große Bogen im Norden der Stadt sie auf ihren westlichen Kurs zurückbrachte. »Für mich ist es eine köstliche Freude, mein Freund, aber ich fürchte, für Euch ist es harte Arbeit.«

»Nein«, erwiderte Madog, der, wenn er auch seine Anliegen vertreten konnte, in der englischen Sprache recht einsilbig war. »Nein, dieses Wasser ist mein Lebensunterhalt und mein ganzes Leben. Ich arbeite mit Freuden hier.«

»Selbst im Winter?«

»Bei jedem Wetter«, erwiderte Madog und blickte kurz zum Himmel hinauf, der sich wie ein kupfernes Gewölbe über ihnen spannte, wolkenlos und dunstig.

Hinter dem Vorort Frankwell, außerhalb der Stadtmauern und jenseits der Flußbiegung, fuhren sie zwischen weiten Feuchtwiesen, die immer noch gut genug bewässert waren, um das Gras grüner zu halten als auf den Anhöhen, und aus den schilfbewachsenen Ufern wehte ein kleiner kühler Hauch, als könnte die Erde, die überall sonst den Atem anhielt, hier noch Luft schöpfen. Dann kamen auf beiden Seiten hohe Uferböschungen, von denen aus sich alte, große Bäume über das Wasser neigten und bleierne Schatten warfen. Massige Weiden, deren Wurzeln halb ausgewaschen waren, lehnten sich von den Ufern herüber. Dann wurde das Land wieder flach und öffnete sich auf der rechten Seite, während sich das linke Ufer zu flachen, sandigen Terrassen unten und Viehweiden weiter oben erhob, hinter denen die Hügel des Waldlandes begannen.

»Es ist jetzt nicht mehr weit«, sagte Humilis, der begierig nach vorn blickte. »Ich erinnere mich genau. Hier hat sich nichts verändert.«

Er hatte durch die Freude an der Expedition an Kraft gewonnen, und seine Stimme klang ruhig und voll, aber auf Stirn und Lippen standen Schweißperlen. Fidelis wischte sie fort und beugte sich über ihn, um ihm Schatten zu spenden, ohne ihn zu berühren.

»Ich bin wie ein Kind an einem Feiertag«, sagte Humilis lächelnd. »Es ist sehr passend, daß ich diesen Tag dort verbringe, wo ich als Kind lebte. Das Leben ist ein Kreis, Fidelis. Die erste Hälfte entfernt uns von unseren Verwandten und den Orten unserer Kindheit, wir sehen ferne Länder und schließen neue Freundschaften. Aber dann, am entferntesten Punkt, beginnen wir die Rückreise und nähern uns wieder dem Ort, von dem wir einst aufbrachen. Wenn der Kreis sich schließt, dann gibt es keinen Ort mehr auf dieser Welt, zu dem man gehen kann, und es wird Zeit für den Abschied. Daran ist nichts Trauriges. Es ist recht und gut so.«

Er wollte sich im kleinen Boot etwas weiter aufrichten, um nach vorn zu blicken, und Fidelis hob und stützte ihn unter den Armen. »Dort, hinter den dichten Bäumen, dort ist das Gut. Wir sind daheim!«

Der Boden war hier rot und sandig und bot ihnen einen langgestreckten, schmalen Strand, hinter dem sich ein grasbewachsener Abhang erhob. Ein Trampelpfad verschwand oben zwischen den Bäumen. Madog ließ das Boot auf den Sand laufen, zog die Ruder ein und trat ans Ufer, um das Gefährt auf sicheren Boden zu ziehen und zu vertäuen.

»Ruht Euch noch eine Weile hier aus, ich will hinaufgehen und im Haus Bescheid sagen.«

Der Pächter von Salton war ein fünfundfünfzigjähriger Mann, der den neun oder zehn Jahre jüngeren Knaben nicht vergessen hatte, der damals dem Herrn dieses Gutes geboren worden war und die ersten Jahre seines Lebens hier verbracht hatte. Er kam selbst eilig zum Fluß herunter, begleitet von zwei Dienern und mit einem improvisierten Tragestuhl, mit dem Godfrid zum Haus hinaufgetragen werden konnte. Er eilte nicht herbei, um den Ritter des Königreichs von Jerusalem zu begrüßen, sondern den kleinen Jungen, den er Angeln und Schwimmen gelehrt und den er mit drei Jahren auf sein erstes Pony gehoben hatte. Die frühe Kameradschaft hatte nicht viele Jahre gedauert, und vielleicht hatte er seit dreißig oder mehr Jahren nicht mehr daran gedacht, da er damit beschäftigt gewesen war, zu heiraten und eine eigene Familie durchzufüttern, aber die Erinnerungen waren sogleich wieder hellwach. Und trotz Madogs wortkarger Vorwarnung blieb er bestürzt und erschrokken stehen, als er das dürre Gespenst sah, das ihn im Boot erwartete. Doch er fing sich rasch wieder und rannte zu Humilis, um ihm auf Knien die dienstbereite Hand anzubieten; doch Humilis hatte das kurze Zögern bemerkt.

»Ihr seht, ich habe mich sehr verändert, Aelred«, sagte er, indem er den Namen instinktiv aus dem Brunnen seiner Erinnerung holte, da er nun gebraucht wurde. »Wir sind beide nicht mehr die Jungen, die wir einst waren. Es ist mir nicht gut ergangen, aber das soll Euch nicht kümmern. Ich bin ganz zufrieden. Und ich bin froh, sehr froh, Euch auf dieser gut bestellten Erde wiederzusehen, die ich in so jungen Jahren verließ.«

»Mein Herr Godfrid, Ihr erweist mir eine große Ehre«, sagte Aelred. »Alles hier steht zu Euren Diensten. Meine Frau und meine Söhne werden stolz sein.«

Er hob selbst seinen Gast aus dem Boot, erschrak ob des geringen Gewichts, und setzte ihn behutsam in den Tragestuhl. Als Junge von zwölf Jahren hatte er vor langer Zeit als Sohn des herrschaftlichen Verwalters den kleinen Jungen mehr als einmal in den Armen getragen. Der ältere Bruder, Marescots Erbe, war mit zehn Jahren nicht mehr bereit gewesen, für das Kleinkind das Kindermädchen zu spielen. Nun trugen die Arme einen Hauch von Leben, kaum schwerer als damals das Kind.

»Ich bin nicht gekommen, um Euch in Schwierigkeiten zu bringen«, erklärte Humilis, »sondern nur, um eine Weile hier bei Euch zu sitzen und die Neuigkeiten von Euch zu erfahren und zu sehen, wie Eure Felder gedeihen und Eure Kinder wachsen. Das wird mir eine große Freude sein. Und dies hier ist mein guter Freund und Helfer, Bruder Fidelis, der sich so aufopfernd um mich kümmert, daß es mir an nichts mangelt.«

Sie trugen ihre Last den grünen Abhang hinauf zu den Bäumen, die den Wind abhielten, und dort in den Feldern des Landsitzes stand das kleine, aber gut unterhaltete Gutshaus von Salton in seinem runden Zaun, umringt von Scheunen und Ställen. Es war ein niedriges, bescheidenes Haus, nicht mehr als eine Halle und eine kleine Kammer über einer steinernen Kammer und eine abgetrennte Küche im Hof. Draußen hinter dem Zaun gab es einen kleinen Obstgarten, und in der kühleren Luft unter den Apfelbäumen stand eine Holzbank. Dort setzen sie Humilis ab, mit Decken und Kissen versehen, damit seine kaum von Fleisch bedeckten Knochen bequem lagerten, und rannten eifrig hin und her, um ihn mit Ale, Früchten, frisch gebackenem Brot und allem zu versorgen, was sie sonst anzubieten hatten. Die Frau kam geschmeichelt und schüchtern heraus und versuchte, ihren Schrecken und ihr Bedauern so gut wie möglich zu verbergen. Zwei große Söhne kamen, der ältere etwa dreißig, der jüngere gewiß geboren, nachdem ein oder zwei Kinder verloren worden waren, denn er war fünfzehn Jahre jünger. Der ältere Sohn brachte eine junge Frau mit, die neben ihm die Ehrenbezeugungen machte. Sie war ein dunkles, elfenhaftes Mädchen, und sie war schwanger.

Fidelis saß unter den Apfelbäumen schweigend im Gras und überließ Gast und Gastgebern die Bank, während Aelred mit ungewohnter Redseligkeit von lange vergangenen Zeiten berichtete und alles erzählte, was seitdem geschehen war. Ein stilles, ruhiges, arbeitsreiches Leben hatte er geführt, während die Kreuzfahrer durch die Welt streiften und kinderlos, unfruchtbar und verstümmelt nach Hause kamen. Und Humilis lauschte mit leisem, zufriedenem Lächeln und sagte immer weniger, denn er wurde müde, und die aufregenden Erlebnisse verloren ihre aufregende Wirkung. Die Sonne stand im Zenit, immer noch dunstig und zornig, doch im Westen sammelten sich Wolkenfetzen.

»Laßt uns nun eine Weile allein«, sagte Humilis, »denn ich ermüde rasch, und ich will auch Euch nicht erschöpfen. Vielleicht kann ich schlafen. Fidelis wird bei mir wachen.«

Als sie allein waren, holte er tief Luft und schwieg lange Zeit, doch er schlief nicht. Er streckte eine schlanke Hand aus, um Fidelis am Ärmel zu zupfen, damit dieser sich neben ihn setzte, an den Platz, den Aelred freigegeben hatte. Aus den Ställen kam ein leises, schläfriges Muhen. Die Bienen, die einen hektischen Sommer gehabt hatten, summten eifrig; sie hatten Schwerarbeit geleistet, um die Blumen abzuernten, die so üppig blühten und so schnell verwelkten. Am Ende des Obstgartens standen drei Bienenstöcke. In der Vorratskammer gab es sicher einen guten Vorrat an Honig.

»Fidelis ...« Die Stimme, die unsicher und schwankend geworden war, hatte ihre Klarheit und Ruhe zurückgewonnen. Sie klang nur etwas distanzierter, als wäre er bereits im Fortgehen begriffen. »Mein Lieber, ich habe dich mit mir genommen, dich allein von allen Menschen der Welt, an diesen Ort, an dem mein Leben begann. Niemand außer dir soll hören, was ich nun zu sagen habe. Ich kenne dich besser als meine eigene Seele. Ich schätze dich wie meine eigene Seele und meine Hoffnung auf den Himmel. Ich liebe dich wie kein anderes Geschöpf auf der Erde. Oh ... still!«

Der Arm, auf dem seine Hand so sachte lag, war zurückgezuckt und hatte sich verkrampft, und aus der stummen Kehle kam ein kleines Geräusch, das einem Schluchzen ähnelte.

»Gott verhüte, daß ich dir je einen Schmerz zufüge, nicht einmal dadurch, daß ich allzu freimütig spreche, aber die Zeit drängt. Das wissen wir beide. Und ich habe einiges zu sagen, solange ich noch Zeit habe. Fidelis ... deine süße Gegenwart war mir ein Segen, der Segen und die Freude und der Trost in meinen letzten Lebensjahren. Ich kann es dir nicht anders vergelten als dadurch, daß ich dich ebenso liebe, wie du mich geliebt hast. Und das tue ich. Mehr kann ich nicht geben. Erinnere dich daran, wenn ich fort bin und wisse, daß ich frohlockend gehe, denn ich kenne dich, wie du mich kennst, und ich liebe dich, wie du mich geliebt hast.«

Neben ihm saß Fidelis reglos und stumm wie ein Stein, aber Steine weinen nicht, und Fidelis weinte, denn als Humilis sich niederbeugte und seine Wange küßte, schmeckte er die Tränen.

Das war alles, was sich zutrug. Kurz darauf stand Madog vor ihnen und sagte ganz sachlich, daß sich ein Sturm zusammenbraue und sie sich besser überlegen sollten, ob sie bleiben wollten, wo sie waren, oder ob sie sofort an Bord gehen und mit der Strömung, die es in diesem trägen Wasser noch gab, so schnell wie möglich nach Shrewsbury zurückkehren wollten.

Der Tag gehörte Humilis, und so traf er die Entscheidung. Er blickte zum Westhimmel hinauf, der sich zu einem bedrohlichen Zwielicht verdunkelt hatte, sah zu seinem Gefährten, der abwesend und unbeteiligt dasaß wie ein Mensch, der noch halb in einem Traum gefangen ist, und sagte lächelnd, daß sie aufbrechen sollten.

Aelreds Söhne trugen ihn zum Ufer hinunter. Aelred hob ihn auf seinen alten Platz im Bett aus Teppichen im Boot, und Fidelis setzte sich hinter ihn, um ihn zu stützen und zu versorgen. Im Osten hatte sich eine fahle Helligkeit gehalten, und sie fuhren dem Licht entgegen. Hinter ihnen sammelten sich rasch die drohend schwarzen Wolken und wölbten sich hervor wie pralle Euter voller giftiger Milch. In dieser Dunkelheit war von Wales nichts mehr zu sehen, und der Blick reichte nicht weiter als drei oder vier Meilen. Irgendwo im Westen hatten die ersten Regengüsse begonnen. Die ersten brodelnden Vorboten der Sturmfluten krochen heimtückisch heran und brachten Schlammfahnen mit, während sie zielstrebig stromabwärts flossen.

Sie hatten die Feuchtwiesen gerade erreicht, als es

plötzlich auch im Osten auf einen Schlag dunkel wurde, ein Spiegelbild der purpurnen Schwärze im Westen. Das Licht verblaßte, es wurde düster, und der grollende Donner erhob seine Stimme und kam rasch von Westen heran, als würden sie von heftig gerührten Trommeln verfolgt oder vom Gebell von Jagdhunden, die in einer Jagd von Halbgöttern eine Spur aufgenommen hatten. Madog, der sich keine großen Sorgen machte, weil er auf alles vorbereitet war, zog die Ruder ein und entfaltete das Wachstuch, das er sonst benutzte, um seine Waren zu bedecken. Er breitete es über Humilis und dem Rest des Bootes aus, so daß ein Baldachin über Humilis' Kopf entstand. Fidelis hielt die Plane mit den Händen hoch, damit sie nicht den Atem des kranken Mannes behinderte.

Dann begann der Regen, zuerst mit einzelnen, großen und schweren Tropfen, die schwer wie Steine auf das Tuch prasselten. Dann öffnete der Himmel seine Schleusen und ließ die Wasser herabfallen, nach denen sich die gebleichte Erde so lange gesehnt hatte. Es war ein Guß, der den Severn brodeln ließ, als kochte sein Wasser, und an den Ufern spritzten Fontänen aus Sand und Erde in die Luft. Fidelis bedeckte seinen Kopf und beugte sich vor, um Humilis zu schützen. Madog steuerte in die Mitte des Stroms, denn die Blitze, die dem Lauf des Flusses folgten, schlugen zuerst und am häufigsten in die Dinge ein, die sich am Ufer am höchsten erhoben.

Er war im Nu durchnäßt, doch er schüttelte das Wasser so fröhlich ab wie ein Fisch, denn er war in diesem Element ebenso daheim wie direkt neben ihm. Er war schon oft in Stürmen gefahren, die so plötzlich und dramatisch gekommen waren wie dieser. So wild er sich auch gebärdete, er würde nicht lange dauern.

Doch irgendwo stromauf hatte es ebenfalls schwer geregnet. Das Wasser kam in einer gewaltigen, stinkenden, braunen Woge, die sie vor sich herschob. Madog ließ das Boot mit ihr laufen und benutzte die Ruder nur, um das Gefährt in der Mitte des Stroms zu halten. Beständig und heftig fiel der Regen, und das Grollen und Knallen der Donnerschläge jagte sie gen Shrewsbury. Die Blitze, die dem Donner auf den Fersen waren, zuckten und brannten und liefen im Zickzack über ihren Weg und waren die einzige Beleuchtung in der heulenden Dunkelheit. Sie konnten die Ufer nur sehen, wenn gerade ein Blitz aus den Wolken brach, und die Dunkelheit, nachdem er verloschen war, machte den nächsten Blitz um so blendender.

Vor Nässe glänzend wie ein Seehund schüttelte Fidelis nach beiden Seiten das Wasser ab und hielt mit gespannten, schmerzenden Unterarmen die Decke über Humilis' Kopf. Er hatte vor den Regenfluten fest die Augen geschlossen und öffnete sie nur ab und zu einen Spalt, um durch den Guß nach vorn zu blicken. Er wußte nicht, wo sie waren, und immer wieder brannten blendende Blitze selbst durch die geschlossenen Lider und zwangen ihn, heftig zu blinzeln. Einer dieser Blitze zeigte ihm schiefstehende Bäume, hager und finster, vergrößert durch das bleiche Licht, bevor sie von der Dunkelheit verschluckt wurden. Also hatten sie die offenen Feuchtwiesen schon hinter sich, die inzwischen durch den schweren Regen wohl Moraste voller Tümpel geworden waren. Sie wurden schnell zwischen den Bäumen hindurchgetrieben und waren nicht mehr weit von einem möglichen Unterschlupf in Frankwell entfernt.

Sie wurden trotz der schützenden Decke durchnäßt. Wasser platschte im Boot, kalt und träge; lästig, aber keine Gefahr. Sie fuhren mit der Strömung, die durch Blätter und Aststücke verunreinigt war, die Schlamm mit sich führte und in Strudeln heftig kreiste. Doch sehr bald schon konnten sie in Frankwell landen und im nächsten Gebäude Schutz suchen und warten, bis dieser Aufruhr und diese Naturgewalten vorbei waren.

Der Donner sammelte seine Kraft und brüllte, daß ihnen die Ohren platzten. Der Blitz kam gleichzeitig mit dem Donner, blendend hell. Fidelis öffnete erschrocken die nassen Augen und sah gerade noch die älteste, unförmigste Weide am linken Ufer einen Sprung tun. Sie wurde von der Flamme gespalten, ihre Wurzeln wurden durch den Stoß halb aus dem feuchten, glitschigem Erdreich gerissen. Dann wurde der Baum zu einer feurigen Blüte, kippte auf den Fluß herunter und flammte im Fallen immer heller auf.

Madog warf sich über Humilis. Wie ein Stein aus einer Schleuder krachte der Baum auf den Bug des Schiffes, durchbrach die Seitenwände und spaltete es wie ein Ei. Stamm und Boot und Fracht wurden tief ins schmutzige Wasser hinabgerissen. Der Brand erstarb mit einem gewaltigen Zischen. Es wurde dunkel, plötzlich war alles kalt und die Bewegungen bleischwer. Sie wurden zwischen die kreisenden Pflanzen und den Schutt gerissen, die der Sturm mit sich trug und schnell vorbeitrieb, und wurden unausweichlich der Ruhe und der Stille des Todes entgegengezogen.

Fidelis wehrte sich und kämpfte mit stechendem Herzen gegen die Verzweiflung, gegen Krämpfe, gegen das schreckliche Gewicht seiner Kutte, gegen die wirbelnden und trommelnden Äste und die fesselnden Ranken. Er kam an die Oberfläche und holte tief Luft, klammerte sich an Blätter, die durch seine Finger glitten, und packte begierig einen Ast, der nicht nachgab und ihm half, den Kopf über Wasser zu halten. Er schüttelte keuchend das Wasser ab und öffnete die Augen, um in die heulende Dunkelheit zu starren. Ein Käfig aus zerbrochenen Zweigen umgab und hielt ihn. Gerissene, aber immer noch zäh klammernde Wurzeln verankerten die Weide, die sich im brodelnden Strom hob und senkte. Eine Decke aus dem Boot wand sich wie eine Schlange um seinen Arm und riß ihn fast fort. Er zog sich am Ast entlang, suchte mit aller Kraft nach einer treibenden Hand, einem bleichen Gesicht, das in dieser chaotischen Finsternis aufleuchten mußte wie ein Gespenst.

Ein Stück schwarzes Tuch schlängelte sich vorbei und wurde durch die peitschenden Äste getrieben. Ein Ärmel tauchte auf, eine bleiche Hand zog vorbei und ging wieder unter. Fidelis ließ los und warf sich hinterher, befreite sich aus dem Baum, tauchte unter die trommelnden Zweige. Der Saum des Gewandes glitt durch seine Finger, doch er konnte in die Falten der Kapuze greifen und versuchte, nach Frankwell hinüberzukommen, um den treibenden Trümmern der Weide zu entgehen. Er hielt verzweifelt fest, suchte einen besseren Griff und hielt Humilis' schlaffen Körper hoch. Wieder gingen sie zusammen unter. Dann war Madog neben ihnen und nahm Fidelis den bewußtlosen Körper aus den Armen, die ihn nicht mehr halten konnten.

Fidelis trieb einen Augenblick wehrlos fort, in einer Erschöpfung, in welcher der Gedanke an den Tod gefährlich verlockend war. Lieber alles fahren lassen, den Kampf aufgeben und sich willig dem Zug des Stromes ergeben.

Und der Strom nahm ihn und setzte ihn sachte im schlammigen Gras am Ufer ab und warf ihn mit dem Gesicht nach unten neben Bruder Humilis, über dem Madog vom Totenboot sich vergeblich mühte.

Der Regen ließ plötzlich einen Augenblick nach, und der Wind, der heftig geatmet und gequält gepfiffen hatte, schlief einen Augenblick ein. Die Dämonen des Donners zogen grollend und knurrend stromab und schenkten ihnen zwischen ihrem Toben eine totenstille, völlig ruhige Atempause. Und in der Stille erhob sich ein gewaltiger Schrei, der von Verlust und Beraubung und von Kummer sprach, über den Severn und erschreckte die schweigsam in den Büschen kauernden Vögel. Der Schrei hallte in langen Echos von Ufer zu Ufer den Fluß hinunter und bezeugte einen Verlust, der durch nichts auf der Welt zu heilen war.

13

Nicholas hatte Shrewsbury fast erreicht, als sich der Himmel unheildrohend verdunkelte. Er ritt schneller, um in der Stadt ein schützendes Dach zu erreichen, ehe das Gewitter ausbrach. Doch die ersten schweren Tropfen begannen zu fallen, als er die Vorstadt erreichte. Vor seinen Augen leerte sich die Straße, und alle Bewohner gingen in ihren Häusern in Deckung, schlossen die Türen und Läden vor dem Toben, das sie erwarteten. Als er das Torhaus der Abtei erreichte, verwarf er seine ursprüngliche Absicht, den Sturm hier abzuwarten, denn er war seinem Ziel schon sehr nahe. Der Himmel öffnete sich und sandte einen Schauer herab, der so undurchsichtig und blendend war, daß Nicholas von einer Seite zur anderen schwankte, als er die Brücke überquerte, unfähig, die Richtung zu halten. Es kam ihm vor, als wäre er in der entvölkerten Stadt in einer leeren Welt der einzige Mensch. Nirgends regte sich etwas.

Er blieb unter dem Torbogen stehen, um zu Atem zu kommen und sich die Augen auszuwischen. Er schüttelte die Regentropfen ab. Bevor er die Burg erreichte, mußte er die ganze Stadt Shrewsbury durchqueren, aber Hughs Haus an der St. Marys Church war nicht weit entfernt. Er mußte nur noch die gewundene Wyle hinauf und in eine ebene Seitenstraße einbiegen. Hugh konnte ebensogut dort sein wie auf der Burg. Zumindest konnte er auf dem Weg zum High Cross, bevor es zum Torhaus der Burg hin wieder bergab ging, dort anhalten und nachfragen. Nasser als er schon war, würde er bestimmt nicht mehr werden. Er stieg den Hügel hinauf. Vernünftigere Menschen lugten durch Ritzen in ihren geschlossenen Läden heraus und sahen ihm zu, wie er mit gesenktem Kopf durch die Sintflut eilte. Der Donner grollte und knallte in einem Himmel, der dunkel war wie zu Mitternacht, und Blitze zuckten und trieben die Meute hinter ihm her. Das Pferd war unruhig, aber es war gut erzogen und schob sich gehorsam, doch vor Angst zitternd weiter.

Hughs Hoftore standen offen, und im Windschatten des Hauses konnte er etwas Schutz finden. Sobald die Hufe auf den Pflastersteinen zu hören waren, ging die Tür der Halle auf, und ein Bursche kam aus den Ställen gerannt, um das Pferd in Sicherheit zu bringen. Aline lugte besorgt in die Dunkelheit hinaus und winkte den Reisenden herein.

»Kommt herein, ehe Ihr ertrinkt«, sagte sie, ganz die sorgende Gastgeberin, als Nicholas in den Schutz der Tür stampfte und seinen durchnäßten Umhang fallenließ, den er nicht ins Haus mitnehmen wollte. Sie sahen einander ernst an, denn es war zu dunkel für ein rasches Erkennen. Dann kam die Erinnerung, und sie neigte lächelnd den Kopf. »Ihr seid Nicholas Harnage! Ihr wart bei Eurem ersten Besuch hier in Shrewsbury bei uns zu Gast. Jetzt erinnere ich mich. Vergebt mir mein Zögern, aber ich bin nicht daran gewöhnt, daß es am Nachmittag aussieht, als wäre es Mitternacht. Kommt herein und laßt mich trockene Kleider für Euch suchen – allerdings fürchte ich, daß Euch Hughs Sachen etwas eng sind.«

Ihre Offenheit und Freundlichkeit erwärmten ihn rasch, doch konnte sie ihn nicht von der bedrückenden Pflicht abhalten, die er hier zu erfüllen hatte. Er sah an ihr vorbei. Constance bewachte den Tyrannen Giles und hielt ihn fest an der Hand, damit er nicht die Sintflut als neues Freizeitvergnügen begrüßte und einfach hinausrannte.

»Ist der Herr Sheriff nicht da? Ich muß so schnell wie möglich mit ihm sprechen. Ich bringe böse Neuigkeiten.«

»Hugh ist auf der Burg, aber er wird am Abend zurückkommen. Kann es nicht warten? Wenigstens, bis dieses Gewitter nachläßt. Es kann nicht lange dauern.«

Nein, er konnte nicht warten. Er würde weitergehen, egal, wie das Wetter war. Er bedankte sich bei ihr und war in seiner Entschlossenheit fast unhöflich, legte sich wieder den nassen Mantel um die Schultern, nahm dem Burschen das Pferd ab und trottete zum High Cross. Aline seufzte, zuckte die Achseln und ging hinein. Sie schloß die Tür und sperrte das Chaos aus. Böse Neuigkeiten! Was konnte das bedeuten? Hatte es mit König Stephen und Robert von Gloucester zu tun? Waren die Versuche, die Gefangenen auszutauschen, gescheitert? Oder hatte es mit dem persönlichen Anliegen des jungen Mannes zu tun? Aline kannte die Geschichte nur in groben Umrissen und empfand ein mildes, trauriges Interesse – ein Mädchen, das von ihrem Verlobten freigegeben wurde, ein geliebter Knappe, der zu ihr geschickt wurde, um es ihr mitzuteilen, und der zu bescheiden oder zu vernünftig war, um sofort die Zuneigung zu zeigen, die er zu ihr gefaßt hatte. Lebte das Mädchen überhaupt noch? Es war besser, man erfuhr es ein für alle Mal, als ewig von der Unsicherheit gequält zu werden. Aber ›böse Neuigkeiten‹, das konnte nur das Schlimmste bedeuten.

Nicholas erreichte das High Cross, das im strömenden Regen in allen Farben schillerte, und bog auf die abschüssige Straße zur Burg ein. Vor dem Torhaus, auf dem äußeren Wall, stand das Wasser knöcheltief, denn die Abflüsse waren viel zu schmal, um der Fluten Herr zu werden. Ein Offizier steckte den Kopf aus dem Wachraum und rief den Fremden herein.

»Zum Herrn Sheriff? Er ist in der Halle. Wenn Ihr den inneren Gang nehmt, könnt Ihr dem Schlimmsten entgehen. Ich lasse Euer Pferd unterbringen. Oder wartet eine Weile hier im Trockenen, wenn Ihr wollt, denn es kann nicht ewig dauern...«

Aber nein, er konnte nicht warten. Der Ring brannte in seiner Börse, und in seinen Gedanken brannte eine beißende Bitterkeit. Er mußte seine Geschichte sofort den zuständigen Behörden übermitteln und die Zähne in Adam Heriets Hals schlagen. Er wagte nicht, innezuhalten und seinem Haß Raum zu geben, weil sonst der Kummer übermächtig geworden wäre. Er wandte sich nach einer knappen Begrüßung und einem kurzen Ruf in der großen dunklen Halle sofort an den Sheriff und ging wie er war, mit wirrem braunem Haar, das naß an Stirn und Schläfen klebte, auf Hugh los.

»Herr, ich komme aus Winchester zurück, wo ich klare Beweise dafür fand, daß Julian tot ist und ihr Besitz schon vor langer Zeit fortgeschafft wurde. Wir müssen hier alles stehen und liegen lassen und jeden Mann, den wir ausheben können, nach Süden schicken, um Adam Heriet zu jagen. Es war sein Werk – Heriet und ein gedungener Mörder, ein Gauner, der mit dem Erlös aus dem Verkauf von Julians Schmuck bezahlt wurde. Wenn wir ihn gefaßt haben, wird er nicht mehr leugnen können. Ich habe Beweise, ich habe Zeugen dafür, daß er selbst sagte, sie sei tot!«

»Langsam, langsam!« sagte Hugh mit großen Augen. »Das ist eine schwerwiegende Behauptung. Wie ich sehe, habt Ihr Euch im Süden gründlich umgehört, aber das haben wir auch getan. Kommt, setzt Euch und laßt mich die ganze Geschichte hören. Aber zieht zuerst die nassen Kleider aus und sucht Euch einen Mann von Eurer Größe, der Euch trockene Sachen leihen kann, sonst holt Ihr Euch noch den Tod.« Er rief nach den Dienern und ließ Handtücher und eine Jacke und eine Hose holen.

»Das ist nebensächlich«, protestierte Nicholas fiebernd, indem er seinen Arm faßte. »Wichtig sind nur die Beweise, die ich habe. Alles paßt auf einen Mann, und er läuft noch frei herum, Gott weiß, wo...«

»Ah, aber Nicholas, wenn Ihr wirklich hinter Adam Heriet her seid, dann braucht Ihr Euch nicht zu sorgen. Adam Heriet sitzt hier auf der Burg hinter Schloß und Riegel, und zwar schon seit einigen Tagen.«

»Ihr habt ihn? Ihr habt Heriet gefunden? Ihr habt ihn verhaftet?« Nicholas holte tief Luft und seufzte schwer.

»Wir haben ihn und werden ihn behalten. Seine Schwester ist mit einem Handwerker in Brigge verheiratet, und er war bei seinen Verwandten auf Besuch wie ein ehrbarer Mann. Jetzt ist er der Gast des Sheriffs, und das wird er bleiben, bis wir alles wissen. Seinetwegen brauchen wir uns nicht zu beeilen.«

»Habt Ihr etwas aus ihm herausbekommen? Was hat er gesagt?«

»Nichts Sachdienliches. Er hat nur gesagt, was jeder ehrbare Mann an seiner Stelle auch gesagt hätte.«

»Das wird sich bald ändern«, sagte Nicholas grimmig. Er bemerkte erst jetzt, in welchem Zustand er war, und schien nun doch bereit, die kleine Kammer und die trokkenen Kleider in Anspruch zu nehmen, die man ihm angeboten hatte. Aber er hatte seine Geschichte schon halb erzählt, ehe er sich das Gesicht und das wirre Haar abgetrocknet und saubere Kleider angelegt hatte.

»... keine Spur vom Kirchenschmuck, der am auffälligsten gewesen wäre, wenn man ihn zum Verkauf angeboten hätte. Ich war nicht sicher, ob es sich lohnte, weiter nachzufragen, aber dann kam die Frau des Mannes herein, und ich erkannte den Ring, den sie trug, als Julians Eigentum. Nein, das wäre zuviel gesagt, ich weiß – ich will lieber sagen, daß er sehr gut zu der Beschreibung paßte, die wir haben. Erinnert Ihr Euch? Rundherum mit Emaille belegt, mit gelben und blauen Blumen bemalt...«

»Ich kenne die Beschreibung auswendig«, sagte Hugh trocken.

»Dann werdet Ihr gleich sehen, warum ich so sicher war. Ich fragte, woher sie ihn hätte, und sie erklärte, daß er zusammen mit zwei anderen Schmuckstücken von einem etwa fünfzigjährigen Mann zum Verkauf angeboten worden wäre. Vor drei Jahren, am zwanzigsten August, denn das war ihr Geburtstag. Sie erbat sich den Ring als

Geschenk und bekam ihn von ihrem Mann. Die beiden anderen Stücke, die inzwischen verkauft sind, beschrieb sie mir als Halskette aus polierten Steinen und als silbernes Armband, das mit Erbsen- oder Wickenranken geschmückt war. Drei solche Stücke zusammen! Sie konnten nur Julian gehören.«

Hugh nickte zustimmend. »Und der Mann?«

»Die Beschreibung der Frau paßte zu dem wenigen, das ich über Adam Heriet wußte; ich habe ihn ja bis heute nicht gesehen. Fünfzig Jahre alt, gebräunt wie vom Leben im Freien, als wäre er Förster oder Jäger... Ihr habt ihn gesehen. Ihr wißt mehr als ich. Mit einem braunen Bart, das Haar etwas schütter, sagte sie, und ein Gesicht wie eine Eiche... paßt das?«

»Sehr genau.«

»Und den Ring habe ich hier. Seht! Ich erbat ihn mir von der Frau, und sie vertraute ihn mir an, obwohl sie ihn sehr schätzte und nicht verkaufen wollte. Ich muß ihn zurückbringen – wenn unsere Arbeit getan ist! Kann dies ein Irrtum sein?«

»Das ist ausgeschlossen. Cruce und alle seine Leute könnten es bestätigen, aber ich denke, wir brauchen sie nicht. Gibt es noch mehr?«

»Allerdings! Denn der Juwelier fragte nach den Besitzverhältnissen, da er sah, daß diese Dinge einer Frau gehörten. Er wollte wissen, ob die Dame, der die Dinge gehörten, sie nicht mehr brauchte. Und der Mann sagte, was diese Dame anging, so brauchte sie die Sachen nicht mehr, weil sie tot sei!«

»Das sagte er? So schlimm steht es?«

»Das sagte er. Wartet, das ist noch nicht alles! Die Frau wurde neugierig und folgte ihm, als er den Laden verließ. Und sie sah, daß er sich mit einem jungen Burschen traf, der draußen im Schatten der Mauer wartete, um ihm etwas zu übergeben – einen Teil des Geldes oder alles, dachte sie. Und als die beiden bemerkten, daß sie beobachtet wurden, huschten sie rasch um die Ecke.«

»Und das kann sie bezeugen?«

»Ich bin sicher, daß sie das tun wird. Und sie ist eine gute Zeugin, umsichtig und klar.«

»So scheint es«, sagte Hugh, indem er entschlossen den Ring in die Hand nahm. »Nicholas, Ihr müßt jetzt etwas essen und etwas Wein trinken, solange das Gewitter anhält – denn warum solltet Ihr ein zweites Mal ertrinken, da wir doch den Mann schon in Gewahrsam haben? Doch sobald das Unwetter aufhört, werden wir Herrn Heriet mit diesem hübschen Ding konfrontieren und sehen, ob wir diesmal nicht mehr aus ihm herausbekommen als das Märchen, daß er die Wunder von Winchester begafft hätte.«

Seit dem Mittagessen war Bruder Cadfael zwischen Mühle und Torhaus gependelt, denn die sich zusammenballenden Wolken warnten ihn schon lange vor dem Regen selbst vor möglichen Schwierigkeiten. Als das Unwetter ausbrach, stellte er sich in der Mühle unter, denn von dort aus konnte er den Teich und den Abfluß in den Bach und zugleich die Straße von der Stadt im Auge behalten. Madog mochte es für geraten gehalten haben, seine Schutzbefohlenen in Frankwell an Land zu bringen, statt dem langen Bogen um die Stadt zu folgen. In diesem Fall würde er zu Fuß kommen, um Bescheid zu geben.

In der Mühle gab es um diese Jahreszeit nicht mehr viel zu tun, und im Innern war es still und dunkel. Kein Geräusch war zu hören außer dem monotonen Trommeln des Regens. Und hier fand Madog ihn auch, ein klatschnasser Madog, der allein kam. Er hatte den Weg außerhalb der Enklave benutzt, auf dem die Kunden aus der Stadt das Torhaus umgingen, wenn sie nur ihr Mehl mahlen lassen wollten. Er erschien düster in der offenen Tür und blieb stumm stehen, seine langen, hilflosen Arme pendelten müde. Kein Mann konnte mit seiner Körperkraft den Gewalten von Wetter und Sturm und Donner widerstehen. Auch Madogs Standvermögen hatte Grenzen.

»Nun?« sagte Cadfael, der unter einer bösen Vorahnung erschauerte.

»Nicht gut, sondern sehr schlimm.« Madog kam langsam herein, und das wenige Licht, das es gab, zeigte sein bitteres Gesicht. »Alles, was mich verwundern könnte, sagtet Ihr! Ich hatte genug Verwunderung, und ich will Euch wie gewünscht alles mitteilen. Guter Gott«, sagte er, während er Bart und Haar auswrang und Rinnsale von den Schultern schüttelte, »ich weiß nicht, was ich tun soll. Wenn Ihr eine Ahnung hattet, dann könnt Ihr vielleicht auch jetzt vorausblicken – aber ich bin blind!« Er holte tief Luft und erzählte alles in einfachen, knappen Worten. »Der Regen allein hätte uns keine Schwierigkeiten gemacht. Aber der Blitz schlug in einen Baum und warf ihn über uns, als wir vorbeifuhren, und das Boot wurde gespalten. Es ist in kleinen Stücken den Fluß hinuntergetrieben, und keiner weiß, wo die Fetzen auftauchen. Und Eure beiden Brüder...«

»Ertrunken?« flüsterte Cadfael entsetzt.

»Der ältere, Marescot, ja... der ist tot. Ich bekam ihn an Land. Der jüngere hat geholfen, wenn ich ihn auch loslassen mußte, denn ich konnte nur einen halten. Aber ich konnte Marescots Atem nicht wieder in Gang bringen. Die Zeit war sehr kurz, und eigentlich kann er nicht ertrunken sein – eher, daß der Schreck sein Herz aussetzen ließ, weil er so hinfällig war; oder die Kälte oder gar der Lärm des Donners. Wie auch immer, er ist tot. Alles hat ein Ende. Der andere – was könnte ich Euch über ihn sagen, was Ihr nicht schon wißt?« Er forschte aufmerksam und verwundert in Cadfaels Gesicht. »Nein, Ihr seid nicht erstaunt, nicht wahr? Ihr wußtet es vorher. Aber was können wir jetzt tun?«

Cadfael löste sich aus seiner Erstarrung und nagte an der Unterlippe. Er starrte in den Regen hinaus. Das Schlimmste war vorbei, der Himmel hellte sich wieder auf. Weit stromab folgte das ersterbende Donnergrollen den stinkenden braunen Fluten.

»Wo habt Ihr sie zurückgelassen?«

»Vor Frankwell, keine Meile von der Brücke entfernt. Dort ist eine Hütte am Ufer, die von den Fischern benutzt wird. Wir kamen in der Nähe an Land, und ich brachte sie dort in Deckung. Wir brauchen eine Trage, um Marescot heimzubringen. Aber was ist mit dem anderen?«

»Nichts ist mit dem anderen! Der andere ist fort, ertrunken, der Severn hat ihn mitgenommen. Und keine Aufregung und keine Trage, noch nicht. Habt Geduld mit mir, Madog. Dies ist eine schlimme Sache, aber wenn wir vorsichtig sind, können wir sie unbeschadet überstehen. Geht zu ihnen zurück und wartet dort auf mich. Ich komme bis zur Stadt mit Euch, dann geht Ihr allein zur Hütte weiter, und ich werde Euch so bald wie möglich folgen. Und zu niemand ein Wort, dann mag es gut ausgehen.«

Der Regen hatte aufgehört, als Cadfael das Tor vor Hughs Haus erreichte. Die Dächer glänzten, die Abflüsse waren randvoll, und die grauen Überbleibsel der Wolken wichen einer Sonne, die jetzt wieder hell und wohlwollend schien. Der böse Kupferglanz war mit dem Sturm stromabwärts gezogen.

»Hugh ist noch auf der Burg«, sagte Aline, die ihn überrascht und erfreut begrüßte. »Er hat einen Besucher – Nicholas Harnage ist zurückgekommen, und mit schlimmen Neuigkeiten, wie er sagt, doch blieb er nicht lange genug, um sie mir anzuvertrauen.«

»Der? Ist er zurück?« Cadfael war einen Augenblick abgelenkt, sogar erschrocken. »Ich frage mich, was er gefunden haben kann? Und wie weit sind die Neuigkeiten schon verbreitet?« Er schüttelte die Spekulationen ab. »Nun, das macht mein Anliegen um so dringender. Liebes Mädchen, jetzt brauche ich Euch! Wäre Hugh hier, dann hätte ich ihn und Euch zugleich um den Gefallen gebeten, wie es sich gehört, aber wie die Dinge stehen ... ich brauche Euch für ein oder zwei Stunden. Wollt Ihr um einer guten Sache willen mit mir reiten? Wir brauchen Pferde – eines für Euch, mit dem Ihr reiten und zurückkehren könnt, und eins für mich, mit dem ich weiterreiten kann – eins von Hughs großen Tieren, das zwei Menschen tragen kann. Wollt Ihr für mich sprechen und dafür sorgen, daß ich nicht in Verruf komme, wenn ich ein Pferd borge? Vertraut mir, es ist dringend.«

»Hughs Ställe stehen Euch jederzeit offen«, erwiderte Aline, »seit ihr euch kennt. Und ich will Euch helfen, wenn Ihr mir sagt, daß es dringend ist. Wie weit müssen wir reiten?«

»Nicht sehr weit. Über die Westbrücke bis hinter Frankwell. Ich muß Euch auch um einige Dinge aus Eurem Besitz bitten«, sagte Cadfael.

»Sagt mir, was Ihr wollt, und dann geht voraus und sattelt die Pferde – Jehan ist im Stall. Sagt ihm, daß Ihr meine Erlaubnis habt. Und Ihr könnt mir sagen, was dies alles bedeutet und wozu ich gebraucht werde.«

Adam Heriet hob abrupt und erschrocken den Kopf, als zu ungewohnter Stunde, früh am Abend, die Tür seiner Zelle aufgestoßen wurde. Er faßte sich jedoch schnell, als er sah, wer eintrat. Er war auf alle Fragen, die er bisher hatte beantworten müssen, gut vorbereitet gewesen, doch dies schien eine neue Wendung zu bedeuten. Das kühne Eichengesicht, das die Frau des Silberschmieds so treffend beschrieben hatte, diente ihm gut. Er erhob sich gehorsam in Gegenwart der Amtsperson, doch er bewegte sich mit einer formellen Steifheit und einem leeren Gesicht, das andeutete, daß er sich keineswegs unterlegen fühlte. Die Tür wurde hinter den Besuchern geschlossen, doch der Schlüssel wurde nicht herumgedreht. Das war nicht nötig, weil draußen ein Wächter stand.

»Setzt Euch, Adam! Wir haben uns für Eure Bewegungen in Winchester während der fraglichen Zeit interessiert«, sagte Hugh freundlich. »Wollt Ihr dem, was Ihr uns schon erzählt habt, vielleicht noch etwas hinzufügen? Oder etwas verändern?«

»Nein, mein Herr. Ich habe Euch erzählt, was ich getan habe und wo ich war. Mehr gibt es nicht zu sagen.«

»Eure Erinnerung mag lückenhaft sein. Jeder kann sich irren. Wir könnten Euch zum Beispiel an den Laden eines Silberschmieds in der High Street erinnern. Dort habt Ihr drei kleine Wertsachen verkauft, die Euch nicht gehörten.«

Adams Gesicht blieb versteinert und ruhig, doch seine Augen zuckten kurz von einem Gesicht zum andern. »Ich habe in Winchester nichts verkauft. Wenn das jemand sagt, dann muß man mich verwechselt haben.«

»Ihr lügt!« sagte Nicholas zornig. »Wer sonst hätte im Besitz dieser drei Dinge sein können? Eine Halskette aus polierten Steinen, ein verziertes Armband – und das hier!«

Er hielt Adam den Ring unter die Nase. Das Emaille glänzte hell, ein einzigartiges Kleinod, das es nicht zweimal geben konnte. Und er hatte das Mädchen von Kindesbeinen an gekannt und war mit ihrem Schmuck schon vor der Reise in den Süden vertraut gewesen. Wenn er dies abstritt, nannte er sich selbst einen Lügner, denn es gab genug Menschen, die das Gegenteil beschwören konnten.

Er stritt es nicht ab. Er starrte das Ding sogar verwundert und überrascht an und sagte ohne Zögern: »Das gehört Julian! Woher habt Ihr es?«

»Von der Frau des Silberschmieds. Sie behielt es als ihr Eigentum, und sie erinnerte sich gut an den Mann, der es brachte und malte ein klares Bild von ihm, das für das Gesetz völlig ausreicht, um einen Namen darunterzuschreiben. Ja, dieser Ring gehörte Julian!« sagte Nicholas, vor Leidenschaft mit heiserer Stimme. »Ihre Sachen habt Ihr verkauft. *Aber was habt Ihr mit ihr gemacht?«*

»Ich habe es Euch schon erzählt! Ich habe mich etwa eine Meile vor Wherwell auf ihren eigenen Wunsch von ihr getrennt und sie nie wiedergesehen.«

»Ihr lügt! Ihr habt sie getötet.«

Hugh legte dem jungen Mann eine Hand auf dem Arm. Nicholas zitterte und fuhr zusammen wie ein Jagdhund, der von seiner Beute abgelenkt wird.

»Adam, Eure Lügen sind nutzlos, und das ist noch schlimmer. Hier ist ein Ring, den Ihr als Eigentum Eurer Herrin anerkennt, und der nach Aussage von zwei glaubwürdigen Zeugen vor drei Jahren am zwanzigsten August in Winchester von einem Mann verkauft wurde, dessen Beschreibung besser auf Euch paßt als Eure eigenen Kleider...«

»Dann paßt sie auf viele Männer in meinem Alter«, protestierte Adam störrisch. »Was ist denn so einzigartig an mir? Die Frau hat nicht mit dem Finger auf *mich* gezeigt, sie hat nicht mich gesehen...«

»Das wird sie noch, Adam, das wird sie noch. Wir können sie herbringen und ihren Mann dazu, damit die beiden Euch von Angesicht zu Angesicht beschuldigen können. Genau wie ich Euch beschuldige«, sagte Hugh fest. »Dies alles ist zuviel, um einfach als Kindermärchen oder eigenartiger Zufall abgetan zu werden. Wir brauchen keine weiteren Beweise gegen Euch als diesen Ring und zwei Zeugen – für einen Raub, wenn nicht sogar für Mord. Jawohl, Mord! Wie sonst solltet Ihr an ihren Schmuck gekommen sein? Und wenn Ihr nicht an ihrem Tod beteiligt wart, wo ist sie dann jetzt? Sie kam nie in Wherwell an und wurde dort auch nicht erwartet. Es war recht ungefährlich, sie aus der Welt zu schaffen, da ihre Verwandten glaubten, sie wäre wohlbehalten in einem Kloster, während das Kloster über ihr Ausbleiben nicht beunruhigt war, weil sie sich nicht angemeldet hatte. Wo ist sie also, Adam? Auf der Erde oder darunter?«

»Ich weiß nicht mehr als das, was ich Euch erzählt habe«, erwiderte Adam zähneknirschend.

»Ah, und ob Ihr mehr wißt! Ihr wißt, wieviel Ihr vom

Silberschmied erhalten habt – und wieviel Ihr dem gedungenen Mörder draußen vor dem Geschäft gezahlt habt. Wer war er, Adam?« fragte Hugh leise. »Die Frau sah, daß Ihr ihn getroffen habt, Ihr habt ihn bezahlt und seid mit ihm um die Ecke gehuscht, als Ihr die Frau in der Tür stehen saht. Wer war er?«

»Ich weiß nichts von einem solchen Mann. Nicht ich war es, der dort gesehen wurde, glaubt mir.« Seine Stimme war immer noch fest, aber ein Schatten glitt über sein Gesicht, und er sprach etwas schriller und begann zu schwitzen.

»Die Frau hat auch ihn beschrieben. Ein junger Bursche, etwa zwanzig Jahre alt, schlank und mit einer Kapuze auf dem Kopf. Nennt mir seinen Namen, Adam, vielleicht wird Eure Last dann leichter. Kennt Ihr überhaupt den Namen? Wo habt Ihr den Mann gefunden? Auf dem Markt? Oder war es schon lange vor der Tat abgesprochen?«

»Ich war nie in einem Geschäft. Wenn dies alles geschehen ist, dann waren andere Männer beteiligt, nicht ich. Ich war nicht dort.«

»Aber Julians Eigentum war dort, Adam! Das ist sicher. Und es wurde von jemand gebracht, der Euch sehr ähnlich sah. Wenn die Frau Euch in Fleisch und Blut sieht, dann kann ich vielleich sogar sagen, es wurde von *Euch* gebracht. Sagt es uns lieber, Adam. Erspart uns die langen Ermittlungen, legt ein Geständnis ab, dann habt Ihr es hinter Euch. Erspart der Frau des Silberschmieds die lange Reise. Denn sie *wird* mit dem Finger auf Euch zeigen, Adam. Dies hier, wird sie sagen, wenn sie Euch sieht, *dies hier* ist der Mann.«

»Ich habe nichts zu gestehen. Ich habe nichts Unrechtes getan.«

»Warum habt Ihr gerade dieses Geschäft ausgesucht, Adam?«

»Ich war gar nicht im Geschäft. Ich hatte nichts zu verkaufen. Ich war nicht dort...«

»Aber der Ring war dort, Adam. Wie ist er hingekommen? Und dazu mit Halskette und Armband? Zufall? Kann man an einen solchen Zufall glauben?«

»Ich verließ sie eine Meile vor Wherwell...«

»Tot, Adam?«

»Ich verließ sie gesund und munter, ich schwöre es!«

»Und doch habt Ihr dem Silberschmied gesagt, daß die Dame, die Besitzerin des Schmucks, tot sei. Warum habt Ihr das gesagt?«

»Ich sage doch, ich war es nicht, ich war nicht im Geschäft.«

»Also ein anderer Mann? Ein Fremder, der dennoch diese Schmuckstücke hatte, alle drei, der Euch ähnelte und wußte und sagte, daß die Dame tot sei. Das sind viele seltsame Zufälle, Adam. Wie erklärt Ihr sie?«

Der Gefangene ließ den Kopf gegen die Wand zurücksinken. Sein Gesicht war grau. »Ich habe niemals Hand an sie gelegt. Ich liebte sie!«

»Und dies hier ist nicht ihr Ring?«

»Es *ist* ihr Ring. Alle in Lai könnten das bezeugen.«

»Ja, Adam, das werden sie auch! Sie werden es vor Gericht erzählen, wenn die Zeit gekommen ist. Aber nur Ihr könnt uns sagen, wie die Dinge in Euren Besitz kamen, wenn nicht durch Mord. Wer war der Mann, den Ihr bezahlt habt?«

»Es gab keinen. Ich war nicht dort. Das war ich nicht...«

Das Tempo war immer schneller geworden, die Fragen kamen hart und tödlich wie Pfeile. Herum und herum ging es, immer über den gleichen Grund, und schließlich wurde der Mann müde. Wenn er überhaupt brechen konnte, dann würde es bald geschehen.

Sie waren so gespannt, so stark gespannt wie überstimmte Instrumente, daß sie heftig zusammenzuckten, als es an der Zellentür klopfte. Ein Offizier steckte den Kopf herein. Er verkündete mit aufgerissenen Augen die sensationellen Neuigkeiten. »Entschuldigt, Herr, aber man glaubt, daß Ihr es sofort erfahren sollt... wir haben Nachricht, daß heute im Sturm ein Boot gesunken sei. Zwei Brüder aus der Abtei sind im Severn ertrunken, sagt man, und Madogs Boot sei von einem Baum, den der Blitz fällte, in tausend Stücke zerschmettert worden. Man sucht stromab nach einem der beiden...«

Hugh sprang entsetzt auf. »*Madogs* Boot? Das muß die Fahrt gewesen sein, von der Cadfael mir erzählt hat... ertrunken? Ist das sicher? Madog hat noch nie einen Menschen oder eine Fracht verloren.«

»Mein Herr, wer kann sich gegen einen Blitz behaupten? Der Baum stürzte genau aufs Boot. Jemand in Frankwell sah den Einschlag. Der Herr Abt weiß es vielleicht noch nicht, aber überall in der Stadt wird die gleiche Geschichte erzählt.«

»Ich komme!« rief Hugh und wandte sich eilig an Nicholas. »Gott weiß, es tut mir leid, Nicholas, wenn dies wahr ist. Bruder Humilis – Euer Godfrid – sehnte sich danach, noch einmal sein Geburtshaus in Salton zu sehen und brach heute morgen mit Madog dorthin auf. Fidelis begleitete ihn auf der Reise. Kommt mit! Wir wollen herausfinden, ob es wahr ist. Betet zu Gott, daß sie wie üblich aus einer Kleinigkeit einen Weltuntergang gemacht haben, und daß die beiden nur etwas naß geworden sind... Madog schwimmt besser als die meisten Fische. Aber laßt uns gehen und uns vergewissern.«

Nicholas hatte sich mit ihm erhoben und erschrocken zugehört. »Mein Herr? Obwohl er so krank war? Mein Gott, einen solchen Schreck hätte er nicht überlebt. Ja, ich komme... ich muß es wissen!«

Und damit gingen sie fort und ließen den Gefangenen allein. Die Tür wurde lautstark geschlossen, der Schlüssel herumgedreht. Niemand kümmerte sich weiter um Adam Heriet, der langsam auf seinem harten Bett in sich zusammensank und den Kopf in die hohlen Hände legte. Ein Wrack von einem Mann war er, erschöpft und leer. Langsam begannen Tränen zwischen seinen Fingern hervorzuquellen. Sie tropften auf sein Kissen, aber niemand war da, der sie sehen und sich wundern konnte. Niemand, der sie verstehen konnte.

Sie führten die Pferde hastig durch die Stadt, über Straßen, die in der sanften Wärme nach der Sintflut erstaunlich schnell trockneten. Es war immer noch heller Tag, die Sonne sank langsam dem Abend entgegen, und die Dächer und Mauern und Straßen dampften, so daß die Pferde durch ein flaches, zartes Meer aus Dunst stampften. Sie gingen ohne Halt an Hughs Haus vorbei. Das war gut, denn sie hätten ohnehin keine Aline gefunden, die sie begrüßte.

Menschen kamen wieder in die Straßen heraus, sammelten sich zu zweien und dreien, steckten die Köpfe zusammen und schnatterten wie Gänse. Die Nachricht von der Tragödie hatte sich schnell verbreitet, nachdem sie das erste Mal flüsternd erzählt worden war. Diesmal war es auch kein falscher Alarm. Hugh und Nicholas zügelten draußen vor dem Osttor, nachdem sie die Brücke zur Abtei überquert hatten, beim Anblick einer kleinen, traurigen Prozession, die ihren Weg kreuzte, die Pferde. Vier Männer trugen eine improvisierte Bahre; es war eine Tür, die man bei einem Pächter in Frankwell geborgt hatte. Sie war ordentlich mit Decken belegt, um die Leiche eines Opfers des Sturms würdig transportieren zu können. Einen nur, denn es war eine schmale Tür, und die vier Träger gingen mit ihr um, als sei das Gewicht gering, obwohl der schwarze Körper lang war und große Knochen zu haben schien.

Sie ließen sich ehrfürchtig zurückfallen, wie es viele Städter schon getan hatten, die sich der feierlichen Prozession angeschlossen hatten, als wäre es ein Trauerzug. Nicholas starrte angestrengt nach vorn und schätzte den stummen, reglosen Körper ab. So lang und doch so leicht, vor der Zeit gealtert, das konnte nur Godfrid Marescot sein, dessen makellose Seele endlich das verstümmelte, schwindende Fleisch verlassen hatte. Er starrte durch einen Nebel und versuchte ungeduldig, seine Augen freizubekommen.

»Ist das dieser Madog, der Mann, der sie anführt?«

Hugh nickte schweigend. Zweifellos hatte Madog seine Freunde aus dem Vorort zusammengerufen, Waliser wie er selbst, die ihm halfen, den toten Mann heimzubringen. Er befehligte seine Helfer dezent und schmerzvoll und mit großer Würde.

»Der zweite – Fidelis?« fragte Nicholas, als er sich an die zurückgezogene, unkenntliche Gestalt erinnerte, die sich stets im Schatten hielt, aber immer zum Dienst bereit war. Er machte sich einen Moment Vorwürfe, daß er Godfrid so sehr bedauerte und den jungen Mann, der sich Godfrid bereitwillig als Sklave zur Verfügung gestellt hatte, so wenig.

Hugh schüttelte den Kopf. Es war nur ein Toter.

Sie überquerten die Brücke und wanderten über die lange Straße zur Vorstadt, die Gaye zur Linken und die Mühle mit dem Mühlteich rechts. Schließlich erreichten sie das Torhaus der Abtei. Die Träger wandten sich unter dem Bogen mit ihrer Last nach rechts zum großen Hof, wo bereits eine große, schweigende Menschenmenge wartete. Sie setzten ihre Last ab und blieben schweigend stehen.

Die Nachricht hatte die Abtei erreicht, als die Brüder von der Vesper kamen. Sie sammelten sich in einem betäubten Kreis, Abt, Prior, Diener, Mönche und Novizen, die abrupt zur Kontemplation über die Sterblichkeit gezwungen wurden. Die Städter, die der Prozession zu ihrem Ziel gefolgt waren, blieben etwas abseits unsicher im Tor stehen und sahen in ehrfürchtigem Schweigen zu.

Madog näherte sich mit der selbstbewußten Freundlichkeit eines Walisers, der alle Menschen als Ebenbürtige betrachtet, dem Abt und erzählte seine Geschichte in einfachen Worten. Radulfus akzeptierte den Willen Gottes und die Hilflosigkeit der Menschen mit einer segnenden Bewegung und betrachtete einen langen Augenblick den schwarz gekleideten Körper, ehe er sich herunterbeugte und die Decke vom Gesicht zog.

Humilis hatte im Tod all die Jahre abgestreift, die über sein wirkliches Alter hinausgingen. Der Tod konnte ihm nicht das verlorene und verfallene Fleisch zurückgeben, aber er hatte die scharfen, hageren Linien entspannt und die tiefen, vom Schmerz eingefressenen Höhlen geglättet. Hugh und Nicholas, die ein Stück entfernt an der Ekke des Kreuzganges standen, konnten einen kurzen Augenblick Humilis' verwandeltes, zu übermenschlicher Heiterkeit und Ruhe transformiertes Gesicht sehen, bevor Radulfus das Tuch wieder sinken ließ, die Trage und die Träger segnete und seinen Dienern winkte, die den Körper nehmen und in die Friedhofskapelle tragen sollten.

Erst jetzt wurde Bruder Edmund, der sich an die schweigsame Verbundenheit der beiden Brüder erinnerte, klar, daß ihm auch Fidelis geraubt worden war. Er sah sich nach dem zweiten Bruder um, der in die Geheimnisse von Humilis' zerstörtem Körper eingeweiht war, und fand ihn nicht – und in diesem Augenblick bemerkte auch Hugh, daß Bruder Cadfael als einziger bei dieser Versammlung fehlte. Ausgerechnet er, der sich so bereitwillig und pflichtbewußt um Humilis gekümmert hatte, war nicht anwesend! Dieses Versäumnis beschäftigte Hugh eine ganze Weile, bis er schließlich aufgeklärt wurde. Immerhin war es möglich, daß ein toter Mann irgendwo dringende unerledigte Geschäfte hatte, die ihm sogar noch wichtiger waren als die letzte Ehrerbietung seinem toten Körper gegenüber.

Sie sprachen Abt Radulfus ihr Mitgefühl aus und versprachen, stromab nach der Leiche von Bruder Fidelis zu suchen, solange noch Hoffnung bestand, ihn zu finden. Dann ritten sie gemächlich in die Stadt zurück, der Gast und der Gastgeber. Die Dämmerung senkte sich langsam, der Himmel war wolkenfrei und klar und unschuldig, die Luft war plötzlich kühl und mild. Aline erwartete sie mit dem zubereiteten Abendmahl und begrüßte zwei Männer so freudig wie einen. Hugh bemerkte nicht, daß ein Pferd aus den Ställen fehlte, weil er die Versorgung der Tiere einem Burschen überließ und sich Nicholas widmete.

»Ihr müßt bis zur Beerdigung bei uns bleiben«, sagte er beim Abendessen. »Ich werde Cruce unterrichten lassen, er wird dem Mann, der einst sein Schwager werden wollte, sicher die letzte Ehre erweisen wollen, und er wird wissen wollen, wie es um Heriet steht.«

Aline lauschte aufmerksam. »Und wie stehen die Dinge jetzt um Heriet? Heute ist soviel geschehen, anscheinend habe ich mindestens die Hälfte nicht mitbekommen. Nicholas sagte, daß er schlimme Nachrichten brächte, aber nicht einmal der schwere Regen konnte ihn lange genug aufhalten, um mir etwas zu verraten. Was ist geschehen?«

Sie erzählten ihr abwechselnd alles, was geschehen war, von der unermüdlichen Suche in Winchester bis zu dem Punkt, an dem die Nachricht von Madogs Unglück Adam Heriets Befragung unterbrochen hatte, worauf sie entsetzt aufgebrochen waren und erfahren hatten, daß der Bericht der Wahrheit entsprach. Aline lauschte mit leichtem, besorgtem Stirnrunzeln.

»Er platzte herein und schrie, zwei Brüder aus der Abtei wären tot, im Fluß ertrunken? Hat er Namen genannt? In der Zelle vor eurem Gefangenen?«

»Ich glaube, ich nannte die Namen«, sagte Hugh. »Für Heriet muß dies gerade recht gekommen sein. Ich glaube, er wäre bald gebrochen. Jetzt kann er Atem schöpfen und sich auf das nächste Verhör vorbereiten, aber ich bezweifle, daß es ihm noch viel nützt.«

Aline sagte nichts weiter dazu, bis Nicholas, der nach dem langen Ritt und den Schrecken des Tages dringend etwas Schlaf brauchte, sich ins Bett schleppte. Als er fort war legte sie die Stickerei, an der sie gearbeitet hatte, beiseite und setzte sich neben Hugh auf die gepolsterte Bank am kalten Herd. Sie legte ihm liebevoll den Arm um die Schultern.

»Hugh, Liebster – du mußt etwas erfahren, was Nicholas nicht hören durfte; nicht, ehe nicht alles vorbei und geklärt ist. Am besten, er erfährt es nie, auch wenn er schließlich mindestens die Hälfte selbst erraten wird. Aber dir müssen wir es sagen.«

»*Wir?*« sagte Hugh nicht allzu überrascht. Er legte einen Arm um ihre Hüfte und zog sie an sich.

»Cadfael und ich. Wer sonst?«

»Das dachte ich mir«, sagte Hugh lächelnd. Er seufzte. »Ich habe mich schon gewundert, daß er beim schrecklichen Ende des Unternehmens fehlte, das er selbst in Gang brachte.«

»Es war kein Versäumnis, denn er löst jetzt gerade alle Geheimnisse. Und wenn du später jemand in den Ställen hören solltest, dann sei nicht besorgt; das ist nur Cadfael, der dein Pferd zurückbringt. Du kannst sicher sein, daß er sich um das Wohlbefinden des Tieres kümmert, ehe er sich selbst versorgt.«

»Ich sehe schon, das wird eine lange Geschichte«, sagte Hugh. »Hoffentlich ist sie auch interessant.« Ihr Haar lag weich und süß an seiner Wange. Er drehte den Kopf und küßte sie kurz und leicht.

»Das ist sie. Wie es eine Geschichte über Leben und Tod auch sein muß. Du wirst schon sehen! Und da der arme Adam Heriet hören konnte, daß zwei Brüder ertrunken sind, solltest du ihn gleich morgen früh aufsuchen und ihm sagen, daß er sich keine Sorgen machen soll, denn die Dinge sind nicht immer, wie sie scheinen.«

»Dann sag mir«, erwiderte Hugh, »wie sie wirklich sind.«

Sie kuschelte sich behaglich in seine Arme und erzählte ihm ernst die Geschichte.

Man suchte mehr als zwei Tage lang gründlich die Ufer nach Bruder Fidelis ab und erforschte alle Stellen, an denen gewöhnlich Treibgut angespült wurde, doch man fand nichts außer einer seiner Sandalen, die ihm der Fluß vom Fuß gerissen und in der Nähe von Atcham auf eine Sandbank gespült hatte. Die meisten Leichen, die im Severn verschwanden, wurden früher oder später auch vom Severn wieder ans Ufer getragen. Bei dieser war es anders. Shrewsbury und die Welt sollten Bruder Fidelis nie wiedersehen.

14

Die Beerdigung von Bruder Humilis brachte im Gästehaus der Abtei Abgesandte aller Adelsfamilien der Grafschaft und der meisten Benediktinerhäuser der Region zusammen. Sheriff und Stadtvogt waren ohnehin anwesend; viele Stadtälteste und Händler aus Shrewsbury kamen eher wegen der dramatischen und tragischen Natur des Todesfalls als aus wirklicher Bekanntschaft mit ihm, denn er hatte ja nur kurze Zeit in der Grafschaft gelebt. Die meisten hatten ihn noch nie gesehen, aber sie kannten natürlich seinen früheren Ruf und glaubten, daß seine Geburt und sein Tod hier in ihrer Mitte ihnen irgendein Recht auf ihn gebe. Es würde eine große Feier werden, und Godfrid sollte die seltene Ehre eines Begräbnisses in der Kirchengruft zuteil werden.

Reginald Cruce kam einen Tag vor der Zeremonie von Lai herunter, bestätigte zornig alles, was Nicholas zu berichten hatte, und gab mit rachsüchtigen Untertönen seiner Genugtuung darüber Ausdruck, daß der Missetäter im Gefängnis sitze und stillschweigend schon als schuldig betrachtet werde, auch wenn man die Verhandlung abwarten mußte, um der Form zu genügen. Hugh tat nichts, um seine Befriedigung zu dämpfen.

Reginald hielt den Emaillering in der breiten Hand und studierte interessiert die komplizierten Ornamente. »Ja, ich erinnere mich. Seltsam, daß er durch diesen kleinen Ring überführt wird. Ich erinnere mich, daß sie noch einen anderen Ring hatte, den sie sehr schätzte. Sie bekam ihn schon als Kind, als ihre Finger noch viel zu klein waren, um ihn zu tragen. Marescot schickte ihn, als das Verlöbnis geschlossen wurde. Es war ein alter Ring, der in seiner Familie von Braut zu Braut gegangen war. Sie trug ihn immer an einer Kette um den Hals, weil er viel zu groß für ihre Finger war. Ich bin sicher, daß sie diesen Ring niemals aufgegeben hätte.«

»Das war der einzige Ring unter den Wertgegenständen auf der Liste«, sagte Nicholas, indem er das kleine Schmuckstück zurücknahm. »Ich muß ihn der Frau des Silberschmieds in Winchester zurückbringen.«

»Die Liste führte nur die Dinge auf, die als Mitgift gedacht waren. Den Ring, den Marescot ihr schickte, wollte sie wahrscheinlich behalten. Er war aus Gold, einer Schlange mit roten Augen nachgebildet, die sich zweimal um den Finger wand. Sehr alt, die Schuppen abgewetzt. Ich frage mich«, sagte Reginald, »wo er jetzt ist. Es gibt keinen Marescot mehr, jedenfalls nicht von diesem Zweig der Familie, der ihn seiner Braut geben könnte.«

Keinen Marescot mehr, dachte Nicholas, und keine Julian. Ein doppelter, schlimmer Verlust, für den die Rache, die jetzt greifbar nahe schien, kein Ausgleich sein konnte. »Wenn Ihr Euch irrt und sie noch lebt«, hatte die Frau des Silberschmieds gesagt, »und ihren Ring zurückhaben will, dann gebt ihn ihr und zahlt mir, was immer Ihr für angemessen haltet.« Wenn ich mehr Gold als König und Kaiserin zusammen hätte, dachte Nicholas wehmütig, es würde doch nicht reichen, um diese Freundlichkeit zu bezahlen.

Bruder Cadfael hatte sich während der letzten Tage außerordentlich bescheiden und unauffällig im Hintergrund gehalten, hatte alle Vorschriften des Stundenplans peinlich genau befolgt, war pünktlich zu allen Gottesdiensten erschienen und hatte insgesamt, wie er vor sich selbst zugeben mußte, versucht, jeden Vorwurf zu entkräften, den der Himmel ihm machen mochte. Er war sicher, daß das Ende schon in Sicht war, und das war nicht nur gut, sondern sogar dringend notwendig für das Heil der Abtei und der Kirche und das Seelenheil aller Menschen, die jetzt weiterleben mußten, nachdem Humilis seine sterbliche Hülle verlassen hatte. Doch was die Mittel anging – er war alles andere als sicher, ob die Mittel völlig einwandfrei waren. Aber was kann ein Mann, was kann eine Frau tun, außer zu nutzen, was sich anbietet?

Er stand am Tag des Begräbnisses früh auf, um sich vor der Prim noch etwas Zeit für private, sehr inbrünstige Gebete zu nehmen. Viel hing von diesem Tag ab, und er hatte gute Gründe, unruhig zu sein und sich um Nachsicht, Vergebung und Hilfe an St. Winifred zu wenden. Sie hatte ihm auch früher schon den Einsatz zweifelhafter Mittel für einen guten Zweck verziehen und ihm freundliche Güte gezeigt, wo strengere Schutzherren finster dreingeblickt hätten.

Aber an diesem Morgen war ihm ein anderer Bittsteller zuvorgekommen. Jemand kauerte, fast flach auf dem Boden liegend, auf den drei Stufen, die zu ihrem Altar hinaufführten. Die starren Umrisse von Körper und Gliedern, die krampfhaft gefalteten Hände, die auf der höchsten Stufe ruhten, sprachen von einem Bedürfnis, das mindestens genauso drängend war wie sein eigenes. Cadfael zog sich leise in die Schatten zurück und wartete, und nach einer anscheinend sehr langen und qualvollen Zeit erhob sich der Bittsteller steif und zögernd wie ein verkrüppelter Mann. Er erhob sich von den Knien und glitt durch die Südtür in den Kreuzgang. Es war überraschend und erstaunlich, daß Bruder Urien am frühen Morgen allein so qualvoll betete. Cadfael hatte noch nie wirklich auf Bruder Urien geachtet. Niemand achtete auf ihn. Wer sprach mit ihm, wer war mit ihm vertraut? Der Mann hatte seine Einsamkeit selbst gewählt.

Cadfael sprach seine Gebete. Er hatte getan, was ihm das beste schien, er hatte treue und fähige Helfer, und nun konnte er die ganze Sache nur noch vertrauensvoll St. Winifreds aufnahmebereiten walisischen Armen überlassen und sie daran erinnern, daß er ihr entfernter Verwandter war.

Später am Morgen dieses milden, klaren Tages wurde Bruder Humilis oder Godfrid Marescot mit zeremonieller

Feierlichkeit und in allen Ehren im Querschiff der Abteikirche von St. Peter und St. Paul beigesetzt.

Cadfael hatte vergeblich nach einer ganz bestimmten Trauernden Ausschau gehalten, doch er hatte sie nicht gefunden. Nachdem er die Angelegenheit aber der Heiligen überlassen hatte, verließ er die Kirche ohne allzu große Unruhe. Und als die Brüder hinter Abt Radulfus in den großen Hof herauskamen, war sie auch richtig da, hübsch und adrett wie immer. Sie wartete am Torhaus, um vorzutreten und den Zug zu grüßen wie ein einsamer Ritter, der sich unerschrocken gegen eine ganze Armee wendet. Sie hatte die Gabe, den richtigen Zeitpunkt zu wählen, um von möglichst vielen Zeugen gesehen zu werden. Die Enthüllung sollte öffentlich und dramatisch stattfinden.

Schwester Magdalena von den Benediktinerinnen in Godric's Ford, ein paar Meilen zur walisischen Grenze hin entfernt, war in ihrer Jugend wunderschön und sehr weltlich gewesen, aus eigenem Wunsch die Geliebte eines Barons, die sich treu und ehrlich an die Abmachung gehalten hatte. Sie hielt ihr Wort und hielt, was sie versprochen hatte, heute, in ihrer neuen Berufung, genau wie damals. Wenn sie einige ihrer ergebenen Bauern aus den westlichen Wäldern als Begleitschutz mitgebracht hatte, dann waren diese im Augenblick diskret versteckt. Sie hatte das Feld für sich allein.

Sie war eine füllige, rosige Frau in mittleren Jahren, mit hellen Augen und forschen Bewegungen. Die Überreste ihrer Schönheit waren unter dem strengen weißen Schleier und der schwarzen Kutte verborgen. Sie wirkte eher gemütlich und mütterlich, bis die unverwüstlichen Grübchen strahlend auf den Wangen erblühten wie der rasche Sprung eines kleinen goldenen Fisches, um sich ebenso rasch und sittsam wieder zu glätten wie das Wasser eines Stromes in der Sonne. Cadfael kannte sie seit einigen Jahren. Er hatte mehr als einmal Gelegenheit gehabt, sich in schwierigen Angelegenheiten auf sie zu verlassen. Er vertraute blind auf sie.

Sie näherte sich höflich dem Abt, blickte zur Seite und steuerte auf Hugh zu und schaffte es, beide Männer vor sich aufzuhalten, so daß kirchliche und weltliche Autorität zu ihrer Verfügung standen. Die anderen Trauernden, Mönche wie Laien, strömten aus der Kirche und warteten respektvoll, bis sich die hohen Herrschaften ungehindert entfernt hatten.

»Meine Herren«, sagte Schwester Magdalena, indem sie ihre Ehrenbezeugung zwischen Kirche und Staat aufteilte, »ich erbitte Eure Verzeihung dafür, daß ich so spät komme, aber die jüngsten Regenfälle haben die Wege zum Teil überflutet, und ich unterschätzte die Verzögerungen. *Mea culpa!* Ich werde für unsere Brüder beten und hoffe, daß ich wenigstens die Messe besuchen kann, um das heutige Versäumnis wiedergutzumachen.«

»Ob früh oder spät, Schwester, Ihr seid immer willkommen«, erwiderte der Abt. »Ihr solltet ein oder zwei Tage bleiben, bis die Wege wieder frei sind. Und auf jeden Fall sollt Ihr beim Essen mein Gast sein.«

»Ihr seid sehr freundlich, Vater«, erwiderte sie. »Wäre es nach mir gegangen, dann hätte ich Euch gar nicht belästigt. Ich habe dem Herrn Sheriff einen Brief zu überbringen.« Sie wandte sich ernst an Hugh. Sie hatte das zusammengerollte und versiegelte Pergament in der Hand. »Ich muß Euch erklären, wie dieser Brief nach Godric's Ford kam. Mutter Mariana erhält regelmäßig Briefe von der Priorin unseres Mutterhauses in Polesworth. Im letzten, der erst gestern kam, war dieser Brief hier eingeschlossen. Er stammte von einer Dame, die gerade erst in Gesellschaft anderer Reisender eingetroffen war und sich nach der Reise ausruhte. Er ist an den Sheriff von Shropshire gerichtet und mit dem Siegel von Polesworth versiegelt. Ich brachte ihn bei dieser Gelegenheit mit, da ich dachte, er könnte wichtig sein. Mit Eurer Erlaubnis, Vater, will ich ihn nun übergeben.«

Wie sie es schaffte, blieb ihre Geheimnis, doch sie hatte die Gabe, die Menschen derart in ihren Bann zu ziehen, daß diese glaubten, sie könnten etwas Wichtiges verpassen, wenn sie nicht auf sie achteten. Keiner hatte sich bewegt, keiner hatte ein alltägliches Gespräch begonnen, und alle Bewegungen im Hof zielten nur darauf, sich dem Gedränge anzuschließen oder leise um das Gedränge herumzugehen und einen Platz zu finden, von dem aus man besser sehen und hören konnte. Kleider raschelten sehr leise, Füße scharrten leicht, als Hugh die Rolle nahm. Das Siegel war natürlich makellos, denn es wurde auch in der Klause von Polesworth in Godric's Ford geführt.

»Habe ich Eure Erlaubnis, Vater? Es könnte wichtig sein.«

»Nun lest schon«, sagte der Abt.

Hugh brach das Siegel und rollte das Blatt auf. Er las mit zusammengezogenen Augenbrauen und schien sehr gefesselt. Die Menschen auf dem großen Hof hielten den Atem an oder atmeten nur leise und vorsichtig. In der Luft lag eine fast fühlbare Spannung.

»Vater«, sagte Hugh, indem er abrupt den Kopf hob, »diese Angelegenheit betrifft nicht nur mich. Andere haben viel mehr damit zu tun, und sie verdienen sofort zu erfahren, was hier geschrieben steht. Es ist ein Wunder! Und so wichtig, daß ich es als öffentliche Proklamation verkünden muß. Mit Eurer Erlaubnis will ich gleich hier und auf der Stelle vor allen diesen Menschen damit beginnen.«

Er brauchte nicht die Stimme zu heben. Alle Ohren lauschten ihm, als er las:

»Mein Herr Sheriff,
mir kam zu meinem großen Entsetzen zu Ohren, daß man mich in meiner Heimat für tot hält. Man glaubt dort, ich sei ausgeraubt und um der Beute willen getötet worden. Deshalb schicke ich in großer Eile die-

ses Zeugnis, um zu verkünden, daß ich keineswegs tot bin, sondern lebendig und wohlauf die Gastfreundschaft des Schwesternhauses von Polesworth genieße. Ich bedaure sehr, daß Leben und Ehre anderer Menschen in Gefahr gerieten, weil man glaubte, mir sei ein Unglück zugestoßen; einige dieser Menschen mögen sogar meine Freunde und Diener gewesen sein. Ich bitte um Verzeihung, falls meine Person oder mein Schweigen für irgend jemand der Anlaß zu Aufregung und Sorge war. Es soll wieder gutgemacht werden.

Was mein Leben in der Zwischenzeit angeht, so muß ich in aller Demut gestehen, daß ich, bevor ich mein Ziel erreichte, zu zweifeln begann, ob ich wirklich zur Nonne berufen war. Deshalb lebte ich zurückgezogen und diente Gott, doch ohne die Gelübde einer Nonne abzulegen. In der Priorei von Sopwell in St. Albans kann dank der Barmherzigkeit des Priors Geoffrey eine ergebene Frau ein religiöses Leben im Dienste des Herrn führen, ohne den Schleier zu nehmen. Nun, da ich erfuhr, daß man mich für tot hält und mich sucht, will ich allen Bescheid geben, die mich kennen, damit niemand mehr meinetwegen bekümmert ist oder in Bedrängnis gerät.

Ich bitte Euch, mein Herr, der Stadt und meinem guten Bruder und allen meinen Verwandten dies zu verkünden und einen vertrauenswürdigen Mann zu schicken, der mich wohlbehalten nach Shrewsbury bringt, und ich verbleibe Eure dankbare Schuldnerin.

Julian Cruce.«

Lange bevor er zu Ende gelesen hatte, entstand eine Unruhe, die Leute murmelten, und die Unruhe fuhr wie eine Bö durch die Reihen der Zuhörer. Sie summten wie ein Bienenschwarm, und plötzlich brach Reginald sein verblüfftes Schweigen und rief erstaunt, verwirrt und freudig:

»Meine Schwester *lebt*? Sie lebt! Mein Gott, wie haben wir uns geirrt...«

»Sie lebt!« flüsterte Nicholas benommen. »Julian lebt... sie lebt und ist wohlauf...«

Das Murmeln schwoll zu einem aufgeregten, verwunderten Chor an, und darüber erhob sich Abt Radulfus' frohlockende Stimme: »Die Gnade Gottes ist unendlich. Aus dem Schatten des Todes zeigt er uns seine wunderbare Güte.«

»Wir haben einen ehrlichen Mann zu Unrecht verdächtigt!« rief Reginald, der in der Entschuldigung ebenso heftig war wie in der Anklage. »Er war wirklich ihr Vertrauter, wie er immer behauptete! Nun wird mir alles klar – alles, was er verkaufte, hat er für sie verkauft, nur für sie! Der Schmuck, der ihr in der Welt gehörte – sie hatte natürlich das Recht, damit zu tun, was sie...«

»Ich will sie selbst in Polesworth abholen, und Ihr könnt mich begleiten«, sagte Hugh, »und Adam Heriet soll als freier Mann das Gefängnis verlassen und mit uns kommen. Wer hätte ein größeres Recht dazu als er?«

Das Begräbnis von Bruder Humilis war im Nu zur Wiedererweckung von Julian Cruce geworden, ein Trauerzug hatte sich in ein Freudenfest verwandelt, Karfreitag ins Osterfest. »Ein Leben ward von uns genommen, ein anderes wurde uns geschenkt«, sagte Abt Radulfus. »Das ist das vollkommene Gleichgewicht. Wir brauchen weder Leben noch Tod zu fürchten.«

Bruder Rhun kam, erfüllt von einer seltsamen Mischung aus Freude und Sorge, aus dem Refektorium und nahm die widerstreitenden Gefühle mit sich in die Stille und Abgeschiedenheit der Obstgärten in der Gaye. Wenn er den Küchengarten und die Felder hinter sich ließ und bis zum Rande des Abteilandes weiterging, würde er um diese Stunde in dieser Jahreszeit allein sein. Dort reichten die Bäume bis zum Wasser hinunter und neigten sich über den Fluß. Er blieb stehen und blickte den Strom hinab, in dem Fidelis untergegangen war.

Der Fluß war immer noch reißend und dunkel, doch der Wasserspiegel war etwas gesunken. In den Senken der Feuchtwiesen am anderen Ufer standen noch flache Pfützen. Rhun dachte daran, wie der Körper seines Freundes unrettbar unter diese undurchsichtige Fläche gezogen worden war. Am Morgen war eine totgeglaubte Frau dem Leben zurückgegeben worden, und das war schön, aber es konnte nicht den Kummer ausgleichen, den er über den Verlust von Fidelis empfand. Er vermißte ihn mit brennender Sehnsucht, doch er sprach nicht darüber und reagierte auch nicht, wenn andere die Worte fanden, die er für den Ausdruck seines Kummers nicht finden konnte.

Er überquerte die Grenzlinie des Abteilandes und schlängelte sich durch den Hain, um das nächste Stück des Flusses zu überblicken. Und plötzlich blieb er stehen und wich einen Schritt zurück, denn vor ihm war jemand; ein Mensch, der sogar noch unglücklicher war als er selbst. Bruder Urien saß zusammengekauert im schlammigen Gras zwischen den Büschen am Ufer und starrte die eiligen Wirbel im Wasser an. Die Tümpel in den Feuchtwiesen stromabwärts waren randvoll, denn in den beiden Nächten nach dem Sturm hatte es leicht geregnet, und wenn sie einmal gefüllt waren, konnten sie nicht leerlaufen, sondern nur langsam austrocknen. Der Kontrast zu den stillen Wasserflächen, den Spiegelbildern des hellblauen Himmels und den fliegenden weißen Wolken, ließ den dämonisch schnell fließenden Severn wie etwas Übernatürliches erscheinen, wie eine lebendige, bösartige Kraft, die Menschen verschluckte.

Rhun hatte sich geräuschlos genähert, doch Urien bemerkte, daß er nicht mehr allein war, und drehte sich mit verschlossenem Gesicht um, hohläugig und feindselig.

»Du?« sagte er dumpf. »Warum du? Ich war es, der Fidelis getötet hat.«

»Nein, das hast du nicht!« protestierte Rhun. Er kam aus den Büschen und trat neben ihn. »Das darfst du nicht sagen oder denken.«

»Narr, du weißt, was ich getan habe – warum sollte ich es leugnen? Du weißt es, du hast versucht, es ungeschehen zu machen«, sagte Urien nüchtern. »Ich drängte, ich drohte – ich habe Fidelis getötet. Wenn ich den Mut hätte, würde ich ihm auf dem gleichen Weg folgen, aber ich habe den Mut nicht.«

Rhun setzte sich neben ihn ins Gras, nahe, aber ohne ihn zu berühren, und musterte das verschlossene, verbitterte Gesicht. »Du hast nicht geschlafen«, sagte er leise.

»Wie könnte ich schlafen, wo ich weiß, was ich weiß? Nein, ich habe nicht geschlafen und auch nicht gegessen, aber es dauert zu lange, bis man am Hunger stirbt. Man kann allein von Wasser wochenlang leben. Und ich bin weder geduldig, noch tapfer. Es gibt nur einen Weg für mich, und das ist ein volles Geständnis. Oh, nicht der Absolution wegen – nein. Um zu büßen. Ich habe mich hier vorbereitet. Ich werde bald gehen und es hinter mich bringen.«

»Nein!« sagte Rhun mit plötzlicher, grimmiger Autorität. »Das darfst du nicht tun.« Er war sich nicht ganz sicher, warum dies so wichtig war, aber irgendwo zupfte etwas an seinem Verstand, irgendeine tiefe Wahrheit, die er nur von der Seite, aus dem Winkel seines inneren Auges sehen konnte. Wenn er sich herumdrehte, um sie voll zu erkennen, verschwand sie. Leben und Tod waren Mysterien. Ein Leben von uns genommen, ein anderes zurückgegeben. Ein vollkommenes Gleichgewicht, hatte Abt Radulfus gesagt. Ein Leben genommen, ein Leben zurückgegeben, fast im gleichen Augenblick...

Und nun wußte er es. Das Licht flammte strahlend vor ihm auf, die Bürde wurde von seinem Herz genommen. Ein vollkommenes Gleichgewicht, jawohl! Er saß verzaubert da, erfüllt von seiner Erleuchtung, alle Sinne auf das innere Strahlen gerichtet wie kalte Hände, die sich dankbar einem wärmenden Feuer entgegenrecken. Er hörte kaum Uriens leidenschaftliche Antwort: »Das will und werde ich tun. Wie soll ich dies sonst länger allein ertragen?«

Rhun regte sich und erwachte aus seiner Verzückung. »Du brauchst nicht allein zu sein«, sagte er. »Du bist auch jetzt nicht allein. Ich bin hier. Sage mir alles, was du willst, aber sprich mit niemand sonst. Selbst die Beichte könnte nicht geheim genug sein. Dann hättest du wirklich alles zerstört, was Fidelis war und was Fidelis getan hat. Es könnte durch ein falsches Wort zerstört und beschmutzt werden. Ein Skandal würde einen Schatten auf uns alle werfen, auf den Orden und vor allem auf die Erinnerung an ihn...« Er unterbrach sich und lächelte. »Sieh nur, wie stark die Gewohnheiten sind! Aber ich weiß – ich weiß jetzt, was du mir sagen könntest, und um Fidelis willen darf es nie erzählt werden. Das siehst du sicher ebenso klar wie ich. Richte keinen Schaden mehr an! Ertrage, was du tragen mußt und schweige, wie Fidelis geschwiegen hat.«

Uriens versteinertes Gesicht zitterte und schmolz plötzlich wie Wachs. Er legte die Arme vor die Augen und sank ins lange, nasse Gras und schüttelte sich in einem schrecklichen, trockenen und stillen Schluchzen. Rhun beugte sich über ihn und umarmte ermutigend die bebenden Schultern. Bei dieser Berührung lief ein gewaltiges Seufzen durch Uriens Körper und verließ seinen Mund, bis er entspannt und still lag. Einst war es Urien gewesen, der die Berührung gesucht hatte, und Rhuns milder Blick hatte ihn mit Zorn und Scham erfüllt. Nun war es Rhun, der Urien berührte, der einen Arm um ihn legte und ihn ruhig liegen ließ, und alle Wut und die Scham wichen in diesem Seufzen aus ihm und ließen ihn gereinigt zurück.

»Hüte das Geheimnis. Du mußt, wenn du ihn geliebt hast.«

»Ja – ja«, sagte Urien mit gebrochener Stimme.

»Um seinetwillen...« Rhun unterbrach sich und berichtigte sich lächelnd. »Um ihretwillen!«

»Ja, ja – bis ins Grab. Bleib bei mir!«

»Ich bin hier. Wenn wir gehen, werden wir zusammen gehen. Wer weiß? Selbst der schon angerichtete Schaden mag heilbar sein.«

»Können denn die Toten zum Leben erweckt werden?« fragte Urien bitter.

»Wenn es Gott gefällt!« erwiderte Rhun, der aus eigener Erfahrung gute Gründe hatte, an Wunder zu glauben.

Julian Cruce traf gerade rechtzeitig in der Abtei von St. Peter und St. Paul ein, um die Seelenmesse für Bruder Humilis und Bruder Fidelis zu besuchen, die im schrecklichen Sturm zusammen ertrunken waren. Es war der zweite Tag nach Humilis' Beerdigung, ein frischer, kühler Tag mit mildem blauem Himmel und duftender grüner Erde. Für kurze Zeit war noch einmal das Glühen des Sommers zurückgekehrt. Inzwischen wußte jeder in Shrewsbury und der näheren Umgebung, daß die Frau von den Toten auferstanden war, und alle wollten ihrer Rückkehr beiwohnen. Im Hof hatte sich eine große Menge gesammelt, um sie einreiten zu sehen, eskortiert von ihrem Bruder und Hugh Beringar und mit Adam Heriet als Gefolge. Im Tor stiegen sie ab, und die Pferde wurden fortgeführt. Reginald nahm seine Schwester an der Hand und führte sie durch die Neugierigen zur Kirchentür.

Cadfael hatte sich wegen dieses Augenblicks einige Sorgen gemacht. Er stand dicht neben Nicholas Harnage, so daß er ihn warnend am Ärmel zupfen konnte, wenn dieser erschrak und ein unbedachtes Wort sagte. Vielleicht wäre es sogar besser gewesen, ihn vorher zu warnen, um die Gefahr zu verringern. Doch andererseits war es besser, wenn der junge Mann keine Verbindung herstellte; es schien das Risiko wert. Wenn er nie gezwungen war, sich vorzustellen, wie tapfer ein Rivale gegangen war und wie unvergleichlich die Ergebenheit gewesen sein mußte, dann stand seiner eigenen Werbung um so weniger im Weg. Wenn er sich ihr völlig unschuldig näherte, hatte er alle Vorteile auf seiner Seite, denn er hatte das Vertrauen und die Zuneigung von Godfrid Marescot genossen und seine Sorge um das Mädchen zur Genüge unter Beweis gestellt. Hier bestand guter Grund zu großer Freundlichkeit. Wenn er sie erkannte und im gleichen Augenblick den ganzen Zusammenhang überblickte, war er vielleicht entmutigt und näherte sich ihr nicht mehr, denn wer konnte Humilis folgen, ohne sich klein zu fühlen? Aber er mochte – es war gut möglich –, er mochte andererseits groß genug sein, um alle Nachteile auf sich zu nehmen, den Mund zu halten und sein Glück auf die Probe zu stellen. Den Mut dazu hatte er. Dennoch stand Cadfael wachsam und besorgt neben ihm, die Hand zum Ellbogen des jungen Mannes gehoben.

Sie kam am Arm ihres Bruders durch die Menge; keine große Schönheit, einfach ein schlankes Mädchen in einem dunklen Mantel und mit einem ernsten, länglichen Gesicht, das streng von einer weißen Haube und einer dunkelblauen Kapuze eingefaßt war. Schwester Magdalena und Aline hatten sie gut zurechtgemacht. Die Trauerzeit verbot strahlende Farben, aber Aline hatte behutsam alles vermieden, was an das mönchische Schwarz erinnern konnte. Sie waren etwa gleich groß, beide hoch gewachsen und schlank. Die Kleider paßten gut. Die Tonsur würde noch eine Weile brauchen, um auszuwachsen, aber da der Ring aus nußbraunem Haar und die halbe Stirn bedeckt waren, war das ernste Gesicht nicht wiederzuerkennen. Sie hatte die Wimpern dunkel gefärbt, so daß ihre klaren grauen Augen einen etwas anderen Farbton bekamen. Sie hielt den Kopf hoch und gerade und ging langsam an den Männern vorbei, die viele Wochen lang mit Bruder Fidelis zusammengelebt hatten und die nun niemand anders als Julian Cruce sahen. Es gab keine Verbindung zur Abtei von Shrewsbury, es war einfach ein großes Wunder aus der Welt dort draußen, interessant, aber bald vergessen.

Nicholas beobachtete sie und empfand eine tiefe, glühende Dankbarkeit, einfach, weil sie lebte. Vielleicht gab es in ihrem Leben keinen Platz für ihn, aber wenigstens lebte sie und hatte all die Jahre gelebt. Sie war keinem Verbrechen zum Opfer gefallen, während alle geglaubt hatten, die Jahre seien ihr durch eine grausame Untat gestohlen worden. Er würde um sie werben, aber nicht sofort. Sie sollte Zeit haben, ihn kennenzulernen, denn sie wußte nichts von ihm, und er hatte kein Recht auf sie. Es sei denn, Hugh Beringar hatte ihr von seinem Teil bei der Suche nach ihr erzählt. Aber ein Anrecht hatte er dadurch trotzdem nicht. Das mußte er sich verdienen.

Doch als sie auf gleicher Höhe mit ihm war, drehte sie den Kopf und sah ihm in die Augen. Einen kurzen Moment nur, doch es war genug.

Cadfael sah ihn erschauern und zittern, sah ihn die Lippen öffnen, vielleicht, um erschrocken zu rufen. Er hatte sie erkannt, doch er schwieg. Cadfael hatte seinen Arm gepackt, gab ihn aber sofort wieder frei, als er sah, daß es nicht nötig war. Nicholas drehte sich mit sternenklaren Augen, benommen und blendend, zu ihm um und flüsterte hastig: »Keine Angst! Jetzt bin ich der Stumme!«

Ein so wendiger und schneller Geist, dachte Cadfael wohlwollend, läßt sich nicht durch Widrigkeiten abschütteln. Und das Mädchen war höchstens dreiundzwanzig. Sie hatten Zeit. Warum sollte ein Mädchen, das die ergebene Gesellschaft eines braven Mannes genossen hatte, den Wert eines zweiten nicht schätzen können? Ich frage mich, dachte er, was Humilis an jenem letzten Tage in Salton zu ihr gesagt hat. Ob er am Ende wußte, was und wer sie war? Ich hoffe, er wußte es. Gewiß erkannte er die Kerzenhalter und das Kreuz, nachdem Hugh sie beschrieben hatte, denn sie nahm diese Dinge natürlich mit nach Hyde, und in Hyde müssen sie zu Staub zerfallen sein. Aber andererseits mag er unsicher gewesen sein; ängstlich, daß sein Fidelis mit Julians Tod zu tun haben konnte, verwundert... Aber am Ende muß das Licht gekommen sein. Er hat die Wahrheit erfahren.

Rhun, der neben Bruder Urien im Chorgestühl stand, beugte sich zu ihm und flüsterte: »Dort! Sieh nur, die Dame! Das ist die, die Bruder Humilis' Frau hätte werden sollen.«

Urien blickte zu ihr, doch mit abgestumpften Augen, die nur sahen, was sie sehen sollten. Er schüttelte den Kopf.

»Du kennst sie«, sagte Rhun. »Sieh noch einmal hin!«

Er sah noch einmal hin, und jetzt erkannte er sie. Die Last der Schuld, des Kummers und der Buße wichen von ihm wie eine auffliegende Lerche. Er hörte einen Augenblick zu singen auf, denn seine Kehle wurde eng und seine Zunge stumm. Er stand, verloren zwischen Wissen und Verwunderung, als Erbe ihres Schweigens im Gestühl.

Julian trat aus der Kirche in das milde Sonnenlicht. Erstaunen, Entbehrung und Verlust standen ihr noch im Gesicht geschrieben. Nicholas, der sie aus den Schatten des Kreuzganges beobachtete, gab jeden Gedanken daran auf, sich ihr zu nähern. Nun, da er endlich die Großartigkeit dessen begriffen hatte, was sie getan hatte, schien es ihm unmöglich, ihr eine gewöhnliche Heirat und eine gewöhnliche Liebe anzubieten. Noch nicht, noch lange nicht. Aber er konnte seine Zeit abwarten, mit ihrem Bruder in Verbindung bleiben, sich ihr Schritt um Schritt nähern und ihr erst sein Herz eröffnen, wenn das ihre versöhnt und im Frieden war.

Sie war stehengeblieben und sah sich um. Sie entzog ihrem Bruder die Hand, als suchte sie jemand, den sie begrüßen mußte. Sie lächelte fast unmerklich und näherte sich Nicholas mit ausgestreckter Hand. Ihr Mittelfinger wurde zweimal von der kleinen goldenen Schlange umschlungen; er bemerkte das winzige Glitzern der Rubinaugen.

»Mein Herr«, sagte Julian mit fast kindlich hoher, aber leiser und süßer Stimme, »der Sheriff erzählte mir von den Mühen, die Ihr für mich auf Euch genommen habt. Es tut mir leid, daß ich Euch und anderen soviel nutzlose Sorge und Mühe bereitet habe. Mein Dank reicht kaum aus, um diese Freundlichkeit zu vergelten.«

Ihre Hand lag fest und kühl in der seinen. Sie lächelte immer noch leicht und distanziert und verriet nichts anderes, als daß sie schon immer Julian Cruce und nie jemand anderer gewesen sei. Er hätte denken können, daß sie ihr anderes Selbst verleugnete, wäre da nicht der gerade, klare Blick ihrer weit geöffneten grauen Augen gewesen, die zu ihm von einem gemeinsamen Wissen sprachen, das nicht durch Worte vermittelt werden mußte. Nichts mußte mehr gesagt werden, nachdem alles bekannt und verstanden war.

»Gnädige Frau«, erwiderte Nicholas, »Euch gesund und munter hier zu sehen, das ist mir Lohn und Entschädigung genug.«

»Aber ich hoffe, daß Ihr uns bald in Lai besuchen werdet«, sagte sie. »Das wäre sehr freundlich von Euch und würde mir die Gelegenheit geben, Euch zu entschädigen.«

Und das war alles. Er küßte ihre Hand, und sie wandte sich um und entfernte sich von ihm. Es war im Grunde nichts weiter als ein höflicher Dank gewesen, denn sie zahlte alles zurück, was sie schuldig war, den ganzen Schmerz, die Hingabe und die Liebe. Aber sie hatte eine Frage gestellt, und sie war keine Frau, die oberflächliche Fragen stellen. Er würde bald nach Lai reisen, sehr bald schon. Er wollte ihre Hand halten und ihr bleiches Lächeln sehen und das unerschütterliche Vertrauen genießen, das sie gerade in ihn gesetzt hatte, bis es recht und ehrenhaft war, auf mehr zu hoffen.

Sie saßen in der Stille nach dem Essen in Cadfaels Hütte im Kräutergarten: Schwester Magdalena, Hugh Beringar und Cadfael selbst. Alles war vorbei, die Neugierigen waren heimgekehrt, die Ordensbrüder wußten nichts weiter, als daß sie zwei aus ihrer Mitte verloren hatten, die ohnehin nur kurze Zeit bei ihnen gewesen waren und sich sehr zurückgehalten hatten. Man würde sie bald vergessen und nur noch in Gebeten ihre Namen sprechen, während ihre Gesichter aus den Erinnerungen schwanden.

»Wir müssen immer noch mit unbequemen Fragen rechnen«, räumte Cadfael ein, »falls jemand sich die Mühe macht, tiefer zu schürfen; aber das wird wohl niemand tun. Der Orden kann aufatmen. Es wird keinen Skandal geben, kein schlechtes Licht wird auf Hyde oder Shrewsbury fallen. Kein Kirchenfürst wird im Schlamm wühlen, kein Minnesänger wird schmutzige Reime über Mönche und ihre Frauen dichten und sie auf den Märkten vortragen, kein Bischof droht mit einem Kontrollbesuch, kein bissiger weißer Mönch wird sich über die Laxheit und Wollust der Benediktiner auslassen... und kein Makel hängt am Namen dieses armen Mädchens und nimmt ihr jede Zukunftsaussicht. Gott sei Dank!« schloß er inbrünstig.

Er hatte einen seiner besten Weine gespendet, denn sie waren überzeugt, daß sie ihn brauchten und ihn sich verdient hatten.

»Adam war die ganze Zeit eingeweiht«, sagte Hugh. »Er besorgte ihr die Kleider, damit sie sich in einen jungen Mann verwandeln konnte. Er schnitt ihr die Haare und verkaufte die paar Dinge, die sie ihr eigen nannte, um für ihre Unterkunft zu bezahlen, bis sie in Hyde eintraf. Als er sagte, daß sie tot sei, sprach er aus verbittertem Herzen, denn sie war aus eigener Entscheidung wirklich für die Welt gestorben. Und als ich ihn aus Brigge herbrachte, brannte er darauf, etwas von ihr zu hören, denn er hatte sie nach dem Feuer in Hyde verloren geglaubt. Doch als ich ihm erzählte, daß Godfrid in Begleitung eines zweiten Bruders aus Hyde gekommen sei, beruhigte er sich, denn er wußte, wer der zweite sein mußte. Er wäre lieber in den Tod gegangen, als sie zu verraten. Er wußte so gut wie wir, zu welch häßlichen Dingen die Menschen fähig sind.«

»Und sie, so hoffe und glaube ich«, sagte Cadfael, »weiß nun um die Treue und Hingabe, zu der wenigstens ein Mann fähig war. Sie sollte dies als Spiegelbild ihrer selbst betrachten. Nein, es war keine andere Lösung möglich, als Bruder Fidelis sterben und spurlos verschwinden zu lassen, bevor Julian ins Leben zurückkehren konnte. Aber ich hätte nie geglaubt, daß sich die Gelegenheit auf diese Weise ergeben würde...«

»Ihr habt sie sofort ergriffen«, warf Hugh ein.

»Jetzt oder nie, sagte ich mir. Es hätte auch anders gehen können. Madog hätte geschwiegen, aber nach Humilis' Tod war ihr alles einerlei.« Er hatte sie in den Armen gehalten, als sie selbst halb tot war, auf jenem Ritt zu Godric's Ford, um sie Schwester Magdalenas Obhut zu übergeben. Die rostbraune Tonsur hatte naß und wirr an seiner Schulter geklebt, das bleiche, schmutzige Gesicht war zu Eis erstarrt, die grauen Augen weit geöffnet und dennoch blind. »Mehr konnten wir nicht tun, um ihn aus ihren Armen zu befreien. Ohne Aline wären wir gescheitert. Ich fürchtete schon, wir könnten das Mädchen verlieren wie den Mann. Aber Schwester Magdalena ist eine kundige Ärztin.«

»Der Brief, den ich für sie schrieb«, sagte Schwester Magdalena im kritischen, aber zufriedenen Rückblick, »war der schwierigste, den ich je zu schreiben hatte. Und von Anfang bis zum Ende keine einzige Lüge! Alles war die Wahrheit. Eine kleine, verzeihliche Täuschung, aber keine Lügen. Das war mir wichtig. Wißt Ihr, warum sie sich entschloß, stumm zu sein? Nun, natürlich wegen ihrer Stimme, der Stimme einer Frau. Das Gesicht – es ist ein gutes Gesicht, klar und stark und fein, das ebenso einem Jungen wie einem Mädchen gehören konnte; aber nicht die Stimme. Und darüber hinaus«, fuhr Schwester Magdalena fort, »hatte sie noch zwei weitere Gründe, stumm zu sein. Zuerst hatte sie beschlossen, ihn niemals um etwas zu bitten, ihn nie wie eine Frau zu bitten, denn sie glaubte, daß er ihr nichts schuldig sei, kein Privileg, keine Gunst. Was sie von ihm bekommen wollte, mußte sie sich verdienen. Und zweitens war sie entschlossen, ihn nie anzulügen. Wer nicht sprechen kann, der kann auch nicht bitten oder schmeicheln und auch nicht lügen.«

»So schenkte er ihr nichts und sie ihm alles«, sagte Hugh. Er schüttelte angesichts der unergründlichen Fremdheit der Frauen den Kopf.

»Ah, aber auch sie bekam etwas«, sagte Cadfael. »Was sie wollte und für das ihre hielt, das nahm sie sich ganz und gar bis zum Ende, bis zum letzten Augenblick. Seine Gesellschaft nämlich, die Sorge um ihn, die Geheimnisse seines Körpers, die sie so genau kannte, als wären sie verheiratet – und seine Liebe, die weit über die Liebe in einer Ehe hinausging. Niemand durfte ihr sagen, daß sie frei sei; in ihren Augen war sie seine Gattin. Ich frage mich, ob sie sich jetzt frei fühlt.«

»Noch nicht, aber sicher bald«, beruhigte ihn Schwester Magdalena. »Sie hat viel zuviel Mut, um das Leben aufzugeben. Und wenn der junge Mann, der sie so schätzt, den Mut hat, seine Liebe nicht aufzugeben, dann mag am Ende alles glücklich ausgehen. Er beginnt mit einem großen Vorteil auf seiner Seite, denn sie liebten das gleiche Vorbild. Außerdem«, fuhr sie fort, indem sie eine Zukunft betrachtete, die selbst jenen, die sich nur im Besitz einer Vergangenheit glaubten, einiges zu versprechen schien, »bezweifle ich, daß das Haus ihres Bruders, wo es eine Herrin gibt und drei Kinder, dazu ein viertes unterwegs – nein, ich glaube nicht, daß die Rolle einer unverheirateten Schwester in Lai eine Rolle ist, die eine Frau wie Julian Cruce längere Zeit für erfüllend hält.«

Die halbe Ruhestunde nach dem Essen war vorbei, die Brüder begaben sich wieder an ihre Arbeit, und Cadfael folgte ihrem Beispiel, nachdem er sich an der Ecke der Buchsbaumhecke von den Besuchern verabschiedet hatte. Schwester Magdalena und ihre beiden kräftigen Waldbauern waren schon auf der Weststraße nach Godric's Ford unterwegs, und Hugh eilte dankbar nach Hause. Cadfael ging nachdenklich durch den Kräutergarten zu der kleinen Wiese, auf der er ein paar Apfelbäume und einen Birnbaum gezogen hatte, die jetzt zum erstenmal Früchte tragen würden. Er betrachtete zufrieden die Szene. Was bleich wie Stroh gewesen war, strotzte jetzt vor frischem Grün. Der Meole-Bach hatte noch einige Sandbänke, aber er war kein trauriges, träges Netz winziger Rinnsale mehr, die sich durch Kiesel und Sand wanden. Der September war ein ganz normaler September geworden, mild und voller Früchte nach der Sommerhitze und der Dürre. Ein großer Teil der überreichen Ernte war wegen der Trockenheit von den Bäumen gefallen, doch es würde zum Erntedankfest immer noch mehr als genug geben. Nach all den Extremen waren die Jahreszeiten wieder ins Lot gekommen und hatten mindestens zur Hälfte zurückgewonnen, was verloren worden war. So mochten auch die Geschicke der Menschen nach einem Schauer von oben wieder ins Lot kommen.

O Herr, der du den Stand der Ehe als heiliges Sakrament geweiht hast ... Blicke gnädig auf diese deine Diener herab.

Aus: ›Das Sakrament der Ehe‹
im *Book of Common Prayer*